KB109112

맨 얼굴의 사랑

맨 얼굴의 사랑
정아은
장편소설

차례

1

"눈 한번 감아 보세요."

지시를 받고 눈을 감았다. 눈두덩 위로 내려앉는 의사의 시선이 느껴졌다. 시선의 무게가 사라졌다 싶을 때쯤 눈을 떴다. 의사는 그새 컴퓨터 쪽으로 돌아앉아 키보드를 두드리고 있었다.

"언제 했죠?"

시선을 모니터에 둔 채, 의사가 물었다.

"네?"

큰 소리로 반문했다. 이 아저씨가 지금 뭐라는 거야.

"쌍꺼풀 말이에요."

의사가 내 쪽으로 몸을 돌렸다. 무지갯빛이 감도는 안경 렌즈 너머로 커다랗게 확장된 갈색 눈동자가 보였다. 고운 커피 가루로 빚어 놓은 듯 맑은 눈동자였다.

"언제 한 거예요?"

의사가 손을 뻗어 내 왼쪽 눈두덩에 올렸다. 나는 다시 눈을 감았다.

"많이 풀렸네."

차가운 손가락 두 개가 눈두덩 위를 한번 훑고 지나가더니 오른쪽 눈으로 옮겨 갔다. 나는 숨을 들이마셨다. 어디선가 살짝, 술 냄새가 나는 것 같았다.

"굉장히 오래됐어요. 한 15년쯤?"

한 손으로 입술을 만지작거리며 골똘히 나를 보던 의사가 내 쪽으로 스탠드 거울을 밀어 주었다. 그 바람에 내 앞에 놓여 있던 흰색 조각품이 수납 박스에 부딪히면서 탁 소리를 냈다. 무심코 그쪽으로 눈길을 주다가 헉, 숨을 들이켰다. 두 눈이 휑하니 뚫린 해골 모형이 이를 드러내며 내 쪽을 쳐다보고 있었다.

"모형입니다. 수술 과정을 설명할 때 필요하죠."

의사가 빙그레 웃더니 들고 있던 포인터로 거울 속 내 눈을 가리켰다.

"양쪽 눈이 다르죠?"

거울은 화장기 없는 창백한 여자의 얼굴을 비추고 있었다. 눈 밑이 거뭇거뭇하고 쌍꺼풀 라인에 오돌토돌한 쥐젖이 오른 삼십 대 후반의 여자. 색이 빠져나가 흐릿한 청록색으로 변한 눈썹 문신의 시작 부분에서 꿰맸던 자국 때문에 눈썹이 나지 않은 부분이 번들거렸다. 중학교 때 의부의 주먹질을 피하다 탁자에 부딪혀 찢어진 흔적이다. 눈썹이라도 그리고 올걸 그랬나. 그제야 맨 얼굴로 병원에 온 것이 후회되었다. 얼굴을 보여 주고 견적을 받아야 하는 성형외과 방문이었다. 견적 내기 좋게 맨얼굴로 가야겠다는 생각만 했지, 타인과 이렇게 가까이 얼굴을 마주하리라고는 생각을 못했다.

"자, 보세요. 오른쪽 눈 라인."

의사가 포인터로 거울 속의 내 눈을 가리켰다. 나는 거울로 얼굴을 들이밀었다.

"오른쪽 라인은 또렷하죠?"

그런가? 그다지 또렷해 보이지 않았지만 고개를 끄덕였다.

"이번엔 왼쪽을 보세요. 어떻습니까?"

그러고 보니 오른쪽보다 왼쪽 쌍꺼풀의 라인이 흐렸다.

"안 그래도 물어보고 싶었어요. 왼쪽 쌍꺼풀 라인에 자꾸 뭐가 나서 화장하기 불편했거든요. 이게 피부의 문젠가요, 아니면 쌍꺼풀 수술 부작용인가요?"

"쌍꺼풀이 풀리고 있는 겁니다."

의사가 눈썹까지 내려온 긴 앞머리를 쓸어 올리며 말했다. 가느다란 갈색 머리카락이 공중으로 떠올랐다가 까무잡잡한 이마 위로 한 올 한 올 내려앉았다.

"네?"

"뭐가 나고 그런 건 부수적인 거고, 문제는 쌍꺼풀이 풀리고 있다는 겁니다. 이쪽은 반쯤 풀렸고요. 그래서 제가 아까 수술 시기를 물은 겁니다. 오른쪽도 조금 진행됐지만 왼쪽이 상태가 많이 안 좋아요. 재수술받아야 합니다."

쌍꺼풀이 풀리는 거였구나! 그동안 화장할 때마다 피부에 뭐가 나서 아이라인 그리기가 어렵다고만 생각했는데, 그게 다 라인이 풀리고 있어서 그런 거였다. 헐, 그런 거였어? 갑자기 이곳에 온 보람이 느껴졌다. 의사와 대면 상담을 하기 위해 지불한 만 원이 아깝지 않았다.

"재수술하면 좋아질까요?"

스탠드 거울을 끌어당겨 들여다보았다. 갑자기 내 눈이 짝짝이인 게 눈에 확 들어왔다. 한쪽만 쌍꺼풀이 있고 한쪽은 피부가 흐물흐물 겹쳐진 괴상한 눈.

"좋아지죠."

의사가 고개를 끄덕이며 눈을 꾹 감았다 떴다. 얼굴을 찡그리는가 싶더니, 입을 동그랗게 말고 볼을 경직시키며 억제된 하품을 했다. 그의 어깨 뒤로, 붉은 색실 몇 가닥이 걸쳐진 것처럼 보이는 하늘과 가지만 남은 채 바람을 타고 있는 가로수, 삼사 층짜리 빌라 건물들이 불규칙하게 늘어선 창밖 풍경이 보였다. 낙조가 시작되는 시간. 이 의사는 오늘 몇 명의 환자를 만났을까. 눈이 풀리고 하품을 참지 못하는 자세로 보아 빡빡한 하루를 보냈을 것 같다.

"비용이 얼마나 들까요?"

바로 돈 얘기를 했다. 상담 실장과는 코 성형을 의논했는데 의사는 보자마자 대뜸 눈을 지적했다. 눈을 해야 할 것 같네요. 상태가 좋지 않아요. 그건 코보다 눈 수술의 마진이 크다는 말일까? 아니면 이 의사가 눈을 하는 데 익숙한 사람인가?

"수술할 때 안검하수도 잡아야 할 것 같습니다."

의사는 돈 얘기를 피해 갔다.

"안검하수가 뭐죠?"

내가 묻자 의사가 의자를 끌고 내 쪽으로 다가왔다. 의자 바퀴가 책상에 닿으면서 쾅 소리를 냈다.

"본인이 눈 뜰 때마다 힘겹게 뜬다는 거 의식하고 계세요?"

눈을 깜빡이며 가만히 의사를 쳐다보았다. 내가 눈을 힘겹게 뜬다고?

"그건 모르겠는데, 그런 비슷한 얘기를 들어 본 것 같아요. 어디서 들었더라?"

생각해 보니 예전에 내가 데리고 있던 가수들이 하던 얘기였다. 눈 성형을 마친 뒤, 인터뷰나 예능 프로에서 성형에 관한 질문을 받을 때면 그들은 으레 이렇게 말했다. 제가 눈 뜨는 근육에 이상이 있다고 해서요. 기능상 어쩔 수 없이 받았어요. 그땐 말 같잖은 소리 잘도 갖다 붙인다 싶었는데, 헐, 그러니까 그런 게 진짜 있는 얘기란 말이지, 지금?

"눈이 잘 떠지지 않아서 눈썹을 자꾸 치켜뜨고 있습니다."

의사의 설명이 길게 이어졌다. 눈 뜰 때 근육이 힘이 달려 잘 올라가지 않는 것을 안검하수라고 한다. 특히 왼쪽 눈의 뜨는 힘이 약해서 왼쪽 눈썹을 치뜨는 버릇이 있다. 그 때문에 눈썹이 짝짝이가 됐다. 쌍꺼풀이 왼쪽만 풀린 것도 그 때문이다. 이마에도 잔주름이 생겼다……. 나는 고개를 끄덕이며 의사의 말을 기억하려 애썼다. 안검하수, 눈을 치뜨게 돼 눈썹이 짝짝이……. 너무 많은 설명이 한꺼번에 쏟아져 나오는 바람에 다 기억할 수 있을지 걱정이 되었다. 이럴 줄 알았으면 아예 녹음을 하는 건데.

"수술받으면 눈이 잘 떠질까요?"

의사가 의자를 뒤로 밀더니 컴퓨터 쪽으로 몸을 돌렸다. 그 틈을 타 그의 실루엣을 훑어내렸다. 까무잡잡하고 조그만 얼굴, 좁고 구부정한 어깨, 투박한 손. 키도 작고, 아까 방에 들어설 때 봤는데 다리도 살짝 휘어 있었다. 한마디로 볼품없는 외모였다. 이런 남자를 드라마의 주인공으로 삼아도 될까. 나는 살짝 짜증이 났다. 다른 의사를 찾아봐야 하나?

"70프로는 잡힐 겁니다."

의사가 내 쪽으로 의자를 돌려 앉아 다리를 꼬더니 수술 과정을 설명했다. 수술하면서 근육의 일부를 잘라 내고 위와 아래를 붙일 것이다. 그렇게 간격을 좁히면 눈을 뜰 때 훨씬 수월해진다. 이 수술을 받으면 쌍꺼풀이라는 시각적 효과뿐 아니라 눈을 뜨고 감는 기능적 효과까지 볼 수 있다.

"근육을 너무 많이 잘라 내면 어떻게 되나요?"

"그럴 일은 없을 겁니다. 최적의 양을 측정해서……."

의사가 안경알 안쪽으로 손을 집어넣어 눈을 비볐다. 비빈 쪽 눈이 벌겋게 달아오르고 긴 속눈썹 끝에 하얀색 눈곱이 맺혔다. 순간적으로 손을 내밀어 그의 눈을 닦아 주는 장면이 내 머릿속에 펼쳐졌다. 눈곱을 떼 주고, 놀란 의사가 눈을 크게 뜨고 나를 바라보고, 서로 간에 묘한 눈길이 오가고.

"그래도 사람 일은 모르는 거잖아요. 혹시 실수로 눈 근육을 너무 많이 잘라 내면 어떻게 되죠? 눈을 잘 못 감게 되는 거 아닌가요?"

그가 말한 논리를 뒤집어 부작용을 생각해 냈다.

"눈을 못 감는다고요?"

그가 턱을 추켜올리더니 소리 내어 웃었다. 여성스러운 하이톤 목소리와 달리 웃음소리는 힘 있고 묵직했다. 그의 입이 벌어지고 몸에서 커다란 웃음소리가 나오는 걸 보고 있으니 괜히 어깨에 힘이 들어갔다. 웃었다! 내가 이 남자를 웃겼다!

"그럼요. 선생님 말씀대로라면 근육을 잘라 내 눈 뜨는 힘을 키운다는 건데 그게 지나치면 감는 힘이 없어지는 거잖아요?"

한결 자신감 어린 목소리로 말하며 그의 반응을 살폈다. 내가 이 자리에 앉아 있는 건 앞으로 쓸 예정인 드라마 대본 때문이다. 내 새 드라마의 여주인공은 성형외과에 상담을 갔다가 의사와 사랑에 빠지고, 그 의사에게 이용당해 인생의 씁쓸함을 느끼게 될 예정이다. 드라마를 성공적으로 완성하기 위해서는 매력적인 성형외과 의사라는 롤 모델이 필요하다. 내가 이 남자와의 상담을 오래 끌어야 하는 이유다. 스타일을 파악하고, 말투를 익히고, 내 안에 인상적으로 각인시켜 언제든 대본으로 옮겨 생생하게 되살릴 수 있을 정도가 되려면 이런저런 말로 남자의 성격이 나오도록 해야 한다.

그는 팔짱을 끼고 의자에 푹 기대앉은 뒤 계속해 보라는 듯 지긋이 나를 건너다보았다.

"제가 눈을 못 감게 되거나 그러면 그다음엔 어떻게 하실 건가요?"

말하다 보니 수술이 잘못돼 눈이 치켜떠져 다시는 감기지 않는 모습이 떠올랐다. 끔찍해서 나도 모르게 몸이 떨렸다.

"어떡하겠습니까. 운명으로 받아들여야죠."

눈에서 시작된 웃음기가 그의 얼굴로 잔잔히 퍼져 나갔다. 피곤한 기색이 사라진 얼굴에 감도는 장난기와 친근함. 그 기운이 금세 내게로 건너와 내가 말도 안 되는 농담을 이어 가게 해 줄 용기의 밑천이 되어 주었다.

"어머, 그런 게 어딨어요."

맞장구를 치며 열심히 머리를 굴렸다. 말싸움을 벌일 의도로 던진 말이었는데 의사가 재미있어 하며 장난으로 받았다. 이럴 땐 뭐라고 해야 하지? 나는 의사를 빤히 쳐다보았다. 뭐든 일단 말을 해야 한다. 여기서 대화가 끝나선 안 된다.

"전 지금 진지하게……."

의사는 눈웃음과 생기 있는 음성으로 내 말을 제압했다.

"실은 제가 수술한 환자 중에 눈을 못 감아서 계속 뜨고 있는 환자분이 한 분 계십니다."

의사가 몸을 완전히 내 쪽으로 돌리며 의자를 끌고 다가왔다. 한쪽 손으로 머리를 쓸어 올리는데, 달콤하고 진한 향이 확 풍겨 왔다. 술 냄새랄까 휘발유 냄새랄까 그런 게 섞인 자극적인 냄새였다. 나는 허리를 세우고 머리를 귀 뒤로 넘겼다. 생각보다 재미있는 남자라는 생각이 들면서, 갑자기 화장기 하나 없는 내 추레한 얼굴이 체한 것처럼 마음에 걸려 왔다. 메이크업 베이스라도 바르고 오는 거였는데!

"그 환자분…… 지금 어디 계세요?"

대화를 이어 가야 할 것 같아 이렇게 받아쳤지만 너무 유치한 응답인가 싶어 이내 후회했다. 더 세련된 농담으로 받아쳐야 했는데.

그는 내 말에 흠, 하고 팔짱을 끼더니 손가락으로 바닥을 가리켰다. 나는 맹숭맹숭 그의 얼굴을 쳐다보다가, 뒤늦게 의미를 깨닫고 폭소를 터뜨렸다. 그가 내 대답을 기다리는 듯 눈을 빛내며 입술을 양옆으로 확장시켰다. 칙칙하고 어두운 톤의 얼굴 하단으로 하얀 치아가 가지런한 모습을 드러냈다. 그 순간 잘생기고 카리스마 넘치는 성형외과의로 설정돼 있던 내 대본 속 남자 주인공의 성격이 바뀌었다. 왜소하고 볼품없지만 유머 감각 있고 지적인, 그래서 은근히 여자들을 사로잡는 바람둥이 의사로.

2

주차장엔 냉기가 감돌았다. 색색의 관으로 뒤덮인 천정은 거친 콘크리트 단면을 그대로 드러냈고, 이제 막 칠이 끝난 듯 사방에 싸구려 페인트 냄새가 진동했다. 유리 출입문은 사람이 드나들 때마다 끼익 하는 마찰음을 내 금세라도 무너질 것 같은 불안감을 조성했다. 금색의 반사 유리로 마감된 화려한 외관의 주상복합건물의 주차장이라고는 믿기지 않는 조악하기 그지없는 공간에서 나는 두 시간째 시간을 보내고 있었다.

처음부터 그 의사를 어떻게 해 보겠다는 생각을 하고 찾아간 것은 아니었다. 대본에 쓸 캐릭터를 구축하기 위해 성형외과 의사를 만날 필요가 있었고, 그는 첫 번째로 내 시야에 들어온 인물이었다. 그를 처음 본 것은 한 TV 프로그램에서였다. 외모 콤플렉스 때문에 사회생활에 불편을 겪는 사람들의 마음을 치유하기 위해 무료로 성형수술을 해 준다는 콘셉트의 성형 리얼리티 쇼

「리드 마이 라이프」라는 프로그램으로, 성형수술을 테마로 한 대본을 쓰기로 마음먹은 다음부터 정기적으로 시청해 왔던 프로그램이었다. 그는 그 프로그램의 시즌 2에 나온 의사였다. 이름은 조성환. 소속은 S성형외과. 까무잡잡한 얼굴에 미간이 넓은 어벙한 인상이었고, 몸집이 왜소한 데다 자세도 구부정해 흰 가운을 입고 있지 않았다면 어느 모로 봐도 의사로 보이지 않을 인물이었다. 그런 그의 특성이 내 관심을 끌었다. 그동안 「리드 마이 라이프」에 출연한 의사들은 하나같이 훤칠한 키에 도회적인 이미지를 지닌 달변가였다. 외양에서 이미 신뢰감을 형성하고 들어갔던 것이다. 그런데 그 남자, 조성환은 그런 열악한 외모를 하고 나와서도 무리 없이 프로그램을 이끌어 갔다. 목소리가 작고 말투가 어눌했는데도 그가 수술 과정을 설명하면 빨려 들어가 끝까지 듣게 되었다. 인터넷으로 검색해 보니 신사동에서 페이스 메이커로 제법 이름을 날리는 인물이었다. 상가 한쪽의 작은 병원에서 시작해 지금의 16층짜리 대형 병원을 올리기까지의 성공 신화를 다룬 경제 신문 기사도 몇 개 보였다. 나는 기사에 뜬 그의 사진 속 가는 눈을 뚫어지게 쳐다보았다. 못생긴 게⋯⋯ 제법인데? 지금 생각해 보면 그를 찾아간 것은 캐릭터 구축이라는 본래 목적보다 그에 대한 호기심을 충족시키려는 마음이 더 크게 작용했던 게 아닐까 싶다.

조성환과의 상담이 갑자기 농담 따먹기로 변한 것은 내게 그렇게 좋은 패가 아니었다. 그는 농담 퍼레이드를 벌이다가 갑자기 마무리 멘트를 던졌고, 나는 얼떨결에 감사 인사를 날리고 자리에서 일어서야 했다. 일어서서 나올 때까지만 해도 이 남자를 주차장에서 기다리겠다는 생각 같은 건 하지 않았다. 계획만큼 길게 상담을 끌고 가지 못했다는 아쉬움이 있었지만, 세상에 널린 게 성형외과 의사이므로 당장 오늘 밤에라도 상담 후보 2호, 3호를 발굴하는 것은 일도 아니었다. 그런데 의자에서 일어서던 순간, 책상 위에 있던 책 한 권, 주디스 리치 해리스의 『개성의 탄생』이 눈에 들어왔다. 책은 전체의 반쯤 되는 지점에서 펼쳐진 채 엎어져 있었다. 진료실을 나서기 직전, 출입문 문고리를 잡은 채 그의 책상을 둘러보았다. 책상엔 책들이 무질서하게 쌓여 있었다. 그리고 그 책들에는 얇고 가는 색색의 포스트잇들이 불시에 날아든 적군의 화살처럼 마구 박혀 있었다.

"더 하실 말씀이 있나요?"

『개성의 탄생』을 집어 들던 그가 나가지 않고 있는 나를 발견하고 말했다. 친절한 말투지만 얼굴엔 귀찮아하는 기색이 역력했다. 나는 책에 대해 한마디 할까 생각하다, 고개를 숙여 보이고 진료실을 빠져나왔다.

그러니까 나를 먼지의 전당인 이 투박한 주차장에 두 시간 동안 서성이게 만든 것은 순전히 그 책, 주디스 리치 해리스의 『개성의 탄생』이라고 할 수 있다. 그 책은 내가 사흘 전 밤을 새워 가며 읽은 책이었다. 심리학계에서는 중요한 분수령처럼 취급되지만 일반인들 사이에서는 존재가 미미한, 특히 우리나라에서는 크게 인지도를 얻지 못한 책이었다. 그러므로 살면서 그 책을 손에 든 사람을 만날 확률은 길 가다 초등학교 동창을 발견할 확률보다 드물다고 할 수 있었다. 내가 나간 뒤 그 남자는 바로 그 책에 빠져들었겠지. 어쩌면 지금도 그 책을 읽느라 이곳으로 내려오지 않는 것일 수도 있다. 그렇게 생각하니 더욱 집에 가기가 싫어졌다. 그 남자를, 근사한 농담을 할 줄 알면서 주디스 리치 해리스의 책을 읽는 남자를 그냥 지나쳐 가고 싶지 않았다.

그는 8시가 가까워질 무렵에야 나타났다. 만나길 포기하고 집에 가야 하나 심각하게 고려하고 있을 때였다. 사실 그곳에서 무작정 그를 기다린다는 것은 황당하고 무리한 계획이었다. 건물에서 주차장으로 내려오는 엘리베이터가 한 개밖에 없다는 것이 내가 넓지 않은 주차장의 끝에서 끝으로 걸어가길 반복하며 시간을 보내게 한 논거의 전부였다. 애초에 그가 이곳에 나타나지 않을 가능성, 이를테면 오늘은 약속이 있어 차를 놓고 택시를 이용한다든가, 다른 직원을 시켜 차를 건물 로비로 가져오게 한다든가, 아니면 원래 차를 갖고 다니지 않는 족속이라든가, 등의 경우를 조금도 고려에 넣지 않았던 것이다. 서른다섯 대의 차가 수용 가능한 주차장, 세워져 있는 열여덟 대의 차들 가운데 열두 대의 자동차가 떠나는 것을 지켜보았다. 그중 마지막 차인 검은색 에쿠스가 떠나는 것을 보았을 때, 비로소 다른 층 주차장들의 존재를 떠올렸다. S성형외과 전용 건물인 이 16층짜리 건물엔 지하 3층까지 주차장이 있었다. 그것도 모르고 마르고 닳도록 지하 1층 주차장을 서성거렸다. 이런 멍청이가 또 있을까. 나는 B1 25라고 쓰인 벽을 떠나 어두한 지하 공간 한가운데 신기루처럼 서 있는 출입문을 향해 걸어갔다. 촘촘히 불을 밝힌 할로겐 빛을 받아 투명한 재질을 반짝이며 우뚝 서 있는 유리 출입문을 향해. 출입문 손잡이를 잡기 위해 손을 내밀었을 때, 안쪽 문 너머로 엘리베이터 문이 열리면서 그가 나왔다. 『개성의 탄생』을 손에 든 못생긴 의사 조성환이. 나는 손을 내리고 벽 뒤로 숨었다. 가슴이 콩닥거리고 얼굴이 화끈거렸다. 기다리면서 상상할 때는 아무렇지도 않게 접근할 수 있을 것 같았는데, 막상 얼굴을 보니 떨려서 현기증이 날 지경이었다. 잠깐 상담했던 여자가 두 시간 동안이나 주차장에서 기다리고 있었다는 걸 알면 뭐라고 생각할까. 저 남자는 키가 작고 못생겼어. 등도 구부정하고 다리도 휘었어. 남자의 결점을 떠올리며 자신감을 가지려 노력했지만 떨리는 마음은 진정되지 않았다.

그가 출입문을 열고 나왔다. 손에 든 자동차 키의 버튼을 누르자 한쪽 구석에서 삑 소리가 나며 빛이 들어왔다 나갔다. 소리의 진원지를 찾아 두리번거리던 그가 다시 한번 키를 눌렀다. 조금 전에 내가 서 있던 곳, B1 25구역이었다. 나는 고개를 내밀고 소리 난 쪽을 향해 가는 그의 뒷모습을 훔쳐보았다. 한쪽 손에 노트북 가방을, 다른 쪽 손에 『개성의 탄생』을 들고 걸어가는 그의 발걸음이 조금 이상했다. 발을 저는 건가? 미간을 모으고 그의 뒷모습을 관찰했다. 얼마 지나지 않아 그가 발이 불편한 사람임을 알게 되었다. 무심히 보면 멀쩡해 보이지만 자세히 보면 걸을 때 오른쪽 발보다 왼쪽 발에 무게중심이 더 많이 실린다는 걸 알 수 있었다. 걷는 속도가 느렸고, 발을 내디딜 때마다 구부러진 어깨 한쪽이 아래로 내려갔다가 올라왔다. 나는 벽 뒤에서 빠져나와 그를 향해 걸어갔다. 다리가 불편하다는 것은 얼굴이 까무잡잡하다거나 키가 작다는 것과는 비교도 할 수 없는 흠이었다.

용기백배하여 발걸음을 뗐지만 막상 그가 차 뒷문을 열고 가방을 넣느라 내 쪽으로 몸을 틀었을 때는 흠칫하며 옆에 세워진 시트로엥 뒤로 몸을 숨기게 되었다. 그동안 낯선 사람에게 접근해 본 적이 없었던 것도 아니고, 그래서 꽃뱀이라는 오해까지 받은 적도 있었지만, 낯선 사람에게 다가가는 것은 언제나 떨리고 겁이 난다. 그때마다 거절당해도 아쉬울 것 없다, 어차피 다시 안 볼 사람이다, 라고 되뇌며 자신을 재촉했지만, 차가운 눈초리와 경멸의 시선을 받을 수 있다는 가능성을 생각하며 언제나 사시나무 떨 듯 떨었다.

지금 나가야 한다고 수없이 나를 떠밀었지만 시트로엥 뒤에서 꼼짝도 못하고 있던 나를 앞으로 튀어나가게 한 것은 그가 품에서 꺼낸 물통이었다. 앞문을 열고 차에 오르려던 그가 멈칫하더니 양복 윗주머니를 뒤져 위아래가 잘린 초승달 모양의 은색 물통을 꺼냈던 것이다. 뚜껑을 돌려 열고 물통에 든 내용물을 꿀꺽꿀꺽 삼키는 그 모습을 본 순간 나는 알았다. 그 안에 들어 있는 액체의 정체를. 잘린 초승달 모양의 은색 물통은 머나먼 옛날에 하늘나라로 가 버린 내 아버지가 내게 남긴 몇 안 되는 장면에 빠지지 않고 등장하는 소품이었다. 시기를 달리하며 같이 살았던 여러 명의 아버지들 중에 인간성이 가장 좋았기 때문에, 나는 그 남자가 나의 친부일 것이라고 마음대로 판단하고 있다. 나는 시트로엥 뒤에서 튀어 나가 성큼성큼 그에게 다가갔다.

"술을 마셔야만 운전이 되는 스타일인가 봐요?"

용기를 짜내어 말을 내보냈다. 다행히 목소리는 떨리지 않고 순항했다. 상대가 자신이 건넨 농담을 받아 주리라 백 퍼센트 확신하는 여자의 목소리처럼 들렸을 것이다.

그가 입에서 물병을 떼고 돌아보았다. 눈에 놀라는 기색이 잠깐 서리더니, 이내 장난기로 반짝이기 시작했다.

"도와주시려고요?"

그가 손에 쥐고 있던 키를 내밀며 나를 지그시 쳐다보았다. 나는 잠깐 동안 그와 시선을 나누다가, 손을 내밀어 잡아채듯 키를 가져왔다. 앞으로 걸음을 옮겨 운전석 문을 여는데, 가슴 깊은 곳 한구석이 뻐근하게 저려 왔다. 먹혔구나! 낯선 이에게 내민 손이 받아들여졌다는, 내 존재가 인정받았다는 쾌감이 얼마나 요동치는지 몸이 다 들썩거릴 정도였다. 나는 그의 붉은색 푸조 운전석에 자리 잡고 앉았다. 산 지 얼마 되지 않은 듯 차내에 가죽 냄새가 진동했다. 운전석 헤드레스트 밑의 쇠기둥에는 아직도 비닐 커버가 씌워 있었다. 나는 시동을 켜고 운전석 등받이와 백미러를 조정했다. 사이드미러를 펴려고 버튼을 찾는데, 보조석에 앉은 그가 은색 물통에 담긴 액체를 목으로 넘기는 소리가 들려왔다. 꿀꺽꿀꺽. 다른 세상으로 들어서면서 그의 영혼이 내는 행복한 발걸음 소리가.

"집으로 모셔다 드릴까?"

말하면서 내비게이션 화면을 조작했다. 목적지 리스트를 띄우고 '자택'이라고 쓰인 항목을 터치하자 주소로 청담동의 빌라 번지수가 떴다. 예전에 매니지 해 주었던 가수가 살던 곳이라 주소가 한눈에 들어왔다.

"이쁜 데 사시네? 나 여기 아는데."

낯선 남자에게 말을 걸고 운전대를 잡는 짓을 백 번쯤 해 본 사람처럼 이죽거리면서 안전벨트를 맸다. 그는 대답 없이 열린 물통을 손에 쥔 채 보조석에 기대앉아 게슴츠레한 눈빛으로 내 행동을 지켜보았다.

"오케이?"

화면에 뜬 자택으로 설정하겠냐는 질문을 턱짓으로 가리키자 그가 희미하게 웃으며 고개를 끄덕였다. 나는 차를 출발시켰다. 두 시간 동안 머물렀던 탁한 공간을 사뿐히 즈려밟고 지나가는 순간, 기분이 좋아 몸이 공중으로 떠오르는 것 같았다. 주차장을 빠져나가자 선명한 어둠과 고층 건물들에서 나오는 빛으로 포장된 깔끔한 거리 풍경이 주르륵 펼쳐졌다. 미끈하게 지나다니는 차들의 행렬에 끼어들어 직진하고 있으니 끝없이 펼쳐진 밤바다에 손을 집어넣고 헤엄쳐 나아가는 느낌이었다. 아, 좋다. 나는 잠깐 동안 감상에 빠졌다가 신호가 바뀜과 동시에 속도를 높였다. 푸조는 차 한 대 반 정도의 간격으로 주행하고 있는 차들 사이를 칼질하며 빠져나가기에 안성맞춤인 차였다. 나는 세 차선을 넘나들며 곡예에 가까운 운전 솜씨를 뽐냈다. 딱 한 번, 끝까지 저항하다 내가 무데뽀로 차머리를 들이밀었을 때에야 비로소 속도를 낮춘 뒤차가 요란하게 클랙슨을 울려 댔지만, 아랑곳하지 않고 옆 차선으로 끼어들어 시야를 빠져나갔다. 조성환은 내가 칼질을 시작하던 초기에 놀란 표정을 지었을 뿐, 이내 게슴츠레한 표정으로 되돌아가 물통을 빠는 데 열중했다. 이대로 죽어도 좋지 않을까? 나는 좌회전 차선 꽁무니에 차를 붙인 뒤 신호를 기다리면서 보조석을 쳐다보았다. 만난 지 네 시간이 채 되지 않은 남자에게서 운전대를 넘겨받았고, 이제 곧 그 남자와 친밀한 관계를 맺을 것이다. 만남이 아름답게 무르익으리라는 기대감에 충만해 있는 지금이 죽기에는 가장 이상적인 상태가 아닐까? 교통사고를 당한 뒤 조그맣고 까무잡잡한 얼굴을 가진 남자의 육신과 내 육신이 산산조각 나 뒤섞이는 장면을 상상하고 있는데, 그가 갑자기 고개를 돌려 나를 쳐다보았다. 초점을 잃어 흐릿한 갈색 눈동자. 나는 입을 한껏 귀로 끌어올리며 진하게 웃었다. 그가 똑같은 미소로 화답했다. 신호가 바뀌면서 앞차들이 나아가기 시작했다. 행렬에 맞추어 앞으로 나아가는데, 이대로 조금 더 살아 있어도 괜찮을 것 같다는 생각이 들었다.

3

만난 지 일주일이 되었을 때, 조성환이 알코홀릭이라는 사실을 알았다. 그는 병원 문을 나서기 무섭게 술을 마셨다. 주차장으로 내려가는 엘리베이터에서 한 모금, 주차장에 도착해서 한 모금, 시동을 걸기 전에 한 모금. 일하는 시간 외에는 계속 술을 입에 달고 살았다. 그런 생활 패턴을 지켜보다 보니 일할 때 마시지 않는 게 참으로 용하다는 생각이 들었다. 온종일 마시는 게 아니니 알코홀릭이라고 하는 건 무리일까? 고심하다 그에게 프티 알코홀릭이라는 정체성을 부여해 주었다.

"프티 알코홀릭?"

그는 내 말을 되새김질하며 천천히 고개를 끄덕였다. 그러면 나는 기분이 좋아져 한동안 뿌듯한 느낌에 잠겼다. 그는 말이 많지 않고, 대부분의 경우에 무기력한 모습을 보였지만, 내 말은 잘 들어 주었다. 그가 넓은 미간 양쪽에 박힌 가는 눈으로 나를 볼 때면 나는 이해받고 존중받고 있는 듯한 착각에 빠졌다. 노인네와 함께 있는 듯한 느낌이 들면서도 그와 일주일을 붙어 지냈던 건 그런 그의 경청 능력 덕분이었는지도 모른다.

지난주 내내, 저녁 7시쯤 병원으로 찾아가 퇴근하는 그를 태우고 그의 집으로 데려가 함께 자고 다음 날 그를 출근시킨 뒤 그의 집에서 혼자 놀다가 다시 그의 병원으로 데리러 가는 생활을 했다. 주말에는 온종일 집에서 뒹굴면서 그와 영화를 보았다. 다섯 번의 평일과 이틀의 주말. 단 7일을 함께했을 뿐인데도 몇 년을 동고동락한 사이처럼 우리는 편안하고 친근했다.

그가 내게 자기 병원에서 일하지 않겠냐고 제안한 것은 만난 지 8일째 되던 날이었다. 10월의 마지막 날. 대기 중에 떠다니던 여름의 열기가 자취를 감추고 엄혹한 바람이 불기 시작하는 계절의 아침이었다. 병원 건물 주차장에 차를 세운 뒤 드레스 셔츠 차림으로 차에서 내리려는 그에게 두툼한 카디건을 건넸더니 그가 받아 들면서 말했다.

"같이 올라갈래?"

그리고 차 문을 열고 밖으로 나갔다. 보조석 문이 열리자 히터로 데워진 따뜻한 차 안으로 주차장의 싸늘한 공기가 와락 덤벼들었다.

"병원에?"

부들부들 떨며 얼굴을 내밀고 보조석 바깥에 선 그를 올려다보았다. 그의 집은 병원에서 차로 10분도 안 걸리는 거리에 있었다. 얼른 내려 주고 집으로 돌아갈 요량으로 민소매 원피스에 찍찍 끄는 샌들 차림으로 차에 올랐던 참이었다.

"가슴 좀 키우고 가든가."

그가 열린 보조석 문 옆에 서서 가디건에 팔을 끼우며 말했다.

"뭐야!"

가슴 수술을 하라고? 농담이라고 했겠지만 나는 기분이 나빴다. 아주 많이.

집에서 7박 8일을 붙어 지냈는데도 그는 내게 마땅히 해야 할 일을 하지 않았다. 가끔 강아지를 쓰다듬듯, 그것도 내가 그렇게 해 달라고 요청했을 때에 한해, 머리를 쓰다듬어 준 게 그가 내게 한 신체 접촉의 전부였다. 그것이 모두…… 내 가슴이 작아서였을까?

"내 가슴이 문제였던 거야?"

그럴 리가. 나는 글래머라고 불릴 만큼은 아니지만 가슴이 제법 있는 편이다. 왕따시만 한 건 아니지만 그럭저럭 크고 봐 줄 만하다. 특히 위로 탄탄히 솟아올라 있어 크기만 하고 처진 가슴보다는 백만 배 매력적이다. 그동안 만났던 남자들에게도 이것은 그들이 섣불리 나를 떠나지 못하게 만든 중요한 요인으로 작용했다.(고 생각한다.)

"한번 만져 봐."

나는 차에서 내려 차 앞으로 빙 돌아가 그의 앞에 섰다. 분한 생각에 추운 것도 잊고 가슴을 들이밀었다.

"안 만져 봐서 작다고 생각하는 거야. 만져 보면 생각이 달라질걸."

노려보며 말하자 그가 풋, 웃음을 터뜨렸다.

"농담인 거 알면서 왜 이러시나."

그가 고개를 옆으로 기울이며 코를 찡긋해 보이더니 노트북 가방을 꺼내고 보조석 문을 닫았다. 나는 그를 쏘아보며 양손을 포개 내 맨어깨를 쓰다듬었다. 분기탱천한 마음이 수그러들자 기다렸다는 듯 맹렬한 추위가 달려들었다.

"춥다. 들어갈게."

오들오들 떨면서 발을 동동거렸다.

"잠깐."

그가 입고 있던 카디건을 벗어 내게 걸쳐 주고 사자 갈기 같은 내 머리를 양쪽으로 넘겨 주었다. 나는 그의 손길에 얼굴을 내맡기고 있다가, 돌아서서 운전석으로 돌아갔다.

"올라가서 일 좀 도와줄래?"

등 뒤에서 그의 말이 들렸다. 차에 오르다 말고 그를 쳐다보았다.

"지금? 이 몰골로? 옷도 구겨지고 난리 났는데?"

그가 희미하게 웃으며 눈썹을 올렸다 내렸다.

"똑똑한 일손이 필요해."

그가 노트북 가방을 바닥에 내려놓더니 앞 범퍼를 돌아 와 내 앞에 섰다. 두 손으로 내 원피스를, 구김이 잔뜩 간 진회색 원피스를 위에서 아래로 힘차게 쓸어내렸다. 예상치 못한 그의 손길에 놀란 내 몸이 뻣뻣하게 얼어붙었다.

"이렇게 다리면 되지? 올라가자."

그가 나를 물러서게 한 뒤 운전석 문을 닫았다. 쾅, 소리가 비명처럼 주차장에 울려 퍼졌다.

"뭐야, 진짜로 들어가자고?"

그가 내 손을 잡아끌고 범퍼를 돌아 가 노트북 가방을 들어 올렸다.

"너 지금 예뻐. 가슴도 크고."

"가서 뭐 하라고!"

이끌려 유리 출입문 앞으로 가면서 소리 질렀다.

"상담."

그가 출입문 키패드에 핀넘버를 입력해 넣었다.

"뭐?"

손을 잡힌 채 망연자실 그를 쳐다보다가, 그의 손에 이끌려 출입문 안으로 들어갔다. 그리고 그때부터 나는 S성형외과의 상담실장이 되었다.

4

조성환이 내게 요구한 것은 한 가지였다.

"상담실 코디들은 다 영어 이름이 있어."

12층 로비에서 유니폼을 입은 상담 코디네이터들 옆을 알짱거리며 하루를 보낸 뒤였다.

"영어 이름? 난 그런 거 없는데?"

퇴근길, 그를 조수석에 태우고 안전띠를 매며 말했다.

"일레인."

"뭐?"

시동을 걸고 히터를 틀었다. 세상에, 10월 말부터 이렇게 추우면 어쩌겠다는 거야.

"이, 엘, 에이, 아이, 엔, 이."

그가 스펠링을 일러 준 뒤 품에서 은색 물통을 꺼냈다. 내가 마법의 물약통이라고 부르는, 번쩍번쩍 빛나는 광택의 은색 물병. 뚜껑을 열자마자 독한 위스키 냄새가 풍겨 왔다. 나는 고개를 들이밀고 그의 뺨에 키스했다. 실은 입에다 하려 했지만 그가 물병에 너무 단단하게 입을 박고 있어서 접근할 수 없었다.

"너는? 너는 영어 이름 있어?"

우리는 서로 야, 또는 너라고 부른다. 어쩌다 보니 그렇게 됐다. 가끔 오빠라 부를까, 생각도 해 보지만 이미 가까운 우리 사이에 그건 너무 민망한 일이 될 것 같아 실행에 옮기지 못하고 있다.

"나?"

물통 뚜껑을 닫던 그가 눈을 굴렸다.

"그러고 보니 난 영어 이름이 없네?"

병원에서 근무하는 열다섯 명의 여자 스태프들은 모두 영어 이름이 있다. 빳빳이 다림질된 베이지색 유니폼에 그들의 직함과 한글 이름, 한문 이름, 영어 이름이 새겨진 은색 명찰을 달고 다닌다. 열 명의 남자 스태프들 중 영어 이름이 새겨진 명찰을 달고 다니는 건 로비에서 근무하는 세 명뿐이다. 여행사나 각국 브로커들을 상대하는 영업총괄팀 남자들, 열다섯 명의 의사들은 명찰을 달긴 하지만 영어 이름은 없다.

"일레인이 하나 지어 주지?"

그가 물통을 찰랑거려 남아 있는 위스키의 양을 가늠해 보았다. 나는 주차장에서 차를 빼 그의 집으로 향했다. 로비 코디네이터들 틈 사이에 던져져 있는 나를 의식했는지, 오늘 그는 평소보다 이른 시간에 퇴근했다. 덕분에 러시아워에 딱 걸렸다. 도로가 완전히 주차장처럼 차로 뒤덮여 있다.

"베드로 어때? 예수님이 사랑하셨던."

8차선 도로의 한 귀퉁이로 끼어들기 위해 차머리를 들이밀면서 말했다.

"아니면 프란체스코? 교황님 따라서. 그게 아님, 루이?"

생각나는 대로 아무 이름이나 던졌다. 좀처럼 틈을 내주지 않는 차들 사이로 쑤욱 머리를 들이밀었더니 뒤에 있던 검은색 제네시스가 엄청난 기세로 클랙슨을 울려 댔다.

"루이 몇 세?"

그가 심각한 표정을 지으며 물통 끝으로 이마를 긁적거렸다.

"루이 하려면 14세는 해 줘야 하지 않겠어? 정부 이미지만 남은 15세나 목 잘린 16세를 할 순 없잖아?"

깜빡이를 켜고 다시 옆 차선으로 끼어 들어갈 준비를 하느라 신경이 잔뜩 곤두섰다. 운전한 지 10년이 넘었는데도 끼어들 때 긴장되는 건 여전하다. 들입다 끼어드는 건 그런 긴장감을 무마하기 위한 나의 과잉 대응이다.

"좋다, 루이."

"오케이?"

옆 차선으로 끼어드는 과업을 완수한 뒤 한쪽 손으로 동그라미를 그려 보였다. 그가 한쪽 눈썹을 추켜올리며 내게 같은 동작을 해 보였다.

"저녁 때 뭘 먹을까, 루이 포틴?"

좌회전해 두 블록만 가면 그의 집인데 차들이 꿈쩍도 하지 않고 있었고, 내 배 속에선 꼬르륵 소리가 커다랗게 울려 퍼졌다. 그 소리를 들으니 허기가 몰려왔다. 점심 때 지하 구내식당에 가서 몇 순갈 뜬 이후로 아무것도 먹지 못했다.

"포틴스(fourteenth)라고 해야 맞지 않나?"

그가 몸을 내 쪽으로 돌리며 의자에 삐딱하게 기대앉았다. 그에게서 위스키 냄새와 소독약 냄새, 향수 냄새가 뭉텅이로 풍겨져 나와 나도 모르게 눈살이 찌푸려졌다.

"너무 길잖아, 그냥 포틴이라고 해, 루이 포틴."

나는 입술을 깨물어 포틴의 에프 발음을 과장되게 한 뒤 '틴'을 길게 늘어뜨렸다. 루이 포티이인. 이제부터 그는 나의 루이, 나의 왕이다. 그는 코로 김빠져 나가는 소리를 내며 피식거리더니 팔을 조수석 창에 기역 자로 꺾어 기대고 그 위에 턱을 괬다.

"씨발, 존나 막히네."

앞으로 나가는가 싶던 차의 행렬이 일순간 멈춰 서 꼼짝도 하지 않았다. 나는 기어를 파킹에 놓은 뒤 큰 소리로 욕을 하며 그를 쳐다보았다. 그가 재미있다는 표정으로 내 시선을 맞받았다. 장난기로 반짝이는 그의 가는 눈. 순간 내 기분이 급속도로 상승 기류를 탔다. 이 남자, 괜찮은데? 그에게는 무엇을 해도, 무슨 말을 해도 허용해 줄 것 같은 분위기가 있다. 뭐든지 귀엽게 여기고 뭐든지 가엾게 여길 것 같은. 그런 태도가 깊은 체념에서 나오는 것 같아 살짝 슬퍼질 때도 있지만, 뭐, 그건 내 알 바는 아니지 않겠는가. 나는 그저 내 안에서 나올 수 있는 다양한 특성들을 발현하고 음미해 볼 기회를 즐기면 그만이리라.

"차 존나 막히는데 씨발 백화점이나 갈까?"

그가 내 말투를 과장되게 흉내 냈다.

"백화점? 어느 백화점? 왜?"

내 목소리에 미친 듯한 기쁨과 흥분이 섞여 나왔다. 백화점! 우아! 나 뭐 사 주려고 하는구나!

"여기서 어느 백화점이 가깝나?"

그가 짐짓 모른 척하며 말했다.

"압구정! 압구정 갤러리아 백화점이 가깝지! 그렇고말고!"

나는 앞차를 따라 20센티미터 정도 움직여 앞으로 나아가며 노래하듯 말했다.

"찾아봐."

그가 턱짓으로 내비게이션을 가리켰다. 나는 앞차에 차머리를 바짝 붙인 뒤 바로 내비게이션 조작에 들어갔다. 백화점을 검색해 목적지로 설정하는 데는 채 이십 초도 걸리지 않았다.

"우리 일레인은 사이즈 몇 입으시는가? 55? 44?"

그가 창에 머리를 기댄 채 말했다. 기왕 쳐다보는 거 내 몸을 위아래로 훑어보며 욕정에 찬 눈빛을 했으면 좋았을 텐데, 그의 몽롱한 시선은 계기판을 향해 있었다.

"원래는 44인데 지금은 조금 살쪄서 55 입으셔."

물론 이건 거짓말이다. 원래는 66을 입는데 근래 들어 작품 구상을 한답시고 집에 처박혀 있었더니 살이 빠져 55 사이즈로 변했다. 조성환네 집에 있는 일주일 동안 아침마다 우렁 각시처럼 다녀가는 도우미가 해 놓고 간 양질의 음식들을 배불리 먹었으니 살짝 살이 붙었을지도 모르겠다. 그래도 아직 몸매가 그럭저럭 봐줄 만할 것이다. 이럴 때 백화점에 가서 옷을 사는 건 아주 좋은, 몹시 좋은 아이디어라 할 수 있겠다. 문득 화장기 없는 내 민낯과 헐렁한 원피스 차림이 다시금 마음에 걸렸다. 비비 크림! 비비 크림 한 줌만 끼얹고 나오는 거였는데!

꽉 막힌 도로 때문에 백화점까지 가는 데 영겁의 시간이 걸렸다. 그래도 백화점 가는 길은 언제나 즐거운 법, 나는 라디오를 틀어 놓고 최신 걸 그룹의 노래를 따라 부르며 기나긴 여정을 경쾌하게 지나갔다. 차창에 기대 잠든 조성환은 백화점 주차장에 주차할 때까지 그대로 내버려 두었다. 섹스처럼 에너지 소모가 심한 일을 한 것도 아닌데 무슨 잠을 저리 많이 잔담. 못마땅했지만 수술에 상담에 빡빡한 일정을 소화해야 하는 그의 직업과 끊임없이 몸에 알코올을 흘려 넣는 못된 습관을 생각하면 잦은 잠이 이해가 가지 않는 것도 아니었다.

다행히 그는 쉽게 잠들었던 것처럼 쉽게 깨어났다.

"다 왔어. 얼른 돈 쓰러 가자."

몸을 흔들어 깨우자 그가 냉큼 눈을 뜨고 차에서 내렸다. 엘리베이터에서 눈을 감고 벽에 기대 있는 만행을 저지르긴 했지만 문이 열리고 천국처럼 환한 조명이 만방을 비춰 주는 백화점 영토에 발을 디뎠을 때는 눈을 뜨고 멀쩡한 남자처럼 꼿꼿하게 걸었다. 다리를 살짝 절긴 했지만.

나는 1층에 발을 내딛자마자 화장품 코너로 날아갔다. 비비 크림과 색조 화장품을 닥치는 대로 고른 뒤 그 자리에서 메이크업을 받았다. 그리고 캐주얼 여성복 코너로 올라가 당장 입을 만한 옷을 사 입었다. 그렇게 얼마간의 자존감을 회복한 뒤 우아한 자태로 걸어 정장 코너에 당도했다. 조성환은 나를 따라 유유히 흘러다니다가 결제 타이밍이 오면 민첩하게 지갑을 꺼내 카드를 내놓았다. 조금 전까지 마법의 물약에 취해 차 안에 널브러져 있던 남자라고 믿기지 않을 정도로 기민하고 센스 있게 변신한 나의 남자!

"사랑해, 루이!"

평소 흠모하나 감히 구입할 수 없었던 고가의 T사 정장을 색색별로 산 뒤 에스켈레이터를 타고 내려오면서 나는 그에게 연신 속삭였다. 같은 말을 여러 번 하는 게 마음에 걸렸지만, 그렇게 하지 않을 수가 없었다. 귀에 사랑이라는 말이 흘러 들어가자 그의 얼굴에 환한 웃음이 피어났다. 평소 짓는 희미하고 애매모호한 미소가 아닌 아낌없고 꽉 찬 웃음이.

"부끄럽게 왜 이러시나."

조금도 부끄럽지 않은 표정으로 말하며 그가 여섯 개의 쇼핑백을 한쪽 손에 몰아 쥐고 반대쪽 팔을 기역 자로 만들어 내밀었다. 나는 그 팔에 팔을 끼우며 커다랗게 외쳤다. 사랑해, 루이 포틴! 상행 에스컬레이터를 타고 있던 젊은 여자 둘이 어이없다는 듯 쳐다보며 지나쳐 갔다. 나는 또각또각 걸어 다음 에스컬레이터에 당도했다. 주욱 타고 내려가는데 상행선과의 교차 지점 유리에 비친 나와 조성환의 모습이 잠깐 모습을 드러냈다 사라졌다.

"이것은 흡사 「프리티 우먼」이 아닌가?"

고개를 옆으로 기울여 말하자 그가 콧바람 빠져나가는 소리를 내며 웃었다.

다음 하행 에스컬레이터로 돌아 걸어가면서, 나는 고민에 빠졌다. 1층에 들러 구두도 사 가야 하나? 이것은 심히 고민할 만한 문제였다. 나는 그때까지 슬리퍼형 샌들을 신고 있었는데, 그게 꽤 굽이 있는 편이라 발바닥에서 불이 나고 있었던 것이다. 게다가 한 번씩만 입어 보고 휙휙 샀다고는 해도 스무 벌이 넘는 옷을 입어 본 터라 어깨가 시리고 허리가 끊어질 것 같았다. 그동안 쇼핑이라고 해 봤자 집 근처 가게에 있는 옷을 찍어 놓았다가 한두 벌 사거나 인터넷으로 주문하는 게 고작이어서 쇼핑이 이렇게 힘든 건지 모르고 있었다. 그래도 내일부터 제대로 된 차림으로 출근해야 할 텐데 구두가 필요하지 않을까? 이어지는 하행 에스컬레이터에 발을 내려놓으면서 나는 이맛살을 찌푸렸다. 하지만 너무 힘들어서 쓰러질 것 같은데? 답이 나오지 않은 상태로 조성환의 팔에 매달려 있는데, 무정한 에스컬레이터는 구두 숍이 즐비한 1층을 향해 가차 없이 나아갔다.

5

다음 날 아침, 깍듯하게 차려입고 조성환과 'S성형외과' 12층 로비로 갔다. 로비는 아파트 광고에 나올 것 같은 환상적인 인테리어와 조망을 자랑했다. 세 개 층을 이어 붙인 듯한 높은 천장, 다섯 개의 원 모양으로 대담한 곡선을 연출해 낸 천장 조명, 먼지 한 점 보이지 않는 시원한 전면 창, 널찍하게 간격을 두고 놓인 원형 탁자와 물방울 형태의 의자들. 창밖으로 보이는 청명한 가을 하늘과 신사동 거리 풍경은 그 모든 실내 인테리어를 감싸는 동시에 압도하고 있었다.

완벽한 정장 차림을 하고 나타난 나를 보고 여직원들이 뜨악한 표정을 지었다. 저 여자 왜 또 왔지? 라는 듯한 표정. 베이지색 유니폼을 입고 머리를 틀어올린 앳된 얼굴의 여성들이 어제와 달리 하나하나 다른 개체로 구분되어 보였다. 마르고 허리가 쏙 들어간, 그러나 가슴은 반드시 커다란 이십 대 여성들의 실루엣이 전면 창을 통해 들어온 가을 햇살을 받으며 선명하게 형체를 드러냈다. 나는 눈을 가늘게 뜨고 그 이십 대 생명체들과 눈길을 주고받았다. 아마도 대한민국 전체를 통틀어 가장 환상적인 인테리어를 갖춘 작업장에서 일하고 있을, 인테리어와 조망에 조금도 꿀리지 않는 완벽한 이목구비와 몸매를 구비한 성형 병원 최전선의 병사들과.

"오늘부터 상담실장으로 일해 주실 이서경 선생님입니다. 많이들 도와주시기 바랍니다."

광택으로 번쩍이는 육중하고 긴 검은색 카운터를 둘러싸고 모여 있던 앳된 얼굴의 직원들이 서로를 쳐다보더니 나를 향해 하나둘 고개를 숙여 보였다. 나는 카운터 옆에 놓인 커다란 사자상 뒤에 서서 손톱을 물어뜯으며 고개를 까딱해 보였다. 조성환과 얘기할 때는 상담실장으로 일하는 게 아무것도 아닐 줄 알았는데, 막상 현장에 와 보니 나보다 열몇 살씩 어려 보이는 애들과 동료로 일한다는 게 너무나 허황되게 느껴졌다. 게다가 실장이라니. 조성환은 나를 이 아이들의 수장으로 삼을 생각인가? 그 아이들처럼 베이지색 유니폼을 입고 있지 않다는 사실도 신경이 쓰였다. 왜 나한테는 유니폼을 맞춰 주지 않고 사복을 사 줬지?

오전에는 카운터 주위를 알짱거리며 여직원들이 환자를 응대하는 모습을 지켜보는 것으로 시간을 보냈다. 조성환은 엘리베이터를 타고 가 버린 뒤 모습을 나타내지 않았다. 화요일 아침. 한나절 동안 몸매와 화장과 친절로 무장한 여자아이들의 말과 행동을 보는 것만으로도 성형외과가 어떤 식으로 돌아가는지 감을 잡을 수 있었다. 일단 손님이 등장해 1층 로비에 들어서면 로비에 있던 검은색 정장 차림의 남녀 직원이 화사하게 웃으며 등장 이유를 묻는다. (1) 수술하러 오셨는지. (2) 상담 받으러 오셨는지. 그런 다음 1번은 5, 6층 수술실로, 2번은 12층의 로비로 보낸다. 12층에 도착한 상담 환자는 엘리베이터에서 내리자마자 사람 둘을 합쳐 놓은 것 같은 어마어마한 크기의 청동 사자상과 한눈에 내려다보이는 신사동의 거리 풍경을 보고 그 규모와 미학에 압도된 뒤 다섯 명의 아름다운 여성들의 환대를 받으며《행복이 가득한 집》에 나올 듯한 세련된 인테리어의 한복판에 앉는다. 그리고 조금 후 준비되었다는 상담실장의 연락을 받고 15층으로 이동해 상담을 받는다. 여기까지가 우리 층과 관련된 업무의 전부였다.

처음에 나는 우리 층이 상담을 위한 층인 줄 알았다. 두세 개 층을 합쳐 놓은 듯한 높이에 한 개 층 전부를 차지하는 널찍한 규모, 다섯 명의 모델 같은 직원들이 대기하고 있는 '값비싼' 공간이 아니던가. 그런데 다섯 명의 손님이 왔다가 엘리베이터 안으로 사라지는 모습을 보면서 우리가 있는 곳이 단지 '대기'를 위한 공간임을 깨닫고 어안이 벙벙했다. 그러니까 이 공간은 현실적인 기능은 조금도 없는, 병원과 처음 조우한 손님들에게 잊을 수 없는 시각적 체험을 주기 위해 마련된 백일몽 같은 공간이었다. 이 아름다운 공간을 거쳐 상담실장을 만나 계약까지 간 이들이 계약 내용을 실행에 옮기고 난 뒤 마주치게 될 실제, 즉 붓고 멍든 얼굴, 엄청난 통증, 부작용인지 아닌지 알 수 없는 크고 작은 미심쩍은 증상들과는 너무나 다른, 그러니까 미래에 있을 고난의 행군에 미리 뿌리는 성유와도 같은 공간이었던 것이다. 물론 그러한 고난은 내가 데리고 있던 연예인들의 경우를 통해 몸서리치게 실감한 전력이 있었기에 금세 떠올려 연결시킬 수 있었는데, 그 사실을 깨닫자 이곳 일이 굉장히 재미있을 거라는 예감이 밀려왔다. 인간의 시뻘건 욕망을 들여다보는 데 이보다 더 안성맞춤인 곳이 있을까. 그동안 조성환이라는 인간을 만난 게 의식주가 풍요로워졌다는 차원에서 행운이라 여기고 있었는데, 오늘 이곳에 상담실장으로 취임하고 보니 그가 지적인 차원에서 내게 큰 기회를 안겨 주었음을 알겠다.

오후에는 15층 상담실로 올라가 상담 현장을 참관했다. 이 병원엔 여덟 명의 상담실장과 열다섯 명의 의사가 있는데, 나는 그중 '루나'라는 영문 이름의 상담실장이 상담하는 자리에 합석했다. 루나는 이십 대 중후반으로 보이는 인형 같은 얼굴의 요원으로, 눈, 코, 입, 턱 그리고 가슴을 전부 이 병원에서 수술받았다. 상담 도중 아무렇지도 않게 자신의 이목구비와 가슴을 '좋은 예시'로 제시했으며 환자도 당연하다는 듯 루나의 수술 부위에 대해 이것저것 질문했다. 그다지 화술이 좋지 않고 살짝 혀가 짧은 듯한 루나가 '상담실장'이란 직위를 차지할 수 있었던 비결은 그것이었다. 존재 자체가 성형의 역사이자 증거이자 열렬한 지지였던 것. "실리콘 부작용이 두렵지 않으셨어요?"와 같은 질문에 루나는 커다란 눈을 깜빡이며 "전혀요. 제가 여기 근무하면서 삼백 명 가까이 코 수술하는 분들 지켜봤는데 한 번도 부작용 난 적 없었거든요."라는 단호한 대답을 내놓았다. 말하는 본인이 자신의 말을 백 퍼센트 확신하는 것처럼 보인다는 게 가장 중요한 포인트였으리라.

상담실장과 상담을 마친 고객은 같은 자리에 앉아 있다가 의사와 2차 상담을 하게 된다. 나는 수술 의사 상담에도 한 건 동참했다. 가슴성형센터 센터장을 맡고 있는 안재만 원장의 상담이었다. 환자는 상체를 완전히 탈의한 채 가운 하나만 걸치고 있었다. 안재만의 말은 빠르고 무미건조했다. 환자는 원래 가슴 상담만 하기로 되어 있었는데, 의사가 나타나자 갑자기 코에 대한 질문을 했다. 안재만은 코 수술에 대해 몇 마디 개략적으로 설명한 뒤 본론인 가슴으로 넘어가려 했다. 그런데 환자가 자꾸 코에 대한 질문을 하며 시간을 끌었다. 언짢은 얼굴로 몇 번 대답해 주던 안재만은 마침내 짜증 섞인 얼굴로 퉁명스럽게 내뱉었다.

"지금 환자분께 제가 수술 과정을 일일이 다 설명해야 하는 건가요?"

그 대목에서 나는 살짝 놀랐는데, 그건 그의 태도가 그때까지 내가 만나 본 이 건물 내의 인력들에게서 풍겨 나오던 '한계가 없을 것 같은 친절'과 확연히 다른 기조였기 때문이다. 그러나 그 놀람은 이내 깨달음으로 바뀌었다. 환자가 그런 안재만에게 조금도 기분이 상하거나 불쾌해하지 않고 바로 사과하며 다음 수순으로 넘어갔던 것이다. 상대가 상담실장이어도 그랬을까? 하는 질문을 스스로 생산하고 답하는 과정에서 나는 상담실장과 의사라는 두 직분의 차이에 대한 본질적인 깨달음을 얻게 되었다. 불쑥 튀어나오는 퉁명스러운 답변은 의사의 권위와도 연결되는, 어쩌면 일부러 살짝 섞어 줘야 할지도 모르는, '시간에 쫓기는 전문 인력'의 상징과도 같은 것이었다.

상담이 가슴으로 옮겨 간 직후, 그날의 대미를 장식할 장면이 눈앞에 펼쳐졌다. 안재만이 "자, 좀 볼까요?"라고 말하자 환자가 가운을 벗어 던지고 가슴을 드러냈던 것이다. 웬만한 일에는 눈 하나 깜짝하지 않는 나도 그 장면에서는 얼굴이 홧홧거릴 정도로 놀랐다. 고객은 아이 둘을 키우고 있는 사십 대 중반의 여성이었다. 그런데 의사의 말 한마디에 훌렁 가슴을 드러냈다. 안재만이 줄자로 어깨에서 유두까지의 거리를 재서 내게 기록하게 했다. 가슴이 달린 위치를 측정하는 것이다. 환자는 왼쪽 가슴과 오른쪽 가슴의 위아래 위치가 달랐다. 안재만은 이를 '짝짝이라 수술하는 데 굉장히 까다로운 가슴'으로 규정했다. 줄자로 이것저것을 잰 안재만이 이번에는 두 팔을 들어 올릴 것을 주문했다. 가슴을 드러낼 때는 한치의 주저함도 보이지 않던 여자가 이번에는 당황한 기색을 보였다.

"팔을…… 들어 올리라고요?"

여자가 그 시점에서 주저하는 기색을 보였던 이유는 팔을 들어 올리자마자 바로 드러났다. 겨드랑이 제모를 미처 하지 못하고 왔던 것이다. 여자의 겨드랑이 털은 유난히 숱이 많아서 팔을 들어 올리고 선 모습을 차마 보고 있을 수가 없었다. 나는 리모컨을 들어 밖이 보이도록 간격이 벌어져 있던 블라인드를 밀폐형으로 바꾸었다. 안재만은 군데군데 흰색 털이 섞인 여자의 풍성한 겨드랑이 털에서 벗어날 수 있도록 재빨리 필요한 정보를 얻어 낸 뒤 상담을 마무리했다. 나는 남아서 여자가 가운을 입는 것을 지켜보다가 안재만의 눈짓을 받고 황급히 상담실을 빠져나왔다.

6

상담을 받은 여자가 김상아의 언니라는 사실을 안 것은 참관을 마치고 12층 로비로 돌아온 후였다. 상담실에서는 블라인드를 쳐 놓아 몰랐는데, 그새 해가 지고 하늘에 암청색 기운이 몰려와 있었다. 퇴근 준비를 하던 여직원들 중 하나가 나를 보고 알은척을 했다.

"상담실 가 보니까 어떠세요?"

여직원들 중 가장 나이가 어린, 들어온 지 한 달밖에 안 됐다는 박민아였다. 박민아는 무리 중에 유일하게 콧대가 높지 않아 눈에 확 띄었는데, 자기도 무리에 끼어들지 못해서인지 신참인 나와 친해지고 싶어 하는 눈치였다.

"재미있던데요? 조금 전에 안재만 선생님 상담도 참관했는데, 와, 환자가 아무렇지도 않게 가운을 훌렁 벗더라고요. 순식간에 가슴이 드러나는데 내가 다 민망하더라니까."

속사포 같은 말이 입에서 튀어나왔다. 온종일 간단한 접대 멘트 외에는 입을 닫고 있었던 터라 누군가 말을 걸어 준 게 너무나 반가웠다. 하루 동안 접한 범상치 않은 장면들에 대한 소회를 누군가에게 표출하고 싶은 마음도 컸다.

"그 여자 가슴 어때요? 커요?"

이 한마디로 나는 박민아가 어리고 순진하며 그다지 총명하지 못한 아이라는 사실을 알아차렸다. 고객의 개인 정보에 대놓고 관심을 드러내는 것도 그렇지만 들어온 지 한 달이나 된 사람이 고객을 '그 여자'라고 칭하는 것을 보면 나머지는 안 봐도 알 수 있었다.

"그 여자라면 김진아 환자분을 말하는 건가요, 민아 씨?"

눈에 힘을 주고 또박또박 말했다. 고객을 이름만으로 호명하지 않는 건 병원의 기본 규칙이었다. 마음 같아선 앉혀 놓고 직설적인 훈계를 날리고 싶었지만 내가 이곳에 등장한 지 겨우 이틀 된 인물이라는 사실을 감안해 꾹 참았다.

"네, 맞아요, 김진아 씨. 실장님, 그분 김상아 언니인 거 아시죠?"

민아가 호칭에 관한 내 지적을 냉큼 받아들인 뒤 다시 가슴 상담 환자 이야기를 꺼냈다. 나는 들고 있던 차트를 카운터에 올려놓았다. 그 여자가…… 김상아 언니라고?

"모르셨나 보다! 실장님, 가수 김상아는 아시죠?"

김상아. 물론 안다. 인디 밴드 싱어로 출발, 방송계에 진출해 순식간에 대한민국 록 음악계의 여자 대표가 돼 버린 가수. 작사, 작곡은 물론 키보드, 드럼, 기타 등 못 다루는 악기가 없는 전천후 음악인.

"조금 전 그 여자분이 김상아 씨 친언니예요!"

머릿속에 김상아의 날카로운 턱과 강렬한 눈빛, 고음을 내지를 때 두 팔을 쳐올리는 특유의 팔 동작이 펼쳐졌다. 그리고 따라오는 모습들. 그녀의 배우자 윤지하와, 그들의 딸 윤미래.

"그랬구나. 자세히 좀 볼걸 그랬네."

박민아에게 호응하기 위해 애써 흥분한 목소리를 냈지만 내 목소리는 부자연스럽게 크기만 했다.

"어떻던가요? 김상아랑 닮았어요? 가슴은 커요?"

나는 카운터 중앙에 놓인 의자에 앉으며 끙 소리를 냈다. 20분 넘게 서서 상담을 참관했더니 허리가 끊어질 것 같았다. 그 여자가 김상아랑 닮았었나? 아쉽게도 여자의 얼굴이 생각나지 않았다. 내가 선 위치에선 여자의 뒷모습과 옆모습의 일부만 보였다. 그러다 여자가 갑자기 가운을 벗었고, 속살이 드러났다. 겨드랑이 털의 존재를 지각한 순간 바로 고개를 돌렸기 때문에 가슴 크기나 모양 같은 건 보지 못했다.

"꽤 예쁜 가슴이던데? 선생님도 워낙 모양이 좋은 가슴이라 크기만 아니라면 굳이 수술을 권하고 싶지 않다 하셨고."

그냥 이렇게 둘러댔다. 남의 가슴 크기에 대해 운운하고 싶지 않았을뿐더러 김상아의 친언니라는 여자에 대해 조금이라도 좋지 않은 얘기를 내 입으로 하고 싶지 않았다.

"들어가 보겠습니다."

"안녕히 가세요."

"들어가세요."

7시가 되자 기다렸다는 듯 직원들이 일어섰다. 10분 전부터 사복으로 갈아입고 핸드폰에 얼굴을 처박고 있던 박민아도 서둘러 인사를 하고 나갔다. 나는 혼자 남아 창밖으로 몇 군데 오렌지색 번짐으로 남은 태양의 흔적이 완전히 사라지는 것을 지켜보다가 민아가 앉았던 자리에 앉아 컴퓨터를 켰다. 하루 동안 지켜본 결과, 이곳은 매우 흥미로운 곳이며 상담실장이라는 일도 내 적성에 잘 맞을 것 같다는 결론에 이르렀다. 조성환이 무슨 의도로 나를 여기 투입했는지는 모르겠으나, 나는 이곳에 닻을 내릴 작정이다. 드라마 대본 작업이 마음에 걸리긴 하지만, 어차피 어디랑 계약해 놓고 쓰는 것도 아니니 급할 건 없다. 나 혼자 주야장천 써서 여기저기 팔러 다녀야 하는 신세니 조금 있다 써도 아무도 뭐라 하지 않을 테고, 정 아쉬우면 여기 일 좀 익힌 다음 퇴근 후에 조금씩 써 나가도 되지 않겠는가?

지난달 초, 몇 달 전에 공모전에 냈던 대본이 최종심까지 올라갔더랬다는 연락을 받았다. 그동안 공모전에서 수십 번 떨어졌던 터라 낙선 소식이 놀라울 것도 없었지만, 마지막 두 작품 중 하나였다는 사실을 알고 나니 안타까움으로 가슴이 터져 버릴 것 같았다. 그 후로, '될 뻔'했다는 생각이 내 일상을 압도했다. 드라마 작가가 되어 여기저기서 스포트라이트를 받는 장면이 시야를 가려 무엇에도 정신을 집중할 수 없었다. 다음 작품을 구상하는 작업도 좀처럼 진도가 나가지 않았다. 그러던 참에 조성환을 만났다. 어차피 작품을 붙들고 있어 봤자 잘 써지지도 않는데 그와 좀 놀면서 쉬면 되겠다는 생각으로 그의 집에 눌러앉았다. 그런데 그가 내게 일자리를 선사했다. 새로운 작품의 배경이 될 장소를 마음껏 탐험할 수 있는 근사한 일자리를. 마침 생활비도 다 떨어진 참이었다. 게다가 이 일을 하면, 이건 크게 중요한 건 아니고 그냥 잠깐 생각해 본 건데, 조성환과도 단단하게 엮일 것 같았다. 조성환. 그는 생각보다 영양가 있는 인간인 것 같다. 의중을 파악하기 힘들고 모든 걸 장난으로 대하는 듯한 태도가 조금 걸리지만 현실적으로 쓸데가 많을 것 같다. 백화점에서 신용카드를 꺼내는 기개는 말할 것도 없고, 당장 열다섯 명이나 되는 상담 팀의 실장으로 나를 꽂아 줄 수 있는 능력자가 아닌가.

나는 낮에 눈여겨봐 둔 박민아의 아이디와 패스워드를 치고 사내 인트라넷에 들어갔다. 그리고 고객 정보 파일을 찾아 클릭했다. 일하기로 마음먹었으면 일단 고객 현황부터 파악해야 할 것이다. 당분간 고객 파악을 하고 다음엔 재무 상황도 살펴봐야지. 재무 상황은 조성환의 도움이 있어야 가능하리라. 앞으로 할 일이 많다고 생각하니 기운이 솟구쳤다. 나는 몸담았던 조직에서 항상 일을 잘한다는 평을 들었다. 특히 엔터테인먼트 업계에 있을 때 그랬다. 파인 엔터테인먼트가 지금 같은 규모로 크는 데 내가 끼친 공로가 적지 않았고, 퀸스 엔터테인먼트는 내 덕분에 파인 엔터테인먼트와 동등한 레벨로 취급받는 선까지 올라갔다고 해도 과언이 아닐 정도로 내 역할이 컸다. 물론 사생활이니 뭐니 하는 측면에서 욕을 좀 먹었지만, 그게 그리 대수겠는가. 아무튼 나는 일을 시작하면 절대 대충 하지 않는다. 나는 고객 정보를 하나하나 클릭해 넘겨 보다가, 고개를 들고 전면을 보았다. 거대한 전면 창으로 고층 건물과 도로, 도로를 가득 메운 차들, 바쁘게 횡단보도를 건너는 사람들이 시시각각 변하는 풍경화를 완성해 내고 있었다. 나는 주먹을 쥐고 아래로 내리면서 파이팅! 하고 부르짖었다. 이곳에서 열심히 일할 것이다. 그래서 내 능력을 보여 주고, 나를 이곳에 내리꽂아 준 이 건물의 소유주(인지는 확실치 않지만 아무튼 그럴 가능성이 있는), 16층짜리 거대 병원의 병원장인 조성환의 선택에 열렬히 부응할 것이다. 파이팅!

7

장혁규가 돌아왔다. 우리 병원의 스타 의사이자 대한민국 성형외과 의사 순위에서 다섯 손가락 안에 들어간다는 장혁규 원장은 중동을 방문해 선진 성형 의료 기술을 전수하고 오는 길이라 했다. 중앙아시아 3개국을 방문해 MOU를 맺어 의료 한류 바람의 선두주자가 됐다며 언론에서도 장혁규에 대한 기사를 크게 실었다. 나는 오후가 되어서야 장혁규를 볼 수 있었다. 그의 수술 일정이 타이트하게 잡힌 데다 나도 안면 윤곽 상담과 엉덩이 보정 상담에 따라 들어가느라 틈을 낼 수 없었던 것이다.

오전 상담 일정을 소화한 뒤, 장혁규의 상담에 들어가겠다고 자청했다. 오후 1시. 점심 먹을 틈도 없이 15층으로 올라갔다. 온종일 수술 일정이 잡혀 있는 장혁규의 상담이 딱 그 시간에만 잡혀 있었기 때문에 얼굴을 볼 기회는 그때뿐이었다. 내일부터는 이틀간 계속 수술 일정이 잡혀 있어서 장혁규 앞으로는 상담을 아예 배치하지 말라고 루나가 지시 내린 터였다.

"안녕하세요? 이서경입니다."

두 손을 앞에 모으고 공손하게 인사했지만 장혁규는 금테 안경 너머의 차가운 눈길을 내 허리 부근으로 한번 내쏘는 것 외엔 아무 반응을 보이지 않았다.

상대가 무안할 정도로 냉랭한 태도는 환자에게도 예외가 아니었다.

"지금 두 번째 말씀드리는 겁니다. 잘 들으세요."

똑같은 질문을 다시 하는 환자에게 장혁규는 성난 음성으로 경고하듯 말했다. 우리 병원을 처음 방문한, 성형에 대한 지식이 거의 없는 환자였다. 요점만 찍어 빠르게 말하는 장혁규의 말은 일주일 동안 근무하면서 나름 성형에 대한 지식을 많이 입수했다고 생각하는 나도 한 번에 알아듣기 어려웠다.

"그럼 수술을 안 하는 게 나을 것 같다는…… 말씀이신가요?"

환자는 상담실장과의 상담에서 눈과 코를 하고 싶다고 말했는데 막상 의사를 만나서는 가슴에 관심을 보였다. 장혁규는 눈과 코로 유명한 의사다. 친절하지도 않고 수술 비용도 터무니없이 높게 부르는데 입소문만으로 환자를 끌어모으는 완전한 실력파다. 수술받겠다고 기다리는 환자가 줄 서 있는 터라 상담도 잘 하지 않으려 드는데, 오늘은 예외적으로 상담을 받았다. 그런데 환자가 가슴 타령을 하고 있으니 수술 일정 때문에 점심도 못 먹고 있던 장혁규가 짜증이 나지 않았다면 그게 더 이상한 일이었으리라.

"환자분 가슴이 이렇게 돼 있다니까요?"

장혁규가 소리치다시피 하며 차트 위에 그림을 그렸다. 보통 사람의 가슴판이라고 그려 놓은 반원 형태 옆으로, 여러 개의 봉우리를 이어 붙인 듯 굴곡이 심한 곡선이 난폭하게 그려졌다.

"쉽게 말하면 뼈가 중간중간 굽어 있다는 거예요. 그 위에 보형물을 얹어 봤자 푹 꺼져서 모양이 예쁘게 안 나온다, 이 말입니다!"

차트에는 환자의 가슴 모양이 세 번 연속으로 그려져 있었다. 처음의 연필 선은 고르고 흐린 선이었는데 두 번째는 진하고 거칠어지더니 이번에는 그리다가 심이 부러지는 바람에 두텁게 이어지다가 뚝 끊어지는 선이 돼 버렸다.

"그러니까…… 해 봤자 별 소용이 없다…… 이 말씀이신 거죠?"

삼십 대 초반으로 보이는 비쩍 마른 환자가 금방이라도 울 것 같은 얼굴로 말했다.

"아니죠. 하는 게 지금보다 확실히 낫습니다. 다만 다른 가슴에 비해서 불리한 제약이 있다, 이 말씀을 미리 드리는 겁니다."

환자가 눈에 띄게 위축된 모습을 보이자 장혁규의 목소리에 급조된 친절함이 감돌았다.

"그럼…… 해도 괜찮을까요?"

나는 몇 걸음 나아가 환자 옆에 섰다. 마르고 안색이 좋지 않은 환자는 맞잡은 손을 계속 비비고 있었다. 이 환자에게 필요한 건 확신과 격려다. 나는 장혁규를 쳐다보았다. 좀 부드럽게 해! 이 여자한테 필요한 건 정보가 아니라 안정감이라고!

그러나 장혁규는 내 눈빛을 외면했다.

"그건 환자분이 결정할 문제죠. 더 궁금하신 게 있나요?"

장혁규는 환자가 대답할 틈도 주지 않고 차트를 챙겨 자리에서 나가 버렸다.

"실장님, 나오세요."

환자에게 몇 마디 해 주고 싶어 머뭇거리고 서 있는데 장혁규가 돌아서서 날카롭게 내 발치를 쏘아보았다.

"잠시만요, 조금 있다 올 테니까 조금만 기다려 주세요."

최대한 따스한 목소리로 환자에게 말한 뒤 밖으로 나왔다.

"이 상담 누가 잡았어!"

12층으로 내려가자마자 장혁규가 씩씩거리며 카운터로 돌진했다. 카운터 한쪽 끝에 모여 잡담하던 직원들이 재빨리 자리로 돌아가 모니터를 응시했다.

"박민아 씨?"

장혁규의 날카로운 눈빛이 민아를 향했다. 카운터 가장 끝 쪽에서 고개를 숙이고 있던 민아가 턱을 만지작거리면서 네, 하고 말했다. 기어드는 목소리라 멀리서 보면 입만 벌렸다 닫는 것처럼 보였다.

"환자랑 1차 상담 한 거예요, 안 한 거예요?"

장혁규가 성큼성큼 박민아 쪽으로 걸어갔다. 그때 내선 전화가 울렸고, 나란히 늘어서 있던 직원들이 서로 그 전화를 당겨 받으려다 로비 전화가 끊어지는 해프닝이 벌어졌다.

"1차 상담하실 때는 분명히…… 쌍꺼풀이랑 코에 관심 있다고……."

민아는 병원 돌아가는 사정을 파악하지 못해 하루가 멀다 하고 실수를 저질렀다. 일주일 동안 내가 본 것만 해도 벌써 다섯 번째였다. 수술 여부가 불확실하고 수술 부위에 대한 관심도 통일돼 있지 않은 어리바리 환자를 장혁규에게 붙여 준 것은 그중 가장 큰 실수였다. 병원의 이익 차원이 아니라 장혁규라는 개인의 성정 차원에서. 장혁규는 벌겋게 달아오른 얼굴로 버럭버럭 소리를 질렀다.

"가슴! 가슴 수술 하고 싶다잖아요! 이런 환자를 나한테 보내면 어떡합니까?"

이 남자는 어떻게 이 병원의 스타가 되었을까? 나는 벌게진 얼굴로 소리 지르는 그의 옆모습을 유심히 쳐다보았다. 일주일. 길지 않은 기간이었지만 나름 성형외과 돌아가는 사정을 파악했다고 생각했다. 가장 중요한 것은 환자의 심리 상태를 파악하는 것이며, 심정적인 지지와 격려가 실제로 수술을 잘하는 것보다 중요하다고 생각했다. 그런데 이 남자를 보니 그 생각이 흔들린다.

"이 환자, 수습해서 그냥 보내요."

민아가 대답 없이 가만히 서 있기만 하자 장혁규가 포기한 듯 내게 차트를 넘겨주고 엘리베이터로 걸어갔다.

"환자가 예약 잡겠다고 하면요?"

내가 말하자 그가 멈칫하더니 뒤돌아섰다.

"그 환자 예약 안 합니다."

내가 잘못 본 게 아니라면. 이렇게 덧붙이면서 그가 재빨리 내 몸을 훑어내렸다.

"그래도 예약하겠다 하면…… 장 원장님 앞으로 수술 잡을까요?"

나는 그의 전신을 천천히 훑어내렸다. 나도 똑같이 쳐다봐 주마, 이 싸가지야.

"그 환자는 예약 안 합니다."

한 번 훑어본 것만으로도 나는 그가 왜 이 병원의 스타가 됐는지 알 것 같았다. 그는 장신에 떡 벌어진 어깨, 엄청난 숱을 자랑하는 눈썹과 높은 콧대를 구비한 남자였다. 남자답게 잘생긴 호방한 인상으로 최민수나 최재성 같은, 꽃미남 전성시대가 오기 전 한 시대를 풍미했던 마초 스타일의 남자 배우들을 연상케 했다. 거기에 번쩍거리는 금테 안경이 남성적인 선에 지적인 아우라를 더해 주는 효과를 발휘했다. 그러니까 그는 '잘생긴' 의사였던 것이다.

"그럼 만일 예약 잡는다 해도……."

조성환처럼 생긴 의사가 이 사람처럼 싸가지 없게 굴면 어떻게 될까? 내 생각은 자동으로 조성환에게 돌아갔다. 답은 이내 나왔다. '망한다.' 딱딱 끊어 '팩트' 중심으로만 말하는 화법은 딱 이렇게 생긴 사람에게만 허락된다. 실제로 조성환의 화법은 이 사람과 정반대다. 말을 많이 하지 않지만 환자의 말을 침착하게 잘 들어주고, 질문에 정서적인 울림이 있는 답변을 해 준다. 환자의 현재 생김새가 충분히 괜찮다는 도입부 인사말을 충분히 한 뒤 설명 도중에도 끊임없이 현재 생김새에 대한 지지 발언을 집어넣어 설령 성형을 하지 않아도 네가 슈렉인 건 아니라는 느낌을 부족하지 않게 안겨 준다. 상대에 따라 적절한 유머를 구사하기도 한다. 상담 팀 직원들은 그런 조성환을 '느끼하다'고 평하기도 하지만 나는 그것이 조성환의 외모 조건에 부합하는 최적의 스타일이라고 생각한다. 조성환이 신사동 일대에서 나름 '페이스 메이커'라는 명성을 얻은 것은 아마도 실제로 만들어 내는 신체 부위의 모양보다 이러한 정서적 만족감을 준 데서 기인한 것이리라.

"나는 안 합니다."

확고한 한마디를 내뱉고 장혁규는 엘리베이터 안으로 들어가 버렸다.

나는 차트를 들고 비상구 문으로 나갔다. 천천히 걸어 올라가면서 환자에게 해 줄 말을 고르고 싶었다. 다른 원장하고 다시 면담하게 해 줄까. 곧바로 조성환의 얼굴이 떠올랐다. 천천히 계단을 오르기 시작했다. 발을 내디딜 때마다 16개 층을 이어 주는 계단실에 또각또각 구두 굽 소리가 울려퍼졌다. 여자들은 왜 저런 남자를 좋아할까? 장혁규의 높다란, 상대를 찌를 것 같은 위협적인 콧대가 떠올랐다. 예상 외로 많은 여자들이 저렇게 반반하고 성질 더러운 남자한테 끌린다. 그런 남자가 얼마나 실속 없고 내면이 허약한지를 모르기 때문이다. 현명한 여자라면 조성환 같은 남자를 챙길 것이다. 나는 헉헉거리며 세 번째 계단을 오르기 시작했다. 요즘 운동을 너무 안 했나. 한 층 계단을 오르는 것만으로 가슴이 콩닥거리고 숨이 가빠진다. 당장 헬스라도 끊어서 내일부터 다닐까. 조성환과 새벽부터 헬스장으로 가는 풍경을 그려본다. 같이 피트니스 다니자고 해 볼까? 조성환을 억지로 헬스장에 데려가 근육남으로 변신시키는 장면이 떠오른다. 조성환을 닦달해 수술 건수를 늘리고 장혁규보다 더 유명한 스타 의사로 조련해 내는 장면도 떠오른다. 웃음이 나온다. 극단적이고 근거 없는 공상은 언제나 즐겁다. 마치 그렇게 될 것 같은 허황된 예감도 부록처럼 따라붙어 재미에 입체감을 더한다. 내가 공상을 즐기는 이유다.

8

손잡이를 돌리자 덜컹 소리가 나면서 현관문이 열렸다. 나는 뒤에 선 조성환을 의식하며 신발을 벗고 안으로 들어갔다. 텁텁한 공기와 찌든 담배 냄새가 기다렸다는 듯 달려들어 내가 원래

속했던 공간의 수준을 확실하게 증언해 주었다. 나는 싱크대 맞은편에 난 팔뚝만 한 창을 열어젖혔다. 아래쪽이 부식되어 반밖에 남지 않은 나무 틀 창문은 끼익 소리를 내면서 몇 번 덜컹거린 후에야 열렸다. 1층 술집에서 틀어 놓은 재즈 음악의 선율이 볼륨을 높이며 집안으로 파고들었다. 냄새는 플라스틱 우유통을 채운 담배꽁초 더미에서 나오고 있었다. 집안은 내가 나가던 당시의 모습 그대로였다. 특히 문이 활짝 열려 있는 방의 풍경은 다시 현관문을 닫고 돌아가고 싶어질 만큼 처참했다. 몸 빠져나간 자리가 그대로 남은 잠옷 바지, 브래지어가 길게 밖으로 빠져나와 있는 빨래 바구니, 여기저기 널려 있는 책, 머리카락과 함께 뭉쳐 있는 먼지 더미, 프린트물, 찌그러진 맥주 캔…….

"문이 열려 있었네?"

손잡이를 돌리기만 해서 문을 여는 것을 본 조성환이 의아한 표정을 지었다.

"안 잠그고 나갔었나 봐."

얼버무리며 집안으로 들어섰다. 사실 현관문은 너무 오래되어 잠금 기능이 작동하지 않는 상태였다. 나는 이 집에 산 지 두 달이 지나서야 그 사실을 알았다. 혼자 사는 집이라 밤마다 문을 잠그고(그래 봤자 돌리는 손잡이에 달린 길쭉한 모양의 쇠를 오른쪽으로 돌리는 것에 불과했지만) 잤는데, 어느날 문이 잘 잠겼는지 확인해 보려고 잠금 장치를 옆으로 돌린 뒤 밖으로 밀어 보았더니 문이 열리며 바람이 솔솔 들어오는 것이 아닌가. 깜짝 놀라 밖으로 나가 보았다. 사정은 밖에서도 마찬가지였다. 분명히 열쇠로 잠갔는데도 손잡이를 돌리며 앞으로 잡아당기면 바로 문이 열렸다.

그때의 느낌이라니! 나는 문 앞에 서서 어렵게 마련한 보금자리를 다시 바꿔야 하나 하는 실행 불가능한 생각을 열심히 해 보다가, 들어가 문을 닫고 잠을 청했다. 그 뒤로 며칠 동안 자기 전에 현관문에 초록색 테이프를 덕지덕지 붙이고 잤지만, 결국 그것도 하지 않은 채 잠금 장치를 옆으로 돌리고 자면서 문이 잠긴 거라고 스스로 되뇌는 일상에 진입하게 되었다. 얼마나 열심히 되뇌었는지 한동안은 문이 잠긴 거라고, 밖에서 누가 잡아당겨도 절대 열리지 않을 거라고 진정으로 믿고 살기도 했다. 그러나 그 문이 열릴 수 있다는 사실은 언제나 내 마음 한구석에 남아 있었고, 낯선 사람이 한밤중에 문을 열고 들이닥치는 꿈이 등장해 내 다양한 꿈 레퍼토리의 주요 목록에 이름을 올렸다. 그러니까 내가 조성환을 만나기 전에 만났던 남자, 3년이라는 시간 동안 질기게 만남을 이어 온 강재희라는 인물을 그다지 좋아하지 않으면서도 그가 마련해 놓은 오피스텔에 다람쥐처럼 들락거렸던 것은 좀 더 안전한 거주지를 확보하기 위한 나의 무의식의 발로였을지도 모르겠다. 강재희의 오피스텔에서 자면 적어도 현관문이 열릴 수도 있다는 불안에서 벗어날 수 있었으니까.

나는 방문을 열고 들어가 책상을 밟고 올라섰다. 천장에 가깝게 달린 쪽창을 여는데, 고시원에서 짐을 꾸려 이곳으로 이사해 올 때의 느낌이 되살아났다. 현관문을 열면 한눈에 화장실과 한 개짜리 방, 부엌이 눈에 들어오는 단출한 공간. 이 공간을 마련하고 설레어 잠을 이루지 못한 때가 엊그제 같은데 그새 5년이라는 세월이 흘렀다. 그동안 양평에 있는 엄마 집과 재희의 오피스텔을 들락거리느라 비우는 기간이 많았지만, 그래도 이곳은 내 집,

내 보금자리였다. 앞으로 이 집에 다시 발을 들일 일이 생길까? 나는 조성환을 쳐다보았다. 조성환은 신발을 벗고 올라와 현관 바로 왼쪽에 있는 목욕탕 문을 열고 들어서던 참이었다.

"잠깐!"

소리치며 뛰어갔지만 그는 이미 문을 열고 욕실 안으로 들어선 상태였다. 열린 욕실 문 너머로 희미한 백열등 아래 진갈색으로 변색된 변기와 구석구석이 깨져 나간 바닥 타일, 용기 밑동이 노랗게 변색된 샴푸통이 적나라한 모습을 드러냈다.

"왜?"

문을 닫으려던 조성환이 뒤돌아보았다. 평소와 다름없는 평온하기 그지없는 얼굴로. 나는 욕실 문턱에 올라섰다. 그의 작은 머리통 뒤쪽 벽으로, 손가락 끝이 하얗게 벗겨진 고무장갑과 군데군데 금이 간 빨랫비누, 끝부분이 검게 변색된 수세미와 유한락스 통, 평빗과 롤빗이 무질서하게 들어찬 찬장이 보이고 그 바로 밑에 머리카락이, 돼지 꼬리 모양으로 꼬인 내 기나긴 머리카락이 맺혀 있는 게 보였다.

"변기가 잘 안 될 텐데…… 꼭 지금 써야 해?"

나는 맨발로 욕실에 들어가 변기 뚜껑을 닫았다. 웬만하면 남의 생리 현상을 가로막는 짓은 하고 싶지 않았지만, 변색되고 냄새 나는 변기를 조성환이 사용하는 건 죽기보다 싫었다. 조성환이 변기에 앉아 일을 보면서 벽에 맺힌 내 머리카락을 쳐다보게 하느니 그가 생리 현상을 해결하지 못해 불행해하는 모습을 지켜보는 편이 백배 나을 것이었다.

"아니, 나중에 가도 괜찮아."

조성환이 엉거주춤 뒤로 물러서며 내 표정을 살폈다. 나는 그가 빠져나오며 욕실을 둘러보려는 걸 얼른 가로막고 욕실 등을 꺼 버렸다.

"생리 현상을 가로막아 미안하지만 네가 나를 통해 가난을 체험하는 건 싫어."

욕실 문턱을 건너온 그를 똑바로 쳐다보며 말했다. 비장한 내 목소리에 그가 한동안 나를 쳐다보더니 콧김을 내뿜으며 피식거렸다.

"알았어, 병아리. 도와줄 테니까 얼른 여기 정리하자."

조성환은 빠르게 움직였다. 거실을 왔다 갔다 하는가 싶더니 어느새 2단 책장 앞에 무질서하게 널려 있던 책들이 일렬로 쌓이고 빈 술병들이 현관 한쪽에 가지런히 늘어섰다.

"비닐봉지 어디다 두고 써?"

한참 싱크대 문을 열고 닫던 조성환이 물었다.

"뭐하게?"

나는 두 평짜리 방바닥에 널린 옷들을 정리하다 말고 싱크대 서랍을 열어 초록색 비닐봉지를 꺼내 주었다. 조성환이 비닐에 손을 넣어 동그랗게 부풀린 뒤 플라스틱 우유통을 거꾸로 해 담배꽁초를 털어 넣었다.

나는 들고 있던 옷가지를 옷장에 처박아 넣으며 연신 한숨을 쉬었다. 나가서 기다리라고 할까. 조성환이 이런 공간에 있는 게 몸서리치게 싫었다. 아무렇지도 않은 척 담배꽁초를 치우고 있지만 속으론 얼마나 치를 떨고 있을까. 그와 같은 인간에게는 이런 공간에서 이런 냄새를 맡는 것이 아마 태어나 처음 겪어 보는 일이리라. 그런 생각을 하자 갑자기 울화가 치밀었다. 같이 가겠다고 따라온 그가 괘씸했다. 결국 이런 꼴을 보고 싶어서 따라온 게 아닌가? 자기한테 빌붙은 듣보잡 여자애의 실상을, 얼마나 못살고 얼마나 형편없는 환경에서 생활했던 아이인지 두 눈으로 확인하겠다는.

원래는 혼자 잠깐 들러 노트북을 챙겨 갈 생각이었다. 다른 건 모두 돈 주고 살 수 있지만 노트북 속에 있는 내 글들, 지금까지 써 온 작품들과 새로 구상한 작품의 구상 노트, 신작을 위해 정리해 놓은 인물도 같은 건 새로 구입할 수가 없었다. 간 김에 집안도 좀 정리하고, 생리대나 속옷처럼 조성환과 같이 있을 때 사기 곤란한 품목들도 싸 갈 생각이었다. 그런데 퇴근 뒤 조성환을 빌라 주차장에 내려 주면서 먼저 들어가라고 했을 때, 조성환이 어딜 가느냐고 물어왔다. 어디 가냐고? 조성환의 물음을 그대로 따라하면서, 잠깐 망설였다. 한남동 집에 다녀오겠다고 말하기가 왠지 꺼림칙했다. 곤란하면 말하지 않아도 돼. 다녀와. 망설이는 기색을 눈치챈 그가 이렇게 말하며 차 문을 닫으려 했다. 잠깐만. 나는 그를 불러세웠다. 나, 살던 집에서 좀 가져올 게 있어. 이렇게 말한 뒤 고개를 보조석 쪽으로 들이밀고 차체 옆에 선 그를 올려다보았다. 그리고 물었다. 같이 가지 않겠느냐고. 지금에 와서는 절대로 하지 않았어야 했다고 후회하게 되는 그 말을 전해들은 그가, 어깨를 구부리고 나와 눈을 마주하고 있던 그가, 잠깐 생각하더니 냉큼 보조석에 올라탔다. 병아리네 집에 가 보는 것도 나쁘지 않지. 이렇게 말하며 한쪽 어깨를 으쓱해 보이던 조성환. 한쪽 어깨의 움직임과 함께 같은 방향으로 기울어지던 그의 조막만 한 머리통. 경쾌하고 쿨한 말투. 나는 그의 미련 없는 시원한 음성과 몸짓이 좋아서, 그가 내가 살던 곳에 가 보고 싶어 한다는 사실이 좋아서 헤벌레 웃었다. 그리고 온 것이다. 악취와 먼지와 빈곤이 어느 한 구석 빼놓지 않고 촘촘하게 박혀 있는 이 초라한 공간으로. 그러니 문제는 집안 꼴이 어떨지 떠올려 볼 생각도 하지 않고 태연하게 그를 데리고 들어온 나였다. 아, 아무 생각 없이 즉흥적으로 기분에 따라 살아가는 나는 얼마나 한심한 족속인가.

그런 내 마음을 아는지 모르는지 그는 담배꽁초를 넣은 비닐봉지에서 공기를 빼고 꼼꼼히 묶는 데 심혈을 기울였다. 나는 가만히 서서 그가 냄새의 진원지를 밀봉하는 과정을 지켜보다가, 싱크대 앞에 주저앉았다.

"담배 한 대 피우고 하자."

내가 싱크대 서랍에서 담배를 꺼내 물자 그가 옆에 와 앉으며 불을 붙여 주었다.

"방금 비웠는데 또 꽁초 만들게?"

담배 하나를 더 꺼내 내 담배로 불을 붙인 뒤 그에게 건넸다. 우리는 동시에 담배를 빨았다가 뿜었다. 나란히 앉은 그와 나에게서 나간 연기가 한쪽이 긴 사다리꼴 모양의 집안에 구름처럼 뭉게뭉게 퍼져 나갔다.

"집이 재미있게 생겼네?"

조성환이 두리번거리며 말했다.

이 집은 원래 공장형 아파트로 만들어졌다가 중간에 주거형으로 개조한 아파트다. 넓은 공간을 대충 잘라 나누어서인지 백 세대인 아파트 전체에서 직사각형으로 제대로 된 구조를 찾기가 힘들었다. 평수도 다양해서 이 집처럼 13평이 채 안 되는 공간에서부터 24평, 32평, 41평, 심지어 56평까지 공통점 없이 마구잡이로 분포돼 있다. 원래 대학가 주변 상권에 포함되는 지역으로 조악하고 값싼 술집으로 포위되다시피 한 한 동짜리 아파트였는데, 대학이 서울 부지를 팔고 경기도로 이사를 나가면서 근처가 완전히 고급 주택가로 탈바꿈했다. 남산으로 빠지는 사거리가 있는 대로변에서 옥수동으로 넘어가는 골목길 입구까지 길게 뻗어 있는 이 40년 연령의 낡은 아파트와 주위 술집 세 개만 아직 변태 과정을 겪지 못하고 남아 월세가 천만 원이 넘는다는 주변 고급 주택들과 보기 좋은 대조를 이루고 있다.

"이런 데 처음 와 봤지?"

나는 이곳에서 5년을 살았다. 아파트 벽면 일부가 무너져 내리거나 어느 집 베란다 귀퉁이가 떨어져 나가는 사고가 발생할 때마다 당장이라도 재건축에 들어갈 것처럼 난리가 났지만 5년이 지나도록 아파트는 무너지지 않았고, 분담금을 둘러싼 갈등 때문에 재건축도 시행되지 않고 있다. 재건축을 못해 안달이 난 소유주들은 주위가 고급 주택가로 변해 가는 것을 보며 '동네 분위기상 이 흉물을 그냥 방치해 두지는 않을 것'이라며 헌 집이 새 집으로 변신할 날을 손꼽아 기다리고 있지만 세입자인 나는 그냥 이 상태로 영원히 영원히 계속 갔으면 싶다. 여기가 아니라면 내가 어디 가서 서울의 한복판에, 교통의 요지인 한남동에 이 금액의 월세를 내고 살 수 있겠는가?

"난 청주에서 자랐어."

그가 내 질문과는 완전히 동떨어진 말을 했다. 원래 엉뚱한 소리를 잘 하는 인간이라 크게 이상할 것도 없지만 나는 마음이 언짢았다. 이런 데 처음 와 보았느냐는 내 질문은 그냥 질문이 아니라 내 처지에 대한 그의 소회를 궁금해하는 속뜻이 묻어 있는 질문이었다.

"서울 살다 다섯 살 때 청주로 갔는데, 아버지랑 같이 집을 지었어. 움막에 가까운 집이었지. 여기저기서 주워 온 패널이랑, 슬레이트 지붕이랑, 카펫, 널빤지…… 그런 걸 세우고, 얹고, 전기선을 두르고 하던 게 내 첫 기억이야."

나는 담배를 빨아들이며 슬그머니 그의 옆모습을 쳐다보았다. 구부정한 어깨에 걸쳐진 진자주색 체크무늬 남방이 그가 숨쉴 때마다 올라갔다 내려오길 반복했다. 그러니까, 네가 원래 부잣집 아들이 아니었단 말인 거지, 지금?

"지금도 부모님은 그 집에 살고 계셔. 화장실도 여전히 푸세식이고."

나는 조성환의 청담동 빌라를 떠올렸다. 120평쯤 될까? 연예인들이 많이 사는 빌라라고 가끔 신문에도 나오는 청담동의 대표 빌라였다. 연수입이 최소 2억은 되어야 그런 집을 유지하고 살 수 있을 것이다. 그런 사람의 부모가…… 움막 같은 집에서 산다고?

"우리 어머니 아버지는 우리 집에 와 본 적이 없어."

그가 머리를 싱크대에 기댄 뒤 연기를 천정으로 올려 보냈다. 연기를 따라가다 보니 누렇게 찌든 천장과 들러붙은 날파리들의 시체가 눈에 들어왔다. 나는 깊게 담배를 빨았다가 내뱉었다. 어쩌면 이렇게 이 집은 떳떳하게 보여 줄 구석이 한 군데도 없을까.

"우리 집까지 올 차비가 없거든."

이렇게 덧붙인 그가 하하하 소리 내어 웃었다. 그에게선 좀처럼 듣기 힘든, 커다란 웃음소리였다. 나는 뭐라고 말하려다 입을 다물었다. 무슨 말을 해야 할지 알 수가 없었다. 호화롭게 살면서 부모님은 거들떠도 안 본다니 너는 참 나쁜 새끼인 것 같다고 비난할 것인가, 성공했다고 해서 꼭 부모님과 그 과실을 나누어 먹어야 하는 것은 아니니 앞으로도 계속 너만 잘 먹고 잘살라고 할 것인가.

"차비가 없으면…… 보내 드리면 되지 않아?"

한동안의 침묵을 견딘 뒤 조심스럽게 말했다.

"보내 드려도 안 받아."

그가 한쪽 볼을 찡그리며 내뱉듯 말했다.

"왜?"

"왜냐고?"

그가 내 말을 복기하며 나를 쳐다보았다.

"왜냐. 음. 글쎄…… 우리 부모님은…… 뭐랄까…… 음, 나를 전염병 환자 취급하거든."

나는 숨을 죽였다. 전염병 환자라는 말이 나온 순간 내 온몸이, 그의 심상치 않은 인생사를 향해 빳빳하게 얼어붙었다. 그의 아픈 사연이, 아마도 지금은 절연한 것으로 보이는 그의 부모님과의 일화가 터져 나오려 하고 있었다. 섣불리 말했다간 중요한 이야기의 물꼬를 틀어막는 결과가 될 것이었다. 이런 생각을 하자 긴장이 되어 제대로 숨조차 쉴 수 없었다.

"재미없는 얘기는 그만하고, 우리 병아리는 어때? 부모님이랑 사이가 좋았나?"

내 얼굴을 빤히 쳐다보던 그가 정면으로 돌아앉으며 담배를 빨아들였다. 나는 아랫입술을 꽉 깨물었다. 내 거친 숨소리가 귓가를 분주히 맴돌았다. 뭐라고 대꾸를 할걸 그랬구나! 모처럼 그가 자기 얘기를 했는데. 가장 아픈 부분임에 틀림없을 얘기를 했는데. 멍청하게 앉아만 있었다.

"난 원래 부잣집 출신이야."

우유통 주둥이 부분에 담배를 비벼 끄면서 떨리는 목소리로 말했다. 중요한 순간을 그르쳤다는 아쉬움이 아직 소화되진 않았지만, 그래도 마음이 조금 전보다는 가라앉아 있었다. 적어도 이 집에 그를 들인 게 후회스럽거나 치욕스럽게 느껴지지 않았다. 그도 움막집 출신이라고 하지 않는가. 움막집이 어떤 집인지 알 수 없지만 아무튼 이 집보다도 못한 집이리라.

"엄마가 가수였거든. 백승희라고."

말한 뒤 그의 표정을 살폈다. 내 엄마는 가수였다. 이미자나 패티김처럼 전국구로 유명하진 않았지만 마니아층이 두터워 판을 내거나 콘서트를 하면 늘 일정 수준 이상의 매출을 올리는, 나름 유명한 가수였다. 영화에도 조연으로 가끔 출연해 제법 많은 사람들이 우리 엄마를 알았다. 이 인간이 우리 엄마를 알까. 시선을 느낀 그가 내 얼굴을 한번 쳐다보더니 담배를 깊이 빨아들였다. 백승희라는 이름이 나올 때 눈에 놀라는 빛이 서렸던가? 어떻게 보면 그랬던 것 같기도 한데, 확실히는 모르겠다.

"근데 백승희가 친엄마인지는 아직도 미스테리야."

나는 진짜 백승희의 딸이다. 호적상으로도 딸이고, 실제로 백승희와 같이 살며 엄마라고 불렀다. 백승희가 내 친엄마일 가능성도 크다. 하지만 나는 자라는 내내 같이 사는 여자가 내 친엄마인지 의심했다. 그 문제에 골몰하다 십 대를 보내 버렸다 해도 과언이 아닐 정도로.

"기억이 시작될 무렵부터 백승희 노래를 들었어."

그가 담배를 비벼 끈 뒤 내 쪽으로 돌아앉으며 말했다. 싱크대에 기댄 옆모습 뒤로 그의 그림자가 둥근 곡선의 실루엣을 만들어 냈다. 나는 어깨 너머 그의 그림자를 물끄러미 쳐다보았다. 조막만 한 머리통과 이어지는 등의 굽은 곡선을 보고 있으니 괜시리 가슴이 뭉클했다.

"잠깐만. 움직이지 말아 봐."

그러곤 상체를 내밀어 그의 그림자에 손을 얹었다. 천천히 손으로 그림자의 곡선을 따라 내려갔다.

"이제 됐어."

내가 바로 앉아 싱크대에 기대자 그가 의아한 표정을 지었다.

"뭐했어?"

"내가 그림자 페티시즘이랄까 뭐 그런 게 있거든. 그림자 만지는 걸 좋아해."

나는 그렇게 말한 뒤 수줍게 웃었다. 그가 자기 그림자를 보려고 뒤돌아 앉자 싱크대에 붙어 있던 그의 그림자가 커다랗게 면적을 넓혔다.

"우리 엄마 얘기 계속해 봐. 백승희를 알아? 진짜 어릴 때 우리 엄마 노래 들었어?"

그는 옆으로 기대며 내 쪽을 향한 자세로 다시 돌아왔다. 그 모습이 마음에 들어 손을 뻗으려다, 가까스로 자신을 제어했다.

이 남자는 오늘 나와 섹스하지 않을 것이다. 앞으론 어쩔지 몰라도 오늘은, 하지 않을 것이다. 표정과 분위기를 보면 알 수 있다. 성적 욕망이 삐져나오지 않는 남자를 만나 본 적이 없기 때문에 이 남자와 만나던 초기에는 오해하기도 했다. 실은 욕망하고 있는데 아닌 척하는 거라고. 아닌 척하는 솜씨가 제법이라고. 하지만 시간이 흐르면서 알게 되었다. 눈앞에 있는 여자랑 할 수 있는데도 조금도 하고 싶어 하지 않는 남자가 세상에 있을 수 있다는 것을. 그게 '나'라는 상대의 특수성에서 오는 것인지, 그러니까 이 남자가 내가 아닌 다른 여자에게는 그런 욕망을 느낄 수 있는데 내게 성적 매력을 못 느껴서 그러는 것인지는 조금 더 지켜봐야 알 것 같다. 아무튼 이 남자는 오늘 나와 자는 것에 대한 생각이 전혀 없다. 괜히 오늘 집적거리면 앞으로 할 가능성까지 차단하는 결과로 이어질 수 있다.

"아버지가 백승희 팬이셨거든."

"우아, 정말?"

내 얼굴에 숨길 수 없는 기쁨이 드러났다. 조성환의 아빠가 팬이었다니, 아아, 나는 백승희의 딸이길 잘했다!

"예뻤잖아."

그의 눈에 선망의 빛이 서렸다 사라졌다. 그 여자가 예쁘긴 했지. 나는 집안을 가득 채웠던 엄마의 의상과 액세서리와 각종 미용 제품들을 떠올렸다. 크림색 민소매 원피스, 검은색 롱드레스, 움직여도 찢어지지 않는다는 게 늘 놀라웠던 타이트한 붉은색 원피스, 색색의 밍크코트…… 엄마는 굉장한 멋쟁이였다. 생긴 것 자체도 화려했지만 자신의 생김새를 최적의 상태로 만들지 않으면 절대로 집을 나서지 않는 훌륭한 습관이 사람들의 뇌리에 그녀를 '미모의 여가수'로 새겨지게 하는 데 단단히 한몫했을 것이다. 피부 관리, 몸매 관리, 목소리 관리, 이미지 관리…… 엄마의 인생은 온갖 종류의 '관리'들로 채워져 있었다. 엄마는 매력적인 몸매를 유지하고 아름다운 목소리를 만방에 과시하기 위해 존재하는 사람이었다. 그 과정에서 주위 사람들, 즉 남편이나 애인, 잠깐 만나는 상대나 친딸 혹은 의붓딸들, 친아들 혹은 의붓아들들은 그녀의 자기 관리를 도와주는 보조자로 전락하거나 그 역할을 잘 해내지 못할 경우 앞길을 방해하는 장애물로 취급받고 제거되었다. 그리고 그 딸들 중 하나인 나는, 가장 오랫동안 그녀와 함께 살면서 무관심과 냉대를 일용할 양식 삼으며 성장했다. 백승희는 재산이 많았지만 '딸'이라 불리는 두 명의 여자아이들에게, 그리고 종내는 혼자 남게 된 한 명의 여자아이에게 풍족한 먹거리를 주거나 건실한 교육 환경을 제공하지 않았다. 집안에 고급 술이나 안줏거리는 많았지만 십 대 여자아이가 먹을 만한 음식은 없었고, 부자 동네라 꼽히는 동네에 살았지만 손에 쥔 용돈이 없어서 학교 준비물을 사 가지 못했다. 부잣집 딸이지만 부자가 아니었고, 집 안에 물자가 남아돌았지만 내게 필요한 것은 늘 결핍돼 있었다.

그는 그새 앞을 보고 앉아 물병을 빨고 있었다. 백승희 얘기는 "예뻤잖아."로 끝, 이제 술과의 데이트가 시작된 것이다. 나는 묵묵히 앉아 로열 살루트 38년산이 그의 목을 타고 넘어가는 소리를 들었다. 두 번째 담배에 불을 붙이려는데 갑자기 환한 빛이 번쩍하고 집안을 비추었다. 가로등에 불이 들어온 것이다. 나는 자리에서 일어서 창가로 갔다. 환하게 밝힌 가로등 불빛이 미치지 않는 공간을 보고, 밤이 깊었음을 알았다.

"챙겨서 나갈 테니까 밖에 있어."

밖에 나가면 군데군데 금이 가고 무너져 내린 아파트 외관과 쓰레기 더미들이, 점령군처럼 들어선 고급 레스토랑들과 보기 좋은 대조를 이루는 모습밖에 안 보이겠지만, 이 인간을 한시라도 빨리 여기서 내보내고 싶었다. 엄마 얘기를 했는데도 이야기를 이어 가지 않고 술만 처먹고 있는 그가 야속했다. 어릴 때 들었던 노래라면 음성이 어땠다거나, 그런 사람의 딸이라니 신기하다거나, 백승희는 어떤 엄마였냐고 물어보는 게 자연스럽지 않나? 큰 맘 먹고 얘기한 건데 뭐야, 이 인간.

"얼른!"

나는 일어날 기색 없이 술병을 흔들어 보고 있는 그의 등을 떠밀었다. 이 인간은 나에 대해 하나도 안 궁금한가? 아니면 내 말을 안 믿는 것? 아무튼 이 인간과 더는 여기 같이 있고 싶지 않다. 움막이니 뭐니 했지만 그거야 옛날 얘기고 지금은 삐까한 청담동 빌라에 살고 있지 않은가? 그런 인간이 이 추레한 공간에 앉아 고급 술을 홀짝이고 있는 광경은 그 자체로 나에 대한 모욕이었다.

"책도 가져갈 거야?"

엉거주춤 자리에서 일어선 그가 자신이 만들어 놓은 책 무더기를 가리켰다.

"가져갈까?"

나는 일어서다 말고 그를 쳐다보았다. 일어설 때 무리가 갔는지 허리를 붙잡고 인상을 쓰고 있던 그가 내 쪽으로 고개를 돌렸다. 시선과 시선이 허공에서 만나는 순간, 내 의도가 그에게 명확하게 날아가 꽂혔다. 나…… 너네 집에 아예 들어가 살아도 되니?

"일레인."

그가 양팔을 허리에 올리며 심각한 얼굴을 했다.

"응."

나는 짐짓 덤덤한 얼굴을 해 보였다.

"짐 다 싸서 가져가자."

"어머, 어머, 지금 뭐라는 거야?"

생각할 틈도 없이, 내 입에서 구슬이 굴러가는 것 같은 음성이 튀어나왔다. 얼굴은 햇살을 받는 봄날의 꽃송이들처럼 환하게 피어났다.

"짐을 다 싸 들고 들어오라는 거?"

참아야 한다고 생각할 겨를도 없이 내 입에서 말이 마구 튀어나갔다. 아아, 나는 왜, 왜 감정을 추스르지 못하고 바로바로 드러내는가. 왜!

"너, 나 무지 좋아하는구나! 나랑 오래오래 같이 살고 싶구나! 그치? 그런 거지?"

나는 허리를 붙잡고 있는 그를 덥썩 안고 똑같은 말을 연달아 퍼부었다. 너, 나 무지 좋아하는구나! 좋아서 환장하는구나! 미쳐버리는구나!

"꼭 가져가야 할 것만 챙겨."

그가 나를 밀어내며 노끈으로 책을 묶었다.

"뭐라고?"

못 알아들은 척 반문했지만 명민한 나는 그가 한 말의 의미를 바로 알아들었다. 나머진 내가 다 사 줄게. 구질구질한 건 다 놓고 가. 뭐 이런 거 아니겠는가? 물론 내 자존심을 생각해서 일일이 그런 말을 덧붙이진 않았지만.

"사랑해, 루이."

말하는 순간 알았다. 이 말이 마음에서 우러나오는 내 진심임을. 그래. 나는 그를 사랑한다. 내게 이곳보다 한참 업그레이드된 주거를 제공해 줄, 내가 보유한 옷들보다 훨씬 아름다운 옷들을 안겨 줄, 그리고 말만 하면 언제든 산해진미를 먹게 해 줄, 이 까무잡잡한 얼굴의 의사 선생님을.

"얼른 챙기고 저녁 먹으러 가자."

쾌활하게 말하며 춤추듯 걸어 방으로 갔다. 백승희 얘기에 별다른 반응을 보이지 않은 조성환의 괘씸한 행위는 용서해도 좋으리라. 조심스러운 얘기라 내가 스스로 말하길 기다린 것일 수도 있지 않은가. 얼른 여기를 떠서 천장이 높고 영롱한 음악이 흐르는 레스토랑으로 가고 싶다. 그곳에서 병원 재정에 대한 얘기를 해야지. 나는 도움을 받으면 반드시 보답하는 인간이다. 그리고 조성환이 아직 파악하지 못했겠지만, 오랜 사회생활을 바탕으로 한 상당한 능력도 갖추고 있다. 엔터테인먼트라는, 업계가 다르긴 하지만 큰 맥락에서 성형외과와 상당히 친연성이 있을 험난한 바닥에서 오랜 세월을 굴렀다. 불우한 성장 과정으로 인해 눈치도 발달했고, 사람을 꿰뚫어 보는 능력도 갖추게 되었다. 조성환의 병원에 상당한 도움이 될 것이다. 나는 향후 펼쳐질 나의 활약상을 떠올리며 호기롭게 옷장 문을 열었다. 단 한 벌도 가져가고 싶은 옷이 없었지만 억지로 서너 벌을 골라내 바닥으로 내던졌다. 서랍장을 열고 속옷을 챙기는데 흐흐흐, 자꾸 웃음이 나왔다. 흘러나온 웃음이 물줄기를 이루더니 작은 냇물이 되어 거실로 흘러 들어갔다. 나는 그 물길을 막아 보려 애쓰다가 포기하고 웃음의 바다에 몸을 담갔다. 그리고 외쳤다. 사랑해! 사랑해, 조성환!

9

엘리베이터 문이 열리자 검은색 정장과 붉은색 나비넥타이 차림의 웨이터 둘이 우리를 맞았다. 붉은 카펫이 깔린 통로를 따라가니 금색 손잡이가 달린 육중한 문이 나왔다. 웨이터 둘이 양쪽에서 문을 잡아당기는 순간, 엄청난 성량의 테너 음성과 함께 레스토랑 전경이 펼쳐졌다. 그곳의 첫인상은 '광활하다'는 것이었다. 천장은 중세 시대의 성이 이랬겠구나 싶을 정도로 높았고, 넓이는 한눈에 테이블들을 다 훑을 수 없을 만큼 넓었다. 출입구 쪽을 제외한 삼면이 전부 통유리로 돼 있었는데, 2층으로 올라가는 계단을 흰색 대리석으로 깔아 놓아 서부 개척 시대 미국 영화에 나오는 파티장을 연상케 했다.

"난 저기 앉고 싶은데?"

웨이터를 따라 계단을 오르면서 1층의 창가 좌석을 가리켰다. 내부 인테리어로 2층을 올린 구조의 레스토랑은 1층 오른편의 창가 좌석 쪽으론 2층을 얹지 않아, 그 자리에 앉으면 창밖으로 펼쳐지는 서울의 야경을 칸막이 없이 통째로 음미할 수 있었다.

"우린 저기 못 앉아."

조성환이 한쪽 팔을 내밀며 속삭였다.

"왜? 한 자리 비었잖아. 예약석 표시도 안 돼 있는데?"

조성환의 팔짱을 끼며 고개를 1층 창가로 길게 뽑았다. 가장 안쪽 좌석은 이미 차 있었고, 널찍이 떨어진 나머지 한 좌석은 깔끔하게 비워져 채워 줄 손님을 기다리고 있었다.

"저기 누가 앉아 있는지 봐 봐."

"어디, 저기 창가 좌석?"

층계에 깔린 붉은 카펫을 밟으며 1층 구석의 창가 좌석을 살폈다.

"아, 저 남자!"

나는 멈춰 서서 눈을 가늘게 떴다. 낯익은 얼굴의 남자가 세 명의 동행과 앉아 있었는데, 어디서 만난 사람인지 기억이 나지 않았다.

"문판석."

조성환이 귓가에 조그맣게 속삭였다.

"아, 맞다. 문판석! 그 옆에 있는 여자는……."

문판석은 얼마 전 대권 출마와 행정 수도 이전 의사를 천명하면서 일간지의 헤드라인을 장식했던 여당 국회의원이다. 여당 내에서 '잠룡'으로 불리며 기량을 평가 받는 인물로, 아버지와 할아버지가 모두 유명 정객이었던 정치인 집안의 3세이다. 그 건너편에 앉은 반듯한 이목구비의 여성은 한때 KBS 방송국의 간판 아나운서였고 현재는 내각의 일원인 유경화다. 두 사람 옆에는 각자의 배우자로 추정되는 남녀가 앉아 화기애애한 분위기를 피워

내고 있다.

"저기 왜 못 앉는지 알겠지?"

계단을 올라 안쪽으로 걸어갔다. 조성환의 불편한 걸음걸이에 맞춰 천천히 나아가는데, 2층 구석 창가에 앉아 커다란 웃음소리를 내던 남녀 한 쌍이 우리를 발견하고 손을 흔들었다.

"왜, 저 자리는 더 비싸?"

조성환이 그들에게 손짓을 해 보이며 걸음을 빨리했다.

"돈 문제가 아니지. 여긴 멤버십 레스토랑이야. 예약은 할 수 있지만 좌석은 레스토랑 측에서 정해 주는 시스템이고. 1층의 저 두 좌석은 그날 모인 사람들 중 가장 영향력 있다고 평가되는 인사한테 돌아가."

나는 점점 가깝게 다가오는 남녀를 쳐다보다가 인상을 찌푸렸다. 금테 안경을 끼고 비스듬히 의자에 기대앉아 우리를 쳐다보고 있는 거만한 인상의 남자는 조금 전 병원에서 인사도 없이 휙 지나가 버렸던 싸가지, 장혁규였다.

"그럼 레스토랑에서 자리를 알아서 정해 주는 거야? 서열별로?"

나는 테이블마다 앉아 있는 셀레브리티들을 쳐다보느라 질문을 던져 놓고 대답을 제대로 듣지 못했다. 국회의원부터 재벌 2세, 배우, 영화감독, 텔레비전에 자주 얼굴을 내미는 교수, 패션 디자이너…… 텔레비전이나 신문에서 보았던 인사들이 스틸 화면에서 걸어 나와 말하고 웃고 움직이고 있었다. 각계각층에서 대한민국을 움직이는 사람들이 한자리에 모여 있는 모습을 보고 있으니 묘한 고양감 같은 게 느껴졌다. 새로운 세상에 들어온 느낌이랄까. 엔터테인먼트 업계 경력 10년. 유명 배우며 가수, 개그맨들을 만날 보고 살았지만, 특정 분야의 인사들을 일상적으로 접하는 것과 이렇게 여러 분야의 전설들을 한꺼번에 보는 것은 완전히 다른 경험이었다.

"장 선생이랑 합석할까?"

내 팔에 의지해 걷던 조성환이 머리를 내 쪽으로 기울이며 말했다.

"싫으면 따로 앉아도 되고."

그때 우리가 막 지나치려던 테이블에 앉아 있던 성민우와 정면으로 눈이 마주쳤다. 성민우의 눈이 미심쩍은 기색을 띠며 크게 벌어졌다. 나는 얼른 시선을 내리깔고 조성환의 팔짱을 바짝 당겨 꼈다.

"싫지 않아. 같이 앉자. 안 그래도 장 원장님이랑 식사 한번 하고 싶었어."

성민우는 직접적으로 매니지했던 적은 없지만 내가 매니지했던 배우들과의 인연 때문에 여러 번 자리를 같이한 적이 있다. 조금 더 얼굴을 마주하면 분명히 내 얼굴을 알아볼 것이다. 나는 팔로 조성환의 허리를 감았다. 성민우가 내게 더 이상 관심을 갖거나 인사하겠다는 생각을 하지 못하도록 조성환의 몸에 부자연스러울 정도로 밀착하고 성민우의 테이블을 지나갔다. 몸과 몸이 맞닿자 조성환의 성한 쪽 다리가 얼마나 많은 무게를 감당하는지 생생하게 느낄 수 있었다. 오른쪽 다리가 못하는 역할을 왼쪽 다리가 해낼 때마다 기우뚱기우뚱하는 조성환의 몸. 그 몸의 무게를 받으며 걸어가는 길. 세 테이블 정도에 불과한 짧은 길이 영영 끝나지 않을 것처럼 길게 느껴졌다. 나는 숨소리가 너무 커지지 않게 주의하면서 침착하게 앞으로 나아갔다. 내가 당황하고 있다는 것을 조성환이 인식할까 봐 신경이 쓰여 심장이 온몸을 돌아다니는 것 같았다. 이 사람, 원래 이 정도였나? 원래 이랬는데 몸에 닿으니 더 크게 느껴지는 건지, 그동안 다리 상태가 더 안 좋아진 건지 궁금했지만, 지금 그런 걸 물을 수는 없었다.

"안 불편하겠어?"

장혁규와 묘령의 여인이 앉아 있는 테이블에 이르러 조성환이 이렇게 말했을 때에야 내가 장혁규라는 싸가지와 밥을 같이 먹는 데 동의했다는 사실을 깨달았다. 나는 천천히 고개를 끄덕였다. 그래, 까짓 거 같이 먹지 뭐. 밥 먹으면서 몇 마디라도 더 나누면 병원에서 얼굴 보는 것도 더 편해지지 않겠는가. 이미 테이블까지 왔는데 갑자기 둘만 앉겠다고 하기도 뭐하고, 합석해 넷이 앉으면 조성환과 내가 커플로 공인되는 듯한 효과가 있을 테니 그것도 나쁘지 않을 것 같았다.

"메뉴판 올려 드리겠습니다."

자리에 앉아 메뉴판을 건네받는 순간 넓은 레스토랑에 쩌렁쩌렁 울리던 테너의 목소리가 뚝 그치고 처연한 바이올린 소리가 흘러나오기 시작했다. 나는 눈을 감고 곡의 도입부를 음미했다. 생상스 바이올린 협주곡 3번 1악장. 악기의 순서, 선율 하나하나까지 빠짐없이 외울 수 있는 곡, 지하가 밤낮으로 틀어 놓아 내게도 신체의 일부처럼 되어 버린 곡이었다. 오랜만에 듣는 서늘한 바이올린 소리, 활을 긋기 직전에 흘러나오는 악기의 숨소리. 고조에 고조를 거듭하며 더 이상 오를 수 없는 클라이맥스에 이르려는 순간, 악기가 힘들게 오른 길에서 다시 한번 도약하기 위해 잠깐 쉬었다 가는 찰나에 나오는 깊은 숨소리는 지하가 함께 듣던 내 손목을 으스러져라 쥘 정도로 끔찍하게 좋아하는 대목이었다. 실은 바이올린 소리보다 활을 긋기 직전에 나는 숨소리를 듣기 위해 이 곡을 듣는 거야. 속삭이던 음성. 이마를 맞대고 종교의식을 치르듯 바이올린이라는 악기의 영혼을 받아들였던 시간. 순간 숨이 막힐 것 같은 그리움이 밀려왔다. 윤지하, 너는 지금 어디에 있는가. 무엇을 하는가. 네게도 이 음악은 나로 표상되는 의례인가. 오늘날 나는 이곳에 와 다리를 저는 성형외과 의사와 식사를 하고 있는데, 너는 어디서 누구와 생을 나누고 있는가. 대한민국의 잘나가는 인사들만 온다는 이 레스토랑에, 너도 와서 앉은 적이 있는가.

"안녕하세요."

우리가 오는 걸 보고 장혁규의 옆자리로 건너가 앉은 긴 웨이브 머리의 여자가 활짝 웃으며 인사를 건넸다. 방울이 굴러가는 듯한 하이 톤에 콧소리가 잔뜩 섞인 음성. 세상의 모든 여성성을 다 모아 놓은 듯한 여자의 음성 덕분에 내 의식은 윤지하로 표상되는 지난날에서 깔끔하게 빠져나올 수 있었다.

"아, 네."

나는 어색하게 고개를 숙여 보이며 엉덩이를 움직여 의자의 가장자리 쪽으로 옮겨 앉았다. 폭신한 공단 천으로 마감된 2인용 의자는 기하학적인 모양이 정교하게 돋을새김된 흰색으로 테두리가 둘러져 있어 엄청난 규모의 천장 샹들리에와 함께 유럽의 유서 깊은 궁전 같은 분위기를 연출하고 있었다.

"박 에스더예요."

여자가 말하며 고개를 살짝 옆으로 기울였다. 나는 조성환이 앉기 편하게 백을 무릎으로 올려 앉으며 눈을 가늘게 떴다. 여자의 인상이 낯설지 않았다. 잘못 박힌 구슬처럼 튀어나온 코끝, 촉촉한 눈매, 과할 정도로 부풀린 가슴…… 내가 이 여자를 어디서 봤지?

"이쪽은 장혁규 선생님."

여자가 말하며 고개를 옆으로 갸우뚱해 보였다. 순간 내 입에서 아, 하는 탄성이 터져 나왔다. 박 에스더! 이 여자는 「라임 오렌지」에서 강재희의 상대역을 맡고 있는 배우다. 나는 이 여자가 배우로 데뷔하기 전, 여자가 아주 어렸을 때부터 이 여자를 봤다. 양방향은 아니고 내가 일방적으로 여자를 관찰하는 입장이긴 했지만.

"성형외과 의사시죠."

여자가 자랑스럽다는 듯 소개하며 장혁규의 귓불을 만지작거렸다. 내가 예전에 자신이 속했던 소속사에서 매니저로 일했다는 것도, 자신이 콧소리와 애교와 잦은 터치로 상당한 공을 들이고 있는 남자와 현재 같은 병원에 소속되어 있다는 것도 모르는 것 같았다. 여자의 손을 밀어내며 이마를 찌푸리고 앉은 장혁규는 나에 대해 설명하거나 알은척할 의사가 눈곱만큼도 없어 보였다. 외국 출장에서 돌아온 여파 때문인지 피곤에 전 얼굴을 하고서, 옆에 있는 여자조차 귀찮아하는 기색이었다.

"장 선생이랑 같이 몇 번 봤으니 제가 누군지는 아실 테고, 이쪽은……."

조성환이 무테 안경을 추어올리며 입을 열었다.

"이서경 실장님. 저희 병원에서 상담실장을 맡고 계시죠."

"두 분이 무슨 사이세요?"

내가 인사할 틈도 주지 않고 박 에스더가 말을 가로챘다. 무슨 사이냐고? 나는 으음, 소리를 내며 목청을 가다듬은 뒤 조성환을 쳐다보았다.

"제 여자친구입니다."

조성환의 입에서 유유히 대답이 흘러나왔다. 망설이는 기색이 전혀 보이지 않는 평이한 어조. 자신이 하는 말에 대한 감정이나 소회가 조금도 섞이지 않는 기계적인 말투.

"아, 여자친구."

박 에스더가 조성환의 대답을 따라 읊조리더니 천천히 고개를 끄덕였다. 물결 모양으로 곱게 세팅된 에스더의 긴 오렌지색 머리카락이 함께 오르내리며 풍성한 곡선을 만들어 냈다.

"여자친구. 그렇군요. 여자친구."

반복해 읊조리며 박 에스더가 나를 쳐다보았다. 머리끝부터 발끝까지 훑고 지나가는 노골적인 시선에 섞인 비웃음. 나는 곧바로 항의의 시선을 날렸다.

"왜 그러세요?"

박 에스더의 눈을 똑바로 쳐다보며 날카롭게 쏴 주었다.

"뭐가요?"

박 에스더의 얼굴에서 호기심과 흥미로움, 조롱의 기운이 싹 사라지고 백치미 어린 표정이 돌아왔다.

"여자친구라니까 뭔가 되게…… 웃기다는 반응을 보였잖아요."

따지듯 묻자 박 에스더가 커다란 눈을 천천히 감았다 뜨더니 장혁규를 쳐다보았다.

"오빠, 내가 뭘……."

"네가 불손했지. 빨리 사과해."

장혁규가 턱짓으로 나를 가리켰다. 그러자 박 에스더가 조성환을 쳐다보았다.

"성환 오빠, 내가 뭐 어떻게 했어?"

성환 오빠라. 나는 눈을 크게 뜨고 에스더를 쳐다보았다. 그때까지 에스더를 대하는 조성환의 태도에는 예의와 거리감이 적절히 섞여 있었다. 그런데 에스더는 동네 오빠 대하듯 조성환을 대하고 있다. 얘가 원래 이렇게 변죽이 좋은 애였나? 나는 다리를 꼰 뒤 의자에 깊숙이 기대앉았다. 박 에스더는 원래 파인 엔터테인먼트의 연습생이었다. 내가 파인 엔터의 PR매니저로 있을 때였는데, 가끔씩 데뷔 플랜을 짤 때 회의에 들어갔기 때문에 박 에스더의 신상과 성향을 상세히 파악하고 있었다. 미국 교포 출신. 한국말이 살짝 어눌하지만 기본적인 의사소통 다 되고, 가슴과 코 성형 완료 상태. 노래 실력이 받쳐 주지 않아 래퍼나 세컨드 보컬을 맡아야 하는데 나이가 있어서 이정섭 대표가 데뷔시키는 데 부정적인 의견을 피력한 바 있음.

"에스더 네가 잘못했지. 뭔가 이상하다는 듯한 반응이었잖아? 얼른 사과하고 밥 먹어."

장혁규가 나와 에스더를 번갈아 쳐다보며 다시 한번 사과를 종용했다. 나는 기분이 더 나빠졌다. 우리 셋은 원래 친하고, 에스더 네 입에서 나온 말의 맥락을 다 알고 있고, 뭐 크게 잘못한 건 아니지만 어쨌든 처음 보는 사람이고, 이것저것 설명하기 귀찮으니 그냥 비위 좀 맞춰 주고 넘기자. 이거 아닌가.

"사과는 무슨. 괜찮아요. 오빠, 얼른 주문하자. 나 춥고 피곤하고 배고파."

큰 소리로 말하며 조성환의 어깨에 기댔다. 생전 안 쓰던 오빠라는 호칭도 붙이고 콧소리도 낼 수 있는 한 최대로 섞었다. 조성환이 푹, 웃음을 터뜨리더니 테이블 중앙에 놓여 있던 메뉴판을 끌어당겼다.

"어디 보자. 우리 여동생이 무얼 먹으면 좋을까나. 예쁜이는 오빠가 알아서 다 골라 주는 게 좋지?"

조성환이 질세라 내 말투에 부응하자 박 에스더가 코웃음을 치며 어깨를 들썩거렸다.

"뭐 주문했어요, 에스더 씨이?"

조성환에게 기댄 채 애교가 뚝뚝 떨어지는 목소리로 말했다. 이런 여자애한텐 똑같이, 경망스럽게 대해 주는 게 답이리라.

"여기 랍스터스파게리 좋더라고요."

에스더가 메뉴 이름을 본토 발음으로 한껏 꼬아 대답했다.

"아, 랍스터스파게리! 나도 그거 먹어야겠다."

내가 허리를 세워 앉으며 과장되게 발음해 보이자 모두들 박장대소했다. 새쭉한 얼굴로 앉아 있던 에스더도 어이가 없다는 듯 웃음을 터뜨렸다. 그리고 그때부터, 에스더와 나 사이에 흐르던 긴장감이 사라지고 편안한 기류가 감돌았다.

"저희 랍스터스파게티랑 안심스테이크 주세요."

테이블 옆에 정령처럼 서서 와인을 따라 주던 직원에게 조성환이 메뉴판을 돌려주며 말했다.

나는 와인 잔을 가까이 끌어당기며 에스더를 응시했다. 에스더는 내가 알고 있는 것과는 살짝 다른 인물인 것 같았다. 까칠하고 약삭빠른 애라고 생각했는데 생각보다 맹했고, 순수미랄까 백치미랄까 그런 게 있었다.

당시 박 에스더는 데뷔하지 못했다. 어느 날 이정섭 대표가 파워풀한 가창력을 갖춘 앳된 얼굴의 신인을 발굴해 오면서, 합류하기로 확정되었던 박 에스더는 막판에 탈락하는 아픔을 겪었다. 그때 에스더를 제외하고 결성된 오인조 걸 그룹 '화이트 엔젤스'는 쇼케이스를 갖자마자 바로 스타덤에 올랐다. 음반을 내자마자 각종 음원 차트를 올킬하면서 '삼촌 부대'를 거느린 진짜 '여신'으로 떠올랐다. 천운도 따랐다. 경쟁사였던 퀸스 엔터테인먼트의 간판 걸 그룹이 미국으로 진출해 국내 활동이 소강 상태였던 것이다. 그 틈을 타 걸 그룹 화이트 엔젤스는 단단하게 입지를 다져 지금까지 대한민국 최고의 걸 그룹으로 군림해 오고 있다. 그 과정에서 유럽이라는 불모지에서 돌풍을 일으키고 걸 그룹 유효기간이라는 5년을 넘기고도 거뜬히 살아남는 등 갖가지 신기록을 만들어 냈다.

내가 잔을 들자 에스더가 자신의 잔을 부딪혀 쨍 소리를 내주었다. 내가 마시는 박자에 맞추어 한 모금을 마시더니, 잔을 입에 댄 상태로 씩 웃음을 지었다. 조명을 받아 매끄럽게 빛나는 와인 잔의 부드러운 곡선 사이로 에스더의 하얀 치아가 가지런한 모습을 드러냈다. 순간 내 가슴 한구석이 뭉클하고 움직였다. 그

때 이 아이, 심정이 어땠을까. 고된 트레이닝을 받으며 일거수일투족을 함께했던 동료들이 하루아침에 스타덤에 오르는 것을 지켜보았을 때. 자신이 합류할 뻔했던 그룹이 국내에서 인기를 끄는 것으로도 모자라 일본, 중국, 남미, 프랑스로까지 스타덤을 확장해 가는 현장을 전하는 뉴스를 접했을 때. 데뷔에 실패한 뒤 에스더는 바로 파인 엔터테인먼트를 떠났다. 그리고 몇 년 뒤 CF에 모습을 드러냈고, 결국 드라마에서 배역을 따냈다. 「라임 오렌지」 첫 리딩을 마치고 돌아온 재희가 상대역을 맡은 배우에 대해 혹평하며 투덜거렸을 때, 나는 재희가 언급하는 에스더가 내가 알고 있던 그 에스더인지 알아차리지 못했다. 얼굴이 달라져 있기도 했지만 내가 알던 박 에스더는 연기할 스타일이 아니었기 때문이다. 데뷔가 수포로 돌아갔을 때 회사는 연기자로 전향하길 권했지만 에스더는 일언지하에 거절했다. 전 연기 같은 거 관심 없거든요. 그랬던 아이가 연기자가 되어, 그것도 강재희라는 대형 한류 스타의 상대역을 맡아 화려하게 돌아온 것이다.

"요즘 드라마 찍지 않아요? 촬영장에 있어야 하는 거 아닌가?"

의자에 눕다시피 기대 있던 조성환이 앞으로 몸을 내밀며 말했다.

"오늘 촬영, 재희 오빠 때문에 취소됐어요. 오후 내내 기다리다 왔다니까. 나도 약속 잘 지키는 편은 아니지만 재희 강은 너무 심해. 도대체 한 사람 때문에 몇 명이 피해를 입는 건지 모르겠다니까."

에스더가 입을 삐죽거리더니 와인 잔을 내려놓고 포크로 스파게티를 말아 올렸다. 나는 내 앞에 있던 할라피뇨 접시를 에스더 앞으로 밀어 주면서 타이트하게 올라붙은 에스더의 가슴을 쳐다보았다. 이 아이, 어떻게 배역을 맡았을까. 재희는 확실히 아닐 테고, 재희의 배다른 동생으로 나오는 서유민? 서유민은 인기 아이돌이긴 하지만 배우로서는 아직 존재감이 약하다. 캐스팅에 영향력을 발휘할 위치는 전혀 아니었을 것이다. 그렇다면? 「라임 오렌지」의 피디와 작가, CP, 드라마 국장의 얼굴이 차례로 떠올랐다. 누굴까. 이 천연덕스럽고 강인한 아이, 화이트 엔젤스에 조인하지 못하는 아픔을 겪고도 끈질기게 살아남아 마침내 드라마의 주연으로 얼굴을 내민 이 아이의 사랑과 존경과 열망을 한 몸에 받은 인사는 누구였을까?

10

화제는 한동안 「라임 오렌지」에 머물렀다. 에스더의 관점에서 본 피디, 촬영감독, 음향감독, 조감독, 스태프들의 특성이 두서없이 펼쳐졌고, 두 남자는 건성으로 에스더의 말에 고개를 끄덕이거나 틈틈이 다른 얘기로 화제를 돌리려는 가망 없는 시도를 벌이다가 번번이 패퇴했다. 오직 나만이 눈을 빛내며 에스더의 얘기를 들었는데, 일관성이나 통찰력이라곤 조금도 찾아볼 수 없는 에스더의 인물 비평, 거의 초등학생 수준인 간헐적이고 감정적인 비평을 그렇게 재미있게 들을 수 있었던 것은 그 이야기에 나오는 등장인물들이 모두 내게 친숙하기 그지없는 인물들이었기 때문이다. 그러나 나는 등장인물들과 잘 아는 사이라는 티를 조금도 내지 않고 태연하게 대화에 임했고, 중간중간 다른 얘기로 화제를 돌리고 싶어 하는 척까지 해 가며 건성인 상태를 연출했다. 에스더는 내가 엔터테인먼트 업계에 장기간 몸담았다는 사실이나 강재희와 몹시 특별한 관계에 있다는 사실을 조금도 눈치채지 못하는 것 같았다. 굳이 내 쪽에서 그런 사실을 알려 줄 필요는 없으리라. 게다가 내가 과거에 어떤 일을 하는 사람이었는지, 지금 어떤 상황에 처해 있는지를 조성환에게 아직 말하지도 못했다. 이런 자리에서 산만하고 경망스럽게 그 사실을 알려 줄 필요가 있겠는가.

하품하다 말고 에스더의 원망스러운 눈초리를 받고 얼른 입을 다물거나, 나온 음식을 먹거나, 와인 잔을 들이켜며 에스더의 끝없는 이야기를 감내하던 사내 둘이 눈을 빛내기 시작한 것은 에스더의 인물 비평이 상대역을 맡은 강재희에 이르렀을 때였다.

"굉장히 보기 드문 사례지. 이목구비 하나하나가 다 또렷한데 모아 놓고 봐도 그렇게 조화로운 인상이 나오는 건 백 년에 한 번 나올까 말까 한 케이스야."

에스더가 재희의 '발연기'에 대해 긴 험담을 늘어놓다가 그래도 생긴 것 하나는 진짜 끝내준다며 남자 주연의 외양에 대해 언급하자 스테이크를 잘라 입에 가져가던 조성환이 불쑥 대화에 끼어들었다. 입에 들어가려던 고기 조각을 내려놓기까지 하는 걸로 보아 재희의 외양을 아주 높게 평가하는 것 같았다.

"성민우하고 비교해 보면 강재희가 얼마나 희귀 케이스인지 바로 답 나와요. 성민우는 눈 부리부리하지, 콧대 높지, 입술선 그린 것 같지, 한마디로 조각상 같은 얼굴이잖아? 그런데 전체적으로는 어딘가 부담스러워. 너무 강렬하고. 얼굴이 너무 강하니까 옷발도 잘 안 받고."

이번엔 장혁규. 이 레스토랑에 들어온 이래 장혁규가 저렇게 길게 말하는 건 처음 본다. 나는 나이프로 썬 랍스터를 입에 집어넣은 뒤 조심스럽게 포크를 내려놓았다. 장혁규는 작심한 듯 와인 잔을 옆으로 밀어 놓고 허리를 테이블에 바짝 댄 뒤 열정적으로 말을 이었다.

"성민우가 만날 워스트 드레서로 뽑히는 건 패션 감각 때문이 아니야. 얼굴 때문이지. 한가인 같은 배우가 옷 잘 입게 느껴지지 않는 거랑 똑같은 원리라고. 얼굴이 너무 잘나서 옷이 들어설 자리가 없어요. 근데 강재희는 달라. 분명히 눈, 코, 입 다 잘생겼는데, 전체적인 인상이 굉장히 부드럽거든. 그렇다고 남자답지 못하게 생겼냐 하면 그건 또 아니에요. 반항아 같은, 청춘의 아이콘 같은 그런 분위기가 나오잖아?"

에스더와 조성환을 번갈아 쳐다보며 열변을 토하던 장혁규의 시선이 나를 향했다. 이것은 기념비적인 일이었다. 장혁규가 내게 이토록 오래 시선을 준 것은 이 레스토랑에 들어서서 처음으로, 아니 장혁규라는 인물과 대면한 뒤 처음으로 일어난 일이었다.

"생각해 봐요, 서경 씨. 성민우하고 강재희, 둘이 놓고 보면 누가 더 남자 같아요?"

헐. 쳐다봐 준 것만 해도 감사한데 내 이름을 불러 주기까지! 나는 눈을 깜빡이며 조금 전 내 이름을 발화한 이의 두툼한 아랫

입술을 쳐다보았다. 그가 강재희의 외모에 이상할 정도로 찬사를 늘어놓는 것과 내 이름을 불러 준 것 중에 어떤 쪽이 더 이상한 일인지 가늠이 되지 않았다.

"아유, 알았어, 알았어. 누가 성형외과 의사들 아니랄까 봐. 그만 좀 해."

이야기의 물꼬를 돌리려 에스더가 중간중간 끼어들었지만 두 남자의 강재희 찬가는 굳건하게 이어졌다. 한동안 두 남자 사이에 오가는 얘기를 듣다가, 나는 슬그머니 시선을 돌리고 앞에 놓인 접시의 음식물을 마저 해치웠다. 처음에 들을 땐 그냥 재미있었는데, 자꾸 듣다 보니 지루하고 식상했다. 샘이 나기도 했다. 재희가 남자들 사이에서도 인기 있는 배우라는 건 알고 있었지만, 이렇게 거창한 찬사를 받을 정도였나? 그 인간이…… 그렇게 잘났나?

커다란 원형 접시 한가운데 놓인 랍스터스파게티는 거의 한 주먹도 안 되는 분량이라 몇 번 포크로 찍어 올리자 이내 바닥을 드러냈다. 나는 바닥을 드러낸 스파게티 접시를 옆으로 밀어 놓은 뒤 조성환의 접시에 놓인 스테이크 중 아직 썰지 않은 반토막을 통째로 가지고 왔다.

"이거 나 먹는다?"

물었지만 강재희라는 배우의 놀라운 얼굴에 대한 소회를 나누느라 여념이 없는 조성환은 건성으로 고개를 끄덕일 뿐이었다. 나는 지루한 얼굴로 와인을 홀짝거리던 에스더와 눈을 맞추고 어깨를 들썩해 보인 뒤 스테이크를 순식간에 흡입했다.

"언니, 성환 오빠랑 어떻게 만났어요?"

스테이크를 열심히 씹고 있는데 변죽 좋은 에스더가 나를 부르는 호칭, 언니라는 단어가 날아와 상큼하게 꽂혔다.

"상담 갔었어."

나는 스테이크를 오물오물 씹으며 에스더를 쳐다보았다.

"그러니까 내가 병원에 환자로 찾아갔던 거야. 너는?"

내가 과감하게 '너'라는 호칭을 던졌지만 에스더는 전혀 개의치 않는 듯 자연스럽게 말을 이었다.

"나, 혁규 오빠랑요?"

에스더가 얼굴을 들어 올리며 긴 머리를 어깨 뒤로 넘겼다. 나는 고개를 끄덕이며 와인 잔을 들어 올렸다. 잔에 입을 대기도 전에, 와인의 풍미가 코를 엄습해 왔다. 나는 눈을 감고 깊숙이 향을 들이마신 뒤 천천히 잔을 기울였다. 진하고 풍요로운 액체가 입안으로 흘러 들어와 구석구석 감미로운 촉감을 안긴 뒤 목구멍으로 넘어갔다.

"언니, 이거 비밀인데요."

에스더가 주위를 둘러보더니 한쪽 손을 입에 가져다 댔다.

"혁규 오빠, 유부남이에요."

"뭐?"

나는 와인 잔을 내려놓고 천진난만한 웃음을 짓고 있는 여배우의 얼굴을 쳐다보았다. 여배우가 손가락으로 입가를 살짝 닦아내더니 다시 소곤거리는 시늉을 했다.

"건원 그룹 아시죠? 부인이 그 그룹 상속녀에요. 3세."

나는 입을 딱 벌렸다. 장혁규가 재벌가의 사위라고? 천천히 내 고개가 끄덕이기 시작했다. 생김새나 풍기는 분위기, 직업을 봤을 때 여자깨나 후리겠다고 생각은 했지만 재벌가의 사위 자리를 꿰찰 정도라고는 생각지 않았다. 그런데 헐, 건원 그룹이라니! 나는 열변을 토하고 있는 장혁규의 옆모습을 쳐다보았다. 자식, 능력 있네? 그동안 화제는 병원 내부 사정으로 넘어가 있었다. 내 시선이 심각한 표정으로 장혁규의 이야기를 듣고 있는 조성환에게로 옮겨 갔다. 조성환, 너는 무엇이냐? 장혁규는 재벌가의 사위라는데, 너는 무엇이냐? 부모가 움막에 산다는 너는 무슨 재주로 청담동 집 같은 고급 주택에서 살게 되었느냐? 너도 혹시 재벌가 사위, 아니면 재벌가 유부녀의 내연남 같은 거냐?

"근데 이런 데 이렇게 앉아 있어도 괜찮아? 너도 텔레비전 틀면 바로 얼굴 나오는 앤데……."

조성환도 혹시 재벌가라든가 그런 거대한 뭔가에 발을 걸치고 있지 않은지 물어보려다가 꾹 참고 이렇게 말했다. 여기서 에스더에게 조성환에 대해 묻는 건 좀 아니었다. 자존심 상하기도 하고, 폼도 안 날 것이다.

"언니, 여기 기자들 못 들어오는 데잖아. 기자 프리 존. 여기 손님들이 다 셀럽이니까, 사장이 기자들 못 들어오게 하는 데 엄청 신경 쓴다 그러더라고. 그리고 기사 나간다 해도 솔직히 우린 땡큐야. 오빠는 나랑 스캔들 나면 자기 병원 인지도 올라가서 좋고, 나도 건원 그룹 사위랑 스캔들 나면 레벨 업 되서 좋고. 물론 재벌이랑 직빵으로 스캔들 나는 것만큼은 아니지만, 애니웨이, 사위도 가족은 가족이잖아?"

에스더가 고개를 쳐들고 깔깔깔, 웃음을 터뜨렸다. 장혁규가 에스더의 허리를 쿡 찔렀다.

"목소리 좀 낮춰."

장혁규는 그 후로도 두어 번 에스더에게 음성을 낮추라는 잔소리를 하더니 담배를 피우고 오겠다며 조성환과 자리에서 일어섰다. 나는 두 남자가 레스토랑 문을 열고 나가는 것을 지켜본 뒤 조심스럽게 입을 열었다.

"라임 오렌지…… 찍는 건 어때? 상대 배우랑 잘 맞아?"

자세히 물어보면 관계자인 티가 날까 봐 평범하게 들릴 질문을 골랐다.

"언니 그거 알아요? 이건 비밀인데……."

에스더가 양손을 입에 대고 내 쪽으로 상체를 내밀었다.

"강재희, 중독이야. 섹스 중독."

나는 입을 벌리고 경악한 표정으로 에스더를 쳐다보았다. 이럴 때는…… 어떤 반응을 보여야 할까?

"생긴 건 완전 젠틀한데, 까 보면 여자를 그렇게 밝힌대. 사실 오늘도 CF 찍는다고 촬영장에 안 나타났는데 실은 여자랑…… 그거 하느라 못 온 거라더라고."

이 아이는 누구한테 이런 얘길 듣는 걸까? 나는 놀란 표정을 유지한 채 물 잔을 끌어당겼다. 재희가 섹스에 집착한다는 건 만나던 초창기부터 알았다. 나 이서경이, 그 대상이 아니었던가? 사실 내가 재희와 긴밀한 관계에 놓인 것도 재희의 그런 성향 때문이었을 것이다. 하지만 재희를 '섹스 중독'이라고 할 수 있을까? 그쪽을 좀 밝히는 건 사실이지만, 그 정도를 중독이라고 할 수 있을까? 그렇다면 세상에 섹스 중독이 아닌 남자가 있을까?

"실례하겠습니다. 후식 리스트 올려 드리겠습니다."

나비넥타이 차림의 직원이 나타나는 바람에 에스더는 다시 우아한 여배우의 포즈로 돌아갔다.

"너 그 이야기 어디서 들었어?"

직원이 메뉴판을 놓고 돌아간 뒤 이렇게 묻고야 말았다. 에스더의 귀에 들어갈 정도면 소문이 파다하게 났다는 소리다. 얘기가 그 정도로 새어 나갈 동안 매니저인 우형은 뭘 하고 있었단 말인가? 궁금하고, 걱정이 됐다. 그때 조성환과 장혁규가 돌아와 앉는 바람에, 에스더의 답을 듣지 못한 채 이야기가 끊겼다. 밖에서 무슨 얘기를 하다 왔는지 둘은 기분이 좋아 보였다. 실실 웃음을 쪼개며 우리를 쳐다보았다. 나는 빙그레 웃으며 조성환 쪽으로 다가가 앉았다. 오늘 나는 그대의 여자친구. 정식으로 명명되었으니 그 역할을 마음껏 즐겨도 되리라. 가까이 앉자 조성환의 몸에서 담배 냄새와 향수 냄새, 차가운 바깥 공기의 기운이 물씬 건너왔다.

"밖에 추워?"

11월의 밤. 에스더는 쌀쌀한 밤바람을 맞아 발갛게 된 제 남자의 얼굴을 어루만지며 그윽한 표정을 지었다. 에스더와 똑같이 하고 싶어 옆으로 몸을 돌렸지만 조성환은 2인용 의자의 가장자리에 몸을 딱 붙인 채 품속에 간직했던 물통을 꺼내 홀짝홀짝 들이켜고 있었다. 나는 한숨을 내쉬었다. 누가 보면 의자의 반이 되는 지점에 앉아 있는 내가 조성환을 가장자리로 내몰았다고 생각하리라. 엉덩이를 들썩여 다시 반대쪽 가장자리로 가는데, 슬그머니 부아가 치밀었다. 저럴 거면 왜 나를 여기에 데려왔는가? 왜 여자친구라고 소개했는가? 고급 와인을 눈앞에 두고 없어 보이게 꼭 그 물통을 빨아야 하나? 물통 안의 내용물은 아침부터 조성환의 입에 들러붙었던 것이다. 38년 된 고급 위스키라고는 하지만 입에 대고 마셨으니 지금쯤 입에서 나온 세균이 번식해 엄청 비위생적인 상태로 변해 있을 것이다. 어휴, 더러워.

이후에 펼쳐진 대화는 온통 병원에 대한 것이었다. 나도 명색이 상담실장인지라 대화에 간간이 참여했는데, 그 대화를 통해 그동안 궁금했던 많은 것들, 그러니까 병원 내에서 두 사람이 차지하는 실제 위상이라든가 사생활, 이 병원에 조인하게 된 사정, 성격상의 특징 같은 것들을 파악할 수 있었다. 인터넷에서 접했던 기사와 달리, S성형외과는 조성환의 소유가 아니었다. 몇몇 원장들과 동업 형식으로 차렸는데, 병원을 홍보할 목적으로 조성환에게 성공 신화를 입혀 준 것 같았다. 조성환과 장혁규의 관계에 대해서도 알았다. 둘은 같은 대학 선후배로, 대학 때부터 친하게 지내 온 사이였다. 공식적으로 조성환이 병원장을, 장혁규가 부원장 역할을 맡고 있는 것 같았는데, 재정적으로 누가 더 많이 투자했는지는 알 수 없었다. 다만 장혁규가 병원에서 가져가는 돈이 상대적으로 많고 조성환이 병원에 들어가는 자금을 돌리는 역할을 맡고 있다는 것, 병원에서 창출해 내는 매출의 대부분이 은행과 의료 기기 회사와 광고 대행사로 흘러 나간다는 것 정도를 파악할 수 있었다.

후식을 먹는 내내 재희 얘기를 물어볼 기회를 만들려고 시도했지만, 그때마다 조성환이 내게 말을 걸거나 에스더가 장혁규에게 엉겨붙으며 교태를 부리는 바람에 번번이 실패로 돌아갔다. 결국 나는 재희가 섹스 중독임을 에스더의 귀에 흘려 넣어 준 인물이 누군지 알아내는 걸 단념했다. 생각해 보니 그리 궁금하지도 않았다. 내가 재희 걱정을 해서 무엇 하겠는가. 스캔들이 나고 안 나고는 스타 자신의 행동에도 달려 있지만 기자들과의 관계나 소속사의 대응 방식에도 달려 있다. 진짜 중독에 가까운 행태를 보이는데도 주위 사람들과의 관계가 돈독해서 스캔들 기사 한 번 나가지 않는 스타도 있고, 평소엔 멀쩡하다가 딱 한 번 꽃뱀한테 걸렸을 뿐인데도 기사가 나가서 완전히 퇴출되는 스타도 있다. 결국 운인 것이다. 설령 내가 집요하게 알아내 재희에게 귀띔해 준다 해도 임시변통일 뿐, 일어날 일은 결국 일어나기 마련이다. 조성환이 옆에 있다는 사실도 마음에 걸렸다. 둘 사이에 뭔가 말이 오가거나 긴밀한 신체 접촉이 있었거나 그런 건 아니지만 어쨌든 조성환과 나는 '사귀는' 사이이지 않은가? 같이 살고 있는 사이이기도 하고. 내가 강재희와 오래 사귄 사이라는 사실을 알면, 음, 강재희와 내가 '사귄다'라고 말할 수 있을지는 확신할 수 없으니 그냥 이렇게 말하자, 강재희와 내가 긴밀한 사이라는 걸 알면, 에잇, 더 확실하게 말해 볼까? 강재희와 내가 최근까지 섹스 파트너였다는 사실을 알면 아무리 우리가 애매한 사이라 해도 조성환 입장에서는 불쾌할 것이다. 그러니 그냥 입 다물고 있자. 괜히 오지랖을 부리다간 개피 보는 수가 있다.

11시가 다 돼서야 자리는 파장 분위기를 맞았다. 건물 로비로 내려가 발레파킹 담당 직원이 차를 몰고 오길 기다리고 있는데, 에스더가 다가와 내 귀에 기분 나쁜 말을 흘려 넣었다.

"언니, 좋은 사람 같아서 말해 주는 건데, 성환 오빠 이상한 사람이야. 마음 주지 말아요."

그러고는 날렵하게 로비로 미끄러져 들어오는 장혁규의 검은색 스포츠카로 다가갔다.

"안녕, 성환 오빠, 안녕, 언니."

리릭소프라노 같은 목소리로 작별을 고한 에스더가 직원이 열어 주는 차문 안쪽으로 몸을 집어넣었다. 나는 조금 전 내 귓속으로 뱀처럼 미끄러져 들어온 말, 천진한 아이의 입에서 나오는 말치고 너무 진부하고 불길했던 말을 곱씹으며 그 자리에 서 있었다. 청담동 밤거리를 돌아다니던 바람이 한 번씩 로비로 휘몰려 들어와 몸서리쳐지는 냉기를 선사했다. 옆에 선 조성환은 주머니에서 물통을 꺼내 홀짝홀짝 마셨고, 하도 많이 보아서 이제 그 간격과 동작과 각도를 외울 정도가 된 행위들, 즉 품에서 물통을 꺼내 흔들어서 양을 가늠해 보고, 뚜껑을 열고 냄새를 맡고, 기울여 한 모금 마시고, 다시 뚜껑을 닫고 꽉 닫혔는지 두어 번 확인해 본 다음 품에 다시 집어넣는 행위들을 자기 차가 로비에 나타날 때까지 하염없이 반복했다.

11

비가 내린다. 출근할 때만 해도 가는 비가 차창에 날아와 실처럼 맺히는 정도였는데, 12층으로 올라오는 동안 빗줄기가 어마어마한 굵기로 변해 있었다. 엘리베이터에서 내려 몸을 틀자마자 거대한 소리가 귓전을 때렸다. 하늘에서 엄청난 양의 빗줄기가 내려와 지상을 강타하는 소리가. 여름에도 보지 못했던 대량의 습기가 지난 계절의 부족분을 보상하듯 거침없이 세상에 내리꽂히고 있었다.

컴퓨터를 켜고 민아가 내려 준 커피를 마시는데, 시선이 자꾸만 창밖을 향했다. 옹기종기 모인 빌라, 3층짜리 상가 주택, 나란히 늘어선 성형외과 건물들, 줄줄이 늘어선 차량. 신사동 풍경을 완성하는 다양한 구성물들이 비에 몸을 맡긴 채 다소곳한 모습으로 정렬해 있고, 그 사이사이를 하얀 입김 같은 연무가, 금방이라도 안에서 신선이 튀어나올 것 같은 하얀 수증기가 부단히 몸을 움직이며 돌아다니고 있었다. 세상에 이보다 비를 느끼기 좋은 곳이 있을까. 전면이 유리로 마감된 로비는 유리창에 와 부딪히는 빗소리로 존재감을 생생히 드러내고 있었다. 나는 이 날을 위해 이 자리에 이런 모습으로 완성되어 있었느니, 라고 선포하는 듯.

나는 컴퓨터에 스케줄 화면을 띄웠다. 오늘 아침은 원장들 대부분이 수술에 들어가고 조성환 앞으로만 상담이 잡혀 있었다.

"조성환 원장님 이 상담 뭐야?"

옆에 있던 민아에게 화면을 가리키며 물었다. 상담실장을 거치지 않고 의사와 직접 면담이, 그것도 아침 첫 스케줄로 잡혀 있다니, 대체 어떤 상담이란 말인가?

"누구요?"

민아가 상체를 내밀고 내 컴퓨터 화면을 들여다보다 바퀴 소리를 내며 내 옆으로 왔다.

"아, 이란미 환자! 고등학생인데, 엄마가 미스코리아 출신이에요. 그래서 툭하면 들락날락해요. 앞으로 실장님도 자주 보시게 될걸요?"

민아가 제 컴퓨터인 양 화면을 넘기며 부산하게 발을 떨었다. 화면에 이란미의 얼굴과 수술 전후 사진, 경과에 대한 코멘트들이 휙휙 지나갔다.

"그게 무슨 말이야?"

엄마가 미스코리아 출신이라서 툭하면 들락날락한다니, 그게 대체 무슨 논리인가. 민아는 논리적으로 말할 줄 모른다. 앞뒤 다 잘라먹고 자기 인상에 남은 얘기만 두서없이 늘어놓는다. 이런 애가 상담에 들어가면 어떻게 될까. 수습 기간을 채우고 나면 직접 상담에 들어갈 텐데, 참으로 걱정이다.

"작년엔가? 지방 흡입 받았거든요. 근데 보시면 알겠지만 애, 완전 뚱땡이에요. 수술받자마자 바로 살이 들어차나 봐."

민아는 여전히 '인상주의적 말하기' 전법을 구사했다. 나는 한 번 더 다그쳐 물을까 하다가 그냥 묵묵히 듣고 나름대로 해석하는 편을 택했다.

"조 원장님이 진짜 마음씨가 좋은 거죠. 세상에 이렇게 자주 오는 환자가 어딨어요? 원장님이나 되니까 만나 주시는 거지, 사실 애, 수술은 장혁규 원장님한테 받았거든요. 선생님도 눈치채셨겠지만 장 원장님이 어디 환자가 원한다고 만나 줄 사람이에요? 지난번에도 장 원장님 대신 조성환 원장님이……."

장황한 민아의 얘기를 종합한 결과 다음과 같은 이야기를 추론해 낼 수 있었다.

(1) 이란미는 뚱뚱한 고등학생이다.

(2) 방학 때마다 우리 병원에서 수술을 받았다.

(3) 오늘 방문은 '쓸데없는' 방문이다.

(4) 원래 장혁규의 환자였는데 자꾸 들락거리는 걸 받아 주는 것은 조성환이다.

"그러니까 오늘 오는 건 수술 후 경과를 보기 위해서도 아니고 수술 일정을 잡으려는 것도 아니란 말이지?"

내가 한마디로 요약하자 민아가 고개를 크게 주억거렸다.

"그렇게 미리 말한 건 아니지만 뻔하잖아요. 지난번에도 와서 시간만 끌다 갔는데. 이건 우리끼리 하는 말인데요."

갑자기 민아가 손을 입가에 가져다 대며 바짝 다가앉았다. 아침으로 김치를 먹었는지 위장에서 올라오는 신내와 조금 전 얼굴에 펴 바른 화장품 냄새가 코끝을 확 치고 들어왔다. 나는 반사적으로 의자를 뒤로 뺐다.

"그 엄마가 조성환 원장님한테 반한 것 같아요."

말을 마친 민아가 내 얼굴을 빤히 쳐다보더니 히힛, 하고 웃었다.

"뭐?"

나는 바퀴 달린 의자를 옆으로 끌면서 눈살을 찌푸렸다. 이 아이는 참을 수 없는 점이 참으로 많지만, 그중에 으뜸은 이 역겨운 화장품 냄새다. 좋은 냄새 나는 화장품이 널렸는데 도대체 얘는 왜 이런 꾸리꾸리한 제품을 쓰는 걸까?

"장난이에요, 선생님."

민아가 의자를 자기 자리로 끌고 가면서 나를 힐끔거렸다.

"조성환 원장님, 은근히 여자들한테 인기 많은 것 같아. 신기하지 않아요? 키도 작고 얼굴도 까맣고……."

반말까지 슬쩍 끼워 넣으며 깝죽대는 민아. 머릿속으로 내가 민아의 뒤통수를 확 갈기는 장면이 반복해서 펼쳐졌다.

"그럼 오늘 아침에 오는 게 이란미 환자가 아니라 그 환자의 어머니라는 거야?"

한 대 치고 싶은 충동을 억누르고 민아의 말을 끊었다. 정말 역겨운 아이다. 저 쓸데없는 호기심, 저 쓸데없는 촉수, 조성환과 나와의 관계를 알아내려고 호시탐탐 기회를 노리는 저 교활한 술수. 차라리 대놓고 물어보지 왜 저렇게 빙빙 돌며 우스운 짓을 할까?

"예약은 엄마가 잡았는데, 모르겠어요. 딸도 같이 올지."

"딸이 고등학생이라고 하지 않았어? 근데 어떻게……."

그때 엘리베이터 문이 열리면서 왁자지껄한 중국어가 들려왔다. 긴 머리에 압박 붕대로 얼굴을 칭칭 감은 여자와 큰 키에 짧은 커트 머리를 하고 검은색 비닐봉지를 주렁주렁 매단 여자, 그리고 우리 병원에서 김 이사라고 불리는 붉은 코의 남자가 요란하게 말을 주고받으며 로비로 걸어왔다.

"안녕하세요."

카운터에 있던 네 명의 상담 코디네이터들이 일제히 자리에서 일어섰다. 김 이사의 시선이 일어서지 않는 내게 날아와 꽂혔다. 나는 앉은 채로 고개를 까딱 숙여 보인 뒤 모니터로 눈길을 돌렸다. 부리부리한 그의 눈길이 내 얼굴에 내려앉는 게 느껴졌다.

"이 실장님, 잘 있었나?"

역겨운 향수 냄새가 내 앞에 와 머물렀다.

"수술 환자 데려오셨어요?"

억지로 웃어 보이며 카운터에 양팔을 짚고 선 사내의 시선을 맞받았다.

"우리 이 실장님, 은근히 쌀쌀맞아."

얼굴 주위를 돌던 김 실장의 시선이 천천히 내려와 가슴께에 머물렀다. 나는 오늘 브이 자로 푹 파인 이너에 칼라 없는 브이 라인 회색 정장을 입었다. 이럴 줄 알았으면 목 끝까지 올라오는 차이나 칼라 블라우스를 입고 나오는 거였는데.

"왜 그러세요?"

눈을 내리깔고 차갑게 말했다. 이런 남자한텐 웃는 척도 해주기 싫다.

"우리처럼 열심히 일하는 사람들은 코디 언니들이 말 한마디만 건네 줘도 그게 아주 크지. 좀 큰 게 아니야. 어, 이렇게 말하니까 꼭 내가 야한 얘기하는 것 같잖아?"

저질스러운 농담을 해 놓고 제풀에 키득키득 웃는 커다란 코의 남자. 이 남자는 내가 병원에 온 첫날부터 지저분하게 치근덕댔다. 자꾸 다가와 실없는 농담을 건넸고, 명함을 준 이후에는 카톡으로 문자질까지 했다.

오늘 일찍 끝나면 차 한잔할까?

오늘 옷 무지 엘레강스하던데?

문자는 날이 갈수록 상스러워졌다.

말라 보이는데 은근 글래머야.

파트너가 성에 안 차면 언제든지 기다리는 친구가 있다는 걸 잊지 마시길.

심지어 이런 문자를 보내기도 했다.

후끈 달아오르는 마음 아는가 몰라?

이 카톡이 들어왔던 날, 그의 카톡 아이디에 수신 거부를 걸어 버렸다. 병원 사람들은 내가 조성환과 같이 출퇴근하는 걸 안다. 당연히 병원에 밥 먹듯 들락거리는 이 '영업 이사'라는 작자도 내가 병원장과 친밀한 사이라는 걸 알 것이다. 멀쩡한 인간들을 구워삶아 눈을 찢고 코에 이물질을 집어넣게 하는 데 천부적인 능력을 보이는 남자이니 같이 출퇴근하는 사이가 무얼 의미하는지도 진즉에 알아차렸으리라. 그런데 왜, 왜 이 작자는 줄기차게 다가와 끈적거리는가? 나는 그의 커다랗고 붉은 코와 두텁기 짝이 없는 입술, 진하다 못해 숯처럼 까만 눈썹을 하나하나 쳐다보았다. 이목구비가 지나치게 크고 튀어나와 있어 부담스럽다 못해 역겹기까지 한 얼굴이었다. 혹시 이렇게 생긴 사람은 상대를 꿰뚫어 보는 능력이 있는 걸까? 이 사람은 내 표정을 통해 조성환과 내가 같이 살지만 섹스는커녕 키스 한번 나누지 않은 사이라는 것을 알아채고 있을까?

"수술실로 바로 이동하실게요."

코디네이터 팀의 가장 오랜 경력자인 이나영이 수술실로 내려가자고 김 이사를 재촉해 준 덕분에 이 역겨운 남자와의 대면을 금방 끝낼 수 있었다.

"실장님, 조금 있다 봐."

붉은 코가 내게 윙크를 날린 뒤 돌아서서 자신이 끌고 온 두 명의 중국인들에게 유창한 중국어를 늘어놓았다. 손에 온갖 쇼핑백과 비닐봉지를 들고 있던 두 명의 중국 여인들 중 머리가 짧은 쪽이 비명에 가까운 감탄사를 쏟아 내더니 입을 틀어막는 시늉을 했다.

"어우, 시끄러워. 중국 사람들 말 왜 이렇게 시끄럽니?"

나도 모르게 이렇게 말하자 민아가 내 팔을 툭 쳤다.

"실장님, 그런 말 하다 장혁규 원장님한테 들키면 이거예요."

민아가 손으로 목을 긋는 시늉을 했다. 나는 알았다는 눈짓을 보낸 뒤 식은 커피잔을 끌어당겼다. 땡 소리와 함께 엘리베이터 문이 열리자 입을 틀어막고 호들갑을 떨던 여자 일행이 일제히 안으로 들어섰고, 문이 닫히자 거짓말처럼 고요가 찾아들었다.

"중국 고객들 중에 한국말 알아듣는 사람들 많다고 얼마나 호통을 치시는데요. 저도 지난번에 한번 '중국애들'이라고 말했다가 장혁규 원장님한테 한 30분은 붙잡혀 있었을걸요?"

장혁규는 조금 전 내게 느물거리는 시선을 보내고 사라진 김 이사가 몰고 오는 중국인 환자들의 수술을 도맡다시피 하고 있다. 올 초까지만 해도 '닥터 현'이 중국인 환자들을 주로 맡았는데, 그가 빠듯한 수술 일정 때문에 레지던트 신참에게 대리 수술을 시켰던 게 매스컴을 타는 바람에 장혁규가 그 자리를 대신하게 됐다. 지금은 쉬쉬하는 비밀로 남은 닥터 현은 스피드로 유명한 '수술의 귀재'였다. 민아가 들은 풍문에 따르면 그가 있을 때 이 병원이 거의 전설에 가까운, 우리나라 성형외과 역사상 다시는 도달할 수 없는 신화적인 매출을 올렸다고 한다. 그는 수술을 빨리 하는 능력뿐 아니라 밀려드는 수술 일정을 분담할 보조 인력을 조달해 싼값에 부리는 데도 발군의 능력을 보였다. 아마도 후자의 능력이 전자의 능력보다 병원 매출에 더 큰 도움이 되었으리라. 아무튼 장혁규는 닥터 현이 사라진 뒤부터 떠오르는 유망 닥터가 되어 매출을 책임졌고, 이 병원 매출의 큰 몫을 차지하는 중국인 고객 관리에 만전을 기해 왔다. 당연히, 고객 앞에서 '중국애들' 운운하며 우리 말로 험담하는 것은 용서할 수 없으리라.

"아, 왔다, 이란미."

중국인 환자의 수술을 둘러싼 수익금 배분에 대해 자세히 물러보려는 찰나, 민아가 자리에서 벌떡 일어섰다. 민아의 시선이 머무는 곳을 보니 엘리베이터에서 내린 늘씬한 중년 여성과 살에 휩싸이다시피 한 거구의 여학생이 로비를 향해 걸어오고 있었다. 사전 지식이 없었다면 결코 모녀라고 생각할 수 없었을 그 두 여성이 이란미와 그 모친이라는 걸 나는 한눈에 알 수 있었다.

12

이란미는 쉴 새 없이 초콜릿을 까먹었다. 낱개 포장 초콜릿이 가득 담겨 있던 봉지가 상담이 시작된 지 10분도 지나지 않아 반으로 줄어들었다.

"얘 친구 중엔 거식증에 걸린 애들도 있다던데, 선생님, 우리

란미는 왜 이럴까요. 손에서 이런 쓰레기를 놓지를 않아요."

초콜릿과 사탕과 과자를 끊임없이 먹어 치우는 딸에 대해 하소연을 늘어놓던 엄마가 딸의 손을 세차게 내리쳤다. 탁 소리가 나면서 초콜릿 봉지가 땅에 떨어졌다. 딸은 손에 쥐고 있던 초콜릿을 움켜쥔 채 넋 나간 표정으로 허공을 쳐다보았다. 교복을 입은 거구의 여고생은 상담 내내 누구와도 눈을 마주치지 않은 채 초콜릿 포장 비닐 까는 소리만 만들어 내고 있었다.

"아이들 심리는 간단합니다. 부모가 하지 말라면 오히려 애착을 갖게 되는 거죠."

조성환이 바닥에 쭈그리고 앉아 흩어진 초콜릿을 주워 담기 시작했다. 이란미의 엄마는 검은색 쿠션을 씌운 철제 의자에 꼿꼿한 자세로 앉아 하늘색 수술복에 흰 가운을 걸친 의사가 펼치는 느린 동작을 싸늘하게 내려다보았다. 내가 같이 앉아 주우려 하자 조성환이 손바닥을 내밀어 저지했다. 나는 두 손을 모으고 서서 다소 연극적으로 보이는 조성환의 행위를 가만히 지켜보았다. 저걸 줍는 행위에 무슨 의미라도 있는 건가?

민아의 말대로 상담은 '온갖 쓸데없는' 얘기로 채워졌다. 딸이 지방 흡입 수술을 받은 지 얼마 되지도 않았는데 벌써 몸무게가 예전으로 돌아왔네, 쌍꺼풀 수술 부기가 안 빠지네, 이번 겨울 방학 때 다시 지방 흡입을 받았으면 좋겠네, 왜 그렇게 먹는 걸 자제하지 못하는지 모르겠네, 이 네 가지 가사가 돌림노래처럼 흘러나왔고, 자신은 몸매를 유지하기 위해 살면서 단 한 끼도 배불리 먹은 적이 없다는 내용이 후렴구처럼 정기적으로 울려 퍼졌다. 여자애는 바닥에 떨어지는 수모를 겪었다가 조성환에 의해 다시 먹거리의 모습을 갖춘 초콜릿 봉지를 품에 안고 계속 바스락 소리를 내다가 이따금 날아오는 조성환의 질문에 활짝 웃으며 "네." 하는 대답을 내놓았다. 학교 생활에서 힘든 점은 없니?라는 질문에도 "네", 카톡방에서 친구랑 무슨 이야기를 주고받니?라는 질문에도 "네", 하는 식의 영혼 없는 대답이었다.

놀라운 건 조성환이 이들 모녀를 대하는 태도였다. 그는 미스코리아 출신이라는 여자가 늘어놓는 진부한 노래를 진지한 얼굴로 경청하며 고개를 끄덕여 주고, 영혼 없는 웃음과 기계적인 대답을 내놓는 거구의 여고생에게도 끊임없는 질문으로 관심을 보였다.

인형처럼 선 채 손을 비비며 이들 모녀가 빼앗아 가는 조성환의 귀중한 시간을 금전으로 환산해 보고 있는데, 문이 열리면서 한 남자가 들어왔다.

"형."

나는 눈을 동그랗게 떴다. 상담 도중에 덜컥 문을 열고 들어오는 전례 없는 행동을 하는 눈앞의 청년의 얼굴이 조성환과 굉장히 닮아 있었다. 다만 조성환보다 키가 조금 더 크고 피부색이 살짝 더 밝았는데, 이목구비의 크기나 비례 면에서도 조성환보다 나은 편이라 얼핏 보면 '훈남'이라고 평가할 정도였다.

"아……."

조성환이 놀란 얼굴로 청년을 쳐다보았다. 그전까지 조성환을 싸고 돌던 온화하고 침착하고 여유로운 분위기가 싹 사라지고, 씰룩이는 볼 위로 난처해하는 표정이 진하게 배어 나오고 있었다. 나는 숨을 죽였다. 랩에 둘러싸인 듯 늘 여유 있는 표정만

짓던 조성환의 얼굴에 날것 그대로의 감정이 드러나는 보기 드문 순간이었다.

"그럼 오늘은 여기까지 할까요?"

한동안 청년을 응시하던 조성환이 랩에 싸인 표정으로 돌아와 부드럽게 말했다.

"저희가 시간을 너무 빼앗았군요. 그럼 선생님, 다음에 또 오겠습니다."

여자가 일어서며 거구의 딸을 잡아끌었다.

"안녕히 계셔요."

여고생이 커다란 소리로 말하며 잘 구부려지지 않는 상체를 접는 시늉을 했다. 상담실에 들어온 이후 처음으로 들어 보는 "네."가 아닌 말이었다.

"앉아라."

일어서서 모녀에게 고개를 숙인 조성환이 자리에 앉으며 청년에게 의자를 가리켰다.

"선생님."

문을 열고 나서던 여자가 뒤돌아섰다.

"아, 네."

조성환이 안경을 추어올리며 여자를 주시했다.

여자는 말없이 조성환을 쳐다보았다. 나는 한쪽 구석에 서서 이 장면을 지켜보았는데, 그 순간 여자의 눈길에서 나오는 것이 애정이라는 것을, 그것이 남녀 간의 애정인지 딸의 미모를 개선해 줄 예비 은인에 대한 존경 어린 애정인지, 아니면 자신의 넋두리를 잘 들어준 타인에 대한 순간적인 애정인지 알 수 없지만 아무튼 애정임에 틀림없는 기운임을 명확히 알 수 있었다.

"겨울방학 때는 선생님께서 집도해 주세요."

곱게 화장한 여자의 입에서 '집도'라는 말이 나오는 순간, 어쩐지 조성환이 고귀한 생명을 다루는 지엄한 의사인 듯 느껴져 나도 모르게 웃음이 나왔다.

"란미 어머님."

조성환이 자리에서 일어섰다. 엉거주춤 서서 여자와 조성환을 번갈아 쳐다보던 청년이 조심스럽게 철제 의자에 앉았다. 슉 하는 쿠션 가라앉는 소리와 함께 청년이 등에 멘 검은색 백팩에서 짤그랑 소리가 났다.

"란미는 이제 수술받으면 안 됩니다."

조성환이 단호하게 말하자 여자를 앞질러 나가 있던 란미가 틈새로 고개를 들이밀고 "네." 하며 활짝 웃었다. 그제야 나는 깨달았다. 란미의 정신에 문제가 있다는 사실을.

"선생님……."

여자는 한동안 애잔한 눈길로 조성환을 보고 있다가, 다시 연락 드리겠다는 말을 남기고 방에서 나갔다. 흥. 나는 닫힌 문을 향해 입을 삐죽였다. 무슨 멜로 영화 찍는 줄 아나. 딸아이 정신이나 잘 돌볼 것이지. 고등학생 딸을 두었다고 믿기 힘들 정도로 호리호리한 몸매와 완벽한 이목구비를 한 여자가 초콜릿을 물처럼 섭취하는 딸에게 잔소리를 퍼붓는 광경이 저절로 그려졌다. 얼마나 달달 볶았으면 애가 저 지경이 되었을까. 아이가 불쌍했지만, 한편으로는 부럽기도 했다. 내 어린 시절, 청소년 시절, 그리고 엔터테인먼트 업계 종사 시절, 내 곁에는 많이 먹지 말라거나 많이 먹으라는 말을 해 주는 사람이 없었다. 잔소리고 뭐고 뭔가 말을 해 줄 사람 자체가 없었다. 밥은 늘 혼자 먹었고, 그나마 먹을 밥이 없는 경우가 많아서 굶거나 나가서 닥치는 대로 먹을 걸 사 와 입속에 구겨 넣었다. 엄마가 요리해 밥을 차려 주고 함께 밥을 먹고 내 식성이나 몸매나 건강 상태에 대해 말해 주는 느낌이 어떤 건지, 아마 나는 죽을 때까지 알 수 없을 것이다.

"이 선생님."

지난날에 대한 상념과 일어나지 않을 일에 대한 공상에 빠져 허우적거리고 있는데 조성환의 음성이 날아와 꽂혔다. 순간 내게 밥을 조금 먹으라든가, 더 먹으라든가, 편식하지 말라든가 하며 온갖 종류의 잔소리를 퍼붓는 내 엄마의 형상이 산산이 흩어졌다. 멀쩡한 엄마들이라면 으레 할 법 직한 모습을 하고 나타났던 내 엄마의 형상이.

"잠깐 자리 좀 비켜 주시겠습니까?"

그새 자리에 앉은 조성환이 안경을 추어올리며 말하고 있었다. 공손하고 사무적인, 하지만 반드시 그래야 한다는 강제성을 담은 어조. 나는 등을 보이고 앉은 청년의 등에 매달린 불룩한 백팩을 흘끔 쳐다본 뒤 조용히 상담실을 나섰다.

13

청년이 조성환의 동생이라는 사실을 안 것은 점심을 먹으러 가는 길에 민아가 툭 던진 한마디 때문이었다.

"생긴 게 동생이 좀 낫죠?"

"뭐?"

나는 핸드폰을 챙겨 일어서다 말고 민아가 한 말의 의미를 곱씹었다.

"그럼 걔가 원장님 동생이야? 대학생 같던데?"

뒤를 따라가며 물었다.

"모르셨어요?"

엘리베이터 버튼을 누르던 민아가 뒤돌아서며 입을 불룩하게 해 보였다. 살짝 매부리코인 민아는 이렇게 하면 코가 똑바로 서 보인다면서 틈만 나면 입을 불룩하게 만든다.

"원장님 상담 중이실 때 들어왔잖아. 말해 주실 틈이 없었어."

변명하듯 길게 말해 놓고 이내 후회했다. 몰랐다고 심플하게 말하는 게 더 자연스러웠을 텐데.

"근데 동생이라기엔 나이 차가 너무 나 보이던데…… 혹시 아들 같은 거 아니야?"

묻는 순간 엘리베이터 문이 열렸다. 안에는 간호사 두 명과 조성환의 동생이 타고 있었다.

"안녕하세요?"

활짝 웃으며 알은척을 했다. 조성환의 동생이 당황한 얼굴로 아, 네 하고 말했다. 내가 조금 전에 상담실에서 본 여자라는 걸 인식하지 못하는 것 같았다. 나는 엘리베이터 안쪽으로 들어가 조성환의 동생 뒤에 섰다. 뒤에서 보니 몸매가 생각보다 더 괜찮았다. 나보다 거의 고개 하나가 더 컸고, 하체가 길어 흰 폴라티에 두터운 남방과 청바지를 입었을 뿐인데도 맵시가 났다. 조성환보다는 나은, 훨씬 나은 뒤태였다.

"뭐가 묻었네?"

나는 손을 내밀어 그의 어깨를 털어 주었다. 그가 놀란 눈으로 나를 돌아보았다.

"비듬인가?"

어깨를 툭 친 뒤 환하게 웃어 보였다. 물론 비듬 같은 건 없었다. 그때 1층에 당도했음을 알리는 안내음이 나오며 엘리베이터 문이 열렸다. 그는 한쪽 눈을 찡그리며 내 손이 닿았던 어깨 부근을 털어 내고 엘리베이터에서 내렸다.

"민아 씨, 나 좀 나갔다 올게."

그를 따라 내리며 말했다.

"그럼 점심은……."

민아가 말하고 있는데 엘리베이터 문이 닫혔다. 조성환의 동생은 그새 1층 로비를 가로질러 회전문에 다다르고 있었다. 나는 빠른 걸음으로 그를 쫓아갔다. 혼자 구내식당으로 내려가 밥을 먹게 된 민아에겐 미안했지만 어쩔 수 없었다. 조성환의 친동생이라지 않은가.

"잠깐만요!"

회전문을 빠져나가 성큼성큼 걷던 그를 불러 세웠다. 그새 빗발이 가늘어져 가까운 곳이라면 우산 없이 가도 될 것 같았다. 다섯 발자국쯤 앞서 있던 그가 뒤돌아보더니 자리에 멈춰 섰다.

"와, 걸음 되게 빠르다. 후우."

그의 코앞까지 간 뒤 가슴에 손을 얹고 숨을 고르는 시늉을 해 보였다.

"아이고, 아이고, 숨차라. 나이가 들어 그런가. 이젠 조금만 뛰어도 막 쓰러질 것 같고 그래."

환갑을 넘긴 할머니처럼 너스레를 떨었지만 조성환의 동생은 내 발밑만 쳐다본 채 아무런 반응도 보이지 않았다.

"지금 12시인데…… 배고프지 않아요? 우리 같이 점심 먹을까요?"

가만히 서서 땅바닥을 응시하고 있는 청년의 얼굴 앞에 주먹 쥔 두 손을 흔들어 보이며 콧소리를 냈다. 내가 생각해도 너무 어색한 동작이었지만 뚝심 있게 밀어붙였다. 비장미까지 풍기는 억지 애교에 결국 고개를 든 그가 나를 빤히 쳐다보더니 피식 웃음을 터뜨렸다. 코에서 바람 빠져나가는 소리가 나면서 얼굴에 희미하게 미소가 번져 가는 게 조성환과 어쩜 그리 똑같은지, 역시 피는 못 속이는구나 싶었다.

"저 여기 오면 만날 가는 김밥집 있는데…… 같이 가실래요?"

읊조리는 듯한 그의 말씨에는 북한 말씨랄까 강원도 사투리랄까 하는 느낌이 살짝 들어가 있었다. 완벽한 표준어를 구사하는 조성환과는 다른 면모였다.

"어머, 나 김밥 완전 좋아하는데! 김밥! 마이 페이버릿!"

다시 한번 억지 애교와 호들갑 전법을 구사하며 그를 쫓아갔다. 두세 걸음 떼는가 싶었는데 그가 왼쪽으로 몸을 틀더니 작은 공간의 미닫이문을 열고 들어갔다.

"어머, 이런 데 분식집이 있었어요?"

성형외과 건물들이 줄지어 선 거리였다. 유리와 대리석으로 마감한 고층 건물 사이로 비좁은 공간이 나 있었는데, 그 안으로 분식집이 자리 잡고 있었다. 안으로 길게 뻗은 직육면체 형태의 건물. 그동안 편의점이나 지하철역에 갈 때 매일 지나쳐 갔는데도 그곳에 가게가 있다는 걸 인식하지 못했다. 거의 '틈'에 가까운 공간인 데다가 상호를 알리는 명판이나 입간판이 없고 출입문의 반 이상이 패널 같은 것으로 뒤덮여 있어 그게 영업을 하는 집인지 눈치채지 못했다.

"어서 오세요."

조성환의 동생이 들어서자 안쪽 구석에서 도마질하던 여자가 반색했다.

"학생, 오랜만에 왔네."

여자는 목욕탕 타일 모양의 시트지가 발라진 벽을 향해 서서 도마질을 하던 중이었다. 벽면 맨 위에 에어컨이, 그 아래쪽에 영업신고증과 선풍기가, 그 아래쪽에 종이컵과 스텐볼, 나무젓가락, 호일, 랩 같은 것들이 빼곡히 들어찬 2단 찬장이 달려 있었다. 여자의 등 뒤편에는 깐 우엉이라고 쓰인 종이 상자, 사이다 박스와 콜라 박스, 전자레인지, 초록색 테이프를 덕지덕지 붙여 고정해 놓은 라디오가 층층이 쌓여 있고 붉은 노끈으로 묶은 파 더미와 커다란 양파 자루가 무질서하게 포개져 있었다. 앞쪽으로 튀어나온 1단짜리 수납함 위로는 커다란 전기밥솥 두 개가 놓여 있었는데, 빛을 받아 반짝이는 은색 테두리가, 낡았다는 한마디로 뭉뚱그려 표현할 수 있을 수많은 잡동사니 중에 유일하게 최근에 생산된 신상품임을 웅변하고 있었다. 아슬아슬하게 포개진 재료 더미에서 필요한 걸 빼내 씻고 도마에 올려 음식을 만든다는 게 믿기지 않을 정도로 조악한 그 좁은 공간은 '한가위 기획전'이라고 쓰인 빛바랜 포스터가 붙은 널빤지로 반쯤 가려져 있어 그곳이 조리 공간이자 창고이자 작업자가 라디오를 들으며 휴식을 취하는 공간임을 간신히 알려 주고 있었다.

"뭐 줄까?"

내가 조성환 동생의 앞자리에 앉자 여자가 물을 내왔다.

"메뉴판은 없나요?"

두리번거리며 묻자 여자가 웃으며 몸을 돌려 맞은편 벽의 위쪽을 가리켰다. 카운터에서 조리 공간까지 길게 이어지는 공간의 맨 위쪽에, 커다랗게 인쇄된 음식 사진이 다닥다닥 붙어 있고, 그 사진 행렬 아랫부분의 한가운데에 콜라 캔과 사이다 캔이 실물로 나란히 붙어 있었다.

"여긴 외국 손님들이 많이 오거든. 서로 말이 안 통하니까 그냥 그림 보고 찍으라고 해요."

여자가 앞치마 한쪽 주머니에 손을 넣은 채 음식 사진과 나를 번갈아 쳐다보았다. 오십 대 초반쯤으로 보이는 깡마른 여자였다.

"아…… 그렇군요."

나는 천천히 고개를 끄덕이다가 다시 물었다.

"여기 오는 외국인들이면 다 수술받은 사람들일 텐데…… 붕대 감고 막 그러고 오나요?"

창피해서 안 오지 않을까? 문득 이곳에 들어오는 사람들이 궁금해졌다. 병원 직원들은 모두 구내식당으로 갈 테고, 근방의 회사원들은 여기보다는 좀 괜찮아 보이는 식당으로 가지 않을까? 그럼 여기엔 주로 누가 올까? 이런 공간이 장사가 될까?

"그럼. 중국 사람, 일본 사람 굉장히 많이 와요."

여자가 눈을 가늘게 뜨고 웃었다. 작은 키에 살짝 처진 눈매. 깡마른 몸. 소박하고 선량하게 평생을 살아왔을 것 같은, 아이도 두셋 낳아 온화하게 사랑으로 키웠을 것 같아 보이는 여자였다.

"저희 김밥 주세요."

말없이 앉아 뭔가를 견디는 듯한 표정을 하고 있던 조성환의 동생이 끼어들었다.

"난 다른 거 먹고 싶은데? 저희 떡볶이랑 순대도 주세요."

내가 말했다.

"그럼 김밥 한 줄에 떡볶이랑 순대, 이렇게 줄까?"

여자가 조성환의 동생을 쳐다보며 말했다.

"아니요. 김밥 두 줄에 떡볶이랑 순대요."

내가 말하자 조성환 동생의 눈길이 내 얼굴을 쓱 훑고 지나갔다.

"제가 좀 많이 먹거든요."

이렇게 말하고 히죽 웃었지만 조성환의 동생은 대꾸 없이 테이블의 한 지점에 시선을 고정하고 꼼짝도 하지 않았다.

여자가 조리실로 돌아가 도마질을 시작한 뒤 조심스럽게 물었다.

"형이 잘해 줘요?"

동생은 대답 없이 수저 통에서 숟가락을 뽑았다. 흥, 말 안 하려면 말아. 나는 입을 삐죽거리며 벽에 기대앉아 백에서 핸드폰을 꺼냈다. 나도 너랑 미치도록 말하고 싶은 거 아니거든? 조성환 동생이라니까 그냥 따라와 본 거라고. 진짜 동생 맞는지, 혹시 아들은 아닌지 확인도 할 겸.

"형수님……이시죠?"

오전 동안 들어온 카톡 메시지들을 확인하고 있는데 그가 기습하듯 말했다. 깜짝 놀라 핸드폰에서 고개를 들다가 그와 눈이 마주쳤다. 크고 부리부리한 눈. 조성환처럼 맑고 아름다운 색을 띤 눈이 나를 빤히 쳐다보고 있었다. 그 시선을 맞받으며, 나는 잠깐 동안 황홀감에 빠져들었다. 형. 수. 님. 그 말에 담긴 의미가 내 안에 재빨리 퍼져 나가며 아기자기한 웅덩이를 이루었다.

"어머, 부끄러워라. 형이 그렇게 말하던가요?"

한쪽 손으로 볼을 감싸 쥐며 다른 손으로 그가 건넨 수저와 젓가락을 받아 들었다. 형수님이라. 생각할수록 기분이 좋아지는 말이었다.

"형이랑 결혼하기로 하셨나요?"

그가 고개를 옆으로 기울이며 내 얼굴을 쳐다보았다. 뭔가 알아내려는 듯한 탐색의 눈빛. 나는 냅킨을 뽑아 동생의 숟가락 밑에 깔아 주고 내 쪽에도 깔았다.

"동생분이 보기에 어때요?"

느낌이 좋지 않았다. 이 자식, 내가 묻는 말엔 대답을 안 하고지 궁금한 것만 알아내려 하고 있지 않은가?

"형이랑 제가 결혼할 것 같아요?"

물음을 되돌려주며 눈을 맞추었다. 그 순간 그의 시선이 휘청, 일렁였다. 분노랄까 억울함이랄까, 그런 게 담긴 시선이었다. 오랫동안 쌓여 언제든 끓어오를 수 있을 듯한 묵직한 기운. 비정상적인 여유를 담고 있는 조성환의 냉정한 시선과는 완전히 종류가 달랐다.

"그런 걸 저한테 물으시면 어떻게……."

그가 말꼬리를 흐리면서 어깨를 으쓱했다. 그때 여주인이 김밥을 내왔고, 내가 손을 내밀어 접시를 받는데, 손이 살짝 떨리면서 김밥이 쏟아질 뻔했다.

"조심하세요."

여자가 얼른 접시를 받아 테이블에 놓아 주었다. 여자가 조리 공간으로 돌아간 뒤 나는 테이블 중앙에 있던 물컵을 끌어당겼다. 물을 마시는데 목구멍에서 커다랗게 꿀꺽꿀꺽 소리가 났다.

"먹어요."

물컵을 내려놓고 젓가락을 들며 말했다. 동생은 내가 두 번째 김밥을 집었을 때에야 젓가락을 들었다.

"잘 먹네."

다섯 개째 김밥을 씹어 삼킨 뒤 묵묵히 김밥을 씹고 있는 그에게 엄마처럼 다정한 음성을 내보냈다. 그는 막 김밥을 집어넣어 불룩해진 입을 한 채 나를 흘끔 보고는 다시 김밥을 씹기 시작했다. 나는 입을 꼭 다물고 열심히 볼을 움직이는 그의 모습을 뿌듯한 마음으로 지켜보았다.

"형제가 둘 다 식습관이 잘 잡힌 것 같아. 우리 나라 남자들, 웬만큼 잘났다 싶은 남자들도 밥 먹을 땐 쩝쩝 소리를 내는데, 형은 입을 꽉! 놀라울 정도로 꽈아악 다물고 먹더라고. 정말 아름다웠지. 그래서 내가 형한테 반한 거야. 근데 오늘 보니까 동생도 그러네. 아주 좋아. 난 세상에서 입 꽉 다물고 먹는 남자가 제일 좋아. 조씨 가문 형제들, 예뻐요. 맘에 들어! 아주 예뻐!"

이렇게 포문을 연 뒤, 식습관에 관한 얘기를 주야장천 늘어놓왔다. 전통적으로 우리나라는 서양과 달리 먹을 때 후르륵 짭짭 소리를 내는 게 음식을 대접한 이에 대한 예의였다지만 지금은 시대가 바뀌었다, 서양의 습성 중 좋은 건 기꺼운 마음으로 배워야 한다, 밥 먹다가 쩝쩝 소리 내는 건 같이 먹는 사람에 대한 무례다…… 등등 어디서 들어 본 얘기 안 들어 본 얘기 아무거나 갖다 붙이면서 끝도 없이 말을 늘어놓았다. 언제 어디서건 농을 할 수 있는 건 내가 구비한 몇 안 되는 특급 무기다. 나는 네 번째 김밥을 입에 넣을 때부터 그가 형수님이니 뭐니 하는 말로 나를 애 취급하고 있다는 걸 깨닫고 그에 대한 분노와 불쾌함이 스멀스멀 커져 가는 불길한 상황으로 빠져들고 있었지만, 내 특장기를 발휘해 그 상황에서 빠져나오기로 마음먹은 상태였다. 지금까지 오간 말이나 태도로 미루어 볼 때 조성환의 동생은 내가 궁금해하는 걸 가르쳐 줄 마음이 전혀 없는 것 같았다. 나하고 친해지고 싶은 마음도 물론 없고. 자기가 궁금한 어느 한 부분만 나한테 캐내고 싶은 눈치인데, 나로서는 해 줄 얘기가 전혀 없었다. 아직 키스도 못해 본 사이지만 앞으로 진전될 확률이 아예 없는 것은 아니라고 말할 순 없는 노릇 아닌가. 어차피 영양가 있는 말을 주고받지 못할 거라면 아무 말이나 던지고 놀다가 시간 되면 병원으로 돌아가면 될 것이었다. 나는 예전에 알고 지냈던 훌륭한 남자들이 쩝쩝 소리 내며 먹는 식습관으로 나를 얼마나 치 떨리게 했는지 또 한번 늘어놓으면서 슬금슬금 조성환 동생의 얼굴을 쳐다보았다. 동생은 내가 말하는 내내 고개를 숙인 채 김밥을 먹는 데 열중하고 있어, 도대체 내 말을 듣고 있는지 아닌지 알 수가 없었다. 자기 마음 안 드러내고 다른 사람 마음만 탐색하려 드는 저 얄체 기질! 아무튼 형이나 동생이나 똑같다니까. 속으로 혀를 차면서 나는 계속 넋두리에 가까운 말을 이어 나갔다. 원맨쇼의 정신으로 한참 떠들다 목이 말라 물컵을 들어 올리는데, 부지런히 입을 우물거리던 그의 입가에 웃음이 걸려 있는 게 눈에 들어왔다.

"지금 웃는 거?"

고개를 테이블에 갖다 대고 그의 얼굴을 살폈다. 그의 입이 더 크게 벌어졌다.

"형수님, 너무 재밌으세요."

아. 나는 할 말을 잃고 천천히 눈을 깜박였다. 결혼 얘기 갖고 장난을 치더니 뭐야. 이제 아예 형수님이라고? 농락당하는 게 뻔했는데도, 그 말이 그렇게 듣기 좋을 수가 없었다. 형수님이라니! 재미있다니!

"원래 내가 좀 재미있어요."

얘랑 이렇게 앉아 노닥거리는 게 좋다. 농락이고 나발이고 어쨌든 내가 얘를 웃게 하지 않았는가. 웃음은 사람 사이에 틈을 터 준다. 긴장을 풀고 편안히 서로를 내보일 수 있는 물꼬를 터 주는 것이다. 그게 영리한 논리에 설득된 웃음이든, 어처구니없는 마음에서 튀어나온 웃음이든 결과나 효과는 마찬가지다.

"형도 내 그런 점에 반했나 봐. 으하하하."

고개를 쳐들고 웃다가 슬쩍 그의 표정을 살폈다. 내가 너무 나갔나? 그가 여주인에게서 떡볶이 접시를 받아 들며 말했다.

"형이 그렇게 말했어요? 형수님 유머 감각에 반했다고?"

다시 돌아왔다. 탐색하는 눈빛, 심각한 표정. 얘는 대체 뭐가 알고 싶은 걸까? 잡아먹을 듯 쳐다보는 그의 시선을 모른 척하고 젓가락 두 개를 나란히 해 떡볶이를 찍어 올렸다. 후후 분 뒤 김이 피어오르는 기다란 떡의 끝부분을 베어 물었다. 말랑말랑하고 따끈한 떡볶이가 입안으로 들어오며 매콤하고 달짝지근한 풍미를 선사했다.

"와, 맛있다! 대박!"

떡볶이 가닥을 연이어 집어 먹으며 감탄사를 연발했다. 맵고 뜨거운 떡볶이가 체내에 들어가자 눈과 코에 일제히 더운 액체가 샘솟았다. 냅킨으로 눈물을 찍어 내고 코를 풀면서 나는 생각했다. 그래. 반사 작전을 쓰자. 방법이 없을 땐 상대방이 한 걸 똑같이 되돌려주는 게 최고다.

"형이 원래 유머 감각 있는 여자를 좋아해요?"

사실 반사 작전은 네가 먼저 구사한 거란다, 얘야.

"뭐 좋아하는 거야 사람에 따라 바뀔 수 있는 거니까……."

그의 입에서 다시 영혼 없는 대답이 흘러나왔다. 얼굴엔 원하는 대답을 얻지 못해 낙심한 기색이 역력했다. 나는 탁자에 기대앉으며 손으로 턱을 괴었다. 이 아이, 조성환보다 눈도 크고 코도 높고 혈색도 양호한 이 젊은이가 듣고 싶어 한 답은 따로 있었다. 그게 뭘까? 내 유머 감각에 반했다고 형이 말했느냐 물어볼 때 얘의 눈빛은 반짝였다. 희망이랄까, 기대감이랄까 뭐 그런 것이 깃들어 아침 햇살을 받은 강물처럼 희번덕거렸다. 그렇다면…… 음…… 그렇다면 이 아이는…… 그래! 형이 나를 좋아하길 바라는 것이다!

"동생분이니까 말해 주는 건데, 아 참, 이름이 어떻게 돼요? 난 이서경."

이 아이가 바라는 대로 말해 주기로 결심했다. 형이, 나한테, 반했다고.

"아, 전 조유환입니다."

그가 고개를 앞으로 쭉 빼며 인사하는 시늉을 했다.

"유환 씨, 유환 씨니까 말해 주는 건데……."

내가 손을 입가로 가져가며 목소리를 낮추자 그가 상체를 내 쪽으로 구부정하게 기울였다.

"어, 조심, 옷 닿을라."

그의 하얀 폴라티의 가슴 부근이 떡볶이 접시에 닿을 뻔한 것을 내가 얼른 막아 주었다. 그리고 그 틈에 그의 가슴에 내 손바닥을 살짝 밀착시키는 데 성공!

"형은 내 키스 실력에 반했대."

이렇게 말하고 얼른 그의 표정을 살폈다. 가장 처음에 떠오른 표정이 그의 진심이리라.

그의 얼굴에 떠오른 첫 감정은 놀라움이었다. 그는 눈을 크게 뜨고 멍한 표정으로 나를 쳐다보았다. 뭐라고? 하는 듯한 표정이었다. 나는 조금 당황했다. 그게…… 그렇게 놀랍나? 섹스 실력도 아니고 키스 실력인데?

"진짜야. 내가 키스를 좀 잘 하거든."

그가 가면을 내보이기 전에 얼른 다음 펀치를 날렸다. 날것의 표정을 연속으로 관찰해야 뭐라도 얻어 갈 것 아닌가.

"너무 늦게 나왔죠?"

그 순간 순대가 나왔고, 미리 프로그램되어 있기라도 하듯 그의 얼굴이 바로 가면으로 뒤덮였다. 아. 나는 원망스러운 얼굴로 순대 접시를 내려놓고 있는 여주인을 쳐다보았다. 아줌마! 이럴 때 순대를 갖고 오면 어떡해!

"어때? 어떻게 생각해?"

그가 입을 꾹 다문 채 오물오물 순대를 씹고 있는 걸 한동안 지켜보다가 조심스럽게 물었다.

"뭘요?"

"나의 키스 실력."

그가 나를 흘끔 쳐다보더니 천천히 고개를 끄덕였다. 나는 젓가락을 든 그의 오른쪽 손목을 확 잡았다.

"말을 해야지!"

그가 미간을 찌푸리며 내 얼굴과 손을 번갈아 쳐다보았다. 나는 그의 표정을 유심히 지켜보았다.

"네?"

그가 짜증스럽다는 표정으로 나를 빤히 보더니, 잡혔던 손목을 빼내고 태연히 순대를 집어 들었다. 나는 순대가 들어간 그의 볼이 씰룩거리는 것을 한동안 지켜보다가, 서툴렀던 미친년 코스프레를 포기하기로 하고 젓가락을 집어 들었다. 돌발 행동으로 본심을 튀어나오게 하는 데도 한계가 있군.

나는 일부러 짭짭 소리를 내며 순대를 먹었다. 물을 마실 때 벌컥벌컥 소리를 냈고, 컵을 내려놓을 때도 쾅 소리가 나게 내려놓았다. 그가 떡볶이를 집으려 할 때는 일부러 발을 떨어서 안 그래도 한쪽 다리가 붕 떠 있어 불안정하게 흔들리는 테이블에서 요란한 소리가 나게 만들었다. 그러나 그는 미동도 하지 않고 묵묵히 앉아 남은 김밥과 떡볶이와 순대를 모조리 해치웠다.

그가 입을 연 것은 내가 옆으로 돌아 벽에 기대앉아 카운터 쪽을 쳐다보고 있을 때였다. 길게 빠진 직육면체 형태의 이 공간 전체가 다 그랬지만, 카운터 부근은 공간 활용도가 가히 예술이었다. 계산대와 카드 결제기가 놓인 카운터 바로 밑으로 두루마리 휴지와 냅킨 박스, 영수증 용지들이 들어찬 선반이 있고 그 옆쪽, 그러니까 카운터 의자 맞은편으로는 정수기가 이쑤시개 통과 각종 소스 통을 머리에 인 채 피사의 사탑처럼 위태하게 서 있었다. 정수기와 카운터 의자 사이의 공간에는 전기 청소기가 자기 자리를 떡하니 꿰차고 있었다.

"저는 형의 일을 도와주고 있어요."

식사를 마친 그가 냅킨으로 입을 닦으며 말했다. 나는 얼른 앞으로 돌아앉아 그의 말에 귀 기울이고 있음을 보여 주었다.

"일을 도와주고 있다면……."

"중국에서 대학을 다녀요. 틈날 때마다 도움이 필요한 사람들과 형을 연결해 주죠."

아, 그렇구나! 그러고 보니 이 병원에 공헌하는 브로커들 중 적지 않은 수가 중국 유학생들이라는 얘기를 들었던 것 같다. 브로커가 너무 많아 누가 누군지까진 파악하지 못했지만.

"브로커라는 말이죠?"

단도직입적으로 말했다. 갈 길이 바쁘니 서두르자꾸나, 얘야.

그가 천천히 고개를 끄덕이며 두 손을 비볐다. 음, 저건 또 무슨 제스처인가? 손을 비비는 건 이 앙증맞은 공간에 들어온 이래 그가 처음으로 선보이는 손동작이다.

"편하게 말해요. 친누나처럼."

합장하듯이 두 손을 모아 붙여 다정한 포즈를 취해 주었다.

"그동안 몇 번 지급을 해 주긴 했는데 요즘 들어 형이……."

나는 정신이 번쩍 들었다. 돈. 돈 얘기로구나!

"형이 요즘 사정이 안 좋은가 봐요. 그동안 이 정도로 커미션이 밀린 적이 없었는데 거의 1년 가까이……."

말끝을 흐린 그가 턱을 어루만지기 시작했다. 나는 기다렸다.

"올해 들어서 한 번도……."

"얼마죠?"

결국 기다리지 못하고 말을 끊었다. 그가 물을 한 모금 마시고 말을 이었다.

"여러 번 밀리다 보니까 금액이 꽤 커졌어요. 저도 한도 내에서 해 보려고 했는데, 여기저기서 끌어다 쓰느라……."

"그러니까 그게 얼마에요?"

나는 허리를 곧추세웠다. 이 아이가 돈 얘기를 하는 게 기쁘다. 돈 얘기는 인간사의 핵심 아닌가.

"구천…… 만 원요."

나는 천천히 고개를 끄덕이며 숨을 내쉬었다. 놀라는 기색을 보이고 싶지 않았다.

"연락처 좀 알려 줄래요?"

생각보다 큰 금액이었지만 일단 이렇게 말했다. 조성환의 동생이고, 조성환이 내야 할 돈이다. 형수 될 사람이라면 도와주는 게 마땅하고 옳은 일이리라.

그가 주머니를 뒤져 명함을 찾는데 조리 공간 안쪽에 쳐져 있던 차일이 열리면서 쭈글쭈글한 얼굴의 중년 남자가 나왔다.

"제 명함입니다."

나는 생각지도 못한 공간에서 튀어나온 남자를 놀란 눈으로 쳐다보았다. 기지개를 펴며 조리 공간 밖으로 나오던 남자가 나와 눈을 마주치더니 살짝 고개를 숙여 보였다.

"이 번호로 하시면 중국에 있을 때도 로밍이 되니까……."

중국어, 영어 그리고 한글로 빼곡히 채워진 명함을 짚어 가며 유환이 길게 설명을 늘어놓는 동안 중년 남자가 여주인과 뭐라고 말을 주고받더니 느릿느릿 걸어 카운터로 갔다. 이내 카운터와 정수기 사이에 놓여 있던 청소기가 밖으로 끌려 나왔고, 조금 뒤 위잉 하는 청소기 소리가 세 평 남짓한 공간에 커다랗게 울려 퍼졌다.

"그럼 부탁드리겠습니다."

두 손으로 공손히 명함을 내밀며 굽실거리던 유환이 나를 올려다보았다. 조금 전과 같은 사람의 것이라고 믿기 어려울 정도로 달라진 눈빛. 나는 그 유순한 눈빛에 함유된 의미를 바로 알아챘다. 돈을 해 줄 거라는 믿음. 소망. 기원. 지나온 내 모든 나날에 깃들어 있던 나의 눈빛이기도 했던 그 의미를.

"연락할게요."

별거 아니라는 듯 시원스럽게 말하며 명함을 받아 드는 순간, 중년 남자가 내 발밑에 청소기를 들이댔다. 엉겁결에 양발을 들어 올리는데, 결정적인 순간에 쿨한 포즈를 취할 수 없게 된 데 대한 아쉬움이 파도처럼 밀려왔다. 머리를 쓸어 올리면서 걱정하지 말라거나, 형수님 좋은 게 뭐겠느냐거나, 앞으로도 부탁할 일 있으면 어려워 말고 연락하라거나, 이런 멘트를 날려 줘야 했는데.

나는 음식값을 지불하고 있는 유환의 뒤에 서서 계속 입맛을 다셨다. 훨씬 간지나는 장면이 나올 수 있었는데! 이래서 식당은 고급스러운 데 가야 하는 거다!

14

눈을 떠 보니 창에 맺힌 빗방울들이 눈에 들어왔다. 사선으로 그어진 빗줄기에 매달린 물방울들. 잠에 취해 눈을 떴다 감았다 하며 창문을 보았다. 새롭게 날아와 그어지는 사선이 없는 걸로 보아 지금은 비가 오지 않는 것 같았다. 비가 또 오려나. 기지개를 펴며 하늘을 올려다보았다. 커다란 창의 3분의 2가량을 차지하고 있는 하늘엔 진회색과 순백색 구름이 뒤섞여 사투를 벌이고 있었다. 조금 있으면 해가 나겠구나. 나는 순백색 구름을 쳐다보다 길게 하품을 했다.

토요일 아침. 학회에 간다고 조성환이 새벽부터 나가 버려 광활한 집을 나 혼자 지키고 있다. 근무하지 않는 토요일이라 같이 근처 유원지라도 놀러 갈 수 있지 않을까 내심 기대했는데, 어제 저녁 조성환이 오늘 일정을 지나가듯 말해 주는 것으로 그 기대가 깔끔하게 무산되어 버렸다. 나는 팔을 길게 뻗고 옆으로 몸을 비틀었다. 뼈에서 두두둑 소리가 났다. 오늘 뭘 하지? 조성환과 지낸 지난 3주. 병원 근무를 시작하면서 조성환과 하루 스물네 시간을 같은 반경에서 지냈다. 웬만한 가족보다 가까운 사이가 된 것이다. 나는 베개를 끌어안고 조성환을 생각했다. 그의 힘없는 목소리, 허탈한 듯한 웃음, 줄기차게 들고 다니는 술병을. 그러나 그에 대한 생각은 오래가지 못했다. 그의 동생, 어제 나와 친밀하게 끼니를 나누었던 조유환이라는 청년의 얼굴이 바로 조성환을 밀어냈기 때문이다. 구천만 원. 나는 눈을 번쩍 떴다. 구천만 원을 구해야지!

양손을 뻗어 올리며 반대쪽으로 몸을 틀었다. 조금 전보다 더 크게 두둑 소리가 났다. 뼈가 부러지는 건가 싶을 정도로 큰 소리였다. 빨리 운동하러 다녀야 하는데. 나는 손을 등 뒤에서 맞잡은 뒤 몸을 구부렸다. 혼자 살면서 글을 쓸 때는 하루에 두 시간씩 운동을 했다. 집 근처 헬스 클럽에 등록해 매일 저녁 운동하러 갔다. 수압이 좋지 않아 집에서 샤워하려면 한 시간씩 걸렸기 때문에 헬스장의 샤워 시설이 필요하기도 했다. 땀에 흠뻑 젖게 운동하고 헬스 클럽의 사우나에 들어갔다 나오면 그렇게 몸이 개운할 수가 없었다. 그런데 엉겁결에 조성환과 동거에 들어가면서 그 리듬이 깨져버렸다. 글쓰기는 물론이고 운동, 독서 같은 나만의 생활 패턴이 완전히 사라져 버렸다.

나는 침대 헤드에 몸을 기대고 앉았다. 하늘색 바탕에 흰색 꽃무늬가 입체적으로 입혀진 벽지, 순도 높은 파랑에 반짝이는 은색 안감이 덧대어진 커튼, 어디서도 빛의 근원을 알 수 없게 설계한 몰딩 안쪽의 은은한 간접조명, 침대 옆에 세워진 기하학적 패턴의 스탠드. 호텔 특실을 연상시키는 세련된 방의 정경이 눈에 들어왔다. 전에 살던 곳과 비교하면 이 널따란 집은 가히 천국이라 할 수 있으리라. 나는 세운 무릎 위로 이불을 끌어당겨 냄새를 음미했다. 도우미가 깨끗이 세탁해 다려 놓은 이불에서 시원한 섬유유연제 냄새가 났다. 나는 다시 이불 속으로 들어갔다. 침대의 부드럽고 편안한 촉감을 음미하면서 나의 쾌적함에 일조하는 요인들을 꼽아 보았다. 널찍한 주거 공간, 인식할 새도 없이 모든 것을 깔끔하게 처리해 놓고 사라지는 전문 살림꾼의 손길, 통장으로 들어올 예정인 꽤 큰 금액의 월급, '살림에 드는 비용'을 처리하라고 조성환이 내준 신용카드. 샤워 시설이 갖추어진 피트니스 센터를 염가에 이용하기 위해 여기저기 발품을 팔던 시절과는 비교도 할 수 없는, 이서경이라는 생명체의 역사 이래 최고로 풍요로운 일상을 영위하는 나날이 펼쳐지고 있었다.

발을 뻗어 침대를 빠져나왔다. 지난밤에 조성환이 리모콘으로 집 안 전체 온도를 높이는 걸 보았는데 밤새 난방을 끄지 않았는지 온 집이 후끈거렸다. 나는 침대맡에 놓인 여행용 가방을 끌어당겼다. 지퍼를 열다 말고 침대에 앉아 가방 표면을 쓸어 보았다. 세련되기 그지없는 깔끔한 방 안에 덩그러니 놓인 남색 가방. 여기저기 뜯어져 실밥이 풀려 나온 낡은 가방이 3주 전까지만 해도 당연하다는 듯 영위하던 내 단칸방의 삶을 증언해 주는 듯했다. 나는 위에 엎드리다시피 해 양팔로 여행 가방을 끌어안았다. 갑자기 그때가 그리워졌다. 짐을 챙겨 순식간에 빠져나와 버린, 제발 벗어났으면 하고 매일 밤 염원했던 그때가.

가방을 눕힌 뒤 머리를 이고 바닥에 드러누웠다. 하늘색 벽지와 새하얀 몰딩이 만들어 내는 반듯한 직선이 눈에 들어왔다. 왜? 나는 왜 그때를 그리워하는가? 돈에 허덕이고, 눅눅한 냄새가 나는 화장실에 진저리를 치고, 취객들의 노랫소리와 토하는 소리에 치를 떨었던 그 나날들을? 한쪽 무릎을 세우고 다른쪽 발을 올려

수평이 되게 만든 뒤 하체를 옆으로 까딱까딱 움직였다. 조성환과 섹스를 안 하기 때문일까? 그동안 은근히 고민해 왔던 화두가, 모른 척 옆으로 미뤄 두었던 숙제 같은 의심이 이때다 하고 고개를 쳐들었다.

함께 산 지 3주 가까이 되도록, 조성환은 나를 만지지 않았다. 가끔 밥 먹으러 가거나 주차장에서 내려 올라갈 때 내가 팔짱을 끼긴 했지만 그 이상의 스킨십, 그러니까 키스를 하거나 특정 신체 부위를 집중적으로 만지거나 서로를 으스러지게 안은 적은 한 번도 없었다. 며칠 전에 갔던 어두운 조명의 호텔 바에서 그의 옆으로 가 은근슬쩍 키스를 하려고 한 적이 있었는데, 실패로 돌아갔다. 서서히 다가가는 내 입술에 그가 재빨리 뺨을 들이댔던 것이다. 다행히 동선이 자연스러워 내가 크게 무안해하지 않아도 되었지만 그 순간 내 마음 깊은 곳에 잠자고 있던 불안감과 두려움이 준동하기 시작했다. 이 인간은 왜, 왜 나를 안지 않는가? 왜 만지지 않는가?

그동안 만났던 남자들은 모두 단기간에 나를 안았다. 만났던 남자라야 서너 번 만나고 만 인간들을 빼면 윤지하와 강재희 둘뿐인데, 윤지하 같은 경우는 워낙 어릴 때 만나 서로 어리버리한 상태에서 몸을 섞었고,(그에게는 내가 첫 상대였다.) 강재희는 내가 의사를 내비치자 그보다 더 빠른 수컷을 상상할 수 없을 정도로 기민하게 호응을 해 왔다. 서너 번 만나고 관계가 끊긴 잔챙이 같은 남자들도 반응은 같았다. 미혼들은 열이면 열 어떻게든 해 보려고 덤벼들었고, 기혼들도 그보다 크게 뒤처지지 않아, 열 명 중 여덟아홉이 적극적인 반응을 보였다. 그 과정에서 내가 알게 된 건 한 가지였는데, 남자들은 늘 굶주려 있다는 사실이었다. 미혼들은 '누구와든 한번 해 볼 수 없을까.' 하는 생각만 하는 것 같았고, 기혼들은 '어떻게 하면 아내가 아닌 여자랑 해 볼 수 있을까.' 하는 생각만 하는 것 같았다. 물론 겉으로 그런 걸 대놓고 말하는 사람은 한 명도 없었지만 눈빛과 몸짓, 제스처에서 그들의 갈망이, 굶주림이, 애달픈 마음이 그대로 드러났다. 그러니 내가 할 일은 간단했다. 내게 당신의 깊고 넓은 결핍을 채워 줄 용의가 있음을 알려 주는 것. 그러면 상대는 내게로 와 내 발아래 무릎을 꿇었다. 안달하고, 애원하고, 울부짖으며 나를 쫓아왔다. 나는 기억한다. 내게 사랑을 구걸하던 사람들의 애달픈 눈빛과 몸짓과 말들을. 집요하게 매달리고 갈구하는 생명체에게 하사하듯 몸을 내줄 때의 쾌감을.

그런데 망할, 조성환에겐 그것이 없다. 그의 눈빛에서 욕망이 조금이라도 읽혔다면 나는 바로 불이 되어 타올랐을 것이나 그는 한 번도 그런 기운을 뿜은 적이 없다. 그는 늘 유유자적한다. 애착이 없고, 미련이 없고, 갈망이 없다. 희망이 없어서 그런 걸까? 왜인지는 모르겠지만 그에게는 희망이 없다. 그가 학처럼 앉아 관조하고 한없이 세련된 자세를 유지할 수 있는 이유다. 내게 시종일관 쿨한 포즈를 취할 수 있는 것도 같은 맥락이다. 덕분에 그와 급속도로 가까워질 수 있었고, 지금까지는 그게 그의 매력이었다. 그런데 서서히, 그 점이 불길하게 그림자를 드리운다. 이렇게 나를 원하지 않는 남자는 한 번도 본 적이 없다. 욕망이 서려 있지 않은 영혼은 대체 어떻게 다뤄야 하는가. 그동안 만나 왔던 남자들의 조바심이 나의 권력이었음을 비로소 알겠다.

나는 일어서서 거실 쪽 욕실로 갔다. 어제 아침에 다녀간 도우미의 손길로 깨끗하게 단장된 원형 욕조에 물을 틀어 놓고 들들들 물이 차는 소리를 들었다. 욕조에 걸터앉아 물의 수위가 점점 높아지는 것을 보고 있는데 핸드폰 벨소리가 들렸다. 욕조에 아직 들어가지 않았음에 안도하며 뛰쳐나와 방으로 달려갔다. 이 아침, 좀처럼 울리는 법이 없는 내 핸드폰을 울려 준 이가 누구인가! 대출이나 보험 권유 전화만 아니면 내 이 전화의 발신자와 오늘 만나리라! 만나서 밥도 사 주고 술도 사 주고 이야기도 들어주리라! 다짐하며 내 방 침대 헤드에서 맹렬하게 울리고 있는 핸드폰을 들어 올렸다. 발신자는 강재희. 나를 향해 가장 전형적인 조바심을 보여 주었던 모범 수컷이었다. 화면에 뜬 그 이름을 보는데 갖가지 감정이 몰아닥쳤다. 강재희는 탄생 이래 내가 가장 많이 몸을 섞은 인간이다. 3년에 가까운 시간 동안 줄기차게 만나고 줄기차게 몸을 맞댔다. 어떨 땐 순한 아이 같다가 어떨 땐 이기적인 개새끼로 돌변하는 이중인격자인 그는 현재 대한민국과 중국, 일본 등 아시아와 남미 여러 국가 여성들의 심금을 울리고 있는 대형 한류 스타다. 언제까지 그 위치를 유지할 수 있을지는 알 수 없지만 아무튼 현재 가장 '핫'한 스타의 지위를 유지하고 있다. 만날 때마다 이 만남을 마지막으로 다시는 만나지 말아야겠다고 생각하면서도 애원하는 듯한 목소리를 들으면 한걸음에 달려가게 되는 애증의 상대이기도 하다.

나는 목청을 가다듬고 아, 아, 소리 내 본 뒤 전화를 받았다.

"안녕, 친구야?"

가능한 최고의 하이 톤을 내면서 환하게 웃었다. 생각해 보니 오늘 같은 날 재희를 만나면 딱일 것 같다. 그는 나를 '여자 친구'라 칭하며 서로 사귀는 사이인 척, 자신이 나를 사귀는 정식 상대로 생각하고 있는 척 코스프레를 펼치는 인간이다. 어떤 땐 진심으로 그런 자신의 코스프레를 믿는 것 같기도 하다. 그러나 물론 그와 나는 진짜로 '사귀는 사이'가 아니다. 우리는 만날 때마다 섹스를 하지만 공개된 자리에 함께 가지는 않는다. 공식 인터뷰에서 그가 여자 친구가 있다고 밝힌 적은 한 번도 없으며, 그에 대해 내게 미안하다고 말하거나 미안한 마음을 품고 있는 시늉을 한 적도 없다. 또한 우리의 만남은 철저히 그의 스케줄에 짬이 날 때, 또는 짬이 나지 않아도 그가 쌓인 성욕 때문에 미쳐 버릴 것 같을 때에만 이루어진다. 이런 만남을 사귀는 사이라고 어찌 말할 수 있겠는가? 물론 나도 겉으로는 그의 '정식 여자 친구 코스프레'에 호응하는 척하긴 하지만 이 만남의 메커니즘이 무엇인지는 정확하게 인식하고 있다. 평소엔 아닌 거 다 알면서 너무나 성실하게 코스프레에 임하는 재희가 가소로웠지만 오늘, 조성환이 없는 집에 혼자 덩그러니 남겨진 오늘 같은 날은 시늉이라도 좋으니 누군가와 정식으로 '사귀고' 싶다.

"잘 있었어? 전화 좀 하지."

통화할 때마다 그가 습관처럼 내뱉는 첫 대사가 어김없이 흘러나왔다. 전화 좀 하지, 문자라도 넣지, 그동안 보고 싶어서 죽을 뻔했다, 라는 그의 '첫 대사 3종 세트'가 차례로 흘러나온 뒤 드디어 본론이 나왔다.

"그럼 우리 오피스텔에서 만날까? 내가 촬영장으로 금방 백해야 해서 오래는 못 있을 것 같은데……."

나는 콧소리를 섞어 낭랑하게 대답한다.

"그래그래. 조금 있다 봐, 친구야아."

통화는 그것으로 끝났다. 나는 전화기를 내려놓은 뒤 흐흠, 하고 웃었다. 재희와 만난 이래 오늘처럼 그의 전화가 반가웠던 적이 없는 것 같았다. 욕실로 돌아가 콧노래를 부르며 욕조의 물 온도를 높였다. 몸을 깨끗하고 뽀송뽀송하게 만들리라. 가진 옷 중 가장 예쁜 옷을 입고 나가 정성 어린 손길을 베풀어 주리라. 그리고 그 보답으로 받아 내리라. 참지 못하고 안달하는, 나에 대한 갈망으로 인사불성이 된 눈빛, 조성환이 내게 한 번도 보여 준 적이 없는 뜨겁고 아픈 눈빛을.

15

뼛속까지 스며 오는 냉기에 잠에서 깨어났다. 창밖으로 보이는 도시는 스모그로 누렇게 찌든 하늘을 이고 있었다. 나는 이불을 눈 밑까지 끌어올렸다. 이불에 입을 대고 숨을 쉬면 그 기운으로 코끝이 덥혀진다는 걸 다년간의 경험으로 알고 있었다.

짧은 호흡으로 연달아 숨을 쉬며 날짜를 헤아렸다. 금요일이 13일이었으니 어제가 14일, 오늘이 15일이겠구나. 크게 숨을 내쉬며 이불을 머리끝까지 올렸다. 11월도 벌써 반이 지나갔다. 11월. 참 싫은 달이다. 희미하게 남아 있던 여름의 열기가 완전히 자취를 감추고 겨울의 한기가 위협하듯 날름거리는 계절. 다가올 겨울에의 예감으로 불안해하는 이때가 정작 엄청난 한파가 몰아치는 겨울보다 훨씬 더 짜증 나는 계절이다. 겨울은 봄을 기다리며 인내한다는 극기 훈련 느낌이라도 있지, 다가올 혹독한 계절을 예감하는 것 외엔 아무것도 할 수 없는 이 계절, 맥없이 가지에 매달린 나뭇잎의 잔해밖에 볼 게 없는 이 계절엔 대체 무엇으로 위안을 삼아야 하는가?

어린 시절, 11월은 내게 온통 '추위'를 의미했다. 엄마는 눈이 내리기 전에는 난방을 틀어 주지 않았다. 아침에 몸을 떨며 일어나 이를 딱딱 부딪히며 세수하고 학교에 가던 때의 느낌, 피부에 돋던 소름, 진저리 치게 차갑던 사물들의 촉감이 지금도 손에 잡힐 것처럼 생생하다. 하루는 너무 추운 나머지 슬그머니 싱크대 하부에 설치된 난방을 틀었다 껐는데, 이튿날 아침 방 안의 온기를 눈치챈 엄마가 내게 얼마나 적대적인 눈길을 보냈는지, 그 후로 다시는 난방 조절 장치에 손을 대지 않았다.

그러나 엄마의 방은 10월 초부터 따뜻하게 데워졌다. 엄마는 몸이 악기인 사람이기 때문에 악기가 상하지 않도록 실내 온도를 일정하게 유지하는 게 굉장히 중요하다고 했다. 선천적으로 폐가 약해 조심해야 한다며 혹독한 추위가 예견된 해에는 아예 따뜻한 남부 유럽으로 가서 겨울을 나고 오기도 했다. 차라리 그런 때가 내게는 훨씬 견디기 좋았다. 선정 언니가 집에서 나간 후로 엄마가 여행을 떠나면 완전히 혼자가 되어야 했지만, 어차피 곁에 있어 봤자 살가운 말 한마디 건네주지 않는 엄마와 집에 있는 것보다는 혼자 난방을 틀어 놓고 자유롭게 지내는 편이 훨씬 좋았다. 외롭단 생각이 들 때도 있었다. 하지만 외로움 같은 건 텔레비전을 보거나 책을 보면 어느 정도 해결할 수 있었다.

평소에도 엄마는 집을 비우는 때가 많았다. 스케줄 때문에 안 들어오는 날이 허다했고, 집에 있어도 새벽에 나가 한밤중에 들어오기 일쑤였다. 학교에서 돌아오면 텅 빈집이 나를 맞았다. 중학교에 들어가기 전까지는 엄마 방에만 텔레비전이 있었는데, 엄마가 외출할 때마다 방문을 잠가 놓고 다녔기 때문에 텔레비전은 그림의 떡이었다. 그래서 어쩔 수 없이 책을 보았다. 은밀한 성생활에 대해 나와 있는 야릇한 책부터 패션 잡지, 남성지, 성인 만화, 드라마 대본, 수신자와 발신자가 명확하지 않은 낡은 편지들, 조선 시대 야사를 묶어 놓은 전집, 유명 소프라노의 전기, 전자 제품 사용 설명서까지, 글자가 인쇄되어 있는 종이는 닥치는 대로 찾아내 읽었다. 집에 있는 모든 인쇄물들을 수십 번씩 읽어 도저히 더 볼 수 없는 지경에 이르렀을 무렵, 거실에 텔레비전이 놓였다. 내가 중학교에 들어가던 해였다. 그때부터 학교에 갔다 오면 텔레비전 앞에 앉아 시간을 보냈다. 주말에 혼자 남겨진 경우엔 아침 9시부터 저녁 9시까지 꼼짝도 하지 않고 텔레비전을 본 적도 있었다. 저녁 8시나 9시쯤 허기를 느끼고 텔레비전 앞에서 일어날 때면 현기증 때문에 바닥에 쓰러졌다 일어나는 촌극을 벌이기도 했다. 물론 아무도 지켜보지 않는 혼자만의 촌극이었지만.

엄마는 돈이 많았다. 얼마나 많았는지는 알 수 없지만 아무튼 자기 몸이나 피부 관리에 아낌없이 쏟아붓고, 옷과 장신구를 사고, 제작자나 작곡가들과 교류하는 데 무한대로 쓸 정도의 돈은 늘 있었다. 문제는 엄마가 돈을 쓰는 범주가 딱 거기까지였다는 점이다. 엄마는 내 안위를 위해서, 그러니까 내 신체나 정신을 좀 더 윤택하고 풍요롭게 하기 위해서는 한 푼도 들이지 않았다. '백승희의 딸'이니만큼 남들 보이기 창피하지 않게 외모에는 신경을 써 주었지만 드러난 피부 아래의 신체 기관들, 그러니까 위나 대장, 소장, 혹은 몸 안 어딘가에 있을 마음에는 조금도 신경을 쓰지 않았다. 작년이었던가, 소식이 궁금해서 엄마에게 연락을 시도한 적이 있었다. 엄마의 이탈리아 집 전화, 이탈리아에서 쓴다는 핸드폰, 이탈리아 에이전시 번호라고 알려 주었던 번호 등 엄마와 관련된 모든 번호로 전화를 걸었다. 한 번호당 수십 번씩은 걸었을 것이나, 그 어느 번호로도 엄마와 연락할 수 없었다. 받지 않거나, 받아도 내가 하는 영어를 상대가 알아듣지 못하고 끊는 경우가 다반사였다. 이미 1년도 넘게 반복된 일이었다. 엄마가 중간에 번호를 바꾼 것일까, 아니면 이탈리아로 건너갈 때부터 아예 가짜 번호를 주었을까.

나는 웅크렸던 몸을 펴고 침대에서 빠져나왔다. 조성환의 방으로 가는 복도는 따뜻했다. 간밤에 조성환이 내 방에도 난방을 넣어 주려 했던 게 생각났다. 이렇게 추울 줄 알았으면 그가 하는 대로 내버려 둘걸. 엄마는 자기 몸과 상관없는 모든 분야에 인색했지만 특히 전기 요금과 난방 요금엔 병적으로 집착했다. 불필요하다 싶은 곳에 불이 켜 있거나 바닥이 따뜻하면 안 그래도 얼음장 같은 얼굴이 더 뻣뻣하게 얼어붙었다. 그땐 내가 어른이 되어 경제력이 생기면 한겨울에 방을 펄펄 끓게 해 놓고 영창대군처럼 팔짝팔짝 뛰면서 살 거라고 별렀는데,(그때 마침 읽고 있던 책이 조선 야사를 다룬 책의 광해군 편이었다.) 막상 어른이 되고 보니 몸에 밴 습관 때문에 웬만하면 불을 켜지 않고 난방을 하지 않게 된다.

눈앞에 조성환의 방문이 나타났다. 나는 오른손으로 한일자를 그리고 있는 문고리의 한쪽 끝을 잡고 왼손으로 천천히 반대쪽을 내렸다. 일요일 아침, 모처럼 늦잠을 즐기는 의사 선생의 휴식을 방해하고 싶지 않았다. 문을 열자마자 독한 위스키 냄새가 날아와 코를 가격했다. 조성환은 베개에서 이탈한 상태로 잠들어 있었다. 커튼이 쳐져 있었지만 스탠드가 켜져 있어 하늘색 파자마를 입은 조성환의 상체가 주황색 불빛의 반원 형태 안에서 그대로 형태를 드러내고 있었다. 침대 옆 협탁에는 그가 눈이 오나 비가 오나 소중히 품속에 지니고 다니는 물통들이 무질서하게 놓여 있고, 그중 두 개는 뚜껑이 열린 채 엎어져 있었다. 평소에도 홀짝홀짝 마시긴 했지만 어젯밤엔 상당히 많이 마신 것 같았다. 나는 까치발을 하고 살금살금 침대로 다가갔다. 벽과 침대 사이에 놓인 협탁 앞에 서서 잠든 그의 얼굴을 내려다보았다.

그는 옆으로 누워 양손을 앞으로 모은 채 새우처럼 몸을 구부리고 있었다. 이불이 허리까지 내려가 있어 벌어진 파자마 사이로 앙상한 가슴뼈가 드러나는 부실한 상체가 적나라하게 드러났다. 토사물로 보이는 누런 찌꺼기가 들러붙은 입을 벌린 채 탁한 콧소리를 내는 그의 얼굴은 피곤하고 무기력한 표정으로 일관하는 낮시간보다 훨씬 평화로워 보였다. 미간이 넓은 그는 앞모습보다 옆모습이 더 봐줄 만했는데, 이목구비가 크고 또렷한 건 아니지만 낮은 콧대가 서서히 오르막길을 타다 살짝 솟은 듯한 코끝과 만나 만들어 내는 곡선이나 입술선에서 다소 꺼져 내리는 듯한 턱선으로 이어지는 라인이 부드럽고 온화한 느낌을 자아냈다. 나는 손을 내밀어 그의 뒤통수를 천천히 쓸어내렸다. 볼록 튀어나온 뒤통수가 손에 쏙 들어왔다. 손이 큰 사람이 잡으면 한손에도 잡힐 것 같은 조막만 한 두상이었다. 귀를 덮은 옆머리를 넘겨 주면서 이번에는 옆에서 뒤로 쓸어 보았다. 옆에서 뒤로 넘어가는 모양, 그러니까 머리의 옆선도 적당히 평평해서 볼록 튀어나온 뒤통수와 훌륭한 조화를 이루었다. 그의 옆모습을 한동안 내려다보는데 내 입에서 아, 하는 탄성이 새어 나왔다. 이것이구나! 그제야 비로소 알게 되었던 것이다. 잘생기지 않은 이 남자의 얼굴이 왜 싫지 않았는지. 심지어 가끔 아름답게 느껴지기까지 했는지. 그는 가히 예술이라 할 두상을 가지고 있었다. 보기 좋게 튀어나온 뒤통수와 가는 목선이 앙증맞은 측면 곡선을 그려 내는, 한국인에게선 보기 힘든 깜찍한 두상을.

그가 으음, 소리를 내더니 반대쪽으로 돌아누웠다. 나는 침대를 돌아 반대쪽으로 갔다. 이불 속으로 들어가 그의 곁에 자리를 잡았다. 옆에서 지켜볼 때와는 비교할 수 없는 술 냄새, 구취, 땀 냄새가 기다렸다는 듯 공략해 왔다. 옆으로 누워 팔에 얼굴을 얹은 상태로 그를 쳐다보고 있는데, 그가 팔로 나를 당겨 안았다. 이리 와. 라고 말했던가. 한숨 같기도 하고 말 같기도 한 짧은 한마디와 함께 내 몸이 그의 품속으로 미끄러져 들어갔다. 내 얼굴이 그의 가슴에 묻히고, 그의 팔이 내 등에 둘러졌다. 그리고 천천히 이어지던 손길. 작은 마찰음을 내며 내 머리를 지나가던 그의 너그러운 손바닥. 나는 그의 오른쪽 어깨에 얹혀 있던 손을 겨드랑이 밑으로 넣었다. 부드럽고 단단한 그의 등 근육과 목덜미가 내 팔에 밀착해 왔다.

그렇게 얼마나 있었을까. 10초? 20초? 나는 숨을 죽인 채 꼼짝도 하지 않았다. 어깨와 얼굴이, 손과 머리카락이, 팔과 등이 최적의 상대를 만나 결합해 있는 그 순간이 깨질까 봐, 맞닿은 체온과 심장 고동이 떨어져 나갈까 봐, 감히 움직일 수 없었다. 이 순간을 영원으로 만들 수 있다면. 그럴 수만 있다면 영원히 숨 쉬지 않아도 좋으리라.

아아, 그러나 그 순간, 수십 번 돌이키며 되돌려 놓고 싶어 하게 될 그 순간, 내 의식이 깨어나 과욕을 부렸다. 이 순간을 활용하라는, 빨리 대처해야 한다는, 천금 같은 기회를 놓쳐서는 안 된다는 인식이 무서운 속도로 몸에 퍼져 나갔다. 그런 욕망이 낳을 결과에 대해 반추해 볼 생각조차 하지 못한 채, 내 몸의 일부분이 바로 동작에 들어갔다. 내 손이. 그의 등 근육과 맞닿아 있던 내 오른쪽 손이 잽싸게 침대와 그의 등 사이를 이탈하여 그의 파자마 안으로, 그의 가장 내밀한 부위로 돌진해 들어갔던 것이다.

그의 성기는 완전히 깨어 있었다. 뜨겁고 팽팽한 그것을 불쑥 움켜쥔 것과 불길한 예감이 든 것은 거의 동시의 일이었다. 막상 손에 쥔 뜨끈뜨끈한 생물을 어찌해야 할지 몰라 멈칫거리고 있을 때, 그의 손이 사태를 수습했다. 내 머리에서 내려와 자신의 파자마 속에 든 내 손목을 움켜쥔 뒤 바깥으로 내보냈던 것이다. 그의 동작이 워낙에 빠르고 자연스러웠기 때문에 아마 나는 너무 무안해하지 않아도 괜찮았을 것이다. 하지만 나는 그러지 못했다. 무안한 기색을 보여선 안 된다거나 태연해 보여야겠다는 생각 같은 건 아예 떠오르지도 않았다. 피가 얼굴로 쏠리고 코끝이 매워지더니 바로 눈물이 나왔다. 의식이나 생각 같은 게 찾아와 방어해 줄 틈도 없이 기습한 눈물이었다.

눈물이 콧등을 지나 침대 시트를 적셨다고 생각한 순간, 내가 무안해하며 울었다는 인식이 날카롭게 전신에 퍼져 나갔다. 그리고 그에 대한 후회의 감정이 더욱더 내 울음을 부채질했다. 자제하지 못하고 천금 같은 순간을 깨 버린 데 대한 후회와 지금이라도 눈물을 멈춰야 하는데 그러지 못하고 있다는 후회에 포박당하여 나는 더욱 맹렬하게 울음을 토해 냈다. 이러면 안 된다고 생각할수록 눈물은 더 기승을 부렸다.

"우리 결혼할까?"

그가 나를 당겨 안으며 말했다. 반사적으로 내 몸이 뒤로 빠졌다.

"뭐라고?"

환청은 아니었다. 분명히, 분명히 그렇게 말했다. 우리 결혼할까. 우리 결혼할까. 나는 그것이 내 강렬한 희망에서 나온 환청이거나 내 청각이 실수로 잘못 들은 것이 아님을 확실히 알고 있었다. 분명히 그는 결혼이란 말을 입에 올렸다. 그런데 왜. 왜 나는 그 말에 기쁨을 느끼지 못하는가. 왜 위안을 받지 못하는가. 그의 입에서 나온 말들이 허공에 퍼져 나가 산만하게 떠다니는 걸 느끼며 나는 다시 소리 내어 울었다.

"울지 마, 일레인."

그의 손이 다시 내 머리에 얹혔다. 나는 그의 몸을 밀어내고 돌아누웠다.

"일레인이라고 부르지 마!"

울음 섞인 음성이 갈라져 나오기까지 해 그 처연함이 이루 말할 수 없었다.

"그럼 뭐라고 불러?"

그가 다가와 얼굴을 내 귓전에 바짝 갖다 댔다.

"멀쩡한 이름을 두고 왜 외국 여자 이름을 불러?"

이번엔 날카롭고 앙칼진 음성. 울음기나 갈라짐은 사라졌지만 그 자리를 아이 같은 유치함과 오기가 채우고 있어 듣기 거북한 건 매한가지였다.

"우리 서경이가 이름으로 불리고 싶었구나? 이서경, 이리 와."

그가 부드럽게 나를 돌려 눕혔다. 내 몸이 다시 그의 품속에 들어갔다. 나는 양팔을 그의 겨드랑이 밑으로 넣고 가슴에 코를 묻었다. 심호흡할 때마다 그의 몸 냄새, 진하고 달콤한 향수 냄새, 위스키 냄새, 샤워코롱 냄새, 땀 냄새, 희미한 소독제 냄새가 폐부를 뚫고 들어왔다. 나는 깊게 숨을 들이마셨다. 아, 이 냄새. 말하고 숨 쉬고 움직이는 이 생명체의 냄새.

"아까 한 말 진심이야."

그의 입에서 또다시 말이 튀어나와 날아올랐다. 나는 냄새 맡는 행위에 너무 심취해 있어 그 말을 붙잡아 내릴 생각을 하지 못했다.

"결혼하고 싶어. 너랑."

내 의식은 과거의 한 시점으로 날아가 있었다. 중학교 2학년 때였던가. 겨울방학이 시작된 지 얼마 되지 않은 날이었다. 너무 추워서 뜬눈으로 밤을 새우다시피 했다. 새벽녘에 잠깐 잠들었다 일어났더니 사위가 밝아 있었다. 이를 맞부딪히면서 한동안 웅크리고 있다가 베개를 들고 밖으로 나왔다. 엄마 방문은 닫혀 있었다. 노크해 보았지만 답이 없었다. 잡고 옆으로 돌렸더니 문고리가 스스르 돌아갔다. 엄마가 방문을 잠그지 않고 외출했던 것이다. 나는 문을 열고 엄마의 성채 안으로, 훈훈한 온기에 휩싸인 그 커다란 방으로 들어가 침대에 몸을 던졌다. 몸이 빠져나간 지 얼마 되지 않은, 반쯤 기립해 있는 따뜻한 잠옷 바지를 끌어안고 미친 듯이 냄새를 맡았다. 엄마가 덮었던 이불을 뒤집어쓰고, 숨이 차 더 이상 할 수 없을 때까지 연속으로 심호흡을 했다. 엄마가 안아 주고 있다고 생각했다. 엄마가 벴던 베개를 끌어안고 엄마를 안고 있다고 생각했다. 손을 올려 뒤통수를 쓸어내리며 엄마가 쓰다듬어 주고 있다고 생각했다. 그렇게 반복하다 보면 어느 순간 정말 엄마에게 안겨 있는 것처럼 느껴졌고, 그 느낌을 잊지 못해 계속 그 동작들을 반복했다. 그렇게 있으면 시간이 후딱 갔다. 밤새 추위와 싸우느라 경직되었던 어깨가, 허리가, 무릎이, 훈훈한 공기에 부드럽게 녹아내렸다. 엄마, 하고 소리 내 불러 보기도 했다. 그러면 내 진짜 엄마가, 딸이 추울까 봐 따뜻하게 안아 주고 이불을 덮어 주는 그런 종류의 엄마가, 지금은 잠깐 냉랭한 척을 하고 있지만 언젠가는 따뜻한 속마음을 보여 줄 예정인 엄마가, 그동안의 고난 테스트를 의연하게 잘 치러 낸 나를 칭찬해 주며 이제 더 이상 그런 테스트는 없다고 단호하게 말해 주는 엄마가 나타나 내 옆에 누워 있는 것 같았다. 안아 주고 머리를 쓰다듬어 주고 있는 것 같았다.

"결혼하기 전까지는 지켜 주고 싶어."

조성환의 말이 나를 단숨에 상념에서 끌어냈다.

"뭐?"

지켜 준다고? 뭘?

내가 생각하는 그런 뜻이라고 믿기에는 너무 진부하고 어처구니없는 말이, 다시 한번 그의 입에서 미끄러져 나왔다.

"좀 전의 일 말이야. 결혼 전까진…… 지켜 주고 싶다고."

나는 그의 몸에서 떨어져 나와 천천히 눈을 깜빡였다. 이 무슨…… 개수작이란 말인가?

내 상식과 예상과 사고를 심하게 뛰어넘는 발언에 나는 완전히 멍한 상태가 되었다. 이쯤 되면 꿈이나 환청임을 의심하지 않을 수가 없다. 이것은 정녕 내 무의식이 만들어 낸 환청이란 말인가? 그렇다면 나는 참으로 엉뚱한 환청을 주조해 냈구나. 촌스럽기 짝이 없는 저질 코미디 같은 환청을. 나는 손을 그의 가슴에 갖다 댔다. 규칙적으로 오르내리는 게 느껴졌다. 숨소리도, 냄새도, 숨 쉴 때마다 오르내리는 그의 귓불의 솜털도, 살아 있는 생물의 것임이 틀림없었다. 그리고 그 생물의 입에서 나온 상식 밖의 말들은 여전히 살아남아 주위를 맴돌고 있었다.

16

나는 누군가와 '정식으로' 교제해 본 적이 없다. 누군가와 친밀하게 지내거나, 함께 의식주를 나누거나, 성공적일 때는 영혼을 들여다본 적도 있었지만, 공식적으로 약혼하거나 청혼을 받아 본 적은 없다.

따져 보자면 오랫동안 알고 지내면서 거의 가족처럼 지낸 지하가 '정식' 교제에 가장 가까운 사이였을 것이다. 지하와 나는 십 대 때 안면을 텄고, 이십 대에 연인이 되었으며, 오랫동안 사귀면서 거의 부부 같은 사이로 지냈다. 정식 부부 생활을 해 본 적이 없어서 정확히는 알 수 없지만 드라마 같은 데 나오는 걸 참조해 본 결과 비슷한 관계였던 듯하다. 지하의 부모와도 가깝게 지냈기 때문에 그와의 관계를 완전히 음성적이었던 것으로 단정할 수는 없을 것이다. 그래. 초반에는 그랬다. 우리는 그걸 결혼이라고 부르기도 했다. 어린 나이부터 서로를 결혼이라는 형식에 끼워 맞출 필요 없이 그냥 우리끼리 결혼한 것처럼 살면 되지 않겠느냐고. 습속에서 자유로운 사이, 장 폴 사르트르와 시몬 드 보부아르와 같은 멋진 사이로 남자는 것이 지하의 변이었다. 지하는 명문대로 분류되는 한 대학의 사학과 학생이었고, 나중에 '지식인'이라 불리며 신문과 방송에 자주 얼굴을 내밀게 되는 사람들과 어울려 지냈다. 나로 말할 것 같으면 난 그냥…… 지하가 좋았다. 그는 생명력과 자신감으로 탱글탱글 뭉쳐진 듯한 사람이었다. 역사와 철학에 조예가 깊었고 글을 잘 썼으며, 다양한 분야에서 두각을 나타냈다. 특히 음악 쪽에 특출한 재능을 보였다. 듣는 이의 심금을 울리는 저음과 신기에 가까운 고음을 자유자재로 구사했고, 작곡에도 소질이 있었다. 그러나 그가 음악 쪽으로 나가 완전히 그 세계에 몸을 담그리라고는 아무도 생각지 못했다. 음악적 재능은 그저 그의 탁월한 언변과 투철한 지성을 장식하는 액세서리 같은 것이었다.

그가 대한민국 사람이면 모두 알아보는 스타가 된 것은 나와 그의 사이가 가장 좋았을 때였다. 서로의 마음을 확인하고 세상이 장밋빛임을 확인했던 나날의 한가운데에서, 그는 밴드를 꾸리고 작곡을 하고 대학가요제에 나갔다. 짧은 시간에 꾸려진 팀이었고, 참가곡도 며칠 만에 급조된 터라 어설펐다. 당연히 예선 통과도 못 할 줄 알았다. 하지만 지하의 팀은 예선을 통과했다. 뿐만 아니라 본선에서 관객들에게 엄청난 환호를 받으며 대상을 거머쥐었다. 눈 깜짝할 새에 일어난 일이었다. 그리고 나는 지하의 매니저이자 기타리스트, 작사가, 키보드 주자가 되었다. 애초에 지하의 재능이 없었으면 불가능했겠지만, 그가 스타로 자리매김하는 데 내가 일정한 몫을 했다는 건 누가 봐도 확연했다. 매니저라는 직업이 정식으로 자리 잡지 못했던 시절, 가수들이 음반 제작사나 방송국 피디들에게 일방적으로 휘둘리던 시절이었다. 완전한 자기 의지로 이곳저곳 뛰어다니며 상황이 요구하는 모든 역할을 해내는 나라는 존재를 옆에 두었다는 게 지하에게 얼마나 천운이었는지는 그와 헤어진 지 한참이 지나서야 알게 되었다. 나이 어린 여자애가 겁도 없이 여기저기 쑤시고 다니며 그런 일을 해냈다는 게 얼마나 대단한 일인지를 깨달은 것도.

생각해 보면 그때 나는 내가 뭔가를 할 수 있다는 사실에 열광했던 것 같다. 아낌없이 사랑을 주고 사랑을 받을 상대가 생겼다는 것, 그 상대가 사회에서 인정받는 사람으로 자리 잡는 데 도움을 줄 수 있다는 것, 내 노력 여하에 따라 한 사람의 인생의 향방이 바뀔 수도 있다는 것. 영향력을 발휘하는 느낌을 즐겼던 것이다. 스타인 엄마의 그늘에서 투명인간처럼 살던 아이가 스스로 온전한 인간임을 느끼며 가슴 벅차했던 것. 이 시기에 대해 훗날 나는 두고두고 곱씹으며 억울해하게 되지만, 그런 공짜 노동을 할 시간에 대학에 가서 졸업장을 땄어야 했다고 땅을 치게 되지만, 훗날의 평가야 어찌 되었든 당시의 내가 행복했다는 사실은 인정해야 할 것 같다. 그것이 누구에게 이용당해 그랬던 것이든 내가 너무 순진해서 스스로 무덤을 판 것이든, 나는 행복했다. 바빴고, 내 움직임에 따른 성과가 뚜렷하게 드러나는 데 짜릿한 쾌감을 느꼈다. 평범한 사람을 만인의 스타로 만들어 내는 자신이 신처럼 느껴졌다.

그 행복은 지하의 스타덤이 확고해지고 그가 자신의 스타덤에 점점 휘말려 들어가면서 흔들리기 시작했다. 나를 아들의 정식 배우자로 여기던 지하 부모의 태도도 달라졌다. 그전에는 나에게 '며느리'라는 말을 자연스럽게 쓰곤 했는데, 어느 시점에서 그 말이 쏙 들어가더니 다시는 입 밖으로 튀어나오지 않았다. 심지어는 공개된 자리에서 팔짱을 끼거나 허리를 안고 다니지 말라는 지하 엄마의 잔소리도 날아왔다. 지하 엄마가 누군가와 통화하면서 '똑똑하긴 해도 고졸인데, 그런 애를 지하의 배필로 삼을 순 없지 않느냐.'라고 말하는 걸 엿들은 적도 있었다. 그 사건이 기억에 남은 건 당시 내가 한참 내 학력에 대해, 무엇으로도 메꿀 수 없어 보이는 연인과의 학력 격차에 대해 씁쓸하게 곱씹어 보고 있었기 때문이다. 그러나 지하와 나의 관계는 그 시점에서도 한참 동안 이어졌다. 당시엔 그게 다 지하와 나 사이에 맺어진 단단한 유대와 사랑의 감정 때문일 것이라고 생각했는데, 지나고 보니 나라는 열정 넘치는 아이가 무보수로 행했던 수많은 역할 때문이었다는 생각이 든다.

질질 끌던 그 관계에 종지부를 찍은 것은 어느 날 도래한 외부 충격이었다. 김상아라는, 대한민국 록 음악계의 독보적인 여가수가 나타나 지하의 마음에 파문을 일으켰던 것이다. 둘은 여러 가수를 출연시켜 그중 최고의 가수를 가리는 경연 프로그램에서 만났는데, 만나자마자 눈이 맞아 하룻밤을 함께 보냈다. 첫눈에 반해 뜨겁게 사랑하게 되었다고, 지하가 이후에 출연한 방송 프로그램에서 말하고 다니게 되는 그런 만남이었다. 나는 다음 날 아침 바로 그 사실을 알았고, 그 자리에서 내 거취를 정했다. 그동안 맺어 온 모든 관계가, 생활이, 습관이, 감정의 양상이 산산조각 날 것이란 두려움으로 점철된 상태에서, 나는 의연하게 결별을 행했다. 그리고 이후로 누구와도, 그만큼 '정상'적인 관계에 이르지 못했다.

그런데 오늘 이 남자가, 내게 정상적인 교제의 극치를 달리는 말들을 내뱉고 있다. 결혼. 지켜 줌. 진심. 이런 말들을 아무렇지도 않게 내뱉고 있다. 태어나서 한 번도 내 것이었던 적이 없는, 누구도 내 귀에 불어넣어 준 적이 없는 그런 말들을.

그의 말이 공허하게 들리고 내 안에서 전혀 무게감을 갖지 않는 것은 내가 그런 관계들과 너무 거리가 먼 삶을 살아왔기 때문일까? 먹어 보지 않았기에 맛을 즐길 줄 모르는 것일까? 어쩐지 이 남자의 말이 진심이 아닐 것 같은, 그것이 놀리는 것이든 다른 꿍꿍이가 있는 것이든, 아무튼 진정으로 원해서 하는 말이 아닐 것 같은 느낌이 드는 것은 매 순간 주변인으로 살아온 열등한 인간의 자격지심 때문일까?

모르겠다. 아니면 자격지심 때문에 그런 느낌이 드는 거라고 항변한 뒤 그의 말을 곧이곧대로 믿고 싶은 어리석음이 나를 조종하고 있는 걸까? 나는 이 남자를, 사랑하고 있을까? 새벽에 자기 품안에 날아든 여자를, 우뚝 선 채 누군가의 육체를 갈망하는 것임에 틀림없어 보이는 자신의 신체 부위를 냉정하게 외면하는 이 이상한 남자를 나는 진정 사랑하고 있을까? 그는 진정 결혼 전까지 나를 '지켜 주기' 위해 자기 신체 부위의 격렬한 외침을 '억지로' 틀어막았던 걸까? 그렇게 보기엔 그의 표정이나 몸짓이 너무나 평온하고 침착했던 게 아닐까?

17

놀라운 것은 조성환의 입에서 결혼이란 말이 나온 직후 내 울음이 잦아들었다는 사실이다. 머릿속으로는 조성환의 진정성에 대해 치밀하게 의심하면서도 내 가슴과 심장은 결혼이라는 말에 환호하며 날뛰었다. 모든 걸 떠나, 그것은 처음으로 받아 보는 청혼이었다. 앞뒤 정황이나 청혼한 남자의 표정 같은 걸 따져 보면 미심쩍은 구석이 있긴 했지만 어쨌든 청혼은 청혼이었다. 멀쩡한 성인 남자가 자기 입으로 또박또박 말하지 않았던가. 너와 결혼하고 싶다고. 게다가 나는 그의 의지로 집 안에 들여 같이 살고 있는 동거녀였다. 좋아하는 마음이 전혀 없었다면 나를 왜 들여놓았겠는가. 나 이서경은 좋아하는 감정이 없다면 어떤 이익도 안겨 줄 수 없는, 효용 가치가 전무한 인간이다. 섹스라면 그나마 도움을 줄 수 있을 테지만, 조성환은 그쪽으로 내 효용 가치를 실현할 생각이 조금도 없어 보인다.

"고자는 아닌 거네?"

나는 일어나 침대 헤드에 기대앉았다.

"뭐?"

조성환이 정자세로 돌아눕더니 한쪽 눈썹을 치켜뜨며 피식 웃었다. 그 표정을 보고 알았다. 고자는 아니구나! 유환을 만난 이후로 조성환이 성불구일지도 모른다는 생각을 종종 했다. 그날 유환이 했던 말과 행동을 곱씹어 볼수록 그런 의심이 짙어졌다. 그런데 저 표정, 어이없어 하는 저 표정은 분명히 진짜다. 내 말이 끝나기 바쁘게 바로 흘러나왔고, 가짜라고 보기엔 너무 자연스럽다. 이 남자는 성불구가 아닌 것이다.

"아직도 팽팽해?"

나는 침대 건너편의 붙박이 화장대와 그 가장자리를 둘러싼 벽지를 응시했다.

"뭐가?"

조성환은 깍지 낀 양팔에 머리를 얹은 채 천장을 보고 있었다.

"아직도 서 있어? 거기 말이야. 대답 안 해 주면 또 손 집어넣을 거니까 얼른 말 해."

가만히 누워 숨소리만 내던 조성환이 천천히 입을 열었다.

"말했잖아. 결혼 전까진 지켜 주고 싶다고."

나는 쌕쌕 숨소리를 내며 조금 전에 들려온 말을 곱씹었다. 억양이나 감정이 실리지 않은 평이한 말투였다. 체념에서 나오는 상투어랄까, 자기 자신에게 다짐하는 듯한 말투랄까, 아무튼 사랑하는 여자를 자신의 넘실거리는 성욕에서 지켜 주기 위해 비장하게 칼을 빼 드는 용사의 파토스에서 나올 만한 음성은 아니었다.

"뭘?"

"응?"

"뭘 지켜 준다는 거야?"

시선을 침대 건너편 벽에 고정한 채 침착하게 말했다. 밝은 원목 화장대를 둘러싸고 있는 진회색과 자주색 덩굴 모양의 벽지가 어둡고 불길하게 느껴졌다. 이렇게 멋진 집에 왜 저런 음산한 벽지를 둘러 놓았을까.

"내 몸? 지켜 준다는 게 그건가?"

묵묵부답인 그에게 다그치듯 물었다. 그가 음, 하는 애매한 의성어를 내보냈다.

"맞아? 내 몸이 그 대상이야? 소리 내서 대답해."

고개를 돌리고 그를 내려다보았다.

"맞아."

그가 짧게 응수했다.

"왜?"

내 목소리가 가늘게 떨려 나왔다.

"왜라니?"

로봇 같은 그의 음성.

"어차피 죽으면 썩어 없어질 몸이잖아. 그걸 왜 지켜 줘?"

목소리가 커지고 끝이 갈라졌다. 나는 입술을 앙다물었다. 하고 싶은 말이 금방이라도 터져 나올 것처럼 끓어올랐다. 지켜 준다니, 대체 누굴 위해, 뭘? 살아 있는 동안 제 몸을 최대한 써먹다 가는 게 생명체의 도리 아니야? 난 어제도 다른 남자를 만나 몸을 써먹었어. 네가 써먹지 않는 내 몸뚱아리를 엉뚱한 남자에게 보시했단 말이야. 그런 마당에도 계속 나를 지켜 주실 거야?

"내 말은 결혼하기 전까지만……."

"결혼하지 않았다고 섹스를 안 하는 건 너무 비윤리적이지 않아? 그러다가 결혼 못한 상태에서 내가 죽기라도 하면? 그건 기껏 생각해서 정교한 쾌락 기능을 장착해 준 조물주에 대한 예의가 아니지 않을까?"

거창한 학문 용어를 갖다 붙이며 심각하게 말했다.

"서경아. 내 말은……."

"됐어. 그 얘기 그만해."

인상을 쓰며 말을 끊어 버렸다. 나 혼자 일방적으로 구걸하는 것 같은 느낌이 영 마음에 들지 않았다.

"그래, 그럼 나중에 다시 얘기하자."

그가 가만히 누워 한쪽 손으로 마른세수를 하더니 몸을 일으키기 위해 한쪽 팔로 침대를 짚었다. 나는 그의 허리에 손을 둘러 일어나 앉는 것을 도와주었다.

"한의원이라도 가 보지 그래? 추나 치료 같은 거 받아 봐. 내 친구 은영이도 둘째 낳고 허리 나갔는데 추나 받고 좀 괜찮아지더라고."

사실 추나 치료를 받은 건 나였지만 길게 말하기 싫어 은영이 이름을 댔다. 조성환은 허리 디스크 환자다. 앉았다 일어설 때마다 어딘가를 붙잡으며 끙 하는 소리를 낼 정도로 상태가 좋지 않다. 그런 그가 몇 시간이 넘는 수술을 해낸다는 게 어떨 땐 새빨간 거짓말처럼 느껴진다. 알코홀릭에 디스크에…… 의료 행위를 할 수 없는 조건은 다 갖추고 있는 거 아닌가?

"너는 몇 살이야?"

그가 침대 헤드에 기대앉는 걸 기다렸다가 물었다. 허리가 이렇게 아픈 이 남자는 대체 몇 살일까?

"몇 살인지 알고 싶었구나, 우리 병아리가?"

그의 손이 내 머리에 와 얹혔다. 그는 가끔 나를 병아리라 부르는데, 그럴 때면 꼭 머리를 쓰다듬어 준다. 그의 손길을 받으며 나는 기분이 급변하는 것을 느꼈다. 아이고, 좋아라. 아이고, 좋아라. 따뜻한 햇살이 머리를 비추는 느낌이랄까. 누군가 머리를 쓰다듬어 주면, 그렇게만 해 주면 나는 그냥 몸과 마음이 곧 나아 멀쩡하고 바람직하게 영원히 잘 살아갈 수 있을 것 같다. 나는 머리를 옆으로 기울인 뒤, 그의 손길이 정수리에 얹힐 때마다 가르릉 소리를 냈다. 페르시아의 고양이처럼. 야아옹. 가르르야아옹. 조성환은 콧김을 뿜어 가며 성실하게 손을 움직였다. 나는 일어나 춤이라도 추고 싶은 심정이었다. 이럴 때의 조성환은 매우 가까운 사람처럼, 오랫동안 사귀어 온 진짜 연인처럼 느껴진다.

"내가 올해 몇이더라…… 마흔넷, 마흔다섯…… 음, 작년에 마흔여섯이었으니까 올해 마흔일곱이지, 아마?"

"와, 나이 많구나!"

나는 입을 동그랗게 말고 그를 쳐다보았다. 마흔이 넘었을 거라고 생각은 했지만 그토록 나이가 많을 줄은 몰랐다.

"내가 서른여섯 살이니까…… 나보다 열한 살 많은 거네?"

나는 고개를 옆으로 갸우뚱하다가 이내 후회의 감정에 휩싸였다. 나이 많다는 말을 그렇게 직설적으로 내뱉다니! 누구에게든 늙었다는 말은 기분 나쁜 법이다. 나이 따위야 아무렇지도 않다는 듯 빙그레 웃고 있는 이 남자도 자신의 나이를 듣고 놀람을 감추지 못하는 내 방정맞은 언행에 필시 불쾌감을 느꼈을 것이다. 이런 생각을 하다가 나는 고개를 저었다. 침대 헤드에 기댄 조성환은 눈을 지그시 감고 있었다. 아무 생각이 없는 것이다. 괜히 오버하지 말자. 내 생각은 다시 그의 몸과 나의 몸, 우리의 몸뚱이들에게로 돌아간다. 아무리 생각해도 섹스를, 하루라도 빨리 섹스를 나누는 게 좋겠다. 이렇게 작은 일에도 불안해지는 건 순전히 섹스를 나누지 않았기 때문이다.

"좋아. 나보다 위였단 말이지?"

나는 그러안은 무릎에 얼굴을 기대고 생각하는 표정을 지었다.

"앞으로 오빠라고 부르면 되겠다, 그치, 성환 오빠?"

혹시나 청혼이 진심일 경우에 대비해 우리 관계의 자잘한 요소들을 하나씩 정상 궤도로 돌려놓고 싶다. 우선 호칭부터.

"오빠? 그냥 지금처럼 반말해. 루이라 해도 좋고, 아니면 성환아! 야! 그런 것도 난 좋던데."

"싫어."

나는 입을 삐죽 내밀었다.

"난, 오빠! 오빠라고 할 거야! 성환 오빠! 성환 오빠!"

주먹을 불끈 쥐고 외쳤다.

"그래? 그럼 병아리 마음대로."

조성환의 손이 다시 머리에 와 얹혔다. 나는 헤, 하고 소리 내 웃으며 그의 어깨에 머리를 기댔다. 마음 한구석엔 여전히 그의 파자마 속 물건의 팽창 여부에 대한 궁금증이 도사리고 있었지만, 여세를 몰아 다시 한판 시도해 볼까 하는 도전욕도 꿈틀거렸지만, 애써 마음을 다잡았다. 같은 실수를 두 번 하면 안 되는 법이니까.

"우리 아침 먹으러 나갈까?"

그가 침대에서 빠져나가려는 걸 내가 붙잡았다.

"할 얘기가 있어, 오빠. 잠깐만 더 있어 봐, 오빠."

한손으로 협탁을 짚고 일어서던 그가 털썩 주저앉는 바람에 침대가 출렁하고 흔들렸다.

"난 아이가 있어."

억양이 조금도 섞이지 않은 말이 내 입에서 조용히 흘러나왔다. 지켜 주고 싶다는 말을 할 때의 조성환과 비교해 조금도 꿀릴 게 없는, 평이함의 극치를 달리는 말투였다.

"병아리가 낳은 아이야?"

조성환의 손이 다시 내 머리에 얹혔다. 아무런 감정의 동요가 느껴지지 않는 말투. 긴장해 있던 내 마음이 차분히 가라앉았다.

"그럼. 내가 낳았지. 자연분만으로. 아이가 정말 빨리 나왔어. 똑똑한 아이였나 봐."

계획했던 것보다 많은 말이 흘러나왔다.

"아프지도 않았고, 아이를 보고 뭉클하거나 그러지도 않았다."

아, 이런 말을 왜 하는 거지, 지금? 태엽 풀린 자동인형처럼 생각지도 않은 말이 입에서 계속 흘러나왔다. 출산 과정에 대한 길고 상세한 얘기가. 그동안 나는 출산에 관한 얘기를 아무에게도 하지 않았다. 은영에게 몇 번 얘기하긴 했지만 그건 아이를 낳아서 아빠한테 보냈다는 과거완료형 언급이었지, 출산 과정 자체에 대한 묘사는 아니었다.

"와, 진짜구나. 우리 병아리가 아이 낳고 그런 것도 해 봤구나."

고개를 확 돌려 조성환을 쳐다보았다. 놀랍게도, 그는 진심으로 감탄하고 있었다. 크게 벌어진 눈, 입가에 깃든 미소, 비스듬히 기울인 고개. 그의 얼굴에서 생기와 호감이 반짝이며 흘러나오고 있었다. 이때까지 한 번도 본 적이 없는, 초연하고 연민 어린 시선으로 일관하는 평소 모습과는 확연히 다른 모습이었다. 나는 갑자기 아이를 낳은 내 과거의 행위가 자랑스러워졌다. 그 아일 낳길 잘했다! 그럼! 잘했고말고! 생각은 바로 적정선을 넘어 다음 코스로 넘어갔다. 혹시 나는 이 순간을 위해, 그러니까 조성환에게 칭찬받기 위해 그 아일 낳았던 걸까? 풋, 바로 실소가 터져 나왔다. 아주 놀고 있구나, 지금. 생각은 이내 적정선 안으로 되돌아왔지만 아이에 대한 단상은 여전히 뇌리를 지배했다. 그러고 보니 오랫동안 그 아이 생각을 하지 않았다.

"지금은 어디 있어? 돌봐 주는 사람이 따로 있어? 저번에 집에 갔을 때도 없었던 것 같은데."

그의 입에서 말이 따발총처럼 튀어나왔다. 나는 그의 열렬한 관심에 살짝 당황했지만 고개를 돌려 그를 쳐다보지는 않았다. 그의 손이 내 어깨를 어루만지고 있었다. 그 손길이 떨어져 나가게 할 만한 짓은 무엇도 하고 싶지 않았다.

"낳은 지 1년 만에 아이 아빠한테 갖다 줬어."

순간 어깨를 지나다니던 손길이 딱 멈췄다. 그리고 정적. 나는 꼴깍 소리가 나게 침을 삼킨 뒤 다시 입을 열었다.

"처음부터 그럴 작정이었거든. 1년간 키워서 사람처럼 만든 다음에 넘겼어. 그 후로 안 만났고. 앞으로도 안 만날 거고."

어깨에 느껴지던 그의 손의 무게와 온기와 움직임이 한꺼번에 사라졌다. 나는 손을 거두고 팔짱을 끼는 그를 물끄러미 쳐다보았다.

"이렇게 말하면 안 믿을 수도 있겠지만, 난 그 아이가 궁금하지 않아. 보고 싶지도 않고. 모성애라는 거, 말짱 다……."

"여자아이야?"

그가 내 말을 끊었다.

"응. 여자아이. 지금 다섯 살쯤 됐겠다."

윤지하의 아이라는 말도 할까? 나는 잠깐 망설였다.

"너랑 닮았어?"

팔짱을 끼고 독백하듯 묻는 조성환.

"나랑?"

그 아이가 나를 닮았나? 곰곰이 생각해 봤지만 알 수가 없었다. 아이는 유명 아빠를 둔 덕분에 텔레비전이나 SNS 같은 데 얼굴을 자주 내밀었다. 처음엔 매체에서 그 아이를 보는 게 이상했는데, 몇 번 반복되니 아무렇지도 않았다. 어떤 땐 그 아이가 내 배 속에서 나왔다는 사실을 아예 망각하고 볼 때도 있다. 나와 닮았다는 생각은…… 한 번도 해 본 적이 없다.

"모르겠는데? 하도 어릴 때 넘겨서……."

텔레비전에서 가끔 얼굴을 본다는 말을 하려면 윤지하 얘기까지 해야 하는데, 이 타이밍에 그 얘기를 하는 게 맞는지 확신이 들지 않아 이렇게만 말했다.

"닮았든 안 닮았든 무슨 상관이야. 어차피 내 애도 아닌데. 아이는 멀쩡한 아빠와 엄마가 있어. 그 엄마가 자기 생모라고 알고 있고 내 입장에서도……."

화난 것처럼 말하고 있다는 걸 자각하고 어조를 누그러뜨리려는데 그가 내 말을 잘랐다.

"다시 데려올 순 없어?"

그가 고개를 돌려 나를 쳐다보았다. 분노가 어린 강렬한 눈빛. 조성환과 어울리지 않는 낯설고 생생한 눈빛이었다.

"뭐?"

나는 몸을 틀어 그를 마주보았다.

"아이 말이야. 다시 데려올 수 없냐고."

멍한 얼굴로 그를 쳐다보다가, 그의 눈에 물기가 어려 있음을 깨닫고 경악했다. 그의 작은 눈에, 위아래 폭도, 양옆의 폭도 작기 그지없어 단춧구멍이라는 말이 딱 어울릴 법한 그의 못난 눈에, 어지간히 가까이서 들여다보지 않으면 인지할 수 없는 아름다운 갈색 눈동자에, 맑은 액체가 고여 흘러내릴 듯 일렁이고 있었다.

18

노크해도 답이 없어 그냥 문을 열고 들어갔다. 조성환은 의자를 돌려 앉아 등을 보인 채 물통을 빨고 있었다.

"들어와."

인기척을 느낀 그가 물통을 책상 아래 빈 공간에 넣고 천천히 의자를 돌렸다. 푸석푸석한 얼굴, 피곤이 서린 이마, 확연하게 건너오는 술 냄새.

나는 입구에 선 채 문고리를 만지작거렸다. 그동안 조성환이 술을 달고 사는 것이 늘 마음에 걸렸지만 근무 중에는 마시지 않으니 걱정할 것 없다고 애써 자위해 왔다. 그런데 내가 눈치채지 못했을 뿐, 그는 마시고 있었다. 근무 중에도, 근무 후에도.

"수술 잘 끝났어."

그는 조금 전에 수술을 끝냈다. 코 재수술과 가슴 확대 수술이라는, 가장 품이 많이 드는 수술과 가장 공격적인 수술을 한꺼번에 해치웠다. 물론 수술이 잘 끝난 건 나도 알고 있다. 민아한테 듣고 올라왔으니까.

"좀 있으면 깰 거야. 가서 봐 줘."

나는 가만히 그를 내려다보았다. 의학적 지식이 없는 내가 수술이 잘된 건지 잘 안 된 건지 모를까 봐 알려 주는 걸까, 아니면 술 마셨다는 게 발각될까 봐 적당한 말로 나를 내보내려는 걸까.

"이 선생님?"

내게서 아무런 반응이 없자 그가 고개를 옆으로 내밀며 손을 흔들어 보였다. 나는 천천히 그의 책상 쪽으로 갔다. 이 술주정뱅이를 어쩌면 좋단 말인가. 겁도 없이 진료실에서 술을 마시고 있는 이 알코올 중독자를. 마음 같아선 당장 그를 일으켜 세우고 싶었다. 옷을 홀딱 벗겨 몸을 구석구석 씻겨 주고, 이를 닦아 주고, 머리를 바삭바삭하게 말린 뒤 정신과에 데려가고 싶었다. 상담 스케줄을 잡고 알코올 중독 치료 전문 프로그램에 접수시키고 싶었다. 당분간 휴직하겠다고 병원에 통보하고, 요양 치료 전문 병원에 데려가고 싶었다. 숲으로 둘러싸이고 인근에 바다도 있는, 아침이면 새소리를 들으며 깰 수 있는 공간으로.

"은영이, 깨어나면 지랄할지도 몰라."

그의 책상 앞에 놓인 회전의자에 앉으며 말했다.

"그동안 이 병원 저 병원서 수술 열라 많이 받았는데, 한 번도 만족한 적이 없거든."

조금 전 수술대에 누워 조성환과 마취의에게 목숨과 미래와 정신 건강을 온전히 내맡겼던 여인은 내 초등학교 동창이자 중고등학교 동창인 은영이다.

"왜?"

은영은 어릴 때부터 예쁘기로 유명했다. 이목구비가 또렷하고 또래보다 키가 머리 하나 정도 컸던 은영은 '마론 인형'이라 불리며 친구들과 선생님, 인근 학교 남학생들의 관심을 독차지했다. 예쁜 여자의 운명을 거스를 수 없다는 듯 대학을 졸업하기도 전에 키가 훤칠한 부잣집 아들의 구혼을 받고 결혼했다. 아들 둘을 낳고 알콩달콩 잘사는 것 같았는데, 어느 날부터 성형수술에 빠져들었다. 외국계 투자 회사에서 몇천억씩 주무르는 능력자 남편에게 내연의 여자가 있다는 걸 안 직후부터였다. 은영은 3년에 걸쳐 눈, 코, 입, 안면 윤곽 교정, 지방 흡입 등 종류별로 수술을 하나하나 섭렵하더니, 최근엔 가슴 확대 수술을 하겠다며 내게 연락해 왔다.

"뻔하지. 인생이 불행해."

원래 은영에게 소개했던 의사는 장혁규였다. 이쪽 계통에서 워낙 인지도가 있는 인물이라 내놓을 만했고, 성형 중독인 친구를 조성환에게 소개해 주고 싶지 않은 마음도 있었다. 그동안 은영이 벌여 왔던 행태들을 보면 수술 후 어떻게 나올지 불 보듯 훤했다. 은영은 겉으로 내보이는 안정된 결혼 생활과 불행한 현실 사이의 괴리를 성형수술이라는 이벤트로 해결하려 했다. 물론 그 이벤트에는 잘못된 성형수술에 대한 정당한 문제 제기를 통해 자신의 인생을 자기가 이끌어 가고 있다는 주체성을 실현하려는 은영의 고결한 욕망도 포함돼 있었다. 그런 은영에 대적할 사람은 우리 병원에 단 한 사람, 장혁규뿐이었다.

"이 친구, 원래부터 예뻤지?"

조성환이 모니터로 은영의 차트를 들여다보며 말했다.

"장난 아니었지. 우리 동네에서 은영이 모르면 간첩이었어. 정말 예쁘고 정말 똑똑했거든. 세상에 엄친딸이 딱 한 명 존재한다면 그건 바로 황은영일 거야."

그런데 장혁규가 은영을 거부했다. 상담을 끝낸 뒤 담당인 루나 실장에게 이 수술 자기는 못한다고 딱 잘라 말했다고 한다. 가슴 수술은 금액이 상당한 종목이다. 게다가 은영은 다른 부위는 다 손댔지만 가슴은 손댄 적이 없다. 재수술이 부담스럽다면 코나 턱 같은 데는 하지 말라고 한 뒤 원시림인 가슴만 맡으면 될 일이었다. 그런데도 장혁규는 은영이라는 노다지를 단칼에 거절했다. 은영이 수술 뒤 병원에 끈덕지게 찾아와 컴플레인하고 온라인 카페들을 전전하며 갖은 험담을 올리고 다니는 선수라는 걸 눈치챘을까. 그렇다면 그는 그걸 어떻게 알았을까. 상담실장 중 한 명이 조사해서 알려 줬을까, 아니면 상담 과정에서 자연스레 알게 되었을까.

"예쁜이들이 왜들 이렇게 사나. 잘 좀 살지."

조성환이 눈을 비비며 얼굴을 찌그러뜨렸다.

"그런 거 보면 하느님이 공평한 거 같긴 하지? 예쁜 애들이 다 행복하게 살아 봐. 보통 사람들이 살맛 나겠어?"

장혁규가 은영을 거부했다는 소식을 내가 먼저 들었다면 은영을 적당히 구슬러 다른 병원으로 보냈을 것이다. 그런데 장혁규는 곧바로 은영을 조성환에게 보냈다. 그리고 조성환은 한 시간에 걸친 상담 끝에 은영의 코와 가슴을 개선해 주겠노라고 천명했다. 나는 그 사실을 오늘 아침, 수술이 시작되기 직전에야 알았다.

"그런 환자를 왜 받아 주는 거야? 설마 내 친구라고 일부러 해 주고 뭐 그런 건 아니지?"

말해 놓고 보니 정말 그랬을까 봐 억장이 무너진다. 장혁규가 은영이 내 친구라는 사실을 강조하며 조성환에게 부담을 주었을까. 그 여우 같은 자식이.

"어, 그런 건데?"

세게 비벼 벌겋게 달아오른 조성환의 눈에서 장난기가 새어 나왔다. 나는 그제야 안심했다. 조성환은 상황을 완전히 장악한 상태가 아니면 농담을 하지 않는다. 수술이 잘 끝났다는 소리다. 또한 조성환이 은영이라는 인물에 대해 어느 정도 파악하고 자신감을 갖고 있단 소리다.

"내가 알았다면 은영일 오빠한테 보내지 않았을 거야. 걔 중독이거든. 아마 며칠 뒤부터 지랄지랄할걸. 상담했을 때랑 모양이 다르게 나왔다는 타령은 물론이고, 어디가 멍들었네, 부었네, 통증이 심하네 하면서 난리 칠 거야. 고소하겠다고 나올 수도 있고."

조성환은 남들이 피해 가는 수술을 도맡아 하는 인물이다. 다른 병원에서 수술받고 실패해서 재수술을 받으러 온 사람이나 중독 증세가 강한 사람, 선천적 기형이거나 지방이 너무 많은 사람 같이 다른 의사들이 못하겠다고 딱지를 놓은 환자를 장시간 상담 끝에 맡은 경우가 수술의 대부분을 차지한다. 돈이 될 것 같거나 말이 나오지 않을 스타일의 환자만 딱딱 골라 수술하는 장혁규와는 너무나 대조되는 처사라, 지켜보는 내가 다 억울할 지경이다.

"서경아."

한동안 모니터를 들여다보던 조성환이 고개를 들고 정색을 했다. 나는 그의 음성으로 불린 내 이름의 울림을 황홀하게 되새김질했다. 서경아. 얼마나 매력적인 음성인가. 그의 목소리는 높고 여성적이지만 핵심부에 굵은 심지 같은 게 들어 있어서 부드러우면서도 힘 있는 느낌을 준다. 여림과 강함이 동시에 들어 있어 컨디션에 따라 전혀 다른 분위기를 내는 그 음성은 그의 신체적 특성 중 내가 뒤통수 다음으로 좋아하는 부분이다.

"왜."

철제 의자에서 일어서 그의 책상 한쪽에 비스듬히 기대앉았다.

"나 수술 잘해. 레지던트 때부터 손 좋기로 유명했어."

나는 천천히 고개를 끄덕였다. 그 말은 사실이다. 늘 숙취에 절어 있고, 피곤해하고, 무기력한 모습이지만, 그가 하는 수술은 죄다 성공적이었다. 의학적인 부분은 잘 모르겠고 환자의 반응으로 봤을 때 그렇다는 얘기다. 환자들은 수술 후 대부분 만족해했고, 간혹 부작용이 나더라도 의사를 크게 원망하지 않았다.

"수술을 잘하는 건지, 환자를 잘 홀리는 건지."

그의 책상에 완전히 올라앉아 발을 꼬았다.

"둘 다지."

모니터에서 눈을 떼고 내 쪽으로 의자를 끌고 온 그가 내 앞에 검지를 흔들어 보였다. 그래, 그의 말이 맞을 것이다. 그는 똑똑한 사람이다. 수술도 잘하고, 상담 능력도 좋다. 그와 상담한 환자들은 늘 좋은 표정으로 상담실에서 나왔다. 어떤 환자는 필요 이상으로 오랫동안 그와 상담하려 들었다. 저 인간이 얼굴을 고치고 싶은 게 아니라 조성환과 이야기를 나누고 싶어서 오는 게 아닌가 의심이 들 정도로.

"결국 네가 하는 일과 내가 하는 일이 근본적으로 다르지 않아. 환자의 마음을 파악해 대응한다는 면에서. 이 사람의 콤플렉스가 뭔지, 성형하고 싶은 진짜 이유가 뭔지, 파악해서 그 부분을 만져 줘야 해. 내 경우엔 실제 의학적 처치가 포함되는 거고, 너는 그야말로 정신적인 부분을 감당하는 거고."

성형수술과 심리학에 대한 긴 소고가 이어졌다. 그와 나의 일을 비교하며 심리학을 들먹이는 것은 그가 가끔 늘어놓는 장광설의 대표적인 레퍼토리였다. 나는 그의 어깨 뒤에 놓인 책장에 세로로 길게 쌓여 있는 책들을 흘끔거리며 지루한 장광설을 견뎠다. 안 그런 사람이라고 생각했는데, 조성환은 가끔 꼰대 면모를 보인다. 자신이 많은 분야에 해박한 지식인이라는 의식과 잘 모르는 나를 가르쳐야겠다는 시혜자적인 인식이 그대로 드러나는 그의 연설을 듣고 있으면 지하가 떠오른다. 내게 깨어나기를 주문하고, 책 읽기를 권하고, 그릇된 편견에서 빠져나오라고 설교

했던 지하. 기대에 부응하기 위해 그가 시키는 대로 열심히 따라가면서도 마음 한구석에선 모멸감이랄까 치욕스러움이랄까, 그런 걸 느꼈었다. 저나 나나 뭐 그리 다르다고. 지하의 논리에 허점을 발견하거나, 지하가 이기심을 채우기 위해 말도 안 되는 논리를 갖다 붙이는 걸 볼 때마다 이런 생각을 했다. 입으로는 남녀가 평등하다느니, 학력으로 사람 차별하는 풍조는 사라져야 한다느니 하면서 실은 나라는 똑똑한 고졸자를 공짜로 부려 먹고 있는 게 아닌가. 지하와 사귀는 기간에 몸에 익혔던 습관들, 사회적 의제에 관심을 갖는다거나, 틈만 나면 책을 읽어 대는 것과 같은 습관은 나의 일부가 되어 완전히 정착했고, 나는 이에 대해 양가적인 감정을 갖게 되었다. 눈앞에서 벌어지는 현상의 이면을 들여다보는 능력이나 파고들어 본질을 알아내는 방법 같은 걸 알게 된 점은 좋았지만, 그런 특성은 대학을 나오지 못하고 전문직을 갖지도 못한 내가 등에 이고 다니기에는 너무 버거웠다. 지하와 그의 친구들 무리에서 떨어져 나오면서 그런 특성을 지닌 사람들과 어울릴 기회를 갖지 못하게 되었고, 이는 내게 심한 자괴감을 안겨 주었다. 알고 있는 것을 말할 사람을, 생각을 나눌 동등한 상대를 구할 수가 없었던 것이다. 내가 드라마 작가가 되겠다고 몇 년째 공모전에 매달리고 있는 것은 아마 그런 자의식 때문일 것이다. 작가가 되어 '말이 통할' 사람들을 만나겠다는 것.

"그러니까 우리 일은 일종의 보모 노릇이야. 심리학적 지성을 갖춘 보모라고나 할까?"

그런 전력 때문인지, 저렇게 다리를 꼬고 앉아 게슴츠레한 눈빛으로 나를 올려다보는 조성환을 보고 있으면 왈칵 짜증이 치민다. 어디서 그런 말장난을! 주정뱅이 주제에. 신성한 일터에서 위스키나 홀짝거리는 얼간이 주제에.

"문제는 보살핌을 받는 대상들이 자기 문제를……."

"루이."

나는 더 이상 쓰지 않기로 한 호칭을 끄집어내며 그의 말을 잘랐다. 머릿속은 온통 그가 술을 마신다는 생각, 근무 시간에 술을 마시는 객기를 부리고 있다는 생각뿐이었다. 어떻게 해야 이 사람이 술병을 놓게 할 수 있을까. 나는 목청을 가다듬으며 그를 응시했다. 화내거나 정색하면 안 된다. 이 사람에게는 가볍게, 농담하듯 접근해야 한다.

"너 그런 이름 쓰는 거 싫다며?"

그가 의자를 옆으로 돌렸다 돌아오길 반복하며 손에 들고 있던 볼펜을 빙글빙글 돌렸다.

"나는 써도 되지. 너는 안 되고."

말끝을 올리며 예쁘게 웃어 보이자 그가 흥, 실소를 터뜨렸다. 그의 코에서 김 빠져나가는 소리가 들리고 얼굴에 희미하게 웃음이 서리는 걸 지켜보다가, 다시 입을 열었다.

"어떻게 하면 수술에 참가할 수 있지? 나, 루이 수술할 때마다 같이 들어가고 싶은데. 전담 간호사, 그런 거 말이야."

이건 내 진심이다. 정식 간호사가 되어 그의 상담에, 수술에, 모두 동참하고 싶다. 술을 입에서 떼지 못하는 그를, 위험한 환자를 겁도 없이 덥석덥석 받는 그를, 무기력한 기운에 휩싸여 모든 것을 우습게 보고 심드렁하게 처리하는 그를 가까운 거리에서 보좌하고 싶다. 보호해 주고 싶다.

"수술에?"

그가 볼펜을 정수리에 집어넣어 긁적거렸다.

"보고 싶으면 언제라도 들어와. 수술하는 거 직접 보면 상담 일 하기도 쉽지."

그가 의자를 돌리더니 다리를 올려 책상 한쪽에 걸쳤다. 개방형으로 세팅된 블라인드 사이사이로 늦가을 오후 햇살이 들어와 비스듬한 니은 자가 된 그의 몸에 환한 줄무늬를 만들어 냈다.

"그런 거 말고 진짜 수술하는 거. 나도 같이 하고 싶단 말이야."

엉덩이를 벽 쪽으로 당겨 앉아 얼굴에 쏟아지는 햇살을 피하며 말했다.

"에이, 그런 거 굳이 안 해도 돼. 그거 다 노동인데 뭐하러 그런 걸 하나? 그리고 그런 거 하려면 대학도 다시 가고 그래야 되는데?"

대학이라. 그렇구나. 나는 으음, 소리를 내며 목청을 가다듬은 뒤 책상에서 내려왔다. '다시'라고 말할 때의 그의 표정이 목에 걸려 이물감을 자아냈다. 그는 내가 대학을 나왔는지 안 나왔는지 알지 못한다. '다시'라고 말할 때 말이 살짝 느려졌고 얼굴이 옆으로 기울어졌다. 슬쩍 내 표정을 살핀 것이다. 아닌가? 내가 학력에 대해 너무 민감해서 오버하는 건가?

"한 번만."

말하면서 책상을 돌아 그에게 다가갔다. 학력이고 나발이고 알 게 뭔가. 이 남자가 위험에 처해 있는데. 사람의 생명에 관계된 일을 하는 사람이 밤낮으로 술을 처마시고 있는데.

내가 앞에 와 서자 그가 발을 내리고 의자를 돌려 앉았다.

"뭘?"

그가 한쪽 손을 들어 햇살을 가리며 나를 올려다보았다.

"한 번만 안아 줘."

어처구니없다는 듯 그의 눈이 둥그렇게 벌어졌다.

"다른 거 하나도 안 하고 그냥 안기만 할게. 그리고 바로 나갈게."

대답을 기다리지 않고 허리를 굽혀 그를 안았다. 그에게서 헉 소리가 나오면서 의자가 뒤로 밀렸다. 성인 두 사람의 몸무게를 실은 의자가 바퀴째 굴러 책상에 부딪히며 쿵 소리를 냈다. 나는 그의 겨드랑이와 의자 사이에 손을 집어넣고 그의 앙상한 몸피를 당겨 안았다. 위스키 냄새와 커피 냄새, 흐릿한 담배 냄새가 고스란히 내 안으로 들어왔다.

"왜 그래? 무슨 일 있어?"

나는 대답하지 않고 숨소리만 냈다. 양팔을 늘어뜨린 채 가만히 있던 그가 내 등을 천천히 감쌌다. 나는 흰 가운에 화장이 묻지 않도록 고개를 옆으로 돌리며 그를 안은 팔에 힘을 주었다. 너 설마 수술하기 전에도 마시는 건 아니지? 간호사들도 너 술 마시는 거 다 알고 있겠구나. 정신 차려, 조성환. 제발. 하지 못한 말들이 튀어 나가려고 안달을 했다.

"널 사랑한다."

그의 귓불 뒤편에 코를 박고 속삭였다.

"뭐?"

그가 얼굴을 떼어 내려 했다. 나는 고개를 들고 그의 눈을 들여다보았다.

"사랑한다, 조성환."

한 방이야. 컴플레인 환자가 될 수도 있고, 병원에서 나간 간호사가 터뜨릴 수도 있고. 제발 조심해.

"너를 사랑한다."

그의 얼굴을 붙잡고 힘차게 말했다.

"내가 좀 사랑스럽지."

내 손에 붙잡혀 어처구니없다는 표정을 짓고 있던 그가 양손으로 내 몸을 밀어내며 얼굴을 찡그렸다. 웃는 건지 찡그리는 건지 알 수 없는 얼굴이 햇살을 받아 진한 빛과 그림자를 만들었다.

"동생은 다시 중국 갔어?"

그를 안느라 말려 올라간 블라우스와 정장 상의를 당겨 내리며 말했다. 그가 가운을 바로잡다 말고 나를 흘끔 쳐다보더니 응, 하고 짧게 응수했다. 그의 책상 밑에, 서랍과 서랍 사이 빈 공간에 물통 두 개가 서 있는 게 보였다. 나는 그의 의자에 한 손을 짚고 다른 손을 뻗어 물통들을 손에 넣은 뒤, 빙 돌아 책상 앞에 섰다. 그가 내 손에 들린 물통을 무표정하게 쳐다보더니, 책상에 발을 올리고 깍지 낀 두 손에 머리를 기댔다.

"자주 와? 다음에 올 땐 같이 밥이라도 먹자."

빌려주었던 물통을 찾아가는 주인인 양 자연스럽고 태연하게 행동했다. 애초에 그의 진료실에 올라온 것은 유환의 얘기를 하기 위해서였다. 루나의 상담에 참관한 뒤 자리에 돌아와 보니 유환에게 문자가 들어와 있었다.

형수님, 잘 지내시죠?

안부를 묻는 평이한 한마디가 전부인 메시지였지만 임팩트가 확실했다. 내 뇌리에 곧바로 구천만 원이라는 금액이 떠올랐던 것이다. 안 그래도 가끔씩 유환을 떠올리며 고심하던 터였다. 특히 조성환에게 청혼을 받은 다음부터는 그 생각을 부쩍 많이 했다. 구천만 원이면 작은 금액은 아니지만 그렇다고 까무러칠 정도로 큰 금액도 아니다. 유환이 나를 형수감으로 생각하지 않았다면 그런 얘기를 꺼내지 않았을 것이다. 조성환에게 여러 번 말해도 주지 않으니 내게 말했겠지. 그렇다면 내 선에서 해결해 주는 게 모양새가 좋을 것이다. 나는 조성환에겐 구천만 원 얘기를 하지 않기로 했다. 얘기를 꺼내서 무슨 소용이 있겠는가. 여건이 되었다면 이 인간은 진즉에 돈을 해 주었을 것이다.

"밥? 그래. 같이 먹자."

그가 심드렁하게 말하며 발을 떨었다. 구두가 책상에 부딪히며 달칵달칵 소리를 낼 정도로 심하게 발을 떠는 모습. 술 냄새도 풍기고 어딘가 불안정해 보이는 사람을 이대로 놓고 나가도 되나, 싶었지만 나도 조성환도 다음 일정이 있어서 더 이상 시간을 끌 수 없었다.

"바로 수술이지? 쉬지도 못하겠네."

나는 재빨리 진료실을 둘러보았다. 술병을 쥐고 나가면 눈에 띌 것이다. 뭐든 안 보이게 할 수 있는 게 없을까. 창가에 놓인 그의 노트북 가방이 눈에 들어왔다. 나는 성큼성큼 걸어가 가방을 들었다.

"빌려 가도 되지? 수술 끝난 뒤에 다시 갖고 올게."

가방을 열자 똑같은 모양의 물통 두 개가 모습을 드러냈다.

가방을 들었을 때 묵직한 느낌이 난 걸로 보아 완전히 장전된 상태 같았다. 나는 가방 안에 도사리고 있는 은색 물통들과 조성환을 번갈아 쳐다보다가 손에 들고 있던 물통들을 가방 안에 넣고 진료실을 빠져나왔다.

19

유환 생각이 머릿속을 떠나지 않는다. 아침에 일어날 때도, 밥을 먹을 때도, 상담 참관을 들어갈 때도, 유환이 뇌리에 들어앉아 있다. 정확히 말하면 그에게 해 주기로 한 구천만 원이 들어앉아 있다. 우형에게 문자메시지가 들어왔을 때에도, 나는 서재에 앉아 구천만 원을 마련할 궁리를 하고 있었다.

누나. 우리 지금 오피스텔로 가고 있어요.

우형이 보낸 문자를 들여다보며 너털웃음을 터뜨렸다. 안 그래도 한동안 소식이 없어 이상하다 싶었는데 강재희, 드디어 발동 걸렸구나.

ㅋㅋ 진희랑 가나 보지?

메시지를 입력한 뒤 웃는 모양의 이모티콘을 덧붙여 전송했다. 재희는 상암동과 마포에 오피스텔을 마련해 놓고 데이트를 즐긴다. 주요 상대는 나, 아니면 진희다. 돌발적으로 낯선 여자애가 나타날 때도 있다. 대부분 두 번을 넘기지 못하고 사라지지만.

진희는 재희의 무명 시절부터 팬이었던 아이인데, 중학생 때부터 연예인이 되길 갈망하여 결국 2년 전에 걸 그룹 '스위트 펄'로 데뷔했다. 불행히도 스위트 펄은 크게 인기를 얻지 못했지만 진희는 낙담하지 않고 여기저기 쑤시고 다녀 영화판에 끼어드는 데 성공했다. 단역이라도 꾸준히 이 영화 저 영화에 얼굴을 내밀면서 차분히 활동 영역을 넓혀 가고 있다. 나는 재희와 만나던 초창기부터 재희가 진희와 관계를 맺는다는 걸 알았다. 당시 내 한남동 집에 바퀴벌레가 출몰하는 바람에 재희의 오피스텔에서 며칠 상주하다시피 했는데, 진희와 마주칠 걸 염려한 우형이 내게 진희의 존재를 귀띔해 주었던 것이다. 그때부터 재희의 로드 매니저인 우형과 나의 돈독한 공생 관계가 시작되었다.

내가 한남동 집에 불만을 갖지 않았다면 형성되지 않았을지도 모르는 관계였다. 비뚤어지지 않은 직육면체 모양을 하고 있고 물이 콸콸 나오며 냉난방 시설이 완벽하게 갖추어져 있는 오피스텔에 맛을 들인 다음부터, 나는 한남동 집을 증오하기 시작했다. 그때까지 멀쩡히 잘 살았던 집이 도저히 사람이 살 수 없는 집으로 여겨졌다. 결국 살림을 하나둘 옮겨 와 마포 오피스텔에 살다시피 하는 지경에 이르렀다. 처음엔 만류했지만 우형도 결국 협조적으로 태도를 바꾸었다. 종내는 마포 오피스텔 주차장에 '파파라치'로 보이는 차량을 주차해 놓는 쇼를 벌여 주기까지 했다. 파파라치에게 여자와 있는 현장을 들키는 게 재희가 세상에서 가장 무서워하는 시나리오라는 걸 알고 기민하게 대처한 것이다. 결국 재희는 상암동에 또 하나의 오피스텔을 마련했고, 마포 오피스텔은 거의 나의 거처나 다름없게 되었다. 문제는 재희가 가짜 파파라치를 너무 의식한 나머지 나와 데이트할 때도 상암동을 이용하길 바랐다는 점이었다. 재희의 전화를 받을 때마다 마포에서 상암동으로 이동해야 했고, 내 교활한 뇌는 마포보다 상암동 오피스텔이 시설이나 전망 면에서 훨씬 좋다는 것을 재빨리 알아차렸다.

"누나, 그러다 진희랑 마주치면 어쩌려고 그래."

내가 노트북을 들고 상암동에 가 글 쓰는 경우가 잦아진다는 걸 눈치챈 우형은 조바심을 냈다. 뭘 그런 걸 갖고? 정작 나는 여유를 부렸다. 실은 진희라는 여자애를 한번 보고 싶은 마음도 있었지만, 소심한 우형은 강재희의 두 섹스 파트너가 부딪힐까 봐 전전긍긍했다. 재희가 진희와 만날 때마다 우형이 내게 문자를 보내는 시스템이 정착된 데는 이런 긴 맥락이 있었다.

오늘은 안 갈 테니 걱정 말고 진희랑 실컷 하라고 해.

소심한 우형이 겁에 질려 떨고 있을까 봐 한 방 더 날려 주었다. 처음엔 앞으로 오피스텔을 이용할 일은 없을 거라는 문자를 작성했지만, 다시 지우고 이렇게 썼다. 조성환의 집에 살고 있고, 청혼까지 받았지만, 언제 조성환과 사이가 틀어져 이 집에서 나가야 할지 모르는 일, 상암동 오피스텔이라는 좋은 장소를 옵션으로 유지해 놓는 게 현명할 것이었다.

문자를 전송한 뒤 컴퓨터 화면으로 시선을 돌렸다. 일요일 아침. 조성환은 학회인가 세미나인가 그런 걸 하러 간다고 새벽부터 나가 버렸다. 모처럼 갖게 된 혼자만의 시간을 알차게 보내려고 서재로 들어와 컴퓨터를 켰다. 한글 문서를 띄우고 새로 쓸 드라마의 구상 노트를 작성하려는데, 조유환과 구천만 원이 자꾸 눈앞에 어른거렸다. 그러던 차에 우형의 문자가 들어와 완전히 산통을 깨 버렸다. 여주인공의 출생 연도와 성장 환경, 사는 곳의 공간 구성까지 마쳤는데, 더 이상 진도가 나가지 않았다. 은영이 천만 원을 빌려 주겠다고 했으니 팔천만 원만 구하면 되는데. 음. 어디서 구하지? 자꾸 생각이 팔천만 원 주위를 맴돌았다. 우형에게 부탁해 볼까? 나는 책상 옆 책장에 놓아두었던 핸드폰을 집어 들었다. 우형이 보낸 문자를 띄워 놓고 한참 동안 들여다보았다. 서우형, 이 아이를 활용할 방법이 없을까.

올해 막 서른 줄에 접어든 우형은 배울 만큼 배우고 알 만큼 아는 건실한 청년이다. 서울에 있는 대학을 나왔고 A사에 근무한 경력이 있다고 하니 학교 때 공부로 이름을 꽤 날린 재원이었을 것이다. 지식 면에서도, 사회현상을 꿰뚫어 통찰하는 면에서도 재희보다 훨씬 수준이 높다. 그런 아이가 허우대만 멀쩡하고 속에 든 것은 헝클어진 잡동사니뿐인 재희의 뒤치다꺼리 전문 요원으로 활동하고 있으니 얼마나 울분이 쌓였겠는가. 재희와 세 번째 만났던 날, 나는 우형의 분노와 억하심정을 알아차리고 경악을 금치 못했다. 매 순간을 함께하는 매니저의 성정이 그토록 비틀려 있는데 재희가 전혀 눈치채지 못한다는 게 놀라웠다. 처음엔 재희를 위하는 마음에서 우형에게 잘해 주었다. 매니저라는 자리는 연예인과 정체성을 나누어 가지는 중차대한 자리다. 연예인의 스타덤 중 가장 밝고 화려한 부분을 연예인 본인이 가져간다면 그 뒤에 드리운 어둡고 지저분한 그림자 부분은 매니저가 몽땅 짊어진다. 당연히, 연예인이 드러내고 싶어 하지 않은 면을 알고 관여하게 된다. 관여하는 정도가 아니라, 매니저라는 존재 자체가 연예인의 어두운 그림자라고 할 수 있다. 언제든 연예인의 아킬레스건으로 돌변할 수 있다는 말이다. 그러나 사고 수준이 일곱 살 먹은 아이에 미칠 수 있을지 의심되는 우리의 강재희 선수는 이걸 몰랐다. 그래서 내가, 만나던 초창기에는 재희에 대한 애정이 상당했던 때이므로, 재희 대신 우형을 돌보아야겠다고 생각했다. 성심을 다해 우형의 뒤틀린 마음을 알아주고 만져주었다. 그랬더니 우형은 바로 내게로 와 꽃이 되었다. 나의 조력자, 동생, 친구, 지원군이 되어 주었다. 그 과정에서 내가 우형의 비행을 눈감아 준 적이 몇 번 있었다. 재희네 집 인테리어 공사를 할 때 중간에서 돈을 빼돌린다거나, 재희 앞으로 들어온 고가의 선물을 빼돌린다거나, 심하게는 재희의 이름을 팔아 팬들에게 현금을 긁어모은다거나 하는 행위를 보고도 못 본 척해 주었던 것이다.

그런 사례에 대한 기억을 환기시키고 돈을 좀 달라고 해 볼까. 잠깐이지만 머릿속에 이런 생각이 떠올랐다. 물론 잠깐 생각했을 뿐 그걸 진짜로 실행에 옮길 생각은 아니었다. 나, 인간 이서경, 어쩌다 보니 여기저기 떠돌며 붙어먹는 신세가 됐지만 그런 치사한 짓까지 하는 저질은 아니다. 돈이 궁하다 보니 살짝 생각이 샜을 뿐.

그렇다면 어떻게 한다? 협박으로 우형에게 돈을 뜯어내는 건

할 짓이 못 되고…… 그냥 대놓고 도와달라고 해 볼까? 내 고개가 좌우로 도리질 쳤다. 벼룩의 간을 빼먹지. 우형은 대학에서 청소 일을 하는 홀어머니와 살고 있는 빈한한 청년이다. 나한테 팔천만 원을 빌려 줄 재량이 된다면 강재희의 매니저라는 더럽고 치사한 일을 하고 있지도 않을 것이다. 음. 그렇다면 어떻게?

드라마 구상을 적어 가던 파일에 계속 물음표를 그렸다. 물음표가 페이지의 반을 채웠을 무렵, 거짓말처럼 어떤 생각 하나가 머릿속으로 미끄러져 들어왔다.

"그렇지!"

소리치며 손바닥으로 자판을 내리쳤다. 자음과 모음이 산발적으로 튀어나와 빠르게 화면을 메꿨다. 내가 왜 진즉 그 생각을 못했지? 회심의 미소를 지으며 핸드폰 케이스를 열었다. 우형이 메시지를 보낸 시간이 2시 5분. 지금이 2시 20분이니 서둘러 가면 재희가 있는 동안 오피스텔에 당도할 수 있을 것이다. 나는 벌떡 일어서 욕실로 향했다. 일단 세수부터 하자. 그다음엔 화장, 그다음엔 드라이……. 최대한 빨리 나갈 준비를 마쳐야 한다. 거실 쪽 욕실의 등을 켜고 들어가는데, 실실 웃음이 나왔다. 배우가 된 듯, 촬영을 목전에 두고 감독의 사인을 기다리고 있는 듯, 비장함에 가까운 각오와 설렘이 일어나 준동했다.

20

재희는 나신으로 침대에 앉아 있었다. 구릿빛으로 그을린 등,

매끈한 팔에 붙은 근육, 목덜미까지 내려오는 갈색 머리. 갑자기 열린 현관문을 향해 뒤돌아보는 균형 잡힌 뒤태가 그리스 신화에 나오는 남신을 떠올리게 했다. 나는 신발을 벗고 집 안으로 들어섰다. 방문에 가려 일부만 보이던 그림의 전면이 훤히 드러났다. 뒤집힌 여자 팬티, 광택 나는 공단 소재 원피스, 남자의 셔츠, 위쪽이 뜯겨 나간 콘돔 껍질, 여러 장이 뭉쳐 꽃송이 모양을 이룬 티슈 더미, 어수선한 잡동사니들의 한가운데에 놓인 침대, 침대 위에 앉은 전라의 남녀. 남자 주인공은 등을 보이고 앉은 여자 주인공의 브래지어 호크를 채워 주던 참이었다.

"안녕, 친구야?"

나는 낭랑한 목소리를 내며 한쪽 손을 들어 올렸다. 놀란 표정으로 돌아보는 여자의 눈이 내 눈과 만났다. 진희일 것으로 추정되는 여자의 앳된 얼굴. 겁에 질린 눈빛. 아이를 연상케 하는 그 눈길은 완벽한 성인의 자태를 하고 있는 여자의 몸매와 기묘한 대조를 이루었다. 나는 넋을 잃고 눈앞에 놓인 피조물을 바라보았다. 풍만하고 탄탄한 가슴이, 군살 없는 허리선이, 그 밑으로 이어지는 매끄러운 둔부의 곡선이 아찔하게 눈을 파고들었다. 아름답다는 말로는 다 형언할 수 없을 환상적인 여체. 위협적일 만큼 완벽한 미가 서린 육체 앞에서, 나는 신을 떠올렸다. 비율 좋은 몸매를 가진 연예인들에게 사람들이 왜 그렇게 열광하는지 그제야 알 것 같았다. 그것은 신의 대리인들을 향한 경배의 마음이리라. 신의 특별한 사랑을 받는 이들을 향한 해바라기. 그 행위를 통해 신에게 조금이라도 가까이 가고 싶은. 사람들이 완벽한 얼굴과 몸매를 갖기 위해 성형수술을 하는 것도 같은 맥락이리라. 그러니 어찌 성형수술에 열광하는 이들을 어리석다 할 수 있으랴. 앞으론 절대 병원에 내방하는 이들을 한심해하지 말아야겠다고 생각하다가 나는 피식 웃음을 터뜨렸다. 지금 그따위 생각을 할 때인가? 그게 애인이 바람난 현장을 급습한 여자로서 마땅히 할 생각인가 말이다.

"좋았어?"

침대에 걸터앉으며 그 상황에서 가장 나올 법한 대사를 읊조렸다. 침대가 출렁 움직여 그 위에 앉은 성인 남녀 셋의 몸을 들썩이게 했다. 조금 전까지 들뜬 열기에 휩싸였을 남녀는 넋이 나간 듯 가만히 앉아 규칙적인 숨소리만 내보냈다. 재희는 곤란한 상황이면 늘 그렇듯 무표정한 얼굴로 허공을 응시했고, 여자는 애원하는 듯한 표정으로 나를 내려다보았다. 저게 저 아이의 원래 표정이구나. 나는 인터넷에서 보았던 이미지들을 떠올렸다. 데뷔 때부터 지금까지 진희는 여러 번 이미지 변신을 거쳤지만 저 포즈, 애원하는 듯 눈을 크게 뜨고 얼굴을 뒤로 젖힌 포즈는 늘 한결 같았다.

조금 더 지속되어도 좋았을 그 스틸컷은 재희가 움직이기 시작하면서 순식간에 깨져 버렸다. 재희가 일어서서 옷을 입기 시작하자 여자도 일어서서 주섬주섬 속옷을 챙겼다. 잠자던 숲속의 공주가 깨어난 것처럼 갑자기 화면이 분주한 움직임으로 채워졌고, 방 안을 둘러싸고 있던 신비한 분위기가 걷혀 버렸다. 나는 일어서서 동화 속 주인공들이었던 남녀가 진부한 치정극의 주인공으로 변해 가는 과정을 지켜보며 입맛을 다셨다. 남색 공단 소재 원피스에 베이지색과 흰색이 섞인 밍크코트, 스타킹까지 완벽하게 차려입은 여자가 검은색 정장 차림의 재희 뒤에 서는 것으로 돌발극이 대단원에 이르렀음을 알려 왔다. 재희는 들릴 듯 말 듯 한숨을 쉬며 정물처럼 서 있고, 여자는 뒤에서 재희의 팔짱을 낀 채 바닥을 쳐다보았다. 나는 이제 여기서 나가야 한다는 이성의 속삭임과 백에서 핸드폰을 꺼내 이들을 찍고 싶다는 비이성의 충동 사이에서 갈팡질팡했다. 사진으로 찍어 남기고 싶을 정도로, 재희와 여자는 아름다웠다. 전라일 때도 아름다웠지만 의복이라는 인류의 정교한 창조물 안으로 들어가자 화려하고 고전적인 아름다움이 극강의 오라를 내뿜으며 풍겨 나왔다.

"안녕, 친구야."

나는 남녀 주인공과 일일이 눈을 맞추며 작별을 고한 뒤 오피스텔을 빠져나왔다. 엘리베이터를 기다리는데 두 사람의 모습을 사진으로 찍었어야 했다는, 찰나의 아름다움을 영원으로 만들었어야 했다는 아쉬움이 들러붙어 지저분하게 미적거렸다. 전라 상태일 때 한 장, 옷을 걸치는 움직임을 한 장, 성장하고 나란히 섰을 때 한 장, 그렇게 포착했어야 했다. 대한민국에서 가장 아름다운 남녀라 해도 손색이 없을 두 사람이 나신에서 성장한 모습으로 변해 가는 걸 눈앞에서 지켜보았다. 그것도 막 성관계를 마친 남녀를. 영화상의 설정도, CF상의 설정도 아닌, 진짜 남녀의 사랑에서 나온 순도 백 프로의 레알 샷이었던 것이다.

운전석에 앉아 차가 데워지기를 기다리는데, 기록으로 남기지 못했다는 아쉬움이 사라진 자리를 메우는 소외감과 열등감의 준동이 맹렬하게 느껴졌다. 임진희. 저렇게 예쁜 애였구나. 둘은 정말…… 잘 어울리는구나. 그 몸에 비하면 가슴, 허리, 엉덩이,

어느 것 하나 봐줄 것 없는 내가 어떻게 강재희의 파트너 자리를 지금까지 유지해 왔는지 참으로 불가사의했다. 이때까지 주제도 모르고 설쳤구나. 얼굴도 몸매도 형편없는 주제에, 뚜렷한 능력도 없고 아무도 채택해 주지 않는 드라마를 쓰겠다고 만날 책상 앞에 앉아 폼이나 잡고 있는 주제에 강재희를 무식하다고 얕잡아 봤구나. 걷잡을 수 없이 밀려와 사고 체계를 침범하는 부정적인 정서는 바로 조성환에 대한 소회로 연결되었다. 그 일요일 아침, 자기 옆에 누워 있는 여자가 임진희였어도 조성환이 그토록 단호하게 팬티 안의 손을 빼냈을까? 나는 핸들에 고개를 파묻었다. 아니었을 것이다. 진희처럼 생긴 여자였다면 조성환은 저항하지 못했을 것이다. 그 아름다운 가슴 앞에, 그 매혹적인 둔부의 곡선 앞에 어떻게 무릎을 꿇지 않았겠는가. 나는 진희의 나신 아래에서 헐떡이며 조바심과 갈망으로 눈이 흐릿해진 조성환을 떠올리느라 기나긴 시간을 허비하다가, 히터 때문에 둔탁해진 차 안 공기를 느끼고 상념에서 깨어났다. 그러나 주차장을 빙빙 돌아 빠져나오면서 다시 상념에 빨려 들어갔고, 조성환의 빌라 주차장에 도착해 차를 세울 때까지 조성환과 임진희의 나신이라는 환시에서 빠져나오지 못했다.

21

원래의 목적을 망각하고 애먼 짓만 하고 왔다는 사실을 깨달은 것은 조성환의 빌라로 돌아와 늘어지게 자고 난 다음이었다.

누운 채 창으로 들어오는 불그스름한 햇살을 쳐다보고 있는데, 유환의 얼굴이 불쑥 떠올랐다. 팔천만 원! 나는 벌떡 일어나 앉았다. 동시에 몇 시간 전에 마주친 장면들이 떠올랐다. 아름다운 육신의 남녀. 그 앞에서 넋을 잃고 서 있던 나. 애원하듯 쳐다보던 어린 여인의 눈빛. 나는 화장대로 가 앉았다. 화장이 지워진 부분에 다시 파우더 가루를 먹인 뒤 차 키를 들고 집을 나섰다.

원래 계획은 둘이 만나는 현장을 목격한 뒤 그걸 빌미로 돈을 요구하는 것이었다. 재희는 천성이 순하고 모질지 못한 사람이다. 또한 나와 자신이 '사귀는 사이'라고 믿고 있다. 자신의 마음속 깊이 들어가 보면 그렇지 않다는 걸 금방 알겠지만 강재희라는 인물은 당최 자신을 들여다본다거나 깊이 탐구한다거나 하는 짓을 할 수가 없는 부류다. 그러므로 진희와 자신이 있는 현장을 내가 목격하고 상처받은 시늉을 하면 십중팔구 미안해할 것이다. 나는 그걸 파고들 작정이었다. 그런데 엉뚱하게 진희라는 여자애의 육신에 넋이 나가 내 몸뚱이에 대한 열패감만 잔뜩 안고 돌아왔다. 나는 이게 문제다. 모든 일에 대한 소회가 결국 나에 대한 열등감으로 마무리되는 것.

양평 촬영장에 도착했을 때는 낙조가 거의 끝나 가고 있었다. 촬영이 한창이라 기다릴 요량으로 주차하고 있는데, 주차장으로 걸어오던 박성희를 발견했다. 나는 시동을 끄고 선글라스를 찾아 꼈다. 제발, 제발 그냥 지나쳐라.

하지만 박성희는 바로 나를 포착했고, 가던 길을 틀어 부지런히 내 쪽으로 걸어왔다.

"서경 씨, 여긴 어쩐 일이야?"

다가와 창문을 두드리는 바람에 어쩔 수 없이 차 문을 열고 나갔다.

"오랜만이네요."

엉거주춤 인사를 했다. 나를 훑어보는 번개 같은 시선이 느껴졌다.

"차 좋네? 이거 자기 거야?"

역시나, 박성희는 여전하다. 타인의 외모와 재산과 명성에 노골적이고 집요한 관심을 드러내는 저 일관된 근성.

"그럼, 제 거죠. 제가 누구 거 훔쳐 타고 왔겠어요?"

차 문을 닫은 뒤 차 키의 버튼을 눌렀다. 뻑 소리가 나면서 조성환의 붉은색 푸조에 번쩍 빛이 들어왔다 나갔다.

"자기 이 바닥 떴다고 들었는데, 어떻게, 다시 누구 매니지하는 거야?"

박성희는 시나리오 방송 아카데미에 다니면서 알게 되었다. 방송 작가를 하려면 그런 기관에서 과정을 마쳐야 하는 줄 알고 무작정 등록했는데, 그 과정을 마친 동기들 중 현역 드라마 작가로 일하고 있는 유일한 인물이 박성희다. 박성희는 첫 시간부터 두각을 드러냈다. 말발도 좋았고, 인물 구성력이 탁월했다. 그려내는 스토리가 너무 전형적이고 진부해 동기들에게 좋은 평을 받지는 못했는데, 과정을 마치기도 전에 유명 작가의 보조로 들어가더니 1년 뒤 바로 데뷔했다. 데뷔도 그해 최고의 시청률을 낸 요란한 데뷔였고, 박성희는 단숨에 스타 작가로 떠올랐다.

"아니요. 저 이제 이쪽 일 안 해요."

머리를 넘기며 심드렁하게 말했다. 나 이제 이 바닥에서 안

놀거든?

"그럼 어떻게, 여긴 왜 온 거야? 예전에 매니지했던 배우 있어? 아니면 애인 만나러 온 거? 자기 누구랑 사귀어?"

박성희가 몰아치듯 물었다. 내가 뭘 하는지, 어떻게 하다 이렇게 좋은 차를 몰고 나타난 건지 궁금해 미치는 눈치였다.

"매니지했던 배우가 있는 건 아니고, 그냥, 볼일이 좀 있어서요."

일부러 천천히, 애매하게 말하며 머리를 쓸어 올렸다.

박성희는 신데렐라 스토리, 재벌가 이야기, 출생의 비밀 등 한국 드라마의 전형성과 예측 가능성을 모두 모아 놓은 종합 저질 세트 같은 대본을 쓴다. 특히 드라마의 남자 주인공은 늘 (1) 잘생기고 (2) 고수입의 전문직에 종사하고 (3) 하지만 하는 일에 대해선 디테일이 절대 나오지 않고 (4) 그 직업의 일인자이고 (5) 어떤 일이 있어도, 설사 벼락이 떨어져 타 죽을 지경이어도 여자 주인공을 미친 듯이 사랑한다. 거의 종교 수준으로. 대부분 의사나 검사, 교수 같은 전문직 남성이지만 드라마에서는 늘 여주인공과 연애하는 장면만 나오고, 대사도 여주인공의 마음을 궁금해하거나 여주인공의 특성을 찬양하는 쪽으로만 친다. 현실 속 남자들의 입에서는 죽었다 깨도 나오지 않을 달달하고 허황된 대사를 남발하는 남자 주인공들은 박성희라는 속물 작가의 판타지에서 튀어나온, 그리하여 주조되는 과정에서 작가의 결핍과 갈망을 충족시키는 효과를 몹시 많이 냈을 그런 인물들로만 구성돼 있다. 그런 대본이 채택되고, 드라마로 만들어지고, 높은 시청률로 화답 받는 수순을 지켜보는 것은 얼마나 씁쓸한 일이었던가. 나를 포함한 전국의 수많은 드라마 작가 지망생들에게 박성희라는 작가는 반면교사이기도 하면서 은근히 선망하게 되는, 복잡한 감정을 유발하는 존재였다.

"그럼 자기 요즘은 뭐 해? 결혼은 했어?"

머리끝부터 발끝까지 훑는 시선이 다시 한번 몸에 내려앉았다 갔다. 이런 궁금증, 속물적인 호기심과 질투심이 이 여자의 생생한 대본을 낳았을까. 박성희의 대본은 진부하지만 인물들이 생동감 있고 오가는 대사가 달콤하다. 대중의 얕은 욕망과 즉석에서 채우고 싶은 허기를 달래 주려면 작가 자신도 대중과 비슷한 욕망을 가져야 하는 걸까. 갑자기 집에 돌아가 당장 대본을 쓰고 싶어진다. 전형적인 인물과 극단적인 설정, 듣기만 해도 온몸이 녹아 들어갈 것 같은 대사로 이루어진 자극적인 대본을. 그런 대본이라면 나도 얼마든지 쓸 수 있을 것 같다.

"작가님, 이번 작품도 시청률 잘 나오죠? 항상 본방으로 열심히 보고 있어요."

입에 발린 동문서답으로 응수했다. 박성희의 얼굴이 일그러지면서 눈가가 파르르 떨렸다.

"자기 지금 나 놀리는 거야? 다 알면서 왜 그래? 아무튼, 싸가지 없는 거 알아줘야 한다니까."

갑자기 앙칼진 목소리를 쏟아 내더니 성큼성큼 걸어 자기 차 쪽으로 가 버리는 박성희. 나는 멍하니 서서 박성희의 뒷모습을 쳐다보았다. 왜 저러지? 막장 드라마라고 또 어떤 기자한테 씹혔나? 숲으로 이어지는 비포장도로를 걸어가는 걸음걸이가 불안하다 생각하는 순간, 박성희가 아얏, 소리를 내며 옆으로 휘청거렸다. 아찔한 킬 힐의 굽이 자갈을 헛밟은 것이다.

"와, 서경 언니다!"

그때 양손에 옷 가방을 든 마리가 나타났다.

"안녕, 마리."

환하게 웃으며 마리에게 다가갔다. 재희의 코디네이터이자 메이크업 아티스트인 마리는 나의 열렬한 팬이다. 싹싹한 성격에 호불호가 뚜렷한 아이인데, 다행히 나는 마리가 좋아하는 쪽에 들어가는 인물이라 볼 때마다 환대를 해 준다. 재희와의 관계에서도 마리가 센스 있게 귀띔해 주는 정보들로 큰 도움을 받았다. 진희는 '멍청하다'는 이유로 마리의 배척을 받았는데, 살집이 있는 편이면서도 몸에 딱 붙는 옷을 즐겨 입는 마리 입장에서는 젊은 나이와 완벽한 몸매, 걸 그룹의 일원이라는 우월한 특성을 가진 진희보다 얼굴도 몸매도 나이도 전혀 위협적이지 않은 내가 훨씬 대하기 편해서 그러는 게 아닐까 싶다.

"언니, 요즘 바쁜가 봐. 왜 이렇게 얼굴 보기 힘들어요?"

마리가 메고 있던 가방에서 캔 커피를 꺼내 주었다. 나는 캔 커피를 받아 들다가 앗, 뜨거 하고 소리를 질렀다. 바닥에 떨어뜨릴 뻔한 뜨거운 캔 커피를 가죽 장갑을 낀 마리의 손이 얼른 받아 주었다.

"재희 오빠가 오늘 촬영 중간에 펑크 내서 우형 오빠가 미안하다고 커피랑 간식 돌렸거든. 지금 막 돌렸는데 언니가 타이밍 딱 맞춘 거지. 이제 추워서 이런 거 마셔 줘야지, 안 그러면 동사해, 동사."

마리가 과장되게 말하며 손으로 볼을 감싸 쥐었다. 나는 마리의 옷 가방 하나를 받아 들고 함께 우형의 밴으로 갔다. 운전석에 앉아 핸드폰을 들여다보고 있던 우형이 나를 돌아보며 손을 쳐들었다.

"촬영 끝나려면 멀었어? 재희 잠깐 봤으면 좋겠는데."

중간 좌석에 올라타면서 말하는데 입에서 김이 새어 나왔다.

"어우, 추워. 여긴 시골이라 더 추운 것 같다."

"누나, 아까 오피스텔…… 오지 않았어?"

말한 뒤 우형이 아차 하는 얼굴을 했다. 재희가 내가 왔다 간 걸 우형에게 말하면서 나한텐 아는 척하지 말라고 말한 게 틀림없었다.

"만났지. 근데 할 말을 못 했어."

"어, 오늘 재희 오빠 진희년 만나지 않았어? 근데 언니도 간 거야?"

뒷좌석에 짐을 부리고 보조석에 올라타던 마리가 이때다 하고 끼어들었다.

"박마리, 넌 말 좀 곱게 해. 진희년이 뭐냐, 진희년이. 그리고 너 잠깐 나가 있어. 누나랑 할 말 있으니까."

우형이 인상을 쓰자 마리가 발끈 화를 냈다.

"추워 죽겠는데 어딜 나가! 그리고 나도 다 아는데 뭐하러 쉬쉬해? 언니도 이제 오빠한테 얘기해. 진흰지 뭔지 하는 년 만나면 더 이상 안 만나 주겠다고!"

"아, 진짜, 너 가만히 있어 봐, 좀."

우형이 손으로 마리의 얼굴을 밀쳤다.

"뭐야, 왜 남의 얼굴을 치고 그래!"

마리가 퍽 소리 나게 우형의 머리를 내리쳤다. 우형이 버럭 소리를 질렀다.

"이게 진짜!"

우형이 손을 들자 마리가 우형의 손목을 잡았다. 우형이 다른 손을 들어 마리의 손목을 잡자 마리가 몸을 틀었고, 그대로 둘이 보조석으로 쓰러져 엎치락뒤치락하더니 이내 깔깔거리는 웃음소리가 터져 나왔다.

"뭐야, 둘이 연애해?"

아무 생각 없이 말했는데, 순간 둘이 진짜 연애할지도 모르겠다는 생각이 퍼뜩 뇌리를 스쳐 갔다.

"야! 너희 진짜 연애하는구나!"

소리쳤지만 둘은 서로 간질이고 때리고 농을 주고받느라 내 말을 듣지 못했다. 나는 둘의 움직임 때문에 들썩들썩하는 차에 앉아 있다가, 차 문을 열고 밖으로 나갔다. 그런 짓거리를 보고 있느니 차라리 추운 데서 떠는 게 백배 나을 것이었다.

22

지평선으로 꺼져 들기 직전의 태양이 마지막 빛을 내뿜고 있었다. 촬영장은 도떼기시장처럼 북적거렸다. 둔중한 소리를 내며 올라가는 크레인, 바닥에 깔린 레일, 여기저기 놓인 소도구들, 머리카락처럼 얽힌 전선들. 한쪽 구석에서 감독, 조감독, 촬영감독, 미술감독이 모여서 회의를 하고 있고 조명감독의 지휘 아래 조명

팀들이 바쁘게 움직였다. 나는 소품들이 쌓인 한쪽 구석에 서서 조명팀 사람들이 백라이트 설치 위치를 놓고 고심하는 걸 쳐다보았다. 재희를 만나러 올 때면 언제나 느끼는 감정, 부러움과 질투심과 선망이 가슴 가득 차올랐다. 이 열기. 한 분야에 대한 전문 지식을 가진 장인들이 모여 협동하고 갈등하면서 뿜어 나오는 에너지의 조합. 기본적인 뼈대를 주조해 내는 작가와 그걸 현실의 화면으로 만들어 내는 감독, 드라마의 최전선에서 추상적인 이야기를 살과 뼈를 가진 인간으로 현현시키는 배우들. 세상에 이보다 더 생명력 넘치는 공간이 또 있을까. 이보다 더 진하게 타인과 가까워지는 공간이 있을까.

오래된 꿈이 일어나 거세게 꿈틀거렸다. 내 머릿속에서 창조된 인물들이 이런 현장에서 재능 있는 사람들에 의해 육화되는 걸 보는 꿈. 내 인물들이 브라운관을 통해 전국에 알려지고 전 국민이 내 자아의 분신들에게 감정이입하며 나와 연결되는 꿈. 한 번만. 딱 한 번만 내 대본이 드라마화될 수 있다면. 딱 한 번만 내 분신들이 생명을 얻어 세상에 나갈 수 있다면. 눈을 크게 뜨고 내가 속해 있지 않은 집단이 내뿜는 열기를 지켜보고 있는데, 한쪽 구석에 앉아 있는 재희의 모습이 눈에 들어왔다.

하얀 드레스 셔츠에 진회색 양복을 입은 재희는 커다란 크레인 밑에 접이식 의자를 놓고 앉아 있었다. 가까이 다가갔지만 재희는 한참 생각에 잠긴 듯 나를 인식하지 못했다. 한 발짝 정도 떨어진 위치에 서서, 재희의 굽은 등과 턱을 괴고 앉은 옆모습, 이로 볼 안쪽 살을 뜯어 씹느라 기괴하게 변한 얼굴을 내려다보았다. 모자란 연기력 때문에 오늘도 피디한테 한소리 들은 것일까.

신 피디는 직설적이고 가혹한 사람이다. 아버지, 할아버지, 심지어 삼촌들까지 모두 법조계에 종사하는 법조계 집안 출신인 그는 서울대 법대를 졸업한 뒤 바로 방송국에 입사해 가족들에게 잊지 못할 충격을 안겨 주었다. 내추럴 본 엘리트인 그는 조감독 생활을 거치면서도 엘리트 근성, 다시 말해 자기보다 똑똑하지 못한 사람들, 특히 분칠한 배우들을 답답해하고 한심하게 보는 습관을 고치지 못해 본인과 배우 양쪽 모두에게 불행의 근원이 되었고, 재희처럼 연기력이 딸리는 배우들에게는 어떻게든 피해 가고 싶은 피디 명단의 최상위 순위자가 되었다. 그런 신 피디가 입봉 후 두 번째로 찍는 드라마에서 재희와 만난 것은 재희에게나 신 피디에게 더한 경우를 찾아볼 수 없을 정도로 큰 불행이었다. 「라임 오렌지」를 찍는 동안, 재희는 신 피디의 냉대와 비아냥 때문에 매번 패닉 상태에 빠졌다. 재희는 자신의 역량을 넘어서는 일이 생기면 완전히 넋이 나가 버리는 스타일이라 신 피디처럼 직설적으로 배우의 연기력을 꼬집고 혼내는 스타일을 만나면 그나마 시늉이라도 하던 연기 수준이 아예 바닥으로 내려가 버리는 비극을 연출해 냈고, 이는 다시 신 피디의 분노를 돋우어 배우를 더욱 닦달하게 하는 악순환을 나았다.

더 안쪽에 있는 볼살을 씹기 위해 입술을 귀쪽으로 완전히 몰아 흉하게 일그러진 재희의 얼굴이 조명 아래 드러났다. 나는 쭈그리고 앉아 열심히 자신의 볼 안쪽 살을 뜯어 먹고 있는 스타의 옆얼굴을 올려다보았다. 스타란 스물네 시간 타인의 시선에 노출됨으로써 자아를 타인과 공유하게 되는 존재다. 자신이 무엇을 원하는지 생각하기 전에 본능적으로 타인의 생각을 고려하도록 만들어지는 것이다. 특히 어린 나이에 스타덤에 오른 이들은 그것이 자신의 시선인지 타인의 시선인지 인식조차 하지 못한 상태에서 타인의 시선과 뒤범벅된 인격을 갖게 된다. 그런 사람이 정상적인 품성을 갖고 평범한 행복을 누릴 수 있다면 그것이야말로 비정상적인 일이리라. 재희의 경우는 성장기 내내 가족들에 의해 형성된 열등감, 오랜 연습생 시절에서 오는 병적인 불안감, 스타가 된 뒤 갑작스럽게 받게 된 어마어마한 관심과 호의를 드라마틱하게 거치면서 최악의 상태로 치달아, 내면에 자기 것이라곤 아무것도 남지 않은 상태가 되어 있었다. 천성이 선한, 다른 사람의 마음을 아프게 하는 행위에는 본능적으로 거부감을 느끼는 재희가 내게는 유독 함부로 대하는 것을, 아무런 배려 없이 타오르는 성욕의 배출구로만 나를 이용하는 것을 내가 묵인하고 품어주는 것은 그런 그의 병적인 내면을 너무나 잘 알아 버리게 된 탓일지도 모르겠다. 시작은 환상적인 외모를 가진 스타에 대한 호기심이었지만, 그에게 이용당하고 업신여김을 당하는 과정을 거치며, 누군가를 그렇게 대할 수밖에 없는 그에게 연민을 느꼈다. 나는 그런 내 넘겨짚음과 오지랖과 오만에 치를 떨면서도 재희를 내치지 못했다. 헐떡이는 그의 몸에 깔릴 때마다 이 역겨운 짓을 이제 그만해야겠다고 다짐하면서도, 전화기 너머로 영혼이 빠져나간 듯한 그의 여린 음성을 들으면 나도 모르게 다정한 목소리로 당장 달려가겠다고 속삭이고 말았던 것이다.

"재희야."

내 목소리를 들은 그가 천천히 고개를 돌렸다. 그는 한동안 내가 누군지 알아차리지 못하는 눈치였다. 나는 일어서서 그에게

다가갔다.

"친구야."

밝은 목소리를 내며 그의 머리를 쓰다듬었다. 그의 불안정한 내면을 가라앉히는 데는 스킨십이 최고다. 보는 눈이 많으니 본격적인 스킨십은 할 수 없겠지만 살짝 쓰다듬어 주는 정도는 크게 문제 되지 않으리라.

"왜?"

내 손길을 피해 일어서며 그가 이마를 찌푸렸다.

"왜 왔을까, 내가?"

기분이 상했지만 계속 밝은 톤의 목소리를 유지했다. 이 아이는 나 때문에 짜증 난 것이 아니다. 필시 신 피디한테 당하고 혼이 나가 있을 것이다.

"생각해 봐, 친구야. 내가 왜 왔을까아요?"

이때 나는 팔천만 원 같은 건 까맣게 잊고 있었다. 몸에서 생명력이라 부를 만한 것이 한 방울도 남김없이 빠져나가 버린 듯한 그를 달래 주고 싶은 마음, 그 마음 하나뿐이었다. 그러니까 그가 그런 내 의도에 최소한의 호응만 했더라도, 나를 존중받아 마땅한 멀쩡한 인격체로 대해 주기만 했어도, 끝까지 그를 달래다 돌아왔을 것이다. 그러나 그는 그렇게 하지 않았다. 뿐만 아니라 세상에서 내가 제일 싫어하는 말을 무기력하게, 너무나 무기력하게 뱉어 내는 우를 범했다.

"몰라."

순간 그를 안쓰러워했던 내 마음, 자기 것이라고는 하나도 없는 잡동사니 덩어리인 그의 영혼을 연민했던 내 마음이 주제넘은 농담으로 분류되어 순식간에 폐기 처분되었다. 연민한다고? 헐. 누가 누구를? 변변한 직업도, 재산도, 외모도 없는 이서경이 부르는 게 몸값이요 외치는 게 어록인 한류 스타 강재희를 연민한다고?

"모르긴 뭘 몰라, 이 새끼야. 잘 생각해 봐."

내 말투가 급변하면서 욕이 튀어나왔다. 나는 세상에서 '몰라'라는 말이 제일 싫다. 특히 이 남자처럼 이렇게 멍한 얼굴로, 무책임의 뜻이 뭔지 이 기회에 보여 주겠다는 표정으로 내뱉는 몰라라는 말은 정말이지 너무 싫어서 오장육부가 다 비틀리는 것 같다. 마치 그 한마디에 재희의 모든 인생이 다 담겨서 튀어나오는 것 같다. 순하고 말 잘 듣는 아들이었다가 기획사의 조련사가 시키는 대로 열심히 연습하는 연습생으로, 기약 없는 날들을 스타가 되겠다는 일념으로 성실히 버티는 연습생으로 살다가 어느 순간 엄청난 사랑을 받는 스타로 위치를 옮겨 가며 일관되게 수동적인 자세를 견지해 온 이 멍청한 영혼의 실체가.

재희는 내 입에서 튀어나온 욕을 듣고서야 정신을 차렸다. 맥없이 풀려 있던 눈에 생기가 돌고, 얼굴에 불쾌감과 분노의 기운이 감돌았다. 그런 그를 보자 나의 본론, 오늘 이곳에 찾아온 목적이 명징하게 의식에 잡혀 왔다. 팔천만 원. 팔천만 원을 구해야 한다.

"다른 말 안 할게."

목청을 가다듬은 뒤 다시 말을 이었다. 그는 화가 머리끝까지 오른 표정으로 나를 쳐다보았다.

"그동안 재희야, 내가 너한테 아쉬운 소리 한 적 있어? 없었지?"

침착하게, 화나지 않은 목소리로 말해야 한다.

"왜?"

그가 눈을 동그랗게 떴다. 두려움과 의문이 깃든 표정. 나는 알고 있다. 얼마나 많은 사람들이 이 남자에게 내가 지금부터 하려는 요청을 했을지. 그 요청의 말을 듣기 직전마다 이 남자가 얼마나 서글픈 마음으로 자신에게 다가올 시련을 예감했을지.

"어려운 상황이 생겼어."

말문을 여는 순간, 그의 얼굴에 짜증의 기운이 퍼져 나갔다. 나는 그 얼굴이 의미하는 게 뭔지 너무나 잘 알았다. 결국 너도 돈이었어? 너도 다른 사람들과 다를 바가 없구나…… 하는 표정. 순간 이 모든 수작을 집어치우고 이 남자에게 쌍욕을 퍼부어 준 뒤 여기를 떠나고 싶다는 충동이 급격히 솟아올랐지만, 다행히 작동 중인 내 이성이 팔천만 원이라는 절대 명제를 얼른 되새김질해 주었기 때문에 단호하게 내리누를 수 있었다.

"뭔데?"

그가 피곤한 표정으로 머리를 쓸어 넘겼다.

"다음 달이면 계약 기간이 만기인데, 집주인이……."

"저기요. 죄송한데 이것 좀 드려도 될까요?"

그때 앳된 얼굴의 여자애가 재희 옆으로 다가와 색색의 과일이 예쁘게 배열된 투명 플라스틱 꾸러미를 내밀었다.

"아, 네……."

자세를 바로잡은 재희의 입이 양옆으로 벌어지고 눈이 둥그런 곡선을 만들어 냈다. 예의 '살인 미소'라 불리는 환한 표정이 재희의 얼굴을 점령하며 '스타 강재희' 페르소나의 현현을 알리고 있었다.

"저한테까지 이런 거 안 주셔도 되는데."

이십 대 초반으로 보이는 여자애가 내민 팩의 중앙에는 "천상 배우 서유민의 두 번째 드라마를 응원합니다."라는 글귀가 쓰인 하트 모양 스티커가 붙어 있었다. 재희가 팩을 받아 들자 여자애 옆에 서 있던 긴 머리 여자애들 중 한 명이 내게 팩을 건넸다.

"저기, 스태프시죠? 같이 드시고…… 우리 오빠 잘 부탁드립니다."

마지막 말을 선언하듯 하며 머리를 숙이자 몰려와 나란히 서 있던 여자애들 무리가 다같이 고개를 숙이며 잘 부탁드립니다, 합창을 했다.

헛, 나는 터져 나오는 웃음을 참지 못했다. 그러니까 얘네들이 지금 서유민 팬클럽이라는 거지? 그러고 보니 주차장 앞쪽 공터에 대학생쯤으로 보이는 앳된 여자애들이 우르르 몰려 부산하게 뭔가를 나르고 있는 걸 봤던 기억이 있다. 그게 다 서유민 팬클럽이었구나.

"난 스태프 아닌데. 아무튼 잘 먹을게요."

웃음 띤 얼굴로 다독여 아이들을 보낸 뒤 다시 재희와 마주섰다. 재희의 얼굴에서 그새 스타 강재희가 빠져나가고 무기력하고 피곤에 전 인간 강재희가 돌아와 있었다.

"서유민 인기 장난 아니네?"

서유민은 「라임 오렌지」에서 재희가 맡은 배역의 배다른 동생 역을 맡은 배우다. 주연은 아니지만 비중이 상당한 조연으로, 아이돌 출신인 서유민에게는 중요한 의미가 있는 배역이다.

"연기는 어때? 괜찮게 해?"

그동안 드라마의 3분의 1 정도가 방영되었는데, 서유민은 이 드라마에서 보여 준 연기력으로 꽤 좋은 평을 받고 있다. 주연을 맡은 재희에게는 상당히 부담되는 상대이리라. 나는 살짝 기분이 좋아지기 시작했다. 그동안 재희가 일하는 현장에 여러 번 와 봤지만 강재희 팬클럽이 아닌 다른 사람의 팬클럽이 등장해서 먹을 걸 돌리는 광경은 오늘 처음 보았다.

"몰라. 그냥 뭐……."

재희의 입에서 내가 질색하는 말 3종 세트가 연속으로 흘러나왔다. 몰라. 그냥. 뭐. 나는 찾아온 용건을 속전속결로 해치우기로 마음먹었다. 시간 끌면서 이 새끼 정말 싫다는 느낌을 증폭시키면 결국 목적을 이루지 못하고 퇴장하게 되리라.

"집주인이 전세 보증금을 올려 달래. 그동안 내가 생활비 쓰느라 마이너스 통장 쌓인 것도 있고……."

"5분 뒤에 촬영 들어갑니다. 자자, 주무시던 분들 일어나시고, 매니저분들 차량 안에 있는 배우분들 나오게 해 주세요. 아티스트분들 메이크업 확인해 주시고요."

조감독이 박수를 치며 촬영 재개를 알리고 다녔다. 그때마다 작고 통통한 조감독의 어깨 너머로 하얀 입김이 나와 공중으로 흩날렸다. 재희는 가까이 왔다 조명팀 쪽으로 종종거리며 가는 조감독의 뒷모습을 흘끔 보고는 내게 시선을 돌렸다. 얼굴엔 불안한 기색이 역력했다. 내 마음도 다급해졌다. 촬영 재개라. 재희는 어쩌면 나랑 말하는 시간에 연기 연습을 했어야 하는지도 모른다. 이 바쁜 배우를 붙잡고 내가 지금 뭘 하고 있단 말인가.

"얼만데?"

재희가 손가락을 정수리에 넣어 긁적였다. 예의상 얼마인지 묻는 시늉이라도 하겠다는 걸까, 아니면 정말 도와줄 마음이 있는 걸까.

"팔천만 원."

얼른 말했다. 금액을 소리 내어 말하자 안도감이 들었다. 어쨌든 말했다. 나는 할 만큼 했다.

"뭐?"

재희가 접이식 의자에 주저앉으며 한숨을 쉬었다.

"서경아."

나는 재희 앞으로 가 쭈그리고 앉았다.

"나도 알아. 너한테 이런 말 하는 사람 많다는 거. 너 가족들이 얼마나 힘들게 하는지도 알고. 나까지 이런 말해서 미안한데……."

"가까운 사이일수록 돈거래 하지 말라고 하잖아."

재희가 내 말을 끊고 단호한 표정을 지었다. 아이를 어르는 듯한, 아무것도 모르는 얼간이에게 대단한 삶의 지혜를 말해 주는 현인이라도 된 듯한 표정. 순간 화가 치밀어 올랐다. 이게 어디서 누굴 가르치려고? 자기 가족들한테는 찍소리도 못하고 말하는 족족 읊은 액수를 통장에 꽂아 주는 놈이, 20년 동안 연락 한 번 안 하던 아빠의 사촌 누나의 아들이 연락해 와 돈을 요구할 때에도 그런 돈쯤은 흔쾌히 빌려 줄 수 있다는 듯 호방하게 돈을 쏘아 주는 놈이, 3년 동안 아무런 대가 없이 제 성욕 해소에 열과 성을 다해 협조해 준 여자한테는, 뭐? 친한 사이일수록 뭐가 어쨌다고?

"가까운 사이? 우리가 가까운 사이였나?"

내 입에서 앙칼지고 표독스러운 음성이 튀어나왔다. 이 자식이 이렇게 단호한 표정으로 말할 수 있는 상대는 세상에 나밖에 없을 것이다. 나는 이 자식한테 세상에서 제일 만만하고 제일 우스운 존재니까. 그러니까 지 꼴릴 때만 만나면서 선물 한 번, 돈 한 푼 안 주고 3년 동안 관계를 유지해 왔지. 이런 자식을 아무런 대가 없이 만나 주고, 무거운 육신을 견뎌 주고, 꼴에 연민이니 이해니 착각하며 테레사 수녀처럼 굴었던 내가 천하의 상등신인 거다.

"그리고, 친한 사이일수록 돈거래 하지 말라는 게 말이 돼? 내가 지금 거리에 나앉게 생겼는데? 너, 네 엄마가 당장 내일 거리에 앉게 되었어도 지금처럼 말할 거야? 가까운 사이일수록 돈거래 하지 말라고?"

미친 듯이 말을 쏟아 내자 재희의 얼굴에서 표정이 사라졌다. 더 이상 내 말을 듣고 있지 않은 것이다. 이 자식은 늘 이런 식이다. 듣기 싫은 말이 귓전에 도달하면 (1) 귀를 닫고 (2) 속으로 딴 생각을 하면서 (3) 묵묵히 버틴다. 난감한 뭔가가 도래하면 무조건 회피하는 것이다. 이 자식의 이런 태도를 나는 증오한다. 문제 해결 의지라곤 태어나서 단 한 번도 품어 본 적이 없는 수동적이고 무기력한 인간의 무책임의 극치!

"잘 들어, 강재희. 네가 무슨 생각을 하는지는 알겠지만, 그건 나한테 할 생각은 아니야. 난 너한테 그동안 단 한 번도 아쉬운 말한 적 없고, 너희 가족들하고는 근본부터가 다르단 말이야. 무슨 생각을 하든 그건 네 자유인데, 돈은 줘야겠어. 이따 문자로 계좌번호 쏴 줄 테니까 돈 보내. 알았지?"

재희에게 돈을 받겠다는 생각은 이미 포기한 상태였다. 단지

나는 내 귀에 들리라고, 난 할 만큼 했다고, 유환에게 줄 돈을 마련하기 위해 최선을 다했다고, 스스로에게 면죄부를 주기 위해 가열차게 목청을 높이고 있었다. 그리고 이것으로, 강재희와 나의 오래되고 더러운 인연에도 종지부를 찍을 것이었다.

"명심해. 돈. 보내."

재희는 앉은 채 꼼짝도 하지 않았다. 시선을 허공에 둔 채 등을 구부리고 앉아 멍한 얼굴을 하고 있었다. 나는 그 모습을 재빨리 뇌리에 새겨 넣었다. 이것이 마지막일 것이다. 이 잘생긴 남자, 이러한 순간에조차 오라가 흐려지지 않는 탁월한 용모를 지닌 이 텅 빈 내면의 남자와 대면하는 것도 이번이 마지막일 것이다.

"안 보내면 우리 사이, 정리하자는 의사로 받아들일 거야."

쐐기를 박듯 덧붙인 뒤 돌아섰다. 안녕, 강재희. 소강 상태에 있던 촬영장은 그새 활기를 되찾아 펄떡이고 있었다. 나는 각종 선이 깔린 바닥에 발이 걸려 넘어지지 않도록 조심하며 지그재그로 걸어 촬영장을 빠져나왔다. 자자, 이제 들어갑니다. 조명판 왼쪽으로 살짝 움직여 주시고, 네, 좋아요. 지시를 내리는 신 피디의 음성이 커다랗게 들려왔다.

23

조성환과 어떤 빌딩에 갔다. 콘크리트로 거칠게 마감한, 날림 건물 같은 인상의 주상 복합 건물이었다, 조성환이 먼저 13층으로 올라가면서 나중에 따라오라고 했다. 내가 왜 같이 올라가지 않았는지는 기억나지 않는다. 중요한 건 조성환이 드디어 나와 할 걸 하기로 마음먹었다는 것. 낯선 엘리베이터에 올라타는 내 마음이 설렘과 조바심으로 거의 문드러질 뻔했다. 그런데 빌어먹을, 엘리베이터가 고장이 났다. 올라가다가 멈추고, 다시 올라가려는데 동승해 있던 누군가가 정지 버튼을 누른 뒤 다시 내려가게 만들고, 내려갔다 올라가던 엘리베이터가 다시 멈추고. 올라가던 엘리베이터를 멈추고 방향을 바꾼다는 게 이상하게 느껴졌지만 아무튼 자연스럽게 그런 일들이 벌어졌다. 엘리베이터는 13층에 도달할 듯 말 듯 하면서 계속 쳇바퀴를 돌았다. 사람들로 북적이는 엘리베이터 한구석에서 나는 계속 전화 통화를 시도했다. 그런데 이번엔 통화가 안 됐다. 다른 사람들은 엘리베이터 안에서 잘도 통화하는데 이상하게 내가 하면 끊어지거나 묵음 상태가 됐다. 몇 번 실패한 뒤 다시 한번 시도했는데, 이번에는 핸드폰이 고장 났는지 터치가 먹히질 않았다. 조성환의 번호를 띄우고 통화 버튼을 누르려는데 그 버튼이 눌리지 않는 것이다! 조성환이 뒤따라 올라오라는 말을 남기고 올라간 지 30분이 경과해 있었다. 13층에 올라가 오피스텔 문을 열면 그는 나를 안고 내 입술을 열 것이었다. 그런 뒤 내 옷을 벗기고 내 귀에 숨을 불어넣고…… 아, 생각만 해도 전율이 이는 장면이 이놈의 기계들 때문에 날아가려 하고 있었다. 엘리베이터, 핸드폰…… 이 몹쓸 고철 덩어리들이 그에게 달려가 세상에서 가장 소중한 나눔을 실현할 순간을 망치려 하고 있었다. 이마에서 식은땀이 나기 시작했다. 나는 눌리지 않는 통화 버튼을 연속으로 눌러 대며 길길이 뛰었다.

"왜. 왜 안 돼. 왜 안 돼, 이 고물아!"

외마디를 내지르며 벌떡 일어났다. 묵직한 어둠이 내려앉은 방 안, 눈앞에 옆으로 긴 직사각형 모양의 가구가 장엄하게 놓여 있었다. 꿈이었구나! 멍하니 앉아 눈앞의 육중한 가구를 바라보다, 양손으로 얼굴을 문질렀다. 나는 그 가구 밑에 발을 넣고 머리를 벽으로 향한 채 잠든 것이었다. 조성환의 집. 조성환의 서재. 조성환의 책상. 나는 한쪽 무릎을 세운 뒤 팔을 올리고 턱을 괬다. 그러니까 그게 꿈이었단 말이지. 조금 전의 장면이 현실이 아니란 사실을 깨닫자 안도감과 당혹감이 동시에 찾아왔다. 천혜의 기회를 놓칠지도 모른다는 안타까움에서 놓여난 안도감, 꿈으로 꿀 정도로 누군가와의 섹스를 갈망했다는 사실에 대한 당혹감. 내가 조성환이랑…… 그렇게 하고 싶었나?

나는 욕실로 가 화장을 지우고 돌아왔다. 그새 창밖은 암청색에서 진한 먹색으로 변해 있었다. 핸드폰으로 시간을 확인했다. 밤 10시. 잠들기 전, 언제 들어오느냐고 문자를 보냈지만 조성환은 답해 오지 않았다. 밀어 놓았던 의자를 끌어당겨 책상에 자리 잡고 앉았다. 사람이 올라가 잠을 자도 될 것 같은 길고 육중한 흑단 책상의 유리에 내 얼굴이 어른거렸다. 산발한 긴 머리, 움푹 들어간 눈. 그 얼굴을 향해 내 의식이 기세등등하게 속삭였다. 너도 알지 않느냐? 조성환은 세미나에 간 것이 아니다.

실은 어젯밤 그가 세미나 얘기를 할 때부터 눈치챘다. 그가 가는 곳이 세미나가 아니라는 것을. 지난번 토요일에 갔던 곳도 학회가 아니었으며 내일 그가 가는 곳이 며칠 전 그가 외박을 하고 돌아온 곳과 일치하리라는 것을. 사흘 전, 그는 일정이 있다며 먼저 병원에서 나가 버렸고, 다음 날 오후가 돼서야 나타났다. 다행히 오전 일정이 상담밖에 없어 크게 사단이 나지는 않았지만, 나는 간이 반으로 쪼그라드는 것 같았다. 술병을 서너 개씩 갖고 다니는 인간이었다. 눈앞에 있어도 조마조마한데 연락도 없이 일정에 펑크를 내다니. 그가 술을 마시고 돌아다니다가 차에 치거나 누군가에게 끌려가는 모습이, 성질 더러운 누군가에게 걸려 죽도록 얻어맞는 모습이 불쑥불쑥 떠올라 일이 손에 잡히지 않았다. 그가 돌아오지 않는 집에서 지내는 하룻밤, 그가 없는 병원에서 보내는 한나절. 영겁처럼 느껴지던 그 시간이 지나가고, 영영 나타나지 않을 것만 같았던 그가 돌아와 진료실에 앉아 있는 모습을 보았을 때, 나는 그냥 안도했다. 왔다는 소식을 듣고 올라가 문을 열어 보았을 뿐, 아무 말도 하지 못했다. 나를 보고 웃던 그의 모습. 안녕, 친구야? 생전 안 하던 내 흉내까지 내면서 아이처럼 웃던 그의 모습. 말없이 문을 닫고 돌아 나오면서 나는 알았다. 내가 그를 많이 생각하고 있다는 것. 많이 걱정하고, 많이 아파하고 있다는 것. 사람이 누군가를 너무 많이 아파하면 아무것도 할 수 없다는 것을.

그것은 예감에서 오는 그리움이었다. 그가 돌이킬 수 없는 지점을 향해 가고 있다는 것을 그때 알아 버렸던 것이다. 긴 여정이 펼쳐지리라는 것을 직감하고 그렇게 얼어붙었던 것. 그리고 그 예감에 너무나 충실하게, 그는 돌아오지 않고 있다. 아침에 눈을 떴을 때도, 두 번에 걸친 외출을 하고 돌아왔을 때도, 그리고 이제 긴 하루가 지나고 하늘이 진한 먹색으로 뒤덮이고 있는 이 순간에도, 그는 돌아오지 않고 있다. 앞으로는…… 돌아올까? 나는 그를 다시 보게 될까?

허리를 숙이고 책상 서랍을 열었다. 서랍은 깔끔하게 정리돼 있었다. 첫 번째 서랍엔 케이스에 보관된 여러 종류의 만년필들이 들어 있었다. 두 번째 서랍엔 묵직한 유리에 담긴 잉크가 빼곡히 들어차 있고, 가장 깊고 큰 세 번째 서랍엔 각종 졸업장, 협회 회원증, 감사패, 상장, 자격증이 차곡차곡 쌓여 있었다. 세 번째 서랍에 담긴 종이 더미들을 들추어 보다가, 종이 더미를 내팽개치고 쾅 소리 나게 닫아 버렸다. 한 사람의 과거나 성향, 비밀을 보여 줄 만한 단서를 전혀 찾아볼 수 없는 무미건조한 서랍이었다. 어쩌면 책상도 이렇게 주인처럼 틈이 없단 말인가. 서랍을 한 번 차 주고 나오다가 다시 서랍 앞으로 돌아왔다. 세 번째 서랍 가장 아랫부분에 있던 상자를 열어 보지 않았던 것이다. 제발 그 안에 조성환의 무엇인가가, 얼굴을 붉히며 감추고 싶어할 무엇인가가 담겨 있기를 바라면서, 상자를 끄집어냈다. 윗부분에 쌓여 있던 각종 증서들이 타다닥 소리를 내면서 주위로 흩어졌다. 서랍 가장 아랫부분에 상자를 감춰 두었다는 사실이 기대 심리를 일으켰다. 뭔가가 있을 것이다!

상자는 편지함이었다. 누렇게 바랜 편지 봉투와 엽서, 카드, 노트를 찢어 급하게 쓴 메모 같은 것들이 높이가 제법 되는 상자를 가득 채우고 있었다. 나는 손에 잡히는 대로 조성환에게 보낸 사람들의 마음을 읽어 나갔다. 가장 많은 비중을 차지한 것은 군의관 시절 받았던 것으로 보이는, 노란 고무줄로 묶은 두툼한 편지 더미였다. 규격 봉투에 가지런한 글씨체로 주소지를 써넣은 그 편지의 발신인은 '유학철'이라는 남자였다. 정자체로 쓴 글씨가 얼마나 단정하고 규칙적인지 볼펜으로 꾹꾹 눌러쓴 자국만 아니면 컴퓨터로 타자를 쳤다고 해도 믿을 수 있을 것 같았다. 내용도 다를 바가 없었다. 기나긴 편지의 첫 문단은 늘 날씨나 계절에 대한 이야기로 채워졌는데, 묘사나 감상이 꽤 수준급이고 문장도 섬세했지만 한자를 너무 섞어 쓰는 바람에 한자에 젬병인 나로서는 도저히 끝까지 읽을 수가 없었다. 그래도 조성환의 젊은 시절에 대해 힌트를 얻을 수 있을 것 같아 핸드폰으로 옥편을 띄워 찾아보는 등 참을성을 가지고 여러 방법을 모색해 보았지만, 중간에 불어와 독어 단어들이 출현하는 바람에 두 손을 들고 말았다. 세상에, 누가누가 외국어 잘하나 보여 주기 시합도 아니고, 친구한테 보내는 편지에서 이게 무슨 허세란 말인가? 조성환도 이 남자한테 그런 답장을 보냈을까? 한자와 불어와 독어가 뻔질나게 등장하는?

그 편지 더미 밑에 놓인 편지 다발이 그나마 읽기 편하고 내용도 좋았다. 조성환이 대학 병원에 있을 때 환자들에게 받았을 것으로 추정되는 편지들이었는데, 어떤 편지는 소박하고 진솔한 내용 때문에 눈시울을 붉히게 만들기도 했다.

의사 선생님, 저를 고치어 주셔서 너무 감사합니다. 선생님이 제미인는 엔날이야기도 많이 해 주시고 또 잘 가리켜 주셔서 제가 마니 나아슴니다. 저는 용감한 사람이라서 수술을 받아도 하나도 안 아픔니다. 이번에도 하나도 안 아파슴니다. 그러니까 걱정하지 말고 저를 잘 고치어 주셔요. 저는 정말 괜찬읍니다. 동규 올림.

삐뚤삐뚤한 글씨와 공룡으로 보이는 동물 그림을 그려 놓은 편지는 스프링 노트 한 장을 쭉 찢어 쓴 것이었다. 편지 말미에는 어른 글씨체로 몇 문장이 덧붙여져 있었다.

이 편지를 받던 날, 태어나서 처음으로 덩어리를 만져 보았다. 암의 촉감. 암은 다른 조직과는 확연히 달랐다. 매끈한 대장의 질감과 다르게 울퉁불퉁하고 지저분한 궤양처럼 보였다. 얼기설기 불규칙하고 밀도 높게 뭉쳐 있어 돌같이 딱딱하게 느껴졌다. 이 암이 담겨 있던 몸은 3개월 후에 지상을 떠났다. 동규를 떠올리면 내게 편지를 건네며 해맑게 웃던 모습과 단단한 암의 질감이 동시에 떠오른다. 지금쯤 어디에서 무얼 하고 있을까. 어딘가에 존재하긴 할까. 영원히 답을 알 수 없는 물음. 죽음 이후……. 영혼의 윤회를 믿어야 한다. 아이의 영혼과 어디선가 다시 만나 웃음을 주고받게 되리라 생각하고 꿋꿋이 살아가야 한다.

쭈그리고 앉아 편지의 하단을 하염없이 들여다보았다. 젊은 조성환의 글씨, 생각, 슬픔이 편지에 고스란히 담겨 있었다. 이제 막 현장에서 활동하기 시작한 젊은 의학도의 의욕과 탐구열, 죽음 앞에 숙연해지는 한 인간의 유한함이 손에 잡힐 것처럼 느껴졌다. 나는 조성환의 필체가 담긴 부분을 손으로 가만히 쓸어 보았다. 누렇게 변색되고 모서리가 나달나달해진 편지에서 오래된 인쇄물 특유의 냄새가 희미하게 날아왔다. 이런 일을 하고 지나왔구나. 아픈 이, 죽음을 앞둔 이들을 만나 고뇌하면서 젊은 날을 건넜구나. 삶의 에너지가 완전히 빠져나가 버린 눈빛을 하고 누군가의 코를 세워 주기 위해, 혹은 가슴을 빵빵하게 만들어 주기 위해 고군분투하며 나날을 보내는 지금의 조성환을 생각하자 가슴 한편이 아릿했다. 조성환. 무슨 일이 있었느냐. 대체 이 시기와 지금 사이에 무슨 일이 있었기에 너는 지금과 같은 모습이 되었느냐.

편지를 핸드폰으로 찍은 뒤 다음 편지로 넘어갔다. 조성환이 들어올지도 모르니 빨리 훑어 보고 제자리에 돌려놓아야 할 것이었다. 조성환은 남녀노소 가릴 것 없이 고르게 환자들에게 편지를 받았다. 원래 인턴이 이렇게 편지를 많이 받는 직종인가? 짧지만 정성이 들어간 편지들을 보며 이런 의문이 들었지만, 내 생에 의료계에서 종사하는 사람을 만난 것은 조성환이 처음이었기 때문에 답을 알 수는 없었다. 아무튼 조성환은 따뜻하고 성의 있는 인턴이었음에 틀림없었다. 편지들은 하나같이 '예상 외로 따뜻하게 대해 주신 의사'에 대한 감사와 안도감, 애정을 표하고 있었다. 특히 어린아이들은 조성환이 해 준 '옛날이야기'에 대한 감사를 잊지 않았다. 인턴에 대해 아는 게 많진 않지만 인턴이 옛날이야기를 들려줄 정도로 한가하지 않다는 것쯤은 알고 있다. 조성환은 바빠서 화장실 갈 시간도 없다는 인턴 생활을 하면서 아이들을 찾아가 옛날이야기를 들려주는 부류의 의사였던 것이다. 하긴, 지금의 조성환도 환자들이 찾아와 이야기를 나누고 싶어 하는 대상이니, 큰 선에서 보면 그때와 크게 달라졌다고 할 수 없을지도 모르겠다. 아무튼 이 인간은 본디 품성이 따뜻한 인간인 듯하다. 따져 보면 내 이야기도 아주 잘 들어주는, 남자치곤 보기 드문 경청가이지 않은가. 자기 얘기를 안 한다는 게 문제지.

편지를 대강 훑은 뒤 맨 밑에 깔려 있던 사진들을 보고 있는

데 문자메시지 착신음이 들렸다. 나는 핸드폰을 집으려고 일어서다 다시 앉아 조금 전에 편지 틈새에서 발견한 사진을 더미에서 빼냈다. 사진을 눈앞으로 가져가는데, 입에서 헉 소리가 나왔다. 하늘색 테두리가 둘러진 검은 가운과 학사모를 쓴 조성환과 친구가 나란히 서서 찍은 사진이었다. 흔한 졸업식 풍경인 그 사진에서 시선을 사로잡은 건 조성환의 옆에 선 친구의 얼굴이었다. 오뚝한 코, 외꺼풀의 두터운 눈두덩, 옆으로 길게 빠진 눈매, 또렷한 입술 선. 대학 캠퍼스를 배경으로 수많은 인물들이 지나가는 가운데 찍은 사진이었는데도 출중한 용모가 훤히 드러나는 그 인물의 얼굴은 재희와 판박이처럼 닮아 있었다. 동일 인물이 아닌가 싶을 정도로 닮아 있는 그 인물을 꼼꼼히 뜯어 보며 계산해 보았다. 조성환은 대학을 마치고 군대를 갔다고 했다. 대학을 졸업할 때 아마도 1990년대 초반이었을 것이다. 재희는 나랑 동갑이니…… 이때 고등학생이었을 것이다. 사진 속의 인물은 양복을 입은 폼이 이십 대 중후반쯤 돼 보였다. 재희일 수가 없는 것이다. 그런데 이렇게 닮을 수가 있나! 넋을 잃고 사진을 들여다보고 있는데 요란하게 핸드폰 벨이 울렸다. 나는 사진을 들고 일어서서 통화 버튼을 눌렀다.

"여보세요?"

"혹시 조성환 씨랑 관계가 어떻게 되시나요?"

딱딱한 남자 음성이 날아왔다.

"네?"

관계가 어떻게 되시냐니, 그게 무슨 실례되는 말이야. 나는 의자에 앉아 핸드폰을 한쪽 귀에 끼우고 사진을 들어 올렸다. 혹시 이 남자가 재희랑 친척인가? 재희는 누나 하나만 있는 애니까 친형은 아닐 테고…….

"혹시 조성환 씨 보호자 되시거나, 아니면 보호자 연락처를 아시나요?"

남자의 음성에 짜증이 섞였다고 생각한 순간, 내 몸이 의자에서 벌떡 일어섰다. '보호자'라는 말이 뜻하는 바가 번개처럼 뇌리를 강타했다.

"조성환 씨한테 무슨 일이 생겼나요?"

핸드폰을 든 손이 덜덜 떨리기 시작했다.

"여긴 금천경찰서인데요. 조성환 씨가 인사불성이 돼 쓰러져 있는 걸 행인이 신고해 왔습니다. 지금 의식이 없어서……."

멀리서 드문드문 들려오는 남자의 목소리를 들으며 나는 수화기를 손으로 감쌌다. 눈앞이 흐릿해지고, 심장이 튀어나올 것처럼 쿵쾅거렸다.

"여보세요? 듣고 계십니까? 혹시 와 주시거나 아니면 보호자분 연락처라도……."

"숨은 쉬나요?"

울음으로 갈라진 내 목소리가 상대의 말을 가로막았다.

"네?"

"숨은 쉬나요? 살아 있어요?"

떨리는 내 음성을 건네받은 남자가 웃음소리인지 말소리인지 알 수 없는 이상한 소리를 내뱉더니 확고한 목소리로 말했다.

"숨 쉽니다. 살아 있습니다. 냄새가 좀 나서 그렇지."

남자의 말과 함께 주위에서 웃는 소리가 들려왔다. 그 웃음

소리를 듣는 순간, 내 가쁜 숨소리와 울음이 잦아들었다. 살아 있다! 살아 있다!

"오실 겁니까? 아니면 다른 보호자분……."

"갈게요! 지금 가겠습니다!"

외치듯 말하고 전화를 끊었다. 방으로 달려가 아무 옷이나 걸친 뒤 차 키를 들고 광활한 집 안을 가로질렀다. 현관에 당도하여 구두에 발을 넣었다가, 발을 빼고 신발장에서 운동화를 찾아냈다. 의식이 없다 했으니 내가 업고 와야 할지도 몰랐다. 현관에 걸터앉아 운동화 끈을 묶는데, 코끝이 시큰해지면서 다시 시야가 흐려졌다. 조성환. 내가 갈게. 조금만 기다려. 조금만 기다려.

24

조성환은 경찰서 휴게실 소파에 누워 있었다. 허름한 음식점에서나 볼 것 같은 하늘색 비닐 소파에 시체처럼 누워 있는 남자의 몸피를 발견하고 한달음에 달려갔다. 가까이서 보니 그는 눈을 뜨고 있었다. 초점이 없고 공허한 눈빛이긴 했지만 어쨌든 눈을 뜨고 숨을 쉬고 있었다. 살아 있는 것이다!

"이제 괜찮아. 내가 왔어."

소파로 쓰러지다시피 하며 그를 와락 끌어안았다. 그의 몸이 지푸라기처럼 흔들리며 내 팔 안으로 들어왔다. 술 냄새와 토사물 냄새, 음식물 쓰레기에서 나는 것 같은 악취가 재빨리 가격해 왔지만 나는 아랑곳하지 않았다. 그의 몸뚱아리를 끌어안고 뺨을 부비고 머리를 쓰다듬고 팔다리를 주물렀다. 그는 엉망이 돼 있었다. 굳은 토사물이 엉겨 붙은 머리카락엔 손가락이 들어가지 않았고, 눈부신 흰색이었던 드레스 셔츠는 찌개나 국물 종류가 쏟아진 자국에 닦아 내고 남은 토사물 잔해가 붙어 차마 눈뜨고 봐 줄 수가 없었다. 빳빳하게 다림질되어 있던 회색 정장 바지는 형편없이 구겨진 채 여기저기 그을리고 담뱃불 지진 자국으로 보이는 구멍이 나 있었다.

머리끝부터 발끝까지 너무 엉망이라 도대체 무엇부터 수습해야 할지 알 수가 없었다. 나는 터져 나오는 울음을 삭이며 그의 머리에서 오렌지색 덩어리를 떼어 냈다. 그가 아픈 듯 이마를 찌푸렸다. 나는 머리를 포기하고 그의 끈적끈적한 손을 문지르다가, 구두에 묻은 고춧가루를 떼다가, 울면서 그의 몸에 엎어졌다.

"나한테 전화하지. 이게 뭐야. 어쩌다 이렇게 됐어."

그의 몸뚱이 위로 무너져 내리며 엉엉 울었다. 나무토막처럼 늘어진 그의 몸이 내 오열의 리듬을 따라 함께 출렁였다.

"괜찮아. 괜찮아, 조성환. 내가 왔어. 내가 왔어."

내 뜨거운 눈물이, 주체할 수 없이 흘러내리는 콧물이 그의 뺨에, 목에, 토사물이 눌어붙은 드레스 셔츠 위에 뚝뚝 떨어져 내렸다. 허공을 바라본 채 미동도 하지 않던 그의 눈에서 눈물이 나오기 시작했다. 조용히, 기척 없이 흘러내리는 눈물.

"지금 우는 거야? 우는 거 맞지?"

그에게서 떨어져 나와 소파 앞에 쭈그리고 앉아 그의 손을 잡았다. 너무 기뻐서, 다시 눈물이 나왔다. 눈물을 흘린다는 건 의식이 살아 있다는 뜻 아닌가. 생각을 하고, 감정을 느끼고, 그 감정을 인식한 육체가 눈물을 생산해 낼 정도로 조성환의 상태는 멀쩡한 것이다.

"같이 가셔도 좋습니다."

나를 휴게실로 안내해 주었던 제복 차림의 경찰이 서류를 들고 휴게실로 들어섰다. 앳된 얼굴의 덩치 좋은 경찰관이었다.

"아, 그래도 되나요?"

콧물을 닦아 내며 말하는데 자꾸 눈물이 나왔다.

"네, 특별히 누군가에게 상해를 입혔다거나 그런 게 아니니까요. 이분은 길가에 쓰러져 있던 걸 행인이 발견하고 신고했습니다. 여기 사인하시죠."

신병인수증에 사인을 받은 뒤 젊은 경찰관은 뒤도 돌아보지 않고 나가 버렸다. 그새 조성환은 눈을 감고 있었다. 몸을 흔들어 보았지만 그때마다 지푸라기처럼 흔들리기만 할 뿐 아무런 반응을 보이지 않았다. 기절했나? 소파 앞에 서서 축 늘어진 그의 모습을 내려다보고 있다가, 그를 일으켜 앉혔다. 그는 몸을 가누지 못하고 바로 소파 팔걸이 쪽으로 미끄러져 내렸다. 팔걸이에서 바닥으로 떨어지기 직전, 얼른 소파 앞에 쭈그리고 앉아 그를 업었다. 그의 목이 뒤로 훌렁 넘어가는 바람에 하마터면 같이 넘어질 뻔했지만 가까스로 몸을 숙여 조성환의 상체가 내 등에 쓰러지게 만들었다. 그가 자기 의지로 내 몸에 팔을 두르거나 발로 내 허리를 조이지 못하는 상태였기 때문에, 업을 때마다 몸뚱이가 미끄러져 내렸다. 앙상하게 뼈만 남은 인간이 뭐 이리 무겁단 말인가. 아무리 가벼워도 몸을 가누지 못하는 사람은 천 근의 무게로 얹힌다는 말을 들은 적이 있었는데, 그 상황이 뭔지 알 것 같았다. 연이은 시도가 실패로 끝나고, 다섯 번째로 시도할 때는 아예 그의 두 팔을 내 목에 감아 내 손으로 두 팔목을 조이면서 배에 힘을 주었다. 끙 소리를 내면서 자리에서 일어서자 그의 몸이 길게 내 등에 매달린 형태가 됐지만, 이번엔 내가 몸을 가누지 못하고 뒤로 엎어졌다.

"엄마!"

나도 모르게 외마디 비명이 흘러나왔다.

"다른 남자분 와 주실 분이 없나요?"

내 소리를 듣고 아까 왔던 경찰이 허겁지겁 달려왔다. 내 등에 조성환을 업혀 준 뒤 조성환의 엉덩이를 받쳐 주면서 짜증 섞인 목소리로 계속 '다른 남자분'의 내방 여부를 물었다. 그런 남자분이 있었으면 내가 왔겠냐, 바보야? 쏘아붙이고 싶은 걸 참으며 그의 도움에 의지해 조성환을 업고 휴게실을 빠져나왔다. 휴게실 문을 열자 커다란 정사각형의 경찰서 내부가 모습을 드러냈다. 제복을 입은, 혹은 사복 차림의 경찰들이 죽 앉아 있고 그 앞쪽이나 옆쪽을 취객이, 진한 화장을 한 여자가, 꾀죄죄한 차림의 할아버지가, 정수리에 파란 눈동자 모양의 문신이 새겨진 대머리 거구가, 교복 차림의 남학생들이, 무질서하게 채우고 있었다. 따져 묻거나 화내는 소리들로 가득찬 정사각형의 공간은 화장실에서 풍기는 지린내와 노숙자들에게서 나오는 오래 묵은 몸 냄새 같은 것들 때문에 신경질적이고 산만한 분위기가 증폭되고 있었다. 특히 정중앙에 놓인 책상 옆에 서서 "공무원이 이런 식이니 나라가 이 모양이지!"라고 연신 고함을 지르는 노인의 쇳소리 섞인 음성은 공간에 팽배해 있는 적의를 임계치까지 끌고 올라가는 듯했다.

들어올 때는 전혀 인식하지 못했기 때문에 그 사람들이 갑자기 하늘에서 뚝 떨어진 사람들처럼 신기하고 낯설었다. 성인 남자 한 명의 무게를 온전히 몸으로 지탱한 채 그 낯선 이들의 곁을 스쳐 가면서, 나는 연신 감사의 말을 되뇌었다. 제게 연락이 오도록 해 주셔서 감사합니다. 조성환을 찾아갈 수 있게 해 주셔서 감사합니다. 감사합니다. 누구에게 향한 것인지 알 수 없지만 간절하기 그지없는, 피로와 권태와 불행을 담고 있는 사람들의 얼굴을 마주할 때마다 강렬해지는 감사의 마음이 저절로 흘러나와 기도의 언어로 화했다.

경찰관은 주차장까지 따라와 차 뒷좌석에 조성환을 구겨 넣는 것을 도와주었다. 나는 운전석 문을 연 뒤 돌아서서 경찰관에게 허리를 숙였다.

"감사합니다. 정말 감사합니다."

나는 여드름 자국이 채 가시지 않은 경찰관의 얼굴을 뚫어지게 쳐다보았다. 내 너를 잊지 않으마. 내 등짝에서 조성환이 흘러내리지 않도록 내내 받쳐 준 고마운 너의 얼굴을.

"조심히 가십시오."

딱딱한 얼굴로 고개를 까딱해 보인 뒤 경찰관이 빠른 걸음으로 주차된 차들 사이를 헤치고 나아갔다. 나는 환하게 불을 밝힌 새벽의 경찰서 입구로 그의 건장한 어깨가 들어가는 것을 지켜보다가, 운전석에 앉아 시동을 걸었다. 딩동딩동 소리가 나면서 운전석 의자가 뒤로 젖혀지기 시작했다.

25

"하나, 둘, 셋!"

기합 소리와 함께 조성환의 허리를 들어 올렸다. 끙 소리를 내며 몸에 힘을 주는 순간, 그의 엉덩이가 쑥 들려 올라갔다. 그 순간을 놓치지 않고 얼른 바지를 끌어내렸다. 휘청거리는 조성환의 몸을 내 쪽으로 끌어당기면서 한 손으로 바지와 팬티를 한꺼번에 끌어내리는 고난도의 동작을 해낸 것이다. 그다음부터는 모든 일이 순조로웠다. 양쪽 발끝에 앉아 바지를 죽 잡아당기고, 양말을 벗기고, 벗겨 놓은 셔츠와 합쳐 다용도실에 갖다 놓는 일은 조금 전 해낸 두 가지 과업, 드레스 셔츠와 바지 벗기기에 비하면 일도 아니었다. 드레스 셔츠를 벗기기 위해 그의 몸을 뒤집을 때는 옷을 그냥 가위로 잘라 버릴까 하는 생각도 했다. 어차피 세탁해도 못 입을 것 같은데. 생각 끝에, 힘들어도 자르지 않는 편을 택했다. 옷을 가위로 난도질했다는 걸 알면 의식이 든 뒤의 조성환이 모욕감을 느낄 것 같았다. 못쓰게 됐어도 고가의 유명 브랜드 옷이다. 직접 버리면 몰라도 다른 사람이 제멋대로 난도질했다는 걸 알면 기분이 좋지 않을 것이다.

알몸이 된 조성환의 겨드랑이 사이에 팔을 넣었다. 몸을 들어 올려 죽 끌고 가고, 들어 올려 죽 끌고 가기를 반복한 끝에 거실 앞 욕실에 이르렀다. 이마에서 땀이 뚝뚝 떨어져 내렸다. 팬티도 젖어 흥건했다. 아이를 낳은 뒤부터 몸에 조금만 힘이 들어가도 오줌이 찔끔찔끔 나오는 상태가 되었는데, 조성환을 뒤집고 들고 옮기며 힘을 썼더니 팬티가 흥건히 젖었다. 욕조에 물을 틀어 놓고 방으로 가 속옷을 갈아입었다. 어차피 젖을 테니 그냥 다 벗고 들어갈까 하는 생각도 했지만, 그냥 흰 면티에 실내복 하의를 걸치기로 했다. 욕실 조명 아래 훌륭하지 못한 내 몸이 드러난 광경을 조성환에게 보이고 싶지 않았다.

왜소한 편이지만 성인 남자임에 틀림없는 조성환을 들어 욕조에 집어넣는 것은 업거나 차 안에 쑤셔 넣거나 바지를 벗겨 내는 작업과는 비교도 할 수 없는 고난도의 일이었다. 그를 욕실 바닥에 떨어뜨려 머리를 찧게 할 뻔하기도 했다. 예전에도 이런 비슷한 상황을 겪었던 적이 있다. 이십 대 초반, 술 먹고 뻗은 지하를 택시에서 집까지 부축해 들어왔다. 끙끙대긴 마찬가지였지만 그때는 지금처럼 힘들지 않았다. 지하가 어느 정도 의식이 있어 몸을 가누었고 나도 젊어 지금보다 힘이 좋았던 것이다. 나는 으응 소리를 내며 조성환을 욕실에 부려 놓은 뒤 바닥에 쭈그리고 앉았다. 자기 의지로 움직이지 않는 인간의 몸은 몸무게만큼의 중력을 완벽하게 실현한다. 온전한 무게를 실을 뿐 아니라 혹시라도 놓치는 부분이 생기면 바로 미끄러지며 부상의 위험을 경고한다. 욕조에 부려진 그의 몸이 물속에 들어앉았다. 그 광경을 보고 있으니 안도감이 가슴에 저릿하게 퍼져 나갔다. 해냈구나! 나는 아기를 목욕시키는 엄마라도 된 양 욕조에 걸터앉아 널브러진 한 남자의 몸뚱이를 내려다보았다. 수도꼭지에서 떨어지는 물이 요란한 소리를 내며 낙하해 그의 진갈색 육체 위로 잔잔한 무늬를 만들어 냈다. 이 인간은 정말 까맣구나. 어두운 계통이긴 했지만 그의 몸은 색이 고르고 피부가 매끈했다. 좋은 입욕제와 보디로션으로 잘 가꾼 몸이었다. 만날 술이나 처마시고 다니는 인간이 언제 이렇게 몸 관리를 했을꼬. 여전히 눈을 감고 있지만 조성환은 물이 몸에 닿자마자 의식을 차렸다. 조금 전과 달리 자기 의지로 균형을 잡고 있는 몸이 그 증거였다.

나는 일어서서 손으로 그의 얼굴에 물을 끼얹었다. 얼굴에 물이 닿자 그가 꿈틀거리며 인상을 썼다.

"가만히 있어 봐."

무슨 일이 있었을까. 궁금증이 거세게 일었지만 물음을 꿀꺽꿀꺽 삼켰다.

"착하지, 아가. 눈 뜨면 안 돼요."

어르듯 말하며 보디워시로 거품을 냈다. 조성환이 눈을 뜨고 뭐라고 했지만 거품이 인 스펀지가 그의 얼굴을 뒤덮는 바람에 말이 묻혀 버렸다.

"우리 아기 얼굴에 지지가 많아요. 아이, 더러워 더러워. 엄마가 깨끗이 해 줄게에에, 조금만 참아아아."

콧소리를 내며 스펀지를 힘차게 문질렀다. 크게 원을 그린 뒤 귀 뒤, 목, 입가를 집중 타격했다. 눈밑에 있는 땟국물, 입가에 묻은 토사물의 잔해, 볼에 붙은 누런 고름이 모조리 떨어져 나가도록. 전투적인 내 손길에 그가 으음, 소리를 내며 고개를 돌렸다. 나는 그의 뺨을 톡톡 두드렸다.

"움직이면 눈에 비누 들어가니까 가만히 있어요. 눈 꼭 감고. 착하지 우리 아기."

움직임이 잦아드는가 싶어졌을 때 샤워기로 그의 얼굴을 정조준했다.

"이제 헹굴 거예요. 움직이면 귀에 물 들어가니까 꼼짝 말고 있어요."

샤워기를 발사하자 흰색 거품들이 걷히고 그의 얼굴이 드러났다. 한 손으로 샤워기를 잡고 한 손으로 그의 얼굴을 문질렀다. 얼굴에서 비눗기가 완전히 사라지고, 작고 까만 얼굴이 온전한 형태를 드러냈다. 숱 많은 진갈색 눈썹, 꼭 감은 눈, 위로 쳐든 턱. 물기 아래 반짝이는 생명체의 모습! 아이고, 깨끗해라! 그 모습을 보니 내 오장육부가 다 시원해지는 것 같았다. 나는 샤워기 스위치를 돌려 수도꼭지에서 물이 나오도록 했다. 들들들들 물소리가 다시 목욕탕을 채웠다.

"아유, 예쁘네, 우리 아기."

깔끔함을 되찾은 그의 얼굴을 들여다보며 탄성을 내질렀다. 작은 얼굴은 얼마나 까맣고 가는 입술은 얼마나 빨간지! 가는 목과 조그만 어깨는 얼마나 귀여운지! 그가 푸 소리를 내면서 손으로 눈을 훔치더니 힘겹게 눈을 떴다. 하얗게 김이 서린 욕조의 한쪽 끝에서 갈색 눈동자가 반짝 빛을 냈다. 기적처럼.

"뭐 하는 거야?"

육중한 물소리로 가득 찬 욕실에 하이 톤의 남자 목소리가 불쑥 끼어들었다.

나는 물을 잠그고 욕조에 걸터앉았다.

"쓰러져 있는 걸 행인이 보고 경찰서에 신고했대. 내가 데려왔어. 일단 씻고 얘기해도 되겠지, 아기?"

샤워기 걸이가 달린 봉의 받침대에서 샴푸와 컨디셔너를 집어들었다. 조성환이 양손으로 욕조를 짚고 일어서려다 첨벙 소리를 내며 주저앉았다.

"머리부터 감자. 우리 아기 머리가 지금 말이 아니야. 꽃다발이 됐어요, 살구색 꽃다발."

"내가 할게."

일어서려는 조성환의 머리를 욕조 옆으로 젖히고 샤워기를 갖다 댔다.

"머리만. 머리만 감겨 주고 나갈게. 알았지?"

대답을 듣지도 않고 머리에 샤워기를 뿌렸다. 그가 도리질하며 내 손목을 잡으려 했지만 잽싸게 피해 그의 이마를 내리눌렀다.

"감겨 줘야 내가 속이 후련할 것 같아."

샴푸 통을 통째로 그의 머리에 대고 열 번 정도 펌프질했다. 그는 아이 씨, 내가 한다니까, 하며 버둥거리다가 어느 순간 포기하고 축 늘어졌다.

나는 손가락 마디로 조성환의 머리통 구석구석을 샅샅이 긁었다. 어지간히 해선 엉킨 토사물들을 제거할 수 없으리라. 그렇게 삼 분 정도 손을 놀렸을까. 조성환이 신음하며 목을 들썩였다. 나는 그의 머리를 안쪽으로 밀어 주었다. 대자로 누워 사선으로 고개만 내민 자세가 불편했을 것이다.

"됐어. 이제 헹궈 줄게."

조성환의 머리통이 몸통과 일자가 되게 잠깐 받치다가 샤워기로 샴푸기를 구석구석 제거했다.

"이제 됐어. 내가 할게."

그가 허리를 세워 앉으며 얼굴을 훔쳤다. 의지가 섞인 또렷한 음성. 나는 샤워기를 끄고 일어섰다. 내 손에서, 젖은 면티에서, 실내복 바지에서, 물기가 뚝뚝 떨어져 내렸다.

"몸도 닦아 주면 안 될까? 혼자 하다 쓰러질까 봐 좀 무서운데."

최대한 가볍게, 콧소리를 섞어 가며 말했다. 제발, 제발 내가 네 몸의 구석구석을 닦게 해 다오, 아가.

"이서경."

손으로 얼굴에 흘러내리는 물기를 연거푸 훔치던 그가 정색했다. 나는 황홀한 표정으로 그를 내려다보았다. 물방울 맺힌 얼굴이, 또렷한 갈색 눈동자가, 가지런히 넘긴 진갈색 머리카락으로 인해 선명하게 형태를 드러낸 그의 앙증맞은 두상이, 김 서린 욕실 안에 신기루처럼 솟아올라 있었다. 이것은 흡사 왕자로 변한 개구리가 아닌가. 나는 넋 나간 얼굴로 그의 얼굴을 내려다보았다.

"나도 사람이잖아. 너는 다 입고 있는데."

말한 뒤 그가 고개를 돌려 버렸다. 이 이상 말하지 않겠다는, 빨리 여기서 나가 달라는 왕자의 또렷한 의사 표현. 나는 천천히 고개를 끄덕인 뒤 욕실 문을 열고 밖으로 나왔다.

"힘들면 불러. 앞에서 대기하고 있을게."

큰 소리로 말한 뒤 닫힌 욕실 문 앞에 쪼그리고 앉았다. 조금 전에 들었던 그의 음성이 계속 머릿속을 맴돌았다. 나도 사람이잖아. 너는 다 입고 있는데. 평소와는 다른, 건조하기 그지없는 말투였다. 나도 사람이라니, 그게 무슨 말일까. 내가 평소에 그를 사람 취급하지 않았다는 것? 아니면 내가 씻기면서 그의 인격을 무시했다는 것? 생각할수록 매정하고 거리감이 느껴지는 말이었다. 나는 허벅지와 종아리 사이에 팔을 끼우고 무릎에 얼굴을 묻은 뒤 조금 전 내 손에 와닿았던 매끄러운 생명체의 촉감과 매정하기 짝이 없는 그의 말을 곱씹었다. 그 어느 때보다 그와 가까워졌다는 뿌듯함과 말 한마디로 갑자기 멀리 내동댕이쳐진 것 같은 느낌이 번갈아 엄습했다.

26

다음 날 조성환은 멀쩡하게 일어나 일하러 나갔다. 몇 시간 못 잤는데도 피곤한 내색 없이 오전과 오후에 걸쳐 타이트하게 짜인 수술 일정을 모조리 소화했다. 퇴근 무렵에 찾아와 수술을 다시 해내라며 생떼를 쓰는 은영과 상담하느라 저녁 8시가 될 때까지 퇴근하지 못했는데도 짜증 한번 내지 않고 하루를 마쳤다. 일정 때문에 점심도 걸러 아침부터 저녁 8시까지 아무것도 먹지 못했음을 생각하면 대단한 체력과 정신력이었다.

그런 조성환의 '멀쩡함'은 2주 동안 유지됐다. 그는 갑자기 착한 아이가 되기로 결심한 아이처럼 굴었다. 기절 사건에 충격을 받은 내가 갑자기 좋은 가정주부 흉내를 내느라 음식을 만든다 간식을 싼다 법석을 떨었는데, 그는 내가 해 대는 음식과 건강에 좋다고 어디서 듣고 권유해 대는 먹거리들을 모두 받아들였다. 병원 일에도 성실히 임했다. 그냥 성실한 게 아니라 일에 욕심을 부리기까지 했다. 예전엔 다른 의사들이 기피하는 재수술이나 선천성 기형 수술 같은 수술만 도맡다시피 했는데, 이제는 돈이 될 만한 미용 수술도 마다하지 않았다. 예전 같았으면 수술보다는 심리 상담을 받거나 정기적으로 운동을 해 보라 권하며 돌려 보냈을 환자들을 받아서 원하는 대로 수술해 주었다. 덕택에 그는 늘 바빴다. 병원 직원들 사이에서도 이전보다 큰 권위를 누리는 것처럼 보였다. 출퇴근길이나 밤 시간에 홀짝홀짝 물통을 빠는 버릇은 여전했지만 근무 시간에 마시는 경우는 내가 확인한 범위 안에서는 없었다.

그런 조성환을 보면서 완전히 안도하지 못했던 건 내 세계관이 너무 비관적이기 때문일까. 나는 그가 멀쩡한 모습으로 나날을 보내는 게 불안했다. 잠깐이라도 보이지 않으면 이 인간이 갑자기 병원을 이탈해 어디로 나간 건 아닌지 걱정이 되었고, 밤에 핸드폰을 들고 잠깐 나갔다 오겠다며 집에서 나가면 저렇게 나가 또 새벽에 인사불성이 되어 업혀 오는 건 아닌가 싶어 돌아올 때까지 안절부절못했다. 일에 욕심을 부리는 것도 그랬다. 예전의 그에게는 자존심이랄까, 의사로서의 결의랄까, 그런 게 있었다. 노골적으로 천명하지는 않았지만 분명히 '돈을 위해서 메스를 들지 않는다.'는 이상 같은 걸 쥐고 있는 사람이었다. 적어도, 환자의 병인이 외모가 아닌 심인성이라고 생각하면 절대 메스를 들지 않았다. 그런 그의 이상은 환자를 다른 병원이나 같은 병원 내 다른 의사에게 뺏기는 결과로 이어졌고, 병원에 들어왔던 초기의 내 눈에 너무나 이해가 가지 않는 요소가 되기도 했지만, 시간이 흐르면서 나는 그것이 조성환이라는 인간의 고귀한 특성 혹은 마지막 결기 같은 것이라는 사실을 알게 되었다.

그런데 그게 깨진 것이다. 아침에 그의 수술 일정을 확인할 때마다, 마음 깊은 곳에 안타까움이 일었다. 평소 염원하던 대로 그가 수술을 많이 하고 돈을 많이 벌게 됐는데 나는 왜 이리 걱정을 하는 걸까. 이래도 걱정, 저래도 걱정. 걱정을 하지 못해 안달하는 내 성격을 탓하며 넘기려 했지만, 갑작스러운 그의 변화엔 분명 석연찮은 데가 있었다. 그의 정신의 핵심을 이루는 요인이 빠져나가 버린 듯한 느낌, 혹은 어떻게든 일을 만들어 내 뭔가를 잊으려고 용을 쓰는 듯한 느낌이었다. 결국 변화의 요인이 인사불성이 되어 돌아온 밤에 있으리라는 인식이 내 의식 밑바닥에 무겁게 깔려 좀처럼 떠나지 않았다.

나를 대하는 태도에도 변화가 있었다. 그는 이제 뭐든지 괜찮다고 하거나, 모든 것에 농담으로 응수하거나, 따지지 않고 무조건 내 말을 수용하거나 하지 않았다. 말수가 줄었고 직설적으로 말했으며 웃음이 사라졌다. 물론 그를 피부처럼 싸고 돌던 농담이 완전히 사라지지는 않았지만 농담의 성분이 미묘하게 바뀌었다. 예전의 그의 언행이 모두 랩에 싸인 채 나오는 것이었다면 지금의 언행은 랩을 뚫고 나온 상태, 그러니까 그의 본모습이 그대로 나온 것이었다. 그것의 시초가 욕실에서 내게 던졌던 한마디, 나도 사람이잖아, 라고 볼 수 있으리라.

그건 그가 불친절해졌다는 의미이기도 했다. 그는 내가 부산을 떤 뒤에 형편없는 요리를 만들어 내놓으면 "성의는 고맙지만 나는 네가 이런 일에 귀한 시간을 쏟아붓는 것을 절대 바라지 않는다."라고 말했고, 그의 옷을 사려고 인터넷 쇼핑몰을 눈이 벌게지도록 쳐다보고 있으면 "그런 데 허비할 시간이 있으면 차라리 책을 봐. 넌 글을 쓰고 싶다고 하지 않았니?"라는 따끔한 말로 나를 당황케 했다. 그동안 쓴 대본을 보여 달라거나 왜 요즘엔 글을 쓰지 않느냐며 다그치기도 했다. 심지어는 자신이 대학 병원에 있을 때 일주일 동안 잠을 11시간밖에 못 자면서 술기를 배웠던 일화를 말해 주며 "적당히 해서는 무엇도 이룰 수 없다. 당장 오늘부터 하루에 몇 시간씩 반드시 글을 써라." 하면서 가르치려 들기도 했다. 여유와 관용의 분위기는 온데간데없고 냉철하고 직설적인, 어떤 때는 같은 사람인가 싶을 정도로 차가운 지성이 나를 내려다보고 있었다. 나는 그의 말에 당황하고 상처받고 발끈하고 치를 떨었다. 변화된 조성환에게는 최초에 내가 그에게 호감을 품게 한 특성과 완전히 반대되는, 오만함과 편견 같은, 세상 범인들이 갖고 있는 치부들이 고스란히 박혀 있었다. 애초에 쿨하고 미련 없는 태도 때문에 우리의 동거가 성립된 것이 아니었던가? 억울하고 역겨운 마음이 들었지만 놀랍게도 내 마음 한구석에선 그런 조성환의 태도 변화를 반기고 있었다. 불친절하고 무서워지긴 했지만 새로운 조성환에게는 '진짜' 같은 게 있었다. 진정한 의미에서 그와 나의 관계가 '가까워'진다는 느낌도 들었다. 그러니까 조성환과 나 사이에 얼굴 붉힘, 불쾌감, 망설임, 발설, 후회, 그런 게 들어찬 것이다. 사람과 사람을 가깝게 해 주는 진정한 요소들이.

이 기간이 기회라는 것을 나는 본능적으로 알았다. 가끔씩 "야, 이 마초 새끼야, 어디다 대고 잘난 척이야 잘난 척이? 네가 그따위 마초 꼰대인 줄 알았으면 내가 너 같은 새끼랑 애당초 같이 살았을 것 같아? 지랄하고 있어."라거나 "그래 봤자 넌 뭐야, 섹스도 못 하는 불구 아니야? 도대체 나랑 왜 안 하는 건데? 지켜 준다는 또라이 같은 말이나 하는 음흉한 새끼!"라고 퍼부은 뒤 짐을 싸서 나가 버리고 싶은 충동에 휩싸이기도 했지만, 꾹 참고 상황을 모면했다. 대신 조성환의 부모나 유환에 대해 야금야금 묻는다거나 과거의 연애사 쪽으로 슬쩍 화제를 돌리는 방식으로 그에 대한 정보를 조금씩 캐냈다. 다행히 그는 과거 연애 상대에 대한 구체적인 묘사를 제외하고는 대부분 성의 있게 답해 주었고, 나는 그가 가난하고 완고한 부모 밑에서 자란 섬세하고 상처받기 쉬운 아이였다는 사실, 과거에 굉장히 아프고 진한 연애를 했다는 사실을 알아낼 수 있었다. 연애 상대가 예뻤는지, 부잣집 딸이었는지, 섹스는 했는지, 왜 헤어졌는지 몹시 궁금했지만 그런 걸 물어봤자 역효과만 날 것이므로 입을 봉했다.

다만 한 가지, 결혼하자는 요구는 줄기차게 해 댔다. 나는 그가 다시 인사불성이 되어 돌아오는 사태에 대한 염려를 정말이지 한시도 잊지 않고 뇌에 담아 가지고 다녔으므로, 결혼해서 최대한 가까이 있으면서 그를 보호해 줘야 한다는 의무감에 불타고 있었다. 물론 사실대로 말하면 자존심 상할까 봐 "결혼해야 네가 어느 날 술 처먹고 추운 길바닥에 자빠져 동사해도 네 많은 재산이 나한테 넘어오지."와 같은 말을 과장되고 위악적인 어조로 내놓았지만 그에게서는 번번이 "네가 아직 파악을 못한 모양인데, 난 자산 정리하면 수억원 대의 빚밖에 안 남아. 그런 목적이라면 절대 나랑 결혼하면 안 된다."라는 말이 돌아왔다. 그리고 그런 그의 응수는 내가 그에게 결혼하자고 마음 놓고 덤벼들게 하는 결정적인 요인이 됐다. 자산을 노리고 결혼을 바라는 여자라는 의심을 사지 않을 수 있게 됐으니 이제 얼마든지 결혼하자고 해도 되지 않겠는가. 결혼하기 전에 미리 섹스를 좀 해 보자는 말도 물론 하고 싶어 환장할 지경이었지만 초인에 가까운 자제심을 발휘하여 안으로 삭였다.

결혼하자는 말에 그가 진지한 표정으로 왜 그렇게 결혼을 하고 싶으냐고 물어 온 적도 있었다. 진심을 말하면 그가 모욕감을 느낄까 봐 조금 다른 핑계를 댔다.

“난 꿈이 딱 하나야. 사랑하는 사람과 결혼해 안정된 관계를 이루는 거. 내 친아빠로 추정되는 사람은 일찍 죽었고 엄마는 주위에 남자가 많았지만 누군가에게 한결같고 보장된 사랑을 받진 못했어. 내가 아빠라고 부르며 같이 살았던 사람만 다섯 명이야. 그중 몇 명한텐 개처럼 처맞기도 했고. 이런 애가 결혼해서 아이 둘 낳고 잘 살기를 바라는 건 심리학적으로 당연한 거 아니겠어?”

그는 진지한 얼굴로 내 얘기를 들은 뒤 이것저것 물었고, 대답하면 다시 다른 질문을 던졌다. 내 어린 시절 전반을 훑는 섬세하면서도 영리한 질문들이었다. 묻는 말에 답하다 보면 내가 겪은 시절이 무엇이었는지, 그때의 여파가 내 안에 어떤 식으로 남았는지 스스로 깨닫게 되는, 치유의 기능이 이미 섞인 질문이기도 했다. 저녁을 먹은 뒤에 시작해서 새벽이 밝아 올 때까지 이어진 이 긴 대화를 통해, 나는 환자들이 왜 그렇게 조성환과 상담하기를 좋아하는지, 은영이 왜 온갖 불만거리를 구비하고 찾아와 조성환의 진료실에 오랫동안 눌러앉았다 가는지 알게 되었다. 그는 사람의 마음을 들여다보고, 질문으로 길을 안내하고, 상대가 스스로 치유의 여정을 시작하게 하는 탁월한 상담자였다. 그리고 그런 그의 능력 한가운데에는 다른 사람의 말에 신체의 모든 기관이 귀가 되어 반응하는, 경청할 줄 아는 따뜻한 품성이 자리 잡고 있었다. 그것은 조성환이 변화한 가운데에서도 일관되게 유지하고 있던 고유한 품성이었고, 또한 내가 그를 '알고 보니 마초 새끼였다.'고 넌더리를 내면서도 떠나지 않고 결혼하자고 덤비게 만드는 핵심 요인이었다.

27

가슴 밑을 메스로 긋자 옥수수 알갱이처럼 생긴 조직이 모습을 드러냈다. 간호사가 집게로 벌려 준 일자로 난 틈새에 조성환이 기구를 넣어 공간을 넓혔다. 하얀 김이 피어오르는 긴 송곳 모양의 기구가 위아래를 쑤시면서 보형물이 들어갈 공간을 확보했다. 제법 큰 부피의 공간이 마련되자 조성환이 벌어진 구멍을 들여다보더니 간호사에게 손바닥을 내밀었다. 물방울 형태의 보형물이 간호사의 손에서 조성환의 손으로 옮겨진 순간, 환자의 머리맡에 서 있던 마취의가 에취, 재채기를 했다. 삐, 삐, 삐, 삐, 하는 기계음과 수술 기구들이 부딪히는 소리, 숨소리가 오가던 수술실에 재채기 소리가 커다란 반향을 만들어 냈다. 조성환은 으음, 하고 목청을 가다듬더니 작은 동굴 안으로 보형물을 쑤셔 넣기 시작했다. 동굴이라고 해 봤자 엄지손가락 하나나 들어갈까 싶은 작은 공간이었다. 그보다 몇 배는 돼 보이는 보형물이 순식간에 가슴 조직 안으로 밀려 들어가더니 순식간에 부풀어 오른 곡선을 만들어 냈다. 조성환은 바로 봉합에 들어갔고, 민첩한 솜씨로 입을 벌리고 있던 동굴 입구를 닫아 버렸다.

다른 쪽 가슴에도 똑같은 과정을 반복했다. 눈 깜짝할 사이에, 거짓말처럼 부풀어 오른 양쪽 가슴이 모습을 드러냈다. 수술 전 그어 놓은 마킹 자국과 번진 핏자국, 방금 꿰맨 자국으로 너저분한 상태였지만 환자의 가슴은 사이즈와 형태에서 이전과는 비교도 할 수 없는 수준으로 탈바꿈해 있었다. 핀셋과 실을 간호사에게 넘긴 조성환이 한손으로 여자의 유두를 잡아 올리더니 나머지 한 손으로 가슴을 꾹꾹 눌렀다. 순간 외설스러운 상상이 내 머릿속을 휘저었다. 좋겠구나, 저 여자는.

여자는 알고 있었을까. 새로 태어난 자신의 가슴을 애무할 최초의 남자가 조성환이 되리라는 사실을. 의식을 잃은 상태에서 마구잡이로 조성환의 손길을 받게 되리라는 것을. 상담 왔을 때의 여자를 떠올렸다. 마스카라까지 꼼꼼하게 칠한 메이크업에 10센티미터는 족히 넘는 킬 힐, 풍성하게 컬링된 와인색 머리카락을 길게 늘어뜨린 여자는 꼿꼿하게 앉아 조성환과 대화를 나누었다.

조성환은 가슴 확대 수술의 절차와 성격, 부작용 가능성에 대해 세세하게 설명했다. 구형 구축이 일어날 가능성이 있고, 삽입된 보형물이 자리 잡기까지 상당한 통증이 수반될 수 있다는 경고를 과할 정도로 반복했다. 여자는 그런 설명과 경고에 전혀 관련 없어 보이는 이야기를 내놓는 것으로 대화를 이어 갔다.

"남편이 완벽주의자 기질이 있거든요. 그래서 늘 남편보다 먼저 일어나 옷을 갈아입고 화장을 마치죠."

결혼 뒤 한 번도 남편에게 민낯을 보인 적이 없다는 걸 몹시 자랑스럽게 여기는 여자는 입을 열기도 전에 웃기부터 하는 습성이 있었는데, 정도가 너무 과해서 대화 내내 상대에게 부담을 주었다. 커다란 눈이 동그랗게 말리는 것과 동시에 위아래 이를 완전히 드러내며 꽉 찬 웃음을 짓는 그 얼굴이 상대에게 말하는 내용이 무엇이든 동의하지 않으면 안 될 것 같은 압박감을 주었던 것이다. 반면에 입에서 흘러나오는 내용은 대화의 핵심과는 전혀 상관없는 이야기라 얼굴에 떠오른 완벽한 미소를 극적으로 희화화시키는 효과를 냈다. 조성환은 그런 여자의 마음을 다치지 않으면서 끈질기게 대화를 원래 주제로 돌려놓으려 애썼다.

"그럼 배우자 되시는 분께서도 수술에 동의하신 건가요?"

남편을 들먹이지 않으면 어떤 이야기도 할 수 없다는 듯 날아오는 모든 질문에 남편 이야기를 늘어놓는 여자에게 조성환이 마침내 이렇게 물었다. 중견 기업체의 사장이라는 남편은 미적 감각이 뛰어난 탐미주의자인 듯했다. 특히 집안 인테리어나 아내의 외모에 굉장히 높은 기준을 갖고 있는 듯했고, 그 때문에 여자가 가슴 성형에 대한 강박관념을 갖게 된 것 같았다.

"보수적인 사람이지만 제 의사는 굉장히 존중해 줘요. 몸에 칼을 댄다니, 솔직히 달가워하진 않았지만 제 의사가 확실하니까 결국 허락했죠."

여자는 아이를 낳고 젖을 먹이면서 가슴이 빈약해지고 처졌다고 생각했다. 며칠 전 아이가 세 돌을 넘겼고 '다행히 첫 아이가 아들이라' 더 이상 아이를 낳지 않아도 될 것 같으니, 이제 처녀 때의 가슴을 되찾고 싶다고 했다. 조성환은 여자를 만류했다. 지금도 가슴 형태가 좋은데 굳이 수술해서 인공 보형물을 몸에 넣고 다닐 필요가 없다는 것이었다. 팔다리가 가늘고 긴 편이라 가슴을 너무 키우면 전체적인 균형이 깨질 염려가 있다고 직접적으로 말해 주기도 했다. 하지만 여자는 막무가내였다. 만류가 반복되자 나중엔 짜증을 냈다. 지금 저를 놀리시는 건가요?

원래 여자는 장혁규에게 수술받기로 되어 있었다. 가슴 확대와 거상을 동시에 하고, 그 과정에서 연골을 체취해 코 수술까지 하기로 되어 있던 것을 조성환이 맡으면서 거상과 코 수술을 빼고 가슴 확대만 하는 것으로 합의를 보았다. 그렇게 수술 가짓수를 줄이는 데만 해도 엄청난 시간과 노력이 소요됐다. 장혁규에게 사정이 생겨 수술 의사를 교체해야겠다고 알리는 전화를 걸었을 때, 여자는 일정이 맞는 의사와 바로 수술 날짜를 잡아 달라고 했더랬다. 그렇게 해도 아무런 문제가 없었을 텐데, 조성환이 수술 전 대면 상담을 꼭 해야겠다고 우겨서 억지로 상담 날짜를 잡았다. 한꺼번에 모든 수술을 받겠다고 우기는 여자를 조성환이 얼러 가짓수를 줄여 가는 걸 보면서 나는 코웃음을 치지 않을 수 없었다. 이제 좀 프로다운 모습을 갖춰 가나 했더니 그 근성이 어디 간 게 아니었구나! 환자가 '불필요한' 수술을 하지 않도록 하게 해 주겠다는 그의 이상은 아직도 시뻘겋게 살아 넘실거리고 있었던 것이다.

나는 죽은 것처럼 잠들어 있는 여자의 얼굴을 들여다보았다. 의식이 없는 여자는 이제 수술대 위에 앉혀져 간호사들의 손길로 지탱되고 있었다. 감은 두 눈 위로 길게 뻗은 여자의 가지런한 속눈썹이 눈에 들어왔다. 여자는 눈, 코, 입이 모두 작고 가늘었지만 갸름한 얼굴과 조화를 이루어 청순한 분위기를 냈다. 걸음걸이도 말투도 생각하는 방식도 '천생 여자' 스타일이었다. 젊은 시절 많은 남자들에게 구혼을 받았을 것 같은 청초한 여자가 수술대로 와 드러눕게 되기까지의 과정을 떠올려 보았다. 무엇이 이 여자를 이곳으로 이끌었을까. 텔레비전에 나오는 여배우들의 큰 가슴? 지하철이나 버스 정류장에서 접하는 광고? 아니면 여자의 남편이 가슴 큰 여자를 선망하는 것일까? 여자는 가슴 수술에 대해 얼마나 알아봤을까. 가슴 수술을 받고 난 뒤 많은 여자들이 부작용으로 고생한다는 사실을, 사랑받기 위해 수술했지만 수술 뒤 남편이 '가짜 가슴'이라고 애무하기를 거절하는 경우도 많다는 사실을 알고 있을까?

조성환은 여자의 가슴을 멀리서 지켜보더니 가까이 다가와 가슴을 한쪽씩 양손으로 감싸 쥐고 조이듯 압박했다. 그러곤 다시 몇 걸음 물러나 지켜보았다. 형태나 위치가 잘 잡혔는지 보기 위해 최종적으로 검토하는 것이다.

"이거 다음에 또 뭐 잡혀 있지 않아?"

수술이 끝났음을 알고 긴장이 풀린 간호사들이 귀엣말로 대화를 나누기 시작했다.

"두 건 연속이야. 쌍꺼풀하고 턱."

둘은 연달아 한숨을 쉬며 잠적해 버린 장혁규에 대해 불평을 늘어놓았다. 도대체 언제 나타나는 건지 알기나 했으면 좋겠다는 말을 나누고 있는데, 조성환이 손짓으로 환자를 눕히라는 신호를 보냈다. 환자가 다시 눕혀지고, 수술이 끝났음이 선언되고, 뒷정리하는 손길로 수술실에 해방감과 활기가 찾아들었다. 나는 선 채로 수술 기구들이 정리되는 광경을 지켜보다가, 수술실에서 나와 마스크와 모자를 벗었다. 그렇게 첫 수술 참관이 끝났다.

28

수술실에서 나오니 2시가 넘어 있었다. 나는 점심을 거르기로 했다. 민아가 점심 때 사다 놓은 샌드위치가 탕비실에 있다고 귀띔해 주었지만 고개를 절레절레 저었다.

"실장님, 수술하는 거 보고 밥맛 떨어지셨나 보다."

붉은 사인펜으로 서류에 마킹을 하고 있던 민아가 내 얼굴을 올려다보며 관심을 나타냈다. 민아는 장혁규 담당 환자들을 분류해 다른 선생들에게 배분하는 작업을 하느라 골머리를 앓고 있었다. 차라리 환자들이 다른 병원에 가겠다고 하면 좋은데, 반이 넘는 환자들이 같은 날짜에 수술받을 수 있다면 다른 선생에게라도 수술을 받겠다고 나오는 바람에 코디네이터 팀이 바빠졌다. 다른 선생들과 통화해 스케줄 체크하랴, 환자에게 전화해 새로운 선생에 대해 알려 주랴, 수술실 잡으랴, 시간 변경하랴. 조성환처럼 의사가 환자와 대면 상담을 고집하는 경우는 상담 일정까지 잡아야 했으므로 일이 두 배였다.

"그러게. 나 참관 괜히 했나 봐."

민아의 말에 동조하며 자리에 앉았다. 그동안 수술 현장에 관해서는 코디 팀 다른 직원들을 통해 익히 들었다. 간호사들이나 직접 참관했던 코디네이터들이 수술실 전경을 자세히 얘기해 주었기 때문에 거의 직접 들어가 본 수준에 달해 있다고 생각했다. 그런데 직접 눈앞에서 수술 현장을 지켜봤을 때의 느낌은 완전히 달랐다. 멀쩡한 사람의 생살이 갈리고, 피가 맺히고, 그 안에 기구를 넣어 억지로 공간을 만들고, 그렇게 생긴 공간 사이로 인위적인 보형물을 넣는 과정을 지켜보고 나자 어떤 금단의 영역에 발을 들인 것 같은, 신의 영역을 넘본 불경죄를 저지른 것 같은 꺼림칙한 기분이 들었다. 특히 의식이 없는 환자를 앉혀 놓고 조성환이 가슴을 주무르는 광경을 보았을 때는 역겨워 구역질이 날 것 같았다. 이것은 흡사…… 마루타가 아닌가?

"들어갔다 나온 코디들 반응이 다 그렇더라고요. 그래서 전 안 들어가잖아요. 굳이 안 들어가 봐도 다 아는데 뭣 하러 들어가요? 기분만 나빠지게."

민아가 들고 있던 서류를 내게 넘겨주었다.

"그래, 민아 씨 말이 맞네. 나도 다시 택하라면 안 들어갈 거야."

때로는 단순하고 명쾌한 민아가 나보다 훨씬 현명하게 느껴진다.

"이거 제가 대충 배분해 본 건데 괜찮을지 실장님이 한번 봐주실래요? 고정권 원장님하고는 다 통화 됐고요, 조성환 원장님 거랑 김혁진 원장님 거만 체크해 주시면 될 것 같아요."

민아는 오늘부터 단독 상담에 들어간다. 장혁규 파동으로 상담 인력이 부족해졌기 때문에 임시 방편으로 민아를 투입하는 것이다.

"지금 상담 들어가는 거야?"

거울을 들여다보며 콤팩트를 두드리는 민아에게 물었다.

"네. 저 얼굴 괜찮아요?"

민아가 일어서며 방긋 웃었다.

"그래. 예쁘다. 잘하고 와."

민아를 보내고 조성환의 스케줄표와 민아가 건네준 배분표를 대조하고 있는데 엘리베이터 문이 열리며 재인이 나타났다.

"실장님, 민아 씨는요?"

곧바로 내게 다가온 재인이 다급하게 말했다.

"방금 상담 들어갔는데. 왜요?"

임재인은 이 병원에서 실적이 가장 좋고 때문에 상담팀 중 가장 큰 입김을 발휘하는 베테랑 상담실장이다. 영문 이름도 한글과 똑같이 재인인 그녀는 오뚝한 코에 커다란 눈, 날렵한 턱선을 가진 전형적인 미인이다. 이 병원에 처음 와서 재인의 얼굴을 보았을 때, '강남에서 흔히 마주치는 성형 미인'이 어떤 사람을 말하는 건지 확실히 알 수 있었다. 재인의 모습은 서울 시내 전철역 환승 통로에 걸린 거대 광고판에 실제 모델로 나오고 있다고도 하니 내가 재인과 마주쳤을 때 강렬한 기시감을 느낀 건 당연한 일이었으리라. 그녀의 얼굴은 어디선가 본 것 같지만 친숙하지는 않은, 예쁘긴 하지만 매력적이지는 않은 이상한 피조물이었다. 뿐만 아니라 보는 사람에게 은근한 죄책감을 안겨 주었다. 이전의 얼굴이 대체 어땠기에. 제 얼굴이 얼마나 싫었기에. 이전에 품었을 열등감에 대한 상상은 결국 한 인격체에 대한 죄책감으로 묵직하게 가라앉았다.

"그럼 혹시……."

재인이 카운터를 둘러보며 말을 이었다. 여섯 개의 데스크톱 컴퓨터가 놓인 널따란 카운터에는 성미 씨와 나, 둘만 남아 자리를 지키고 있었다.

"저랑 공항에 가실 수 있어요?"

재인이 결심한 듯 말했다.

"저요?"

나는 눈을 동그랗게 떴다. 공항에? 지금?

"김 이사님이 교통사고가 나셔서 지금 공항에 중국 손님들을 모시러 갈 수가 없으시데요. 택시를 타고 오시라 할 수도 없고……. 실장님, 운전하시죠? 제가 중국어를 좀 하니까……."

나는 대번에 사태를 파악했다. 김 이사, 그 커다란 코의 흉물이 열심히 설득해 얼굴에 칼 댈 결심을 하게 만든 중국인 고객들을 픽업하러 가다가 사고가 난 것이다. 나는 잠시 생각에 잠겼다가 자리에서 일어섰다. 조성환은 수술에 들어갔고 다른 선생들도 모두 상담이나 수술에 들어가 있었다. 공항에서 중국인들을 데려오는 것은 다른 무엇보다 중요한 일이고, 지금 판단을 내릴 사람은 나밖에 없었다.

"갑시다. 차 키만 가지고 가면 되나? 다른 거 준비할 건 없어요?"

성미 씨에게 상황을 설명한 뒤 재인과 엘리베이터에 올랐다. 지하 주차장의 유리 현관문을 열고 나가자 싸늘한 냉기가 곧바로 엄습해 왔다.

"어우, 추워. 밖에 눈 쌓였던데 길 괜찮을지 모르겠네."

어제 오후에 내린 눈으로 도로가 빙판이 되어 출근할 때도 벌벌 기면서 왔던 터였다. 조성환이야 평소처럼 물병을 쪽쪽 빨며 창가에 기대 있기만 하면 됐지만 나는 차가 미끄러질까 봐 얼마나 긴장했는지 온종일 어깨가 욱신거렸다. 수술실 들어가기 전에 로비 창밖으로 눈이 내리는 걸 본 것 같은데, 지금 도로 상황이 어떨까.

“큰길은 제설제 다 뿌려 놓았을 거예요.”

조수석에 올라타면서 재인이 똑 부러지게 말했다. 나는 운전석에 앉으면서 차 안으로 들어오는 재인의 얼굴을 건너다보았다.

“모든 도로에 제설제를 다 뿌리는 것도 아니고.”

얼른 이렇게 받아쳤다. 재인은 필요한 말 이외에는 일절 말하지 않는 무미건조형 인간이다. 딱딱 떨어지는 눈, 코, 입에 그린 듯한 화장을 하고 앉아 동료들이 건네는 농담과 각종 이야기들에 가장 살벌한 대답만 골라 내놓아 판을 깬다. 인조인간 같은 외모와 어쩜 그렇게 어울리는 성격을 가졌는지, 어느 날 재인이 알고 보니 사람이 아니라 로봇이었음이 밝혀진다 해도 그리 놀라지 않을 것 같다.

“공항 가는 길은 다 뿌렸을 거예요.”

나는 시동을 걸고 차를 출발시켰다.

“재인 씨는 운전 안 하죠?”

운전을 하지 않는 자는 눈이 내린 날 운전하는 게 얼마나 고역인지 알지 못하리라. 그러니 제설제 같은 소리나 하고 앉아 있지.

“……네.”

자주색 립스틱에 진자주색 립라인으로 완벽하게 마감한 도톰한 입술에서 짧은 대답이 새어 나왔다. 나는 문득 궁금해졌다. 저 입술, 도톰하게 부풀어 딱 보기 좋은 저 입술도 수술한 거겠지? 이 여자는 어디에서 성형을 받았을까? 누가 봐도 수술했음을 바로 알 수 있을 저 전형적인 육신은 누구의 손끝으로 완성되었을까? 우리 병원에서 했을까? 아니면 여기 오기 전에 다른 병원에서 이미 완성하고 왔을까? 이 여자는 수술실에 들어가 본 적이 있을까? 자신이 받은 수술들이 어떤 과정을 거쳐 나온 것인지 두 눈으로 지켜봤을까?

29

양화대교를 거쳐 목동을 지나자 차량이 줄어들더니 금세 인천공항 고속도로가 펼쳐졌다. 도로엔 눈 자국이나 얼음 언 자국이 조금도 보이지 않았다.

"도로 상태 괜찮네."

혼잣말 같은 한마디를 내뱉은 뒤 힘차게 액셀을 밟았다. 태양의 하강이 시작되는 시간, 멀리 앞차의 꽁무니가 희미하게 보일 정도로 한산한 도로와 건물이라곤 찾아볼 수 없는 탁 트인 전경이 수술 참관 뒤 무겁게 쌓여 있던 상념들을 쓸어가 주는 듯했다.

"제설제를 뿌린 거죠."

말없이 있던 재인이 굳이 안 해도 될 말을 내뱉는 것으로 존재감을 드러냈다.

"재인 씨, 창밖을 내다봐 봐요. 눈 내린 흔적이 있나."

탁 트인 도로를 달리고 있기 때문일까. 재인에 대한 마음이 너그러워졌다. 제설제를 뿌렸을 테니 걱정할 필요가 없다는 자신의 주장이 맞았음을 강조하는 것도 귀엽게 느껴졌다. 고집도 있고, 자신이 맞는 소리를 했다는 걸 각인시켜 주겠다는 오기도 있고. 적어도 로봇은 아닌 것이다.

"없는데요?"

시키는 대로 창밖을 구경하던 재인이 영문을 모르겠다는 듯 나를 쳐다보았다.

"없죠? 도로에 얼음 얼었던 흔적도 없고."

그래서 뭐? 하는 시선으로 재인이 나를 쳐다보았다.

"그러니까 이쪽은 눈이 아예 안 온 거예요."

말한 뒤 고개를 돌려 재인을 쳐다보았다. 재인은 입을 꼭 다문 채 정물처럼 앉아 있었다.

"운전을 안 해서 그래. 운전하는 사람은 늘 도로 상황을 주시하니까 딱 보면 알아요. 눈이 왔나, 안 왔나."

무안할까 봐 덧붙여 주었지만 재인은 대꾸하지 않았다. 나는 옆자리에 앉은 귀여운 여인에게 이 말 저 말 막 던져 볼까 하다가, 입을 다물고 드라이브를 즐겼다. 주행속도를 높이자 재인이 허벅지를 덮은 유니폼 치마를 양손으로 움켜쥐었다. 긴장한 듯 어깨를 움츠리더니 한 손으로 창 위에 붙은 손잡이를 꼭 쥐고 창밖을 쳐다보았다. 속도 좀 높였다고 저리 무서워하다니. 두려움을 아는 재인은 확실히 인간임에 틀림없다고 생각하면서 좀 더 과감하게 밟았다. 차체의 진동, 도로를 지나가는 바퀴의 촉감, 순식간에 뛰어넘는 시공간. 역시 우울할 땐 드라이브가 최고다. 옆에 홀짝홀짝 술을 빠는 알코홀릭이 아닌 참신한 동반자가 있다는 사실도 마음에 든다.

공항에 들어섰을 때 나를 맞은 것은 벽에 기댄 채 도발적인 시선을 보내오는 재희의 모습이었다. 실물보다 더 크게 잡은 재희의 전신 화보. 나는 흠칫하며 자리에 멈춰 섰다. 입국장 앞 사각 기둥 한 면을 온전히 차지한 대형 라이트 박스 속에, 검은 재킷에 청바지 차림을 한 재희가 비스듬하게 기대서서 나를 쏘아보고 있었다. 군데군데 부서지고 금이 간 오래된 벽돌 건물, 안개인지 포화의 흔적인지 알 수 없는 흰색 연기에 휩싸인 가운데 찡그린 얼굴로 위쪽을 쳐다보는 포즈를 취한 그 모습은 선이 고우면서도 반항아 분위기를 풍기는 독특한 피사체의 특징을 기가 막히게 포착해 낸 예술사진이었다. 나는 멍하니 서서 그 사진을, 얼마 전까지만 해도 내가 애인이라 불렀던 생명체가 특유의 매력을 뿜어내고 있는 광경을 바라보았다. 양쪽 주머니에 손을 넣고 귀찮은 듯 삐딱하게 전방을 응시하는 재희의 모습에는 닳지 않은 청춘의 순수함, 폭발할 것 같은 열정, 비루한 현실에 대한 들끓는 반항의 눈초리가 모조리 담겨 있었다. 나는 라이트 박스를 향해 천천히 걸어갔다. 정말이지 강재희 너는…… 잘생겼구나. 재희와 마주쳤던 첫 순간부터 짧았던 이별의 순간까지, 수많은 장면들이 뇌리에 명멸했다. 내 갑작스러운 접근에 겁먹은 눈빛으로 쳐다보던 재희, 내 몸 위로 무너져 내리며 사랑한다고 외치던 재희, 냉정하고 무관심한 눈빛으로 내 부탁을 외면하던 재희…… 심각한 관계는 아니었다. 없으면 못 살 것처럼 목을 맨 사이도 아니었다. 볼 때마다 조물주의 불공평함을 곱씹게 되는 찬란한 외관이 없었다면 과연 3년이나 만났을까 의심스러울 정도로 빈약한 내면을 가진 사람이었다. 초등학생 수준의 사고 능력에 지식이나 상식, 자존감이 턱없이 부족했다. 경멸감과 연민으로 뒤죽박죽된 시선을 보낼 수밖에 없는 상대였다. 따라서 미련 같은 건 없을 거라고 생각했다.

3년이라는 시간 동안 나는 재희에게 아무것도 요구한 적이 없었다. 그런데 딱 한 번, 고심 끝에 부탁을 했다. 큰돈도 아니고 팔천만 원, 그에게는 있으나 없으나 티도 나지 않을 금액이었다. 그런데 재희는 철저한 무신경으로 대응했다. 부탁을 들어주지 않으면 더 이상 만나지 않겠다는 문자를 보냈는데도 아무 반응을 보이지 않았다. 뿐만 아니라 며칠 뒤 얼굴 좀 보자는, 섹스가 고플 때면 보내는 문자를 아무렇지도 않게 보내왔다. 답장을 하지 않자 재희에게서 오는 문자가 차츰 뜸해졌다. 그러다 끊겼는가 싶었는데 이틀 전, 다시 문자가 들어왔다. 잘 지내? 왜 이렇게 연락이 없어? 아무 일 없었다는 듯 평소처럼 보내온 문자를 보고 나는 치를 떨었다. 이 아이한테 나는 무엇이었을까. 어떤 존재였을까. 몸속 깊숙한 곳에서 분노가, 모멸감이, 날카롭게 치고 올라왔다. 차라리 연락을 뚝 끊는 것이 내게 보일 수 있는 최소한의 예의이리라. 그런데 오늘, 예고도 없이 이 광활한 공간에서 마주친 그의 실루엣이, 형언할 수 없는 느낌을 자아내고 있다. 실물도 아니고 이미지의 카피에 불과한 라이트 박스 속 형체가 묘한 미련과 그리움을 자아내고 있다. 이것은 내가 실은 재희를 많이 좋아했다는 증거일까? 아니면 유명인과 사귀었던 사람이 어쩔 수 없이 짊어져야 하는 억울한 숙명일까. 이런 실루엣과 마주치지 않았다면 내가 재희를 이런 감정으로 회상하는 일은 일어나지 않았을까?

일방적으로 이별을 통보한 이후, 재희의 얼굴을 수도 없이 접했다. 텔레비전에, 잡지에, 신문에, 쇼핑몰에, 면세점 카트에, 마트에 진열된 상품에. 재희의 얼굴은 어디에나 있었다. 상종가를 달리고 있는 연예인의 얼굴을 보지 않고 산다는 건 머리 깎고 산속에 들어가 살지 않는 한 불가능했다. 하지만 오늘처럼 이렇게 예기치 않은 순간에 어마어마한 크기의 이미지로, 실물보다 더 실물의 특성을 잘 뽑아낸 작품 사진으로 재희를 접한 적은 없었다. 나는 입국장 쪽으로 걸음을 옮겼다. 앞으로도 재희는 예기치 않은 순간에 불쑥불쑥 내 앞에 얼굴을 들이밀 것이다. 해맑은 미소를, 때로는 도발적인 시선을 던지며 우월한 외모의 기나긴 유효기간을 증명해 보일 것이다. 이러니 스타를 신의 특별한 호의를 입은 존재라 하지 않을 수가 없다. 만나는 동안 관계의 우위를 점하는 것은 물론, 이별한 뒤에도 상대에게 자신이 잘 지내고 있음을 계속해서 과시할 수 있다. 가장 세련된 방식으로, 심지어 그렇게 할 의사가 없어도 말이다. 이미 저만큼 걸어가 긴 줄을 이룬 사람들 사이에 섞여 있던 재인이 내 쪽을 돌아보며 손을 흔들었다. 천장에 매달린 전광판에는 우리가 픽업하게 돼 있는 고귀한 중국 고객들이 탄 비행기가 도착했음을 알리는 어라이벌 사인이 붉게 들어와 있고, 청색 가이드라인 주변으로 중국어 피켓을 든 사람들이 분주히 오가고 있었다.

"왜 이리 안 오지?"

문이 열리고 여행객들이 쏟아져 나오는 것을 지켜보다가 재인에게 말을 건넸다. 딱히 대답을 기대해서가 아닌, 시간을 견디기 위해 던진 말이었다.

"그러게요. 얼른 픽업해서 들어가야 하는데."

우리의 고객들은 승객들이 무더기로 쏟아져 나오고 다음 비행기의 도착을 알리는 어라이벌 사인이 들어온 다음에야 모습을 드러냈다. 재인이 전화기를 들고 어딘가로 사라지고 지루한 기다림에 지친 내가 광활한 공항 창으로 황혼의 부드러운 빛이 스미는 것을 바라보고 있을 때였다.

"입국 수속에 시간이 많이 걸렸나 봐요?"

아무리 찾아도 보이지 않던 재인이 순식간에 나타나 일행을 중국어로 반겼다. 분홍색 벨벳 트레이닝복을 입은 여자가 일행을 대표해 화답했다. 여행 가방과 비닐봉지를 주렁주렁 매달고 있는 두 명의 일행도 웃으며 손을 흔들었다. 한 명은 흰색 줄이 들어간 검은색 트레이닝복을, 한 명은 위아래로 죽 이어진 미키마우스 원피스를 입고 있었다. 한눈에 봐도 중국인임을 알 수 있는 그들의 차림새를 보고 있으려니 나도 모르게 눈살이 찌푸려졌다. 옷 좀 신경 써서 입고 오지 저게 뭐야? 그래도 외국 여행 나오는 건데. 동시에 부럽다는 생각도 들었다. 저 나라에 살면 늘 저렇게 편한 복장으로 다니겠지? 적어도 저들의 나라에서는 화장을 안 하는 게 '예의에 어긋나는 행위'로 분류되지는 않을 것이다. 그런 데서 살면 얼마나 편할까.

나와 둘이 있을 땐 절대 입을 열지 않겠다고 결심한 사람처럼 굳건히 침묵을 지키던 재인이 중국인들을 안내해 주차장으로 가면서는 참새처럼 쉴 새 없이 재잘거렸다. 여자들이 가지고 온 캐리어들 중 두 개를 덥석 받아 양손으로 끌면서 비행기 안에서 편안했는지, 한국에 온 느낌이 어떤지, 한국에 좋아하는 스타가 있는지 세심하게 물었고, 주차장에 세워 둔 내 차가 시야에 들어올 즈음에는 우리 병원 소개와 수술 전후의 케어 시스템에 대한 설명을 시작했다.

"참고로 내 얼굴을 한번 봤으면 좋겠다. 마음에 드는지."

전 세계를 통틀어 수술 전후 케어가 이렇게 잘 되는 곳은 한

국밖에 없다는 애국심 어린 설명을 열정적으로 늘어놓은 뒤에는 이렇게 물으며 차 앞에 멈춰 섰다.

나는 트렁크 문을 열고 여자들의 캐리어를 차곡차곡 쌓아 넣으면서 재인이 하는 양을 관찰했다.

"코도 오뚝하고 턱선도 마음에 든다. 당신네 병원에서 한 것인가?"

여자들이 재인의 얼굴을 유심히 쳐다보며 관심을 보였다.

"물론 우리 병원에서 한 것이다. 대한민국에서 이런 라인이 나오게 할 수 있는 곳은 우리 병원밖에 없다."

재인이 유창한 중국어로 말하며 턱을 추켜올렸다. 자기 얼굴이 대한민국에서 가장 '잘 나온' 얼굴이라는 자부심이 얼굴에서 뚝뚝 떨어져 내렸다.

"가슴은? 가슴도 한 건가?"

검은색 트레이닝복 차림의 여자가 손바닥으로 재인의 가슴을 가리켰다.

"물론 가슴도 우리 병원해서 했다. 나는 원래 가슴이 처져서 고민이 많았는데, 우리 선생님이 한 번에 해결해 주셨다. 여러분이 내일 시술 받게 될 선생님이 바로 나를 만들어 주신 분이다."

트렁크가 꽉 차서 캐리어 두 개는 들고 타야 할 것 같았다. 나는 캐리어 하나를 재인에게 들리고 하나는 분홍색 트레이닝복에게 건넸다.

"한국에 온다고 모두 이런 선생님을 만나는 건 아니다. 지금은 잘 모르겠지만 수술을 받고 중국으로 돌아가 생활하다 보면 어느 날 자신이 이런 선생님을 만났던 게 얼마나 큰 행운이었는지 깨닫게 될 것이다. 한국에는 잘하는 선생님도 많지만 전공의가 아닌 이상한 선생님도 많다."

재인이 말하는 '선생님'이 누굴까. 중국 여인들이 재인에게 이것저것 질문을 던지며 차에 오르는 걸 지켜보면서 나는 생각에 잠겼다. 재인은 원래 장혁규의 전담 실장 같은 역할을 했던 인물이다. 수술 전에는 인형 같은 얼굴로 고객의 수술 후 모습의 전범이 되어 주고 수술 뒤에는 고객에게 확신에 찬 얼굴로 수술의 성공을 알리는 역할을 맡은 재인은 어떠한 상황에서도 기계처럼 정해진 말을 읊어 대는 것으로 관계의 우위를 장악했다. 고객의 발언이나 감정에 조금도 휘둘리지 않고 끝까지 '잘된 수술'임을 주장했으며, 발생한 부작용에 대해서는 단호한 말투로 '환자분의 특수 체질 때문에 생긴 정말 보기 드문 케이스'임을 천명해 상대가 지저분하게 나오지 않도록 분위기를 끌고 갔다. 찔러도 피 한 방울 나오지 않을 것 같은 장혁규와는 맞춘 듯한 궁합이었고, 병원 매출에 지대한 공헌을 하는 일등 공신이기도 했다. 하지만 지금 장혁규는 병원에 없다. 그렇다면 이 중국인들에게 새 눈과 코와 턱과 가슴을 선사해 줄 '우리 선생님'은 누구를 말하는 것일까? 나는 조성환의 스케줄을 떠올려 보았다. 내일 오전과 오후에 두 건씩 수술이 잡혀 있었던 것 같다. 그게 이들의 수술일까? 아닐 것이다. 조성환은 사전 면담 없이는 수술하지 않는다. 그렇다면 이들은 고정권의 손에 넘어가는 걸까? 아니면 김혁진의 손에?

"차가 좋다!"

인천공항도로를 타고 다시 병원으로 향하는 길, 내일 있을 수술에 대해, 송중기와 김수현과 강재희에 대해 중구난방 떠들어 대던 여자들 중 한 명이 말없이 운전하는 내 쪽을 쳐다보며 말했다.

"원래 오늘 김 이사가 밴을 끌고 마중 나오기로 했는데, 사고가 나는 바람에 우리가 온 것이다."

이 말을 시작으로 재인은 이 차가 병원장의 것인데 특별히 내줬다는 이야기, 운전하고 있는 나도 유능한 의료 인력이라는 이야기, 내가 보기엔 여리여리해 보여도 운전도 잘하고 물건도 번쩍번쩍 잘 든다는 이야기 등 잡다하게 말을 늘어놓았다. 내 코와 가슴이 우리 병원에서 수술받은 것이라는, 말도 안 되는 거짓말을 슬쩍 섞어 나를 놀라게 만들기도 했다.

"이분 코의 라인을 보면 심하게 높지도 않고 전혀 수술한 것처럼 보이지 않는다는 걸 알 수 있다. 가슴도 한 듯 안 한 듯 자연스럽지 않은가? 수술 콘셉트가 '자연스러움'에 맞춰져 있었기 때문이다. 이런 세심한 케어는 오직 우리 병원에서만 받을 수 있다."

잠자코 듣긴 했지만 생각할수록 어처구니가 없었다. 이 아이가 평소 내 코와 가슴을 흘끔거리며 별점을 매겼다는 말 아닌가? 그동안 얼마나 많은 중국인 고객들에게 내가 '자연스러운 성형'의 견본으로 소개되었을까. 하지만 기분이 아주 나쁘지는 않았다. 내 코가 수술했다고 할 만큼 예쁘다는, 내 가슴이 수술했다고 둘러댈 만큼 보기 좋다는 반증이 아니겠는가. 용기를 갖고 계속 살아가도 되는 것이다!

"그러는 당신은 운전을 하지 않는가?"

바로 날아오는 분홍 트레이닝복의 질문에 조수석에 앉아 백미러를 봐 가며 말하던 재인이 뒤쪽으로 몸을 틀어 앉았다. 나는 손을 호호 분 뒤 히터의 강도를 높였다. 희미하게 나오던 히터 소리가 웅 하며 볼륨을 높였다.

"나도 원래 운전을 했다. 운전을 즐기는 편이었고, 때로는 스피드도 즐겼다. 그런데 6년 전에 교통사고를 당해 폐차한 이후로 운전을 하지 못하게 됐다."

재인은 사고가 얼마나 무시무시했는지, 그 이후로 자신이 어떤 트라우마에 시달렸는지 자세히 묘사했다. 그때 얼굴이 박살 나는 바람에 성형수술을 하게 되었고, 덕분에 지금과 같은 얼굴을 갖게 되었다는 대목에 이르자 여자들이 눈을 둥그렇게 떴다. 나도 숨을 죽였다. 재인…… 그런 일이 있었어?

"그 이후로 운전은커녕, 운전석 옆에 앉아 있기만 해도 트라우마에 시달린다. 자꾸 옆 차선의 차들을 흘끔거리면서 사고가 나는 장면을 상상하게 된다."

나는 눈을 돌려 열변을 토하는 재인을 쳐다보았다. 재인이 이렇게 많은 말을 하는 것, 자기 얘기를 하는 것, 감정을 섞어 가며 활기를 보이는 것, 모두 처음 보는 광경이었다. 재인이…… 이런 사람이었나? 중국어를 하는 재인은 한국어를 하는 재인과 완전히 달랐다.

"내일 저분들 수술 어느 선생님이 하셔?"

대화가 소강 상태에 접어든 틈을 타 재인에게 물었다.

"김혁진 원장님이오. 한 분은 내일 오전에 받고 두 분은 모레 오후에 받기로 되어 있는데요."

딱딱하고 방어적인 표정으로 돌아온 재인이 말했다. 활짝 웃는 웃음이나 크게 휘젓는 손동작이 조금도 동반되지 않은 건조한 말투였다.

"재인 씨."

그동안 중국인들은 자기들끼리 뭐라고 말을 하며 창밖의 한 지점을 가리켰다.

"네?"

재인의 얼굴에 긴장한 듯한 빛이 서렸다.

"재인 씨 수술도 김혁진 원장님이 해 줬어요?"

재인이 내 얼굴을 뚫어지게 쳐다봤다. 순간 아차, 싶었다. 재인은 내가 중국어를 할 수 있다는 것을 모른다.

"평소에 궁금했던 거라 물어보는 거예요. 알리고 싶지 않으면 대답 안 해도 돼요."

중국어를 할 줄 안다고 솔직하게 밝힐까 하다가, 그냥 이렇게만 말했다. 병원에 도착하려면 아직 멀었는데 중국어를 구사할 때만 드러나는 재인의 인간적인 속내를 여기서 중단시키고 싶지 않았다.

"저, 얼굴은 장혁규 원장님이 해 주셨어요."

그래. 짐작했던 바다. 인조인간 같은 그 얼굴을 장혁규 아니면 누가 만들었겠는가.

"그럼 가슴은?"

바로 다그쳐 물었다. 대답이 나오고 있을 때 기세를 타고 이어 가야 한다.

"가슴은……."

재인이 백미러로 중국인들을 슬쩍 넘겨다보았다. 중국인들은 비닐에서 과자를 꺼내 먹으며 커다란 목소리로 수다를 떨고 있었다. 손짓 발짓을 섞어 가며 높낮이가 뚜렷한 말을 내뱉는 그들의 모습은 마치 핏대를 올리며 싸우는 사람들처럼 보였다.

"조성환 원장님이 해 주셨어요."

"그래?"

조성환? 그 인간이 해 줬다고? 아침에 들어갔던 수술 장면이 떠올랐다. 순백색 살결을 가르던 메스, 맺히던 핏방울, 마루타처럼 앉혀진 환자의 가슴을 주무르던 손.

"조성환 원장님이 가슴 수술을 주로 하시나?"

그러고 보니 조성환의 주종목을 모르고 있었다. 장혁규의 주종목은 눈, 코이고 고정권의 주종목은 턱이다. 그럼 조성환은? 조성환은 어디를 주로 하는가?

"병원장님은 골고루 다 잘하시는 것 같아요. 워낙 손이 좋으셔서……."

내친 김에 장혁규 얘기도 물어볼까? 나는 사이드미러로 옆 차선의 차량을 확인하며 목청을 가다듬었다. 장혁규가 잠적한 것은 부인 때문이다. 건원 그룹의 3세이며 건원 화학의 부사장이기도 한 장혁규의 부인 원지영은 거만하고 아랫사람들을 함부로 대하기로 유명했는데, 지난주 목요일에 백화점 직원을 구타해 고막을 터뜨리는 사건을 일으키며 전 국민의 화젯거리로 떠올랐다. 지난 금요일 아침, 우리 병원 로비는 건원 그룹의 사위인 장혁규를 취재하기 위한 기자들로 인산인해를 이루었다. 장혁규는 온종일 아무 일도 없다는 듯 일정을 소화한 뒤 뒷문으로 빠져나갔다. 원지영의 이름은 주말 내내 모든 포털 사이트 검색어 1위를 차지하는 기염을 토했다. 부인과 함께 유명세를 치르게 된 장혁규는 개의치 않고 토요일에도 나와 성실히 수술에 임했지만, 늦은 오후에 인터넷에 올라온 한 장의 사진, 에스더 박과 팔짱을 끼고 웃고 있는 사진으로 인해 더 이상 모범을 보일 수 없게 되었다. 그리고 오늘 아침부터 기약 없는 '출장'에 들어갔다. 조성환과는 미리 얘기가 오간 듯, 조성환은 출근하기 전부터 고정권이나 김혁진 등 병원의 주요 의사들에게 전화를 돌려 장혁규의 빈자리를 메꿀 방안을 논의했다. 그렇다면 병원에서 장혁규와 밀착해서 일하는 이 인조인간은 장혁규와 미리 통화했을까? 장혁규는 지금 어디에 있을까? 물론 대외적으로 장혁규는 지난번에 이어 두 번째로 중동 출장을 간 것으로 돼 있다. 선진 의료 기술을 전수해 주기 위해 특별 출장을 간 것으로.

"재인 씨, 혹시 장혁규 선생님 언제 돌아오는지……."

그때 핸드폰을 들여다보던 검은색 트레이닝복이 꺄악 하고 비명을 질렀다. 나머지 두 명이 화면을 들여다보더니 다급하게 재인을 불렀다

"재인! 재인! 강재희가 차에 깔렸대!"

"어떻게 해! 이게 사실이야?"

"재인은 알고 있었어?"

셋이 동시에 재인을 다그쳤다.

"뭐라고?"

내 입에서 불쑥 중국어가 튀어나갔다. 재인이 놀란 얼굴로 나를 쳐다봤다.

"누가 차에 깔렸다고?"

심장이 콩닥거리기 시작했다. 재희가 다쳤다고? 내가 아는 그 재희가?

"얼굴 다친 건 아니겠지? 어디를 다친 거야?"

여자들은 내 말에 제대로 대답하지 않은 채 걱정 어린 말을 쏟아 냈다. 중상은 아니겠지? 병원이 어디래? 우리 들렀다 갈까? 같은 말들을 하는 걸로 보아 셋 다 재희의 열성 팬들인 듯했다.

"중국어 하시네요?"

재인이 떨떠름한 표정으로 말했다.

"저 예전에 했던 일이 중국, 일본이랑 관련이 있었거든요. 그래서 조금 하는 편이에요. 근데 재인 씨, 강재희가 어떻게 됐대요? 검색 좀 해 줄래요?"

히터를 끄면서 빠르게 말했다. 차내 공기가 너무 탁해 숨을 쉴 수가 없었다.

"드라마 찍다 사고가 났나 봐요. 어느 정도인지는 안 나오고, 그냥 병원에 입원했다고만 나오는데요?"

손으로 핸드폰 화면을 죽죽 내리면서 재인이 건성으로 말했다. 나는 창문을 열어 바깥 공기가 들어오게 한 뒤 후 하고 심호흡을 했다.

"다른 기사도 검색해 봐요."

눈앞이 흐려지려 해서 눈을 깜빡이며 말했다. 침착해. 침착해, 이서경. 큰 사고는 아니었을 거야.

"뭐 나오는 거 있어요?"

계속 핸드폰 위에서 손을 놀릴 뿐 입을 열지 않는 재인을 다그쳤다.

"기사는 많은데 내용은 다 똑같아요. 촬영하다 사고가 났는데 경과는 지켜봐야겠다. 아, 여기 나온다. 발목 부상으로 보이며 현재까지 알려진 바로는 상태가 심각하지는 않은 것으로 전한다."

나는 창틀에 팔을 기대면서 속도를 높였다. 열린 창으로 바퀴와 도로가 마찰하면서 나오는 굉음이 밀려 들어왔다. 흥분한 목소리로 수다를 떨던 뒷좌석의 여인들도 맞추어 소리를 높였다.

"실장님, 강재희 팬이신가 봐요?"

핸드폰을 백에 넣으며 재인이 나를 흘끔 쳐다봤다. 팬이라. 팬이라는 말의 의미가 여과 없이 가슴을 뚫고 들어왔다.

"조금…… 아는 사이예요. 전에 하던 일이 그쪽이라."

얼버무리고 창을 올렸다. 아주 위험한 건 아니라고 기사에 나올 정도면 치명상을 입은 건 아닐 것이다. 한숨을 내쉬는데, 문득 억울하단 생각이 들었다. 지금 내가 여기에서 교통사고로 죽는다 해도 재희는 그 소식을 듣지 못할 것이다. 대한민국의 그 누구도, 내가 사고로 피 흘리며 쓰러졌음을 전해 듣지 못할 것이다. 그런데 재희는 경미할 것으로 추정되는 사고를 당했음을 내게 요란하게 알려왔다. 매체를 통해. 재희가 누구에게 시킨 것도 아니고, 그저 사고를 당해 누워 있을 뿐인데, 대한민국 사람 모두가 알 정도로 요란하게 소식이 알려졌다. 셀 수 없이 많은 기자들과 사진기자들이, 컴퓨터들이, 인쇄기가, 영상 매체들이 공들여 그의 사고를 취재해 알렸고, 지금도 알리고 있으며, 앞으로도 열렬히 그의 몸 상태를 알릴 것이다.

갑자기 앞으로 차가 끼어드는 바람에 다급하게 브레이크를 잡았다. 도로에 끼익 소리가 나면서 차가 휘청하고 흔들렸다. 뒷좌석에서 꺄아 하는 비명이 터져 나왔다.

"저 새끼 뭐야!"

내 입에서 욕설이 튀어나왔지만 앞으로 끼어들었던 노란색 스포츠카는 벌써 옆 차선을 통과해 앞쪽으로 달려가 버려 꽁무니도 보이지 않았다.

"죄송합니다. 앞차가 갑자기 끼어들었어요."

백미러를 보며 억지로 웃는 표정을 지어 보였다. 뒷좌석의 여인들은 손짓과 어색한 웃음으로 괜찮다는 의사를 표한 뒤 다시 강재희의 사고에 대해 열변을 토하기 시작했고, 재인은 고개를 숙인 채 핸드폰을 들여다보았다. 나는 서서히 속도를 높이면서 심호흡을 했다. 침착하자. 여기서 죽으면 개죽음이다. 아무도 내가 죽은 사실을 알지 못할 것이다. 다시 재희의 얼굴이 떠올랐다. 그 자식이 왜 다쳤지? 액션 신을 직접 찍었나? 신 피디의 냉소적인 말투가 떠올랐다. 재희를 얼굴밖에 볼 게 없는 멍청한 배우로 깔보는 내색을 감추려고도 하지 않는 뻔뻔한 인간의 싸가지 없는 말투가. 엘리트 출신으로, 상대가 저와 같은 엘리트가 아니면 노골적으로 업신여기는 형편없는 마초의 말투가. 그 인간이 직접 액션 신을 하라고 했다면 재희는 거절하지 못했을 것이다. 원래 상대가 원하는 일이라면 자동 반사적으로 그걸 수행하는 인간이니까. 가끔 말도 안 되는 무신경함을 보이긴 해도 천성이 착하고 순한 아이니까. 나는 한 손을 들어 올려 뒤통수를 툭툭 쳤다. 이서경, 정신 차려! 어디서 남 걱정이야, 걱정이? 지금 네가 전 국민의 사랑과 걱정을 한 몸에 받고 있는 한류 스타 강재희를 걱정하는 거야? 성격 더러운 피디 만났다고?

뒷좌석 여인들은 자기들끼리 아는 어떤 중국 배우가 영화를 찍다가 사고로 식물인간이 된 이야기를 하며 침을 튀기고 있었다. 다른 덴 멀쩡한데 뇌에 이상이 생겨 사고 능력을 완전히 잃었다면서 자꾸 재희 이름을 들먹였다. 나는 창문을 올리고 히터를 맥시멈으로 올린 뒤 라디오를 틀었다.

"잘생긴 당신은 나의 남자, 잘 빠진 당신은 나의 남자."

90년대 히트 가요를 리메이크한 댄스곡이 흘러나왔다. 갑작스러운 음악 소리에 놀란 재인이 얼굴을 돌리는 게 느껴졌지만 나는 전방에서 눈을 떼지 않았다. 강재희 이 자식, 다치든 뒈지든 제발 내 귀에 안 들어왔으면 좋겠다. 특정 연예인 소식만 차단해 주는 프로그램 같은 건 누가 발명 안 해 주나? 나는 오디오의 볼륨을 높였다.

"이 세상 마지막이 온대도 영원히 이 환상에 빠질래."

커다란 음악 소리가 차체에 진동이 되어 울리며 히터 소리를 압도했다. 나는 한 손으로 핸들을 쳐서 달칵달칵 소리를 내며 리듬에 맞추어 고개를 흔들었다.

30

돌아서서 층계를 내려가는 여자를 남자가 쫓아가 돌려세운다. 화면에 여자의 경악한 얼굴이 클로즈업되면서 남자의 얼굴이 여자에게 다가간다. 갑자기 다가오는 남자의 얼굴에 놀란 여자의 눈이 크게 벌어지는 순간 고개를 비틀어 여자에게 키스하는 남자. 카메라가 서서히 멀어지며 남녀의 입술이 포개지는 순간을 바스트 샷으로 조망한다.

"저렇게 되면 음, 엉덩이랑 가슴이 뽀뽀하는 거지?"

조성환의 허벅지를 베고 누워 발을 떨면서 내가 말했다.

"뭐라고?"

누워서 성한 쪽 다리를 내게 내주고 있던 조성환이 일어나 앉았다. 나는 조성환이 양반 다리 하기를 기다렸다가 냉큼 그의 무릎을 베고 누웠다.

"강재희 코는 엉덩이 진피로, 에스더 박은 가슴 연골로 만들었으니까 결국 강재희 엉덩이랑 에스더 가슴이 뽀뽀하는 거 아니야?"

"에스더 씨가 우리 병원에서 수술받았었나?"

조성환이 화면 속 에스더를 보기 위해 상체를 기울이며 안경을 추어올렸다. 나는 깊게 숨을 들이마셨다. 내 얼굴로 다가오는 조성환의 가슴, 그의 몸 냄새. 진한 향수 냄새에 섞인 비릿한 술 냄새. 없애 주지 못해 안달하면서도 맡으면 고향에 돌아온 듯 안도하게 되는 냄새.

"몰랐어? 그럼 에스더랑 장혁규가 어떻게 만났다고 생각하는 거야?"

가끔 조성환은 주위 사람들의 정황에 놀라울 정도로 무심한 태도를 보인다. 학교 때부터 친했다는 장혁규의 애인이 자기 병원에서 수술받았단 사실을 어떻게 잊어버릴 수가 있는지, 이럴 때 보면 이 인간이 정신을 어디다 놓고 다니나 의심하지 않을 수 없다.

"2년 전엔가? 장혁규가 저 여자 가슴 해 줬다며. 그때 가슴 연골 빼서 측두에 넣어 놨다가 일주일 뒤에 코에 넣어 줬다던데? 그러니까 뭐야. 장혁규는 자기가 만든 괴물이랑 사랑에 빠진 거잖아. 프랑켄슈타인이네?"

이렇게 말한 뒤 제 풀에 깔깔대고 웃었지만 조성환은 별다른 반응을 보이지 않고 내 머리 때문에 쓸려 내려간 양복 바지를 잡아 올렸다.

"혁규가 센스가 좋긴 좋아. 모양 잘 나왔잖아?"

조성환이 허리를 세워 앉으며 머리를 쓸어 넘겼다. 나는 손을 올려 목으로 길게 삐져나온 그의 머리카락 두 개를 빼내 주었다. 요즘 그의 머리카락이 부쩍 많이 빠지는 것 같아 은근히 걱정된다. 여기에서 대머리까지 된다면…… 안 그래도 열악한 이 인간의 외모가 얼마나 더 안쓰러워질까.

겨울날 새벽, 우리는 거실 바닥에 드러누워 드라마를 보고 있다. 조금 전 벽시계로 자정이 넘어가는 걸 봤으니 새해 첫날을 함께 맞고 있는 것이다. 퇴근 뒤 집에 당도하자마자 우리는 텔레비전 앞에 널브러져 드라마 「라임 오렌지」 재방송을 보기 시작했다. 27도로 설정해 놓은 실내 공기는 훈훈하고, 거실 창가에 놓인 대형 관엽식물들은 싱그러운 초록빛으로 반짝반짝 빛난다. 평일 아침마다 왔다 가는 도우미가 하는 일 중 마지막이 거실 식물들의 이파리를 닦는 것이다. 그 윤기 나는 이파리를 보고 있으면 미세 먼지에 찌든 이 도시에서 저 식물이 나를 지켜 주겠구나 하고 안도하게 된다.

"그런데 강재희 코, 엉덩이 진피로 한 거야?"

조성환은 의식하고 있을까. 조금 전 한 해가 영영 사라지고 새로운 해가 도래했다는 사실을. 그와 내가 한 해의 마지막과 새로운 해의 첫 순간을 함께 맞고 있다는 사실을. 우리는 옷도 갈아입지 않은 채 거실에 널브러져 하염없이 텔레비전을 보고 있다. 이 평화가, 몇십 년을 함께해 온 가족처럼 같이 게으름을 부리고 있는 이 시간이 너무 좋아서 몸둘 바를 모르겠다. 기억이 시작된 이래, 한 번도 연말을 누군가와 함께 보낸 적이 없다. 어릴 땐 늘 집에 혼자 남겨져 텔레비전을 보다 잠들었고, 성인이 된 뒤에도 마찬가지였다. 사귀는 사람이 있을 때도 그랬다. 그나마 정식으로 교제했다고 볼 수 있는 지하는 연말이면 늘 행사를 가거나 외국에 나가 있었다. 그래서 나는 연말은 당연히 혼자 텔레비전으로 시상식을 보며 보내야 하는 것으로 생각했다. 그런데 오늘, 조성환의 무릎에 누워 연말을 보냈다. 이마에 조성환의 숨결을 느끼며 새해를 맞고 있다. 내 인생에 이런 날이 오다니! 그동안 몇 번 죽어 버릴까 생각했더랬는데, 안 그러길 잘한 것 같다. 나는 눈을 감고 한쪽 무릎을 세운 뒤 그 위에 다른 쪽 발을 올렸다. 조성환과 만난 것은 내게 일생에 한 번 찾아올까 말까 한 행운일지도 모른다.

"응, 그래서 처음 했을 땐 피노키오 코 같았어. 뚱뚱하고 높고, 진짜 봐 주기 힘들더라. 원래 진피로 하면 높게 한다며? 흡수될 거 생각해서."

발을 떨면서 손을 올려 조성환의 목덜미, 머리카락이 끝나는 부분을 어루만졌다. 엊그제 머리를 깎고 와서 면도기로 민 부분이 뽀끔뽀끔 손에 잡혔다. 나는 깎은 지 얼마 되지 않은 남자의 머리끝 만지기를 좋아한다. 그 부분을 만지고 있으면 상대가 남자라는, 나와는 다른 종족이라는 느낌이 확 풍겨 온다. 그 부분을 만질 수 있는 '특별하게 친밀한 사이'라는 느낌도 만족스럽다. 다행히 조성환은 머리를 만지는 것은 거부하지 않는다. 여러 번의 시행착오를 거쳐 조성환과 나는 스킨십에 대한 무언의 합의에 도달했다. 이제 나는 그의 특정 신체 부분들은 특별히 조심해서, 실수로라도 스치지 않으려 노력한다. 그렇다고 마음속 흑심까지 깔끔히 사라진 것은 아니다. 그의 무릎에 누운 순간부터 지금까지, 내 머릿속에선 계속해서 내 머리통에서 10센티미터도 채 되지 않은 곳에 놓여 있는 그의 신체 부위, 지금쯤 어떤 상태인지 몹시 궁금한, 혹시 팽팽하게 긴장한 상태이진 않을까 하고 희망 섞인 추측을 해 보게 되는 부위에 손을 뻗어 움켜쥐는 상상이 펼쳐지고 있다.

"강재희도 파인 엔터 소속이었나?"

조성환이 이렇게 말했을 때에야, 그와 내가 나누던 대화의 대상이 재희라는 사실을 깨달았다.

"어? 아니, 같은 회사였던 건 아니고."

발 떨기를 멈추고 무릎 위에 올렸던 다리를 조용히 바닥에 내려놓았다. 머릿속에 펼쳐지던 갖가지 상상이 재빨리 자취를 감추었다. 아무튼 쓸데없는 상념을 중단하는 데는 위기 상황만 한 것이 없다.

"그런데 강재희 수술한 걸 어떻게 그렇게 잘 알아?"

나는 일어나 소파에 기대앉았다. 조성환의 목소리가 너무 진지해 그대로 누워 있을 수가 없었다.

"뭐, 그 바닥에서는 건너건너 다 들으니까……."

조성환은 여전히 의문이 풀리지 않는다는 눈으로 나를 응시했다. 나는 잠깐 동안 망설였다. 재희와의 관계를…… 그냥 말해 버릴까?

"그래? 자가 진피로 한 거였대?"

그는 뭔가 더 듣고 싶다는 얼굴로 나를 빤히 쳐다보았다. 그때 장혁규와 에스더와 카페에 갔던 날이 생각났다. 그날 이 인간이 재희 얼굴을 입에 침이 마르도록 칭찬했던 것도.

"응, 그랬다더라고. 지금은 많이 가라앉아서 자연스러워진 것 같아."

궁리 끝에 재희 얘기를 하지 않는 쪽으로 마음을 굳혔다. 본능이랄까 직감이랄까, 그런 종류의 무엇이 나를 강력하게 만류하고 있었다. 상대는 톱스타다. 그런 유명 인사와 사귀었다는 사실은 공개 연애가 아닌 이상 천박한 느낌을 줄 수 있다. 이런 생각을 하다가 나는 씁쓸하게 웃었다. 사실 따지자면 재희와 나의 사이는…… 천박한 사이가 아닌가? 몸만이 만나는. 사고도, 느낌도, 배려도, 무엇도 없이 오직 몸. 몸만이 부딪혀 타오르는.

"원래도 모양이 좋았을 거야. 수술만으로 저런 모양 잡긴 어려워."

조성환이 눈을 가늘게 뜨고 화면을 쳐다보았다.

"원래도 높은 코였대. 살짝 콧대가 튀어나와서 그거 깎고 진피 살짝 깔았다더라고."

또 입방정! 나는 내 입을 후려치고 싶었다. 방정맞게 왜 자꾸 아는 척을 하는 거야? 너, 강재희에 대해 잘 안다고 그렇게 잘난 체하고 싶어? 왜, 아예 그 자식 엉덩이가 어떻게 생겼는지, 성기 모양은 어떤지, 흥분하면 숨소리가 어떻게 변하는지도 다 풀어놓지 그래?

"잘 나왔네. 내가 봐서 모를 정도면 정말 잘 나온 거야."

그나저나 이 남자는 강재희에 대해 왜 이렇게 관심이 많을까? 문득 지난번에 서랍 속에서 보았던 남자 사진이 떠올랐다. 재희와 놀랄 정도로 닮아 있던 그 남자의 사진이.

"강재희 같은 스타일 좋아하나 봐?"

나는 텔레비전 앞에 바짝 다가앉은 조성환의 무릎을 억지로 펴게 해 다시 베고 누웠다.

"잘생긴 얼굴은 관심 가질 수밖에 없지. 직업……이잖아."

나는 고개를 확 젖혀 조성환의 표정을 살폈다. 태연한 척 텔레비전을 쳐다보는 얼굴. 하지만 나는 알고 있다. 그의 얼굴 근육이 긴장으로 굳어지고 숨의 간격이 좁혀졌다는 사실을. 뭐지? 이 남자…… 뭔가 이상한데?

"그런데 서경아, 우리 말이야."

조성환이 텔레비전 볼륨을 낮추며 진지한 표정을 했다. 나는 다시 일어나 앉았다. 강재희에 대해, 조성환의 과한 관심에 대해 더 묻고 싶었지만 지금은 그럴 때가 아닐 것 같았다. 그의 입에서 서경아, 라거나 우리, 라는 말이 나오는 것은 흔치 않은 일이다.

"응, 우리 왜?"

나는 방글방글 웃으며 그를 마주본다. '우리'라는 말이 좋아서 막 소름이 돋으려 한다.

"이 집에서……."

"우리 이 집에서 뭐?"

나는 허벅지와 무릎 사이에 양손을 넣어 깍지를 끼며 머리를 한쪽으로 기울인다. 말하라. '우리'는 뭐든지 할 수 있다.

"나가야 할 것 같아."

"뭐?"

나는 눈을 크게 뜨고 그를 쳐다본다. 뭐라고?

"나가다니?"

이 아름다운 집에서 나간다고? 왜?

"다음 달이 기한인데, 집주인이 보증금을 올려 달래."

"얼마나?"

나는 한쪽 손으로 턱을 괸 뒤 눈을 굴린다. 이게 지금 뭔 소리?

"저번에도 말했던 것 같은데, 내가 빚이 좀 많아. 올려 달라고 하지 않아도 이 집, 집세가 너무 과해서 나갈 생각이었어."

그가 일어서서 소파로 가 앉았다.

"그래? 그럼 어디로 가려고?"

나도 소파로 가서 그의 앞에 쭈그리고 앉았다. 갑자기 이 집에서 나가야 한다니. 그럼 우리는 어디로 가게 될까? '우리'가 같이 가긴 할까?

"사실 지금 사정이 굉장히 안 좋아. 네가 상상하는 것 이상이야."

나는 고개를 들어 그를 쳐다보았다. 커피 가루로 빚어 놓은 것 같은 그의 갈색 눈이 내 눈과 조용히 마주쳤다.

"혹시…… 너 아파트…… 저번에 가 봤던 데. 거기로 들어가면 안 될까?"

내 얼굴에서 웃음기가 가시고 손발이 차갑게 얼어붙었다.

"지금 나보고 나가라는 거지?"

내 눈살이 찌푸려지고 목소리가 표독스럽게 변했다. 표정과 음성 관리에 주의해야겠다는 생각 같은 건 아예 하지도 못한 채, 나는 볼멘소리로 감정을 드러냈다. 소외감, 버림받는 느낌. 이런 종류의 감정 앞에서 내 이성은 아무런 기능도 하지 못한다. 오직 감정만이 전 존재를 장악하며 묵혀 두었던 위세를 드러낼 뿐.

"넌 여기서 나가서 네 아파트로 돌아가라, 그런 말이지?"

내 목소리가 갈라져 나왔다. 그는 대답 없이 내 눈길을 외면했다.

"대답해. 원하는 대로 해 줄게. 그거야?"

빨리 알고 싶다. 내가 두려워하고 있는 답이든, 그렇지 않든, 일단 알아야겠다. 알고 난 다음에 받아들이는 게 낫지, 이건지 저건지 몰라 불안한 건 딱 질색이다.

"아니야. 나도 같이 살게 해 달라는 거야."

그의 입에서 한숨과도 같은 말이 흘러나왔다. 긴 탄식 같은 언어. 시선은 텔레비전을 향해 있었다.

"그 집에서…… 둘이 같이?"

손으로 그와 나를 번갈아 가리켜 보였다. 그 좁은 집에서, 같이 살자고?

"응."

그의 시선이 다시 나를 향했다. 육신에 달린 눈은 내 쪽을 향해 있지만 넋은 딴 곳에 있는 듯한 공허한 시선이었다.

"이 많은 짐들은 다 어쩌고? 이 집에 있는 책만 해도 방 두 개는 필요할 텐데."

"웬만한 짐은 다 친구네 맡기려고. 네 아파트에 있으면서 다시 집을 알아보자.”

그가 침착하게 말하며 발을 꼬았다.

나는 가만히 앉아 손톱 옆의 살을 물어뜯었다. 뭐라고 말해야 할지 알 수가 없었다. 갑자기 떨어진 그의 말들이 혼란스럽게 허공을 떠돌았다. 그는 말없이 드라마를 보다가, 옆으로 드러누우며 볼륨을 높였다. 나는 그의 발치로 가 소파에 등을 기대고 앉았다. 머릿속에 온갖 생각이 왔다 갔다. 왜 갑자기 이사하려 하는가? 정말 돈이 없는 것인가? 아무리 돈이 없어도, 변변한 곳 전세 얻을 돈도 없단 말인가? 나이 쉰을 바라보는 독신의 성형외과 의사가? 그게 사실이라면, 대체 어디다 돈을 다 썼단 말인가? 애초에 이렇게 호화로운 집에선 왜 살았는가? 움막 같은 내 아파트에 같이 들어가겠다는 말은 진심인가? 진정 쫄딱 망해서 내 조그만 움막집에라도 몸을 누이고 싶은 것인가?

31

새해 들어 두 번째 맞는 금요일 밤. 조성환이 김밥이 먹고 싶다 해서 퇴근 후 김밥집에 들렀다. 유환과 함께 갔던 김밥집에 데리려갔더니, 그가 묘한 표정을 지으며 사방을 둘러보았다. 동생과 둘이 왔던 적이 있을까. 비좁은 공간에 형제가 나란히 앉아 김밥을 먹는 모습을 상상해 보았다. 쓸쓸하고 고즈넉한 풍경이 펼쳐졌다. 조성환 형제에겐 보통의 형제들에게선 찾아보기 힘든 이상한 종류의 거리감이 있다. 치명적인 뭔가가 둘 사이를 맹렬하게 갈라놓고 있는 듯한. 모르겠다. 내가 너무 오버해서 생각하는 것인지도.

조성환은 김밥이 나오기 바쁘게 허겁지겁 먹더니 집에 가자고 일어섰다. 나는 김밥 두 개를 한꺼번에 넣어 불룩해진 그의 볼을 의아한 얼굴로 쳐다보았다. 그렇게 배가 고팠나? 걸신들린 듯 먹는 것은 조성환에게선 좀처럼 보기 힘든 모습이다. 애초에 식욕이라는 게 없는 것처럼 보이는 사람이니까. 나는 반이나 남은 떡볶이 접시를 아쉽게 쳐다보다가 자리에서 일어섰다.

주차장에서 빠져나와 대로에 들어섰을 때, 그가 갑자기 '원스 어폰 어 드림'에 가지 않겠느냐고 물었다.

"지금?"

계기판 옆에 달린 시계를 보았다. 7시 50분. 주말의 시작을 축하하기 딱 좋은 시간이지만 왠지 석연치 않았다. 레스토랑에 갈 거면 왜 김밥을 먹었는가? 게다가 조성환에게는 오늘이 주말의 시작이 아니다. 수술 두 건과 총무부와의 회의라는 내일 일정이 기다리고 있기 때문이다. 회의는 회사 재정과 관련된 건으로, 이 일 때문에 조성환은 지난주에 은행을 몇 번씩 드나들어야 했다.

"내일 일정 빠듯하지 않아?"

집 문제도 마음에 걸렸다. 연초에 집을 비워 줘야 한다는 말을 들은 이후부터 나는 틈만 나면 부동산 사이트에 들어가 매물을 검색한다. 정확한 연유는 모르지만 조성환이 내게 얹혀 살겠다고 했으니 살 만한 집을 마련하는 게 나의 도리일 것이었다. 그동안 조성환에게 의식주 전반에 정규직 직장까지, 많은 신세를 지지 않았던가? 그렇다고 청담동 고급 빌라에 살던 사람을 물때 냄새 진동하는 초라한 아파트에서 살게 할 수는 없었다. 한남동 아파트를 빼다고 해 봤자 손에 쥐는 돈은 오천만 원밖에 안 될 텐데, 살 만한 집은 적어도 삼사 억은 들여야 구할 수 있을 것이다. 그런데 '원스 어폰 어 드림'을 가자고? 이 판국에? 유명 인사들이 모여 돈을 물 쓰듯 하는 그 허영의 동굴에?

"그냥 집에서 쉬는 게 낫지 않겠어?"

어차피 넌 거기 안 가도 네 포터블 알코올이 있잖아? 굳이 그 비싼 장소에 가서 마셔야겠니? 함의를 가득 담아 물었지만 조성환은 대답 없이 차창을 응시했다.

"그래, 그럼 잠깐 들렀다 가자."

결국 그가 자기 의지대로 하리라는 걸 알고 있는 내가 대답을 기다리지 않고 이렇게 말했다. 분명히 뭔가가 있을 것이다. 그곳에서 누구를 만나기로 했거나, 아니면 또 무슨 이상한 말을 할 속셈이거나. 그가 그곳에서 내게 반지를 건네는 광경이 잠깐 동안 떠올랐다 사라졌다.

발레파킹 직원에게 키를 넘기고 엘리베이터에 올랐다. 그래도 한번 와 봤던 곳이라고, 익숙하고 친근했다. 붉은 카펫이 깔린 엘리베이터의 통유리를 통해 서울의 고층 빌딩들이 점점 작아지는 모습을 보자 마음이 차분히 가라앉았다. 엄청난 재화와 성의를 기울여 꾸민 공간에 들어서서 '당신을 기분 좋게 해 드리는 일이라면 뭐든지 하겠다'는 얼굴로 대기하는 젊은 남녀에게 극진히 환대받는 건 언제나 기분 좋아지는 일, 나는 조금 뒤 내가 들어가게 될 별세계에 대한 기대감으로 조금씩 기분이 바뀌는 걸 느꼈다. 집이고 나발이고 다 잊어버리자. 오늘 밤은 공주처럼 대접받으며 황금을 지불하는 대가를 마음껏 누리는 거다. 그 황금을 누가 지불할지는 알 수 없지만.

엘리베이터 문이 열리자 대기하고 있던 정장 차림의 두 남자가 허리를 꺾으며 우리를 맞았다. 두 남자가 양쪽에서 열어 준 문 안쪽으로 들어서자 대기하고 있던 정장 차림의 여자가 우리를 인계받았다. 여자는 우리를 오른쪽으로 안내하더니 앞으로 죽 걸어갔다. 여자를 따라가다가, 우리가 1층 창가 좌석에 앉게 될 것임을 알았다.

아무나 앉혀 주지 않는다는 그 고귀한 두 좌석 중, 우리는 입구 쪽에서 먼 가장 안쪽 좌석으로 안내되었다. 나는 조성환의 팔에 낀 손에 힘을 주며 허리를 꼿꼿이 세웠다. 레스토랑의 최고 상석에 앉게 된다고 생각하자 온몸의 피가 얼굴로 쏠리는 것 같았다. 세상 모두가 나를 쳐다보고 있는 듯.

창가에는 남녀 한 쌍이 자리 잡고 앉아 있었다. 우리가 오길 기다린 듯 테이블엔 물 잔과 빈 와인 잔 네 세트가 놓여 있었다. 얼굴 생김새를 알아볼 만큼 가까이 다가갔을 때, 나는 오늘 나를 최고의 상석에 앉게 해 준 주인공이 누구인지 단번에 알아보았다. 남자의 옆자리에 두 손을 모으고 다소곳하게 앉아 있는 흑단 같은 긴 머리의 고전적인 미인이, 옆자리에 앉은 남자와 조성환과 나에게 오늘 이 테이블에 앉는 영광을 누리게 해 준 은인임에 틀림없었다.

"강명이한테 얘기 많이 들었습니다, 제수씨."

조성환이 자리에 앉으며 여자에게 인사를 건넸다. 여자가 눈을 들어 경계하듯 우리를 쳐다보더니 이내 시선을 내리깔았다.

빰이 발그레하게 변한 것으로 보아 수줍음이 많은 듯했다.

"형한테 얘기 많이 들었어요, 형수님. 최강명입니다."

남자가 자리에서 일어서 깍듯하게 나를 맞았다. 지나치다 싶을 만큼 예의를 갖춘 태도가 어쩐지 거슬렸지만, 형수님이라는 말이 귀를 타고 흘러 들어오는 느낌이 좋아 미소로 화답했다.

자리에 앉으면서 나는 계속 여자를 쳐다보았다. 여자의 얼굴은 텔레비전이나 인터넷을 통해 익히 보아 왔던 터였지만 실물로 보는 여자에게는 영상으로 접했던 것과는 비교도 할 수 없는, 강렬하게 사람을 끄는 매력이 있었다.

"우리는 저녁 먹고 왔어."

직원이 메뉴판을 가져오자 조성환이 얼른 이렇게 말했다.

"그래? 그럼 와인이랑, 가볍게 먹을 안주 정도만 할까?"

남자가 말하며 옆에 앉은 여자를 쳐다보았다. 정장 차림의 직원을 포함한 네 명의 시선이 자신에게 쏠리는 것을 느낀 여자가 손가락을 입에 물면서 천천히 시선을 들어 올렸다. 직원에게 머물던 시선이 조성환에게, 그리고 나에게 이동해 오는 것이 느껴졌다. 움직일 때마다 소리가 딸려 나오는 듯 생생하게 느낌이 전달되어 오는 시선이었다. 고개를 비스듬히 숙인 상태에서 사선으로 올려다보는 시선이었는데, 진한 속눈썹 사이로 빛나는 까만 눈동자에는 두려움, 혹은 당혹감 같은 게 서려 있었다. 보는 이에게 이유 없이 뭉클한 마음이 들게 하는, 뭐라도 도와주고 싶다는 마음이 일어나게 하는 시선이었다. 그것이 여자의 진심이라는 게 너무나 명백했기 때문에, 그러니까 자신의 시선이 지니는 힘을 알고 일부러 가장하는 게 아니라 정말 겁먹은 눈으로 세상을 본다는 게 누가 봐도 확연했기 때문에, 그 시선은 강력한 흡입력을 발휘했다. 보호 본능을 일으킨다는 말의 의미를 체감케 해 주기 위해 존재하는 눈빛이랄까.

여자는 시선 세례를 베푼 뒤 최강명과 눈을 맞추는 것으로 자신의 의사를 전달했다. 모든 건 당신이 알아서, 라는 뜻이었다. 최강명은 한참 동안 메뉴판을 들여다보았다. 와인에 대해 조성환과 몇 마디 주고받은 뒤에도 손으로 턱을 어루만지며 미적지근하게 시간을 끌었다. 그가 메뉴판을 넘기며 고심하는 걸 보면서 나는 두 가지 사실을 알아차렸다. (1) 오늘 이 자리 계산을 그가 하게 되리라는 사실과 (2) 그의 성장 환경이 풍요롭지 않았으리라는 사실. 입고 있는 양복의 재질이나 반짝이는 커프스 단추, 잘 손질된 머리 모양, 무엇보다 옆에 앉은 여자의 존재로 보아 현재는 고소득자인 것으로 추정되지만, 자라난 환경은 분명 넉넉하지 않았을 것이었다. 메뉴판의 오른쪽을 흘끔거리며 시간을 끄는 것은 나처럼 의식주에 대한 불안을 달고 살아온 사람들만 알아차릴 수 있는 빈곤의 표식과도 같다. 조성환이 김밥을 먹고 가자고 했던 이유가 이것이었을까. 나는 살짝 기분이 나빠지려 했다. 미리 계획해 놓고 그렇지 않은 척한 것 아닌가. 조성환은 늘 이런 식이다. 내게 아무런 언질을 주지 않고 자기 마음대로 상황을 끌고 나간다. 별거 아니라는 듯 대수롭지 않게. 더 기분 나쁜 건 내가 그걸 눈치채지 못할 거라고 생각한다는 사실이다. 누굴 바보로 아나. 나는 벌떡 일어나 자리를 박차고 나가는 장면을 상상해 보다가, 이내 마음을 가라앉혔다. 눈앞에 있는 여자에 대한 막대한 호기심 때문에 도저히 나쁜 기분을 지속시킬 수가 없었다. 우리나라 최고 부동산 재벌이라는 대화 그룹의 막내딸, 김태권 회장이 눈에 넣고 다니고 싶어 한다는 고명딸 김희연이 실물로 내 눈앞에 앉아 있지 않은가!

기나긴 시간을 망설이고 고심한 끝에 최강명은 와인과 모듬 치즈를 주문했다. 중저가라 할 수 있는 레벨의 와인과 가장 단가가 낮은 안주의 이름을 공손하게 받아 적는 직원을 보면서, 최고 상석을 차지하고 앉은 일원으로서 송구스러운 마음을 금할 수 없었다. 자식, 조금만 더 쓰지!

와인과 안주가 나오고 서로 잔을 부딪히고 안주를 먹는 동안, 넷 사이에는 거의 아무 말도 오가지 않았다. 최강명이 병원 사정을 물으며 슬쩍 장혁규의 근황을 물은 것 외에는 각자 와인 잔을 들었다가 조심스레 테이블에 내려놓는 동작이 오갔을 뿐이다. 가끔 눈이 마주치면 서로 어색하게 웃었는데, 여자는 시종일관 시선을 내리깔고 있어 눈길을 주고받을 수 없었다.

나는 가벼운 농담을 시도해 보다가, 어색한 분위기를 더 어색하게 만드는 결과와 맞닥뜨린 뒤 완전 침묵 모드에 들어갔다. 와인 잔을 들면서 슬쩍슬쩍 최강명이라는 인간을 훔쳐보기도 했는데, 몇 번 보지 않아 이내 그가 풍채가 좋고 보기 좋은 외관을 갖추었다는 사실을 알 수 있었다. 그는 떡 벌어진 어깨에 근육이 드러나는 팔목, 강인한 턱선을 갖춘 남자였다. 광대뼈와 턱이 너무 발달해 있어 투박한 느낌을 주는 게 흠이긴 하지만 앉은키로 어림해 봤을 때 키도 상당한 것 같고, 부드러운 저음의 목소리나 확신을 갖고 여유 있게 말을 하는 품새로 보아 상당히 많은 여자들의 마음을 애태웠겠다는 추측을 할 수 있었다. 핸드폰에 들어온 문자메시지를 확인한 최강명이 두어 번 여자에게 귀엣말을 건넸는데, 그때마다 여자가 최강명에게 보내는 시선에서는 애정임에 틀림없어 보이는 감정이 손에 만져질 것처럼 뚝뚝 떨어져 내렸다. 그것은 동등한 사이의 애정이라기보다는 존경이나 선망 같은 수직적인 감정이 서려 있는 그런 애정이었다. 그에 반해 최강명의 태도는 딱딱하고 사무적이었다. 같이 일하는 상사 혹은 회사에 막대한 이익을 주는 비즈니스 파트너를 대하는 듯한 분위기였다. 남자들이 일하는 세계를 생각해 보면 형이라 부르는 인간과 그 파트너 앞에서의 태도로서 충분히 일반적이라 할 수 있었지만, 넘겨짚고 곡해하고 상상하기 좋아하는 나로서는 분명히 남자 쪽은 여자 쪽에 마음이 없거나 여자에 비해 몹시 미약한 분량의 마음만 있는 것이라고 단정하지 않을 수 없었다.

최강명과 여자에 대해 이미 내가 많은 것을 알고 있다는 사실을 깨달은 것은 그가 걸려 온 전화기를 들고 걸어 나갔을 때였다. 김희연은 전화기를 들고 성큼성큼 걸어 나가는 최강명의 뒷모습을 마치 10년 동안 못 만나게 될 정인을 보내듯 처연하게 바라보았는데, 옆에 앉아 있을 때는 잘 쳐다보지도 못하던 사람의 뒷모습에서 눈길을 거두지 못하는 그 모습을 보면서 김희연의 최강명에 대한 감정의 깊이가 어느 정도인지 확실하게 알 수 있었다. 그리고 김희연의 시선이 테이블의 한 지점으로 돌아왔을 때, 나는 엄지와 중지를 부딪혀 딱 소리를 냈다.

"생각났다! 두 분 약혼하신 사이죠?"

김태권 회장이 밖에서 낳아 온 딸이라는 소문을 달고 다니는 김희연은 작년 말에 '일반인 회사원'과 약혼하면서 재벌가의 일

거수일투족에 무지막지한 호기심을 갖고 있는 네티즌들에게 많은 화젯거리를 안겨 주었다. 안 그래도 김희연은 재벌가 최고의 얼짱이라는 타이틀을 몇 년째 사수하며 네티즌들의 관심을 한 몸에 받고 있던 터였다. 흑단 같은 풍성한 머리와 진한 눈썹, 붉은 입술로 동양적인 매력을 물씬 풍기는 김희연은 재벌가 여식답지 않게 겸손하고 소박하다는 평을 받으며 대중들에게 연예인 못지않은 인기를 누렸다. A여대 음대를 나와 가끔 바이올린 독주회를 여는 것 외에는 대외적인 활동을 전혀 하지 않았고, 특히 회사 경영에는 일절 관여하지 않아 후계자 자리를 두고 진흙탕 싸움을 벌였던 위의 두 오빠들과는 '클래스가 다르다.'는 정평을 받았다. 항간에는 김태권 회장이 위의 두 아들에게 질린 나머지 대화 그룹을 통째로 막내딸에게 넘길 거라는 루머가 돌기도 했다. 작년 말에 딸이 '일반인 회사원'과의 약혼을 발표한 뒤에는 외국계 컨설팅 회사에서 일하고 있는 예비 사위를 '대화 로지스틱스'의 부사장으로 전격 발탁하는 파격 인사를 단행하기도 했다. 대화 로지스틱스는 대화 그룹의 모든 물류를 담당하는 회사로, 가만히 앉아 있어도 그룹 간의 거래로 인한 실적이 미친 듯이 쌓여 가는, 그룹 내 알짜 중의 알짜로 꼽히는 알토란 계열사였다. 아직 결혼도 하지 않은 '사윗감'을 그런 그룹의 부사장으로 발탁했다는 것은 회장의 딸에 대한 마음이 어느 정도인지를 보여 주는 사건이었고, 그 사건의 주인공이 된 '일반인 남성'은 하루아침에 유명 인사로 떠올라 며칠 동안 포털 사이트 상위권에 머무는 영광을 누렸다. 그리고 '남데렐라'라고 불리며 지금까지 세간의 관심을 한 몸에 받고 있는 그 일반인 남성이 바로 조금 전에 김희연의 애틋한 시선을 받으며 자리를 비운, 최강명인 것이다.

"네?"

김희연이 놀란 듯 나를 쳐다보더니 얼른 시선을 내리깔았다. 얼굴은 소주 한 병을 원샷한 사람처럼 빨갛게 달아올라 있었다. 나는 조성환과 눈길을 주고받은 뒤 와인 잔을 끌어당겼다. 그게 그렇게 부끄러운 이야기인가? 둘의 약혼이 만천하에 알려지고 최강명의 엄마가 한때 대화 리조트 하우스키핑 부서의 룸 담당 미화원으로 일했다는 세세한 가정사까지 다 알려진 이 마당에? 그 둘을 다룬 기사가 지금까지 몇천 개씩 쏟아졌고, 앞으로도 끝없이 나올 것이다. 그런데 그게 그렇게 부끄러워?

"강명 씨 어때요? 잘해 줘요?"

문득 김희연을 놀려 주고 싶어졌다.

"네?"

김희연이 한쪽 손으로 뺨을 누르며 나를 비스듬히 올려다보았다. 눈에는 뜻밖에도 기뻐하는 빛이 어려 있었다.

"잘해 줘요?"

풍성한 검은 머리, 숯덩이 같은 눈썹, 얼굴 여기저기에 돋은 검은 솜털들. 털에 뒤덮이다시피 한 여자의 얼굴을 보고 있으니 여자가 맡으면 어울릴 만한 배역이 불쑥 떠올랐다. 예쁜 여자 귀신. 여자는 중국 무협 영화에 귀신 역할로 나오면 딱 어울릴 스타일이었다.

"아…… 네. 오빠가 원래 좀 무뚝뚝한 성격인데, 저한테 맞춰 주시려고 애를 많이 쓰시는 편이세요."

김희연 수줍게 웃으며 말했다. 힐끔거리긴 했지만 나를 쳐다보면서. 나는 이 짧은 한마디를 통해 두 가지 사실을 알게 되었다. 하나는 이 여자가 자기와 최강명에 대한 얘기를 하게 된 것에 몹시 기뻐하고 있다는 것. 또 하나는 여자의 상식 수준이랄까 교육 수준이 그다지 높지 않다는 것. 이 여자가 밖에서 낳아 온 자식이라는 루머는 아마도 사실일 것이다. 재벌가에서 제대로 엘리트 교육을 받은 여식이라면 '오빠'라 칭하는 자기 남친 이야기를 하면서 과잉 존칭을 사용함으로써 오히려 천박하다는 인상을 주는 우는 범하지 않을 것이다. 이 여자가 지금 손에 쥐고 있는 금수저는 분명 고등 교육이 완료된 이후에 받은 것이리라.

"어떻게 애를 쓰시는데요?"

잔을 들어 여자의 앞으로 부딪히는 시늉을 했다.

"네?"

여자가 눈을 깜빡이더니 자기 잔을 내밀어 내 잔에 갖다 댔다. 쨍 소리가 나면서 여자와 나의 눈이 마주쳤다. 깊고 순결한 눈빛. 반짝이는 마음이 그대로 배어나오는 비틀림 없는 시선.

"전화를 많이 해요? 맛있는 걸 많이 사 줘요? 아니면 피아노 연주를 해 준다든가, 뭐 그런 거 있잖아요. 남자가 좋아하는 여자한테 하는 거."

여자가 잔을 내려놓고 양손으로 뺨을 꼭 누르더니 천천히 말했다.

"밤마다…… 전화를 해 주세요. 바쁘실 텐데……."

헐. 전화를 해 주신다고? 그게 잘해 주는 거?

갑자기 눈앞의 여자가 좋아졌다. 생긴 것하고 똑같은 마음씨를 갖고 있지 않은가. 아이 같은, 참으로 순수한 여자였다. 별것 아닌 일에 뿌듯해하는 것이나 약혼자에 대해 '해 주세요.'라는 깍듯한 존칭을 쓰는 행위가 묘한 감동을 불러일으켰다. 최강명은 어떨지 모르겠으나, 이 여자는 진심이다. 진심으로 최강명을 좋아하고 있다.

"선생님은…… 선생님은 어떻게 해 주세요?"

놀랍게도 여자가 반격을 해 왔다. 나는 실실 웃음을 쪼갰다. 그래? 너도 물어보겠다 이거지? 아이고, 귀여운 것.

"선생님이면…… 성환 씨를 말하는 건가?"

불시에 날아온 반격에 조성환과 내가 마주보며 어색하게 웃었다.

"네. 선생님이 언니한테…… 언니라고 불러도 되죠?"

수줍어서 아무 말도 못할 거라고 생각했던 여자가 내게 언니라고 부르겠다고 제안하는 담대함을 보였다. 어찌나 기특한지, 벌떡 일어서서 여자의 머리를 쓰다듬을 뻔했다.

"물론이죠. 희연 씨, 우리 언니 동생 하면서 친하게 지내요."

김희연이면 거의 한국의 패리스 힐튼, 좋은 면모만 모아 놓은 패리스 힐튼이라고 할 수 있다. 그런 애가 나랑 언니 동생 하며 지낸다면 내가 손해 볼 일이 뭐 있겠는가. 좋다! 대환영이다!

"조 선생님은 언니한테 어떻게 해 주세요? 굉장히 잘해 주실 것 같은데."

여전히 비스듬하긴 했지만 김희연의 시선은 과감해져 있었다. 시선을 내리깔는 빈도가 눈에 띄게 줄었고, 나와 조성환의 얼굴을 번갈아 쳐다보며 대답을 촉구하기도 했다.

"성환 씨는, 글쎄, 이렇게 물으니까 되게 어렵네. 희연 씨도 아까 내가 물어봤을 때 곤란했겠다."

시간을 끌면서 머리를 굴렸다. 뭐라고 대답하지? 조성환은 내게 어떻게 잘해 주나? 실제로 잘해 주기는…… 하나?

"이 아저씨는 너그러워요."

일단 이렇게 운을 뗐다. 희연은 손에 든 와인 잔을 빙글빙글 돌리면서 내 대답을 기다렸다. 시선은 그동안 많이 올라와 거의 직각에 가까운 각도를 형성하고 있었다.

"내가 하는 말과 행동 모두를 용납해 주죠. 무조건. 우리끼리 있을 땐 서로 반말하는데요, 어떤 말을 해도 다 들어주고 받아들여 줘요. 저는 가끔 욕을 하는데, 아니 실은 많이 하죠. 흐흐. 근데 그때마다 아무렇지도 않게, 심지어는 똑같이 욕을 하며 동조해 줘요. 터무니없는 일로 누굴 욕해도 열심히 맞장구쳐 주고. 어떨 땐 나보다 더 지랄 맞게."

이렇게 말하고 깔깔깔 소리 높여 웃었다. 얼마나 잘해 주는 게 없으면 같이 반말하고 욕하는 걸 갖다 붙였을까 싶으면서, 자조적인 해소의 쾌감이 느껴졌다.

"어머, 두 분 너무 멋지세요. 저도 오빠랑 그렇게…… 하고 싶은데."

여자가 와인 잔을 내려놓고 한 손으로 가슴께를 눌렀다. 앞이 파인 흰색 앙고라 니트에 놓인 여자의 하얀 손가락에서 커다란 다이아몬드가 반짝 빛을 냈다.

"강명이가 희연 씨를 뭐라고 부르나요?"

앉아서 와인 잔을 비우거나 조용히 웃기만 하던 조성환이 처음으로 입을 뗐다. 미소 지으며 희연을 쳐다보는 시선이 어찌나 그윽한지, 이 인간이 이 청초한 여자 생물한테 홀딱 반한 게 아닐까 하는 의심이 들 정도였다.

"저는 그냥 희연이라고 불렀으면 좋겠는데 오빠는 계속 희연 씨라고 해요. 선생님이…… 오빠한테 말 좀 해 주세요."

그때 최강명이 돌아와 앉았다. 모처럼 적극적인 모습을 보였던 김희연이 다시 시선을 내리깔고 새초롬한 자세로 돌아갔다.

"강명아, 너 희연 씨한테 말 안 놓니?"

"어?"

최강명이 조성환과 희연을 번갈아 쳐다보더니 멋쩍은 듯 웃었다.

"호칭이 뭐가 중요해."

이렇게 말하고 눈짓으로 직원을 불렀다. 2미터 전방에서 우리를 주시하고 있던 직원이 한달음에 달려왔다.

"우리 뭐 더 시킬까? 와인도 비었고. 형은 와인으로 괜찮아? 위스키로 할래?"

최강명이 말하자 조성환이 어깨를 으쓱해 보였다.

"로열 살루트 38년산 있나요?"

최강명이 직원에게 메뉴판을 건네받으며 말했다.

"네, 준비해 드릴까요?"

"발렌타인도 있죠? 로열 살루트 말고 발렌타인으로 주세요. 12년산이나…… 없으면 17년산으로."

조성환이 끼어들어 말했다. 최강명이 손사래를 쳤다.

"형 좋아하는 거 마셔. 오늘 형수님도 나오셨고, 좋은 자린데."

두 남자 사이에 한동안 실랑이가 오가다가, 조성환이 발렌타인이 아니면 절대로 마시지 않겠다고 비장하게 선언함으로써 소극이 막을 내렸다. 청순가련형의 흑단 머리 미인은 눈을 내리깐 채 우아한 여자 귀신 같은 자태를 유지했고, 주문할 위스키의 종류를 놓고 옥신각신했던 두 남자는 이제 훈훈한 표정으로 마주 보고 이야기를 주고받았다. 나는 팔짱을 끼고 지금까지 조성환이 보인 역겨운 작태를 곱씹었다. 상대의 지갑 사정을 염려하여 저렴한 브랜드의 위스키를 마시겠다고 사납게 덤벼들 정도로 남을 배려할 줄 아는 놈이 나한테는 김밥으로 배를 채우게 한 뒤 미리 언질도 주지 않고 이 자리로 끌고 오는 만용을 부렸다. 아끼고 소중하게 여기는 사람이었다면 절대 이렇게 하지 않았을 것이다. 생각할수록 불쾌했다. 어느 자리에 같이 갈 때 미리 동의를 구하는 건 기본적인 예의가 아닌가. 자기들끼리 서로 위해 주지 못해 안달복달하는 이 자리에 나를 도대체 왜 데려왔단 말인가. 나는 소파에 기대앉아 잔에 남은 와인을 단숨에 들이켰다. 더 이상 김희연이 신기하지도 않았고, 오로지 집으로 돌아가 피곤한 몸을 누이고 싶은 마음뿐이었다.

32

조성환은 집에 돌아오자마자 침대에 드러누웠다. 옷 벗고 제대로 자라고 해도 대자로 드러누워 꿈쩍도 안 했다. 옷을 벗겨 줄까 하다가, 그대로 내버려 두었다. 최강명과 다정한 눈빛을 주고받으며 끝도 없이 마셔 대던 꼴이 떠올랐다. 나와 있을 땐 혼자서 술병만 빨던 사람이었다. 툭하면 책을 끼고 소파에 널브러져 같이 와인 한잔하자고 말 걸 엄두도 내지 못하게 하던 사람이었다. 그런데 최강명하곤 그렇게 좋아하며 술을 마시다니. 사람이 행복하면 표현하지 않아도 그 기운이 새 나온다는 걸 오늘 조성환을 보고 알았다.

샤워하고 방으로 들어와 노트북을 켰다. 엊그제 조성환이 본격적으로 글을 써 보라며 사다 준 노트북이었다. 성형외과에 대해 이제 좀 알 것 같았고, 쓰고 싶은 내용도 충분히 무르익었다 싶었는데, 막상 눈앞에 하얀 화면이 펼쳐지자 쓸 엄두가 나지 않았다. 나는 연예인들의 근황과 정치인들의 부패 쇼와 외국 어느 도시에 싱크홀이 생겼다는 뉴스를 마구잡이로 클릭하다가, 노트북을 끄고 일어섰다. 조성환, 그 자식이 글을 쓰라고 권유하는 바람에 쓸 맛이 뚝 떨어졌다.

방문을 열어 보니 조성환은 옆으로 웅크린 채 잠들어 있었다. 불이라도 꺼 줄까 하다가 그냥 내버려 뒀다. 최강명과 마주 보고 환하게 웃음 짓던 얼굴이 떠올라 기분이 더욱 나빠지려 했다. 내게는 한 번도 보여 준 적이 없었던 행복한 표정. 방으로 돌아와 다시 컴퓨터를 켜다가, 핸드폰을 열고 폰뱅킹 화면으로 들어갔다. 낮에 은영이가 천만 원을 만들어 송금했다고 문자를 했는데 오후 일정이 꽉 차 있어서 확인할 틈을 못 냈다. 입금됐는지 확인한 뒤 내일 그 돈을 인출해 부동산을 돌아다녀야겠다. 한남동 집 뺀 돈이랑 합치면 육천이 될 테니 월세를 좀 끼면 그럭저럭 괜찮은 집을 계약할 수 있지 않을까. 이렇게 기분이 저조할 때는 일거리를 만들어 집중하는 게 최고다. 당장 닥친 문제이기도 하니 내일부터 발품을 팔고 다니자. 나는 부동산 사이트로 들어가 그동안 점찍어 두었던 아파트 매물들을 프린트한 뒤 핸드폰으로 무통장 입출금 거래 내역 버튼을 클릭했다. '최근 일주일'로 조회 기간을 설정하자 리스트의 맨 아랫부분에 재희의 이름이 떴다.

"헐!"

나는 소리 지르며 화면에 얼굴을 갖다 댔다. 핸드폰 화면에는 강재희라는 이름 석 자가 떡하니 박혀 있고 그 옆 입금란에 80,000,000이라는 숫자가 찍혀 있었다. 눈앞이 흐릿해질 때까지 멍하니 화면을 쳐다보다가, 똑바로 앉아 0의 개수를 세어 보았다. 0이 세 개씩 두 번, 그리고 하나가 더 달려 있는 그 숫자는 분명히 팔천만, 팔천만 원을 나타내고 있었다.

33

하염없이 입금 내역 화면을 들여다보고 있는데 문자 들어오는 소리가 났다.

상암동 오피스텔로 올 수 있어?

재희가 보낸 문자였다. 돈을 보낸 뒤 바로 문자를 보내오는 그 강재희스러움에 피식 웃음이 나왔지만, 두말 않고 상암동으로 달려갔다.

오랜만에 만났기 때문일까. 피곤에 절어 파김치가 된 재희의 모습을 보니 가슴이 뭉클했다. 재희는 주인을 잃어버렸던 개처럼 반색하며 내게 달려들었다. 헤어 제품으로 떡이 된 머리에 오랫동안 씻지 못한 듯 몸에서 냄새도 났지만, 정성을 다해 그를 받아주었다. 피곤할 때면 늘 그렇듯 재희는 자신을 증명하는 데 번번이 실패했고, 나는 내 모든 지식과 노하우를 동원해 그의 해소 행위를 도왔다. 시간이 걸리긴 했지만 결국 내 노력은 결실을 맺었다. 미리 난방을 해 놓지 않아 싸늘하기 그지없는 오피스텔의 침대 위에서, 그는 땀을 뚝뚝 흘리며 내 위로 무너져 내렸다. 나로서도 나쁘지 않은 시간이었다. 그동안 육정이 들었던 건지, 재희와 다시 만난 게 기쁘고 좋았다. 오랜 친구를 만난 것처럼 편안하고 자연스러웠다. 한편으론 뿌듯했다. 나의 존재 가치랄까, 그런 걸 느꼈다. 오랫동안 맛보지 못했던 충만한 느낌.

칠흑 같은 새벽, 텅 빈 도로를 질주해 집으로 돌아왔다. 조성환은 대자로 누워 코를 골고 있었다. 술을 많이 마신 날 밤이면 어김없이 나오는 엄청난 콧소리와 굉음이 방을 가득 채웠다. 베개를 빼 주자 그가 후 하고 입으로 숨을 내뱉으며 몸을 옆으로 비틀었다. 옆으로 누워 한쪽 볼살을 일그러뜨린 채 힘겹게 숨을 내쉬는 그를 한참 내려다보다가, 조용히 문을 닫고 방을 나왔다. 내 방으로 돌아와 잠을 청했지만, 동이 틀 때까지 잠들지 못했다. 처음엔 원래 팔천만 원의 용처였던 유환에게 보낼 생각이었다. 내일 일어나자마자 송금해야겠다고 생각하고 침대에 누웠는데, 뒤척이다 보니 생각이 바뀌었다. 지금 동생이 문제인가. 조성환 본인이 길바닥에 나앉게 생겼는데?

하늘이 밝아 오는 것을 보며 잠들었다 깨 보니 9시가 넘어 있었다. 조성환이 그새 나가 버린 듯 집 안엔 정적이 감돌았다. 나는 냉장고에서 샐러드를 꺼내 먹은 뒤 나갈 차비를 시작했다. 부동산 순례를 가기 전에 미용실에 들를 계획이었다. 어젯밤 침대에서 뒤척이다가 잠깐 화장대 앞에 앉았는데, 그때 가르마 주위에 창궐해 있는 흰머리를 발견했다. 작년 여름부터 하나둘씩 보이던 흰머리가 이제 건성으로 보아도 눈에 띌 정도로 늘어나 있었다. 뽑으려고 핀셋을 꺼냈다가, 염색 쪽으로 마음을 바꿨다. 뽑기엔 양이 너무 많았다. 검은색으로 할까? 아니면 오렌지색? 거울을 보며 망설였다. 서른일곱이면 흰머리가 나기 시작하는 때인가? 친구들의 얼굴을 떠올려 보았지만 누구도 흰머리 이야기를 하지 않았던 것 같다. 딱 한 명, 은영이가 둘째를 낳은 다음부터 흰머리가 생겼다고 투덜거리긴 했다. 머리가 자랄 때마다 뿌리 염색을 받아야 하니 이제 파마를 하거나 모양을 내는 건 꿈도 꿀 수 없게 되었다고 불평했다. 그땐 애를 둘이나 낳은 유부녀이니 당연히 감수해야지, 생각하고 넘어갔는데 지금 생각해 보니 그 말이 뼈에 사무친다. 따지고 보면 나도 애를 낳은 몸이 아닌가. 나는 화장품을 손에 잡히는 대로 집었다. 스킨, 로션, 에센스, 미백 크림, 수분 크림, 안티에이징 크림……. 조성환과 백화점에 갈 때마다 잡히는 데로 샀던 화장품들을 개봉해 얼굴에 마구 찍어 발랐다. 늙어 가고 있다는 생각이, 죽음에 가까이 가고 있다는 생각이 번개처럼 내리쳤다. 그동안 자신을 평범한 싱글 여성으로 간주해 왔다는 깨달음도 섬뜩하게 스며 왔다. 결혼을 하진 않았지만 애를 낳았으니 신체적으로 유부녀나 마찬가지인데! 나는 번들거리는 얼굴에 여러 종류의 크림을 연이어 펴 발랐다. 신경 써야 한다. 관리해야 한다. 남편도 아이도 없는 나를 챙겨 줄 사람은 세상에 나 하나뿐이다.

이럴 줄 알았으면 아이를 낳지 않는 거였다. 색색의 유리 용기들의 뚜껑을 열고 닫으며 화장품을 펴 바르는데, 때늦은 후회가 스멀스멀 피어올랐다. 나는 얼마나 대책 없는 사람인가. 임신한 걸 알았을 때, 지하는 김상아와 열애 중이었다. 그래도 아이가 생겼다는 말은 해 줘야 할 것 같아 지하를 만났다. 임신 소식을 알린 것은 지하가 먼저였다. 상아가 아이를 가졌어. 자리에 앉자마자 이 말로 포문을 열었다. 그 말을 하던 지하의 표정이 어땠던가. 말투는 어땠던가. 그런 건 기억나지 않는다. 그 말을 듣는 순간 내 뇌리에 김상아가 낳은 아이와 내가 낳은 아이가 해맑게 웃으며 뛰노는 장면이 펼쳐졌다는 사실만 기억날 뿐. 그 장면에 너무 몰입해 있는 바람에, 지하의 말을 제대로 듣지 못했다. 화가 나거나 배신감을 느끼거나 하는 감정이 먼저 오지 않았다는 게 이상하다는 생각은 모든 일이 지나간 후에야 찾아왔다. 물론 그 자리에서 지하는 많은 말을 내놓았다. 그런 상황에 처한 남자라면 으레 내밀 만한 말들, 이를테면 김상아에 대한 감정은 일시적인 것이며 실은 너를 사랑하고 너와 관계를 이어 가고 싶다거나, 너한텐 미안하지만 아이라는 충격 앞에서 자기도 갈피를 잡지 못하고 있다거나 하는 말들을. 삼류 드라마에나 나올 법한 대사를 늘어놓으며 시간을 끌었지만 그의 말은 내 안에 안착하지 못했다. 내 뇌리는 한 가지 사실, 김상아가 임신했다는, 모든 상황을 종결시킬 위력을 가진 그 한 가지 사실에 완전히 점령당해 있어 다른 무엇에도 공간을 내줄 수 없었다.

나는 지하를 떠났다. 그때 관여하고 있던 곡의 프로듀싱을 마친 뒤 전화번호를 바꾸고 엄마의 비어 있는 양평 집으로 내려갔다. 물론 아이를 가졌다는 말은 하지 않았다. 내 계획은 간단했다. 아이를 낳아 바로 지하에게 넘기는 것. 아이를 지울까 하는 생각을 하지 않았던 건 아니지만, 내 의지로 한 생명체의 운명을 결정할 만한 자신감이나 용기가 내겐 없었다. 한 생명을 죽이고 그 뒷감당을 어찌할 수 있단 말인가? 낙태에 대한 생각은 그 후로 다시는 떠올리지 않았다. 그렇게, 임신과 출산이라는 강을 혼자 건넜다. 아이를 낳은 뒤에 바로 데려다주지 못했던 것은 사실 지하와 연락이 닿지 않았기 때문이었다. 지하는 외국에 나가 있었고, 언제 돌아올지는 측근들만 알고 있었다. 울며 겨자 먹기로 아이를 키웠다. 아이는 툭하면 울었고, 밤새 잠을 자지 않았다. 낳는 순간까지만, 혹은 낳은 뒤 며칠 동안까지만으로 한정되어 있던 내 계획에 밤새 우는 아이에 대한 사항은 들어 있지 않았다. 당황스러웠고, 짜증이 났다. 그래도 꾸역꾸역 아이를 키웠다. 아이에겐 저녁 무렵부터 새벽 한두 시까지 사력을 다해 울어 젖히는 골치 아픈 습성이 있었다. 아이를 넘기고 몇 년이 흐른 뒤 그것이 '영아산통'이라 불리는 증상임을 알게 되었지만, 당시 그런 지식이 전무했던 나는 겁에 질려 부들부들 떨었다. 이렇게 울다 죽지 않을까. 만약 죽으면 어떻게 해야 할까. 울면서 아이를 안고 창가에 서서 노래를 불렀다. 저녁 무렵부터 새벽까지 줄기차게 불러 댔다. 내가 알고 있는 모든 노래를. 그러면 아이는 거짓말처럼 조용해졌다. 연이어 노래를 부르다가 현기증이 나서 쉬려 하면 아이는 실처럼 가는 눈을 뜨고 입술을 삐죽거렸다. 가늘고 여리게 시작해 조금씩 소리를 높이며 사람의 신경을 날카롭게 만드는 그런 울음이 온 집안에 음산하게 울려 퍼졌다. 나는 아이를 흔들며 다시 노래를 시작했다. 자장가, 동요, 학교 때 불렀던 교가, 당시 유행하던 가요, 심지어는 내가 걸 그룹을 한답시고 설치고 다녔던 때 불렀던 노래까지 모조리 동원했다.

몇 년 뒤 텔레비전에 나온 그 아이가 제 아빠와 함께 노래하는 모습을 볼 때면, 그 밤들이 생각났다. 칠흑 같은 시골의 밤을 쳐다보며 노래하던 내 뒷모습이. 아가야 죽지 마라. 죽으면 안 된다. 기도하는 심정으로 노래하며 떨었던 내 서툰 영혼이. 그 아이는 기억할까. 생애 초반에, 자신을 낳아 준 생모가 자신을 안아 들고 얼마나 많은 노래를 불렀는지. 얼마나 무서워하면서 그 밤들을 지나갔는지. '아빠를 닮아 노래를 잘한다.'며 대중들의 사랑을 한 몸에 받는 그 아이, 윤미래는 자신의 생모가 따로 있다는 사실을 알까. 앞으로 알게 될까. 그러지 않기를 바란다. 영원히, 영원히 김상아를 친모로 생각하고 살아가기를.

그 후 그 아이를 그리워하거나 다시 데려오고 싶다는 생각은 한 번도 하지 않았다. 그다지 관심을 갖지도 않았고, 가끔은 매스컴에 나오는 것처럼 그 아이가 윤지하와 김상아의 친딸이라고 착각한 적도 있었다. 다만 한 가지, 나는 억울한 것이다. 젖을 먹인 뒤로 가슴이 처졌단 느낌이 들거나, 없던 허리 디스크 증상이 나타나거나, 흰머리가 또래 독신 여성에 비해 빨리 나온다는 생각이 들 때, 그 아이를 떠올리지 않을 수가 없다. 아이를 풍덩 낳아 아이 아빠에게 보내 버리면 모든 것이 끝날 거라고, 내 쪽에서 미련을 갖고 연락하는 멍청한 짓만 하지 않으면 아무 일도 일어나지 않았던 것과 똑같이 될 거라고 생각했던 나는 얼마나 어리석었던가. 당시 김상아가 가졌던 아이는 지하와 결혼한 직후 유산되었다. 그리고 내가 데려다준 아이는 김상아가 그새 다시 임신한 걸 감쪽같이 숨겼다가 비밀리에 낳은 김상아의 '두 번째 아이'인 것으로 알려졌다. 절묘한 타이밍과 사건들의 흐름에 내가 얼마나 안도하고 감사했던가. 쌍방이 지저분하게 얽히지 않도록, 아이가 자신을 '데려온 아이'로 의식하지 않고 자라게 되도록 조물주가 자선을 베풀어 주었다고 생각했다. 그리고 한동안, 정말로 모든 게 잘 돌아간다고 생각했다. 그러나 산다는 건 그렇게 만만한 게 아니었고, 나는 세월의 흐름과 함께 그 일이 그렇게 단순하게 끝날 수 없다는 걸 차츰 깨달았다. 이 흰머리 같은 괴물을 만나면, 재채기만 해도 팬티가 젖어 버리는 상황과 맞닥뜨리면, 그 아이를 생각하지 않을 수가 없는 것이다. 몸에 새겨져 두고두고 기억을 불러일으키는 아이의 흔적.

여기까지. 나는 자꾸만 들러붙는 어젯밤에 대한 상념을 억지로 떼어 낸 뒤 화장을 마무리했다. 코트와 차 키를 챙겨 들고 현관을 나섰다. 이젠 앞으로의 일만 생각하자.

미용실엔 내가 첫 손님이었다. 직원들은 친절했고, 염색도 빨리 끝났다. 옆자리에서 웨이브 펌을 받고 있던 여자의 손에 들려 있던 잡지에 내 눈길이 가닿지만 않았어도 나는 순조롭게 미용실에서 나왔을 것이다. 우연히 내 눈길이 머물렀을 때, 여자의 손은 우리 병원이 배경 화면인 인터뷰 기사를 막 넘기려 하고 있었다.

"죄송한데 잠시만요."

나는 여자에게 다가가 방금 넘긴 페이지를 다시 펼쳤다. 여자가 당황한 얼굴로 나를 쳐다보았다.

"아는 분이 나온 것 같아서요."

죄송하다고 다시 고개를 숙여 보인 뒤 잡지를 넘겨받았다. 기사의 배경 화면은 내가 매일매일 접하는 광활한 공간, 우리 병원의 12층 로비였다. 로비에 놓인 커다란 사자상 옆에서 한 컷, 신사동 전경이 널찍하게 펼쳐지는 창을 배경으로 한 컷 포즈를 취한 인물은 나와 같이 살고 있는 남자, 우리 병원의 병원장, 조성환이었다. 기사 제목을 확인했을 때 나는 헉, 하고 숨을 들이켰다.

「리드 마이 라이프」 출연 의사 조성환, 미모의 걸 그룹 출신 여성과 결혼 예정

다시 한번 손님에게 양해를 구한 뒤 잡지를 들고 소파에 가 앉았다. 인터뷰 내용은 제목에서 한 발짝도 더 나아간 게 없었다. 내용의 반은 조성환이라는 의사가 얼마나 잘났는지에 대한 신변 설명에, 나머지 반은 그 잘난 의사가 곧 어떤 여자와 결혼할 예정이라는 내용에 할애되어 있었다. 상대 여성이 어떤 사람인지는 오직 두 가지, '미모'이고 '걸 그룹 출신'이라는 사실만 나와 있었다. 미모의 걸 그룹 출신 여성이라면…… 나를 말하는 건가? 고개를 갸우뚱하다가 잡지 표지를 확인해 보았다. 《여성대화》. 대화 그룹의 계열사에서 발행하는 잡지로, 미용실이나 병원 같은 데에서 흔하게 볼 수 있는 월간지였다. 나는 잡지를 옆자리 손님에게 돌려준 뒤 미용실을 빠져나왔다. 주차장으로 내려가면서 전화를 걸었지만 조성환은 받지 않았다. 뭐야, 왜 전화를 안 받아.

투덜거리면서 차에 시동을 걸었을 때에야, 그가 이번 주 토요일에 두 건의 수술이 잡혀 있다는 사실이 떠올랐다.

34

아파트를 계약했다. 지은 지 10년이 채 안 된 도곡동의 아파트로, 청담동 빌라만큼은 못 되도 시설이나 주변 환경이 꽤 괜찮았다. 대단지 아파트라 고즈넉한 느낌은 부족했지만 헬스 시설이나 단지 내 공원 같은 커뮤니티가 잘 갖춰진, 도곡동의 랜드마크 아파트였다. 무엇보다 의사들이 많이 살고 있다는 점이 마음에 들었다. 우리 외로운 조성환, 왠지 모를 우수와 비애에 젖어 있는 조성환이 비슷한 사람들에 둘러싸여 살면 좀 낫지 않을까? 전문직에 종사하는 신혼부부의 비율이 높다는 점도 큰 위력을 발휘했다. 부끄럽게도 나는 이번 이사를…… 결혼과 연계해 생각하고 있었다.

"도곡동으로?"

퇴근해 조성환이 보인 첫 반응은 놀라움이었다.

"신사동에서 많이 멀지 않잖아. 의사놈들도 많이 산다니 분명 살기 좋을 거야."

조성환의 얼굴에 기뻐하는 기색이 보이지 않아 실망스러웠지만 아무렇지도 않은 척 말했다.

"도곡동 M아파트면 비싼 데 아니야? 돈이 어디서 났어?"

노트북 가방을 바닥에 내려놓은 그가 한 손으로 얼굴을 문지르며 소파에 앉았다. 크림색 소파에 눕다시피 기댄 그의 왜소한 몸뚱아리 위로 석양이 작렬하며 하루의 마지막 에너지를 발산했다. 나는 석양빛에 인상을 찡그리는 그를 위해 속커튼을 쳐 주었다.

"사랑하는 사람을 위해 그 정도는 마련할 수 있지. 앞으로도 필요한 거 있으면 이 누나한테 말해. 내가 다 해결해 줄 테니까."

주먹을 불끈 쥐어 보이며 너스레를 떨었다. 조성환이 바닥에 앉은 나를 비스듬히 내려다보며 희미하게 입술을 움직였다. 웃어 보이려고 한 것 같은데, 피곤해서 근육이 움직여지지 않는 것 같았다. 전날 밤에 그렇게 술을 마시고도 수술 일정을 소화했으니 안 피곤할 수가 없겠지. 나는 그의 발치에 웅크리고 앉아 발을 주물러 주었다. 그는 으음, 소리를 내다가 눈을 감은 채 소파에 드러누웠다. 얇고 하늘거리는 흰색 커튼 새로 들어온 빛이 너울거리며 그의 몸 위에 반짝이는 물결을 만들어 냈다.

"네가 결혼한다는 여자가 나니? 걸 그룹 멤버였다는 미모의 여자가? 그랬으면 좋겠다, 조성환아."

그가 규칙적인 숨소리를 내는 것을 확인한 뒤 그의 종아리를 쓰다듬으며 혼잣말을 늘어놓았다.

"알고 보니 네가 나를 몹시 사랑하는 것으로 밝혀져 나와 결혼하고, 첫날밤을 맞고, 아끼고 아꼈던 내 몸뚱아리를 안고 격렬하게 섹스했으면 좋겠다. 그러면 얼마나 좋겠니."

이 저녁. 낮과 밤이 교차하는 이 겨울 저녁에, 누군가에게 마음을 털어놓고 싶다. 비록 상대가 잠들어 듣지 못하더라도, 아니 잠들었으니까 안심하고, 넋두리를 늘어놓고 싶다. 아무 계산 없이 내 마음을 바깥으로 표출해 내고 싶다.

"이태리."

그의 입에서 이 이름이 튀어나온 건 혼자 주절거리던 내가 그의 다리 위에 엎어져 막 잠들려 했을 즈음이었다.

"뭐?"

놀라 몸을 일으켰다. 오랜만에 들어 보는 그 이름의 느낌이, 이태리라는 발음이 주는 특유의 파동이 내 안 깊은 곳에서 원을 그리며 퍼져 나갔다. 이 인간이 내 옛날 이름을…… 어떻게 알았지?

"난 네가 이태리였을 때부터 너를 알고 있었어."

잠든 줄 알았던 그가 눈을 뜨더니 한쪽 손으로 머리를 받치고 비스듬히 누워 나를 내려다보았다.

"어떻게?"

나는 머리를 쓸어 넘겼다. 나를…… 알고 있었다고? 내 머리에서 흘러나온 시큼한 염색약 냄새가 대기를 떠돌았다.

"같이 데뷔했던 멤버 중에 세라라고 있었지? 그 친구 눈, 내가 해 줬거든. 메인 의사로서 처음 집도한 수술이었어. 너희 그룹에 관심을 안 가질 수가 없었지."

"그럼 나를 알고 있었어? 내가 처음 너를 찾아갔을 때부터……."

나는 말을 잇지 못했다. 이럴 때 왜 눈물이 나올까. 나를 알고 있었어? 조성환. 정말 나를…… 알고 있었던 거야?

"세라랑 특별히 아는 사이였던 건 아니고, 원래 집도하기로 돼 있던 교수님한테 그날 갑자기 일이 생겨서 내가 대타로 그 친구 눈을 해 주게 됐지."

세라가 어떻게 생긴 애였더라? 기억을 더듬어 보았지만 너무 오래전 일이라 잘 생각나지 않았다. 나, 세라 그리고 하나는 삼인조 그룹으로 결성되어 핑클과 SES가 나오기 몇 개월 전에 활동했다 사라졌다. 엄밀히 말해 대한민국 걸 그룹 1호라 할 수 있을 어설픈 아마추어 그룹이었던 우리는 불행히도 대중의 관심을 끌지 못했고, 두 달 정도 여기저기 얼굴을 내밀다 그해 연말에 활동을 접었다. 우리 중 외모가 출중했던 세라가 그나마 조금 유명세를 탔는데, 그것도 노래나 춤 때문이 아니라 유명 재벌 그룹 회장의 세컨드로 들어가 아들을 낳았다는 소문 때문이었다. 물론 그 소문은 사실이었다. 지금 세라는 삼성동의 유명 주상 복합 건물에서 아이를 키우면서 잘살고 있다. 시가로 몇십억씩 한다는 아파트를 소유하고 그룹 가신들의 호위를 받으며. 세라를 아는 연예계 관계자들은 연예인이 되어 여기저기 얼굴을 팔고 다니느니 확실한 자리 하나를 꿰차는 편이 훨씬 낫다며 세라를 '가장 잘된 케이스'로 지금도 즐겨 입에 올린다. 그 후로도 세라의 근황은 알음알음으로 들었지만, 생김새가 어땠는지는 도무지 기억이 나지 않는다. 회장과 사실혼 관계에 들어가면서 알던 이들과 연락이 끊어져 연락할 방법도 없다. 그저 세라가 누리고 있는 어마어마한 여유를 전설처럼 전해들을 뿐.

"지금 개념으로 따지면 대리 의사라 해서 소송 들어가도 할 말이 없는 건이었지. 그때는 지금처럼 성형이 흔할 때가 아니라 그런 개념이 없었어. 교수님을 도와드려야겠다는 생각에 멋도 모르고 덤빈 거지. 그게 두고두고 떠올리게 될 첫 경험인지도 모르고."

조성환은 커튼이 쳐진 창을 바라보며 아련한 표정을 지었다. 꺼져 가는 태양의 마지막 빛을 받으며 젊은 날의 첫 집도를 떠올리는 중년 의사의 애수. 그러나 나에겐 오직 한 가지, 조성환이 나를 알고 있었다는 사실만이 중요했다.

"그러니까 나를 아아서, 나를 알고 이여써……."

울먹이느라 발음이 뭉개져 나왔다.

"내가 좋아서 나랑 같이 산 거야?"

겨우 말을 맺었다. 조성환이 일어나 앉아 내 쪽으로 몸을 기울였다.

"그럼. 17년 전부터 그대를 알고 그대를 기다려 왔지. 마침내 운명처럼 그대가 내게 왔고. 그러니까 울지 마, 병아리. 병아리가 울면 오빠가 마음이 아파."

그의 손이 내 머리 위에 얹히더니 천천히 미끄러져 내렸다. 나는 그의 무릎에 엎어져서 엉엉 울었다. 그대를 알고 그대를 기다려 왔지. 그대를 알고 그대를 기다려 왔지. 기쁘기 그지없어야 할 이 말이 왜 그렇게 슬프게 들렸던가. 이 말에 나는 왜 그렇게 폭풍 같은 눈물을 쏟아 냈던가. 그 말에 담긴 공허함을 본능적으로 감지했던 걸까. 진료실에서 그와 처음 대면했을 때의 기억이, 내 말에 뜻밖의 농담으로 응수해 오던 그의 얼굴에서 번뜩이던 장난기가, 주차장에서 내 말을 곧바로 받아치던 그의 영리한 눈빛이 고스란히 되살아나 이미 감정에 빠져 허우적거리던 나를 더욱 감정적으로 몰아갔다. 나는 그의 무릎에 얼굴을 묻은 채 눈물 콧물을 쏟아 냈다. 어느 시점, 이 눈물이 지속되는 한 그의 손길이 내 머리 위에서 떠나가지 않을 것이라는 계산속이 피어오르면서 몰입도가 약해질 뻔했지만, 더욱 큰 소리를 쏟아 내 몰입도를 유지시켜 눈물의 기세가 이어지도록 했다.

35

"그러니까 당장 필요한 게 얼마라는 소리야?"

나는 이렇게 물었다. 눈물의 파도가 지나간 이후, 조성환은 내게 병원 사정에 대해 전문 용어를 섞어 가며 심도 있는 브리핑을 해 주고 있었다.

"지금 당장 막는다 해도 앞으로가 문제야. 이런 식으로 자꾸 결제가 끊어지면 업체에서 장비를 회수해 가는 사태가 발생할 수도 있고……."

"그러니까 지금 급한 게 얼마냐고!"

조성환은 병원 사정을 굉장히 부정적으로 보고 있었다. 폐업을 생각하는 걸까 의심스러울 정도였다. 조성환이 풀어 놓은 내용을 간단히 요약하면 다음과 같다. 우선 장혁규라는 존재. 재벌가 사위 장혁규의 존재를 믿고 그동안 병원이 지나치게 많은 대출을 끌어다 썼다. 그런데 끌어다 쓰는 주체, 즉 대출의 명의는 조성환과 장혁규의 공동 명의였다. 두 번째는 병원의 지출. 역시 재벌가의 사위인 장혁규가 병원 돈을 끌어다 여기저기 '투자'를 많이 했다. 돈이 넘쳐 나는 집의 사위인 자기가 어느 날 한 큐에 다 갚아 줄 것이라는 뉘앙스를 풍기며 열심히 돈을 꾸어다 뿌리고 다녔다. 세 번째는 장혁규의 부재. 현재 가장 심각한 문제로 떠오르고 있는 것도 이 세 번째 요인이다. 그가 사라짐으로써, 그를 믿고 돈을 빌려 주거나 결재를 미뤄 주었던 업체들이 동요하기 시작했다. 소문은 순식간에 불어나는 눈덩이 같아서, 장혁규 부인의 백화점 직원 뺨 싸대기 사건이 터진 지 일주일도 지나지 않아 S성형외과는 은행과 제2금융권, 의료 기기 업체들 사이에서 기피 대상이 되었다. 그리고 그 여파가 장혁규와 동업자로 모든 명의를 나누어 갖고 있던 인물, 표면상 병원장으로 되어 있는 조성환에게 몰려오고 있었다. 한마디로 장혁규가 치고 다닌 사고를 조성환이 뒤집어쓰고 있는 것이다. 이런, 빌어먹을!

"병원을 유지하는 것만이 꼭 능사는 아니야. 정치 상황도 생각해야 하고."

조성환은 중국과 우리나라의 정치적 상황을 길게 늘어놓으며 앞으로 중국인 환자가 확 줄어들 거라는 비관적인 전망을 내놓았다. 내 머리에서 손을 뗀 지는 이미 오랜 시간이 경과해 있었다.

"다른 소리 말고, 급한 돈이 얼마야? 오늘 총무팀 권 과장 만났잖아. 오늘 얘기된 게 얼마냐고!"

벌떡 일어서서 백을 올려놓은 식탁으로 성큼성큼 걸어갔다. 조성환은 일어서서 창가로 갔다.

"이제 해가 완전히 졌네. 이렇게 또 하루가 가는구나."

커튼을 젖히며 쓸쓸한 듯 말하는 조성환.

"해 같은 소리 집어치우고 말해 봐. 장혁규 그 새끼가 해 먹은 돈이 얼마야?"

"왜, 말하면 병아리가 그 돈 해 주려고?"

조성환이 돌아서며 희미하게 웃었다. 어깨 너머로 회색 구름과, 구름들 사이로 드문드문 모습을 드러낸 암청색 하늘이 보였다.

"해 주지, 해 주고말고."

이렇게만 말했으면 좋았을 텐데,

"섹스 한 번만 해 주면."

이 말을 덧붙이고 말았다. 분위기가 심각해지는 걸 피해 가려다가 너무 가 버린 것이다.

다행히 조성환은 목을 뒤로 젖히고 엄청나게 커다란 소리로 웃음으로써 내 조마조마한 마음을 가라앉혀 주었다.

"이서경, 넌 왜 그렇게 섹스가 하고 싶어?"

그가 식탁으로 다가오며 말했다. 힘 있는 목소리, 진지한 음성. 그답지 않게 남자답고 멋있는 분위기가 나오고 있어 나는 잠깐 아찔했다. 깊고 솔직한 대화가 오가게 될 것 같은 직감이 명징하게 정수리를 파고들었다.

"왜냐고?"

펼쳐질 대화에 대한 기대가 너무 컸기 때문일까. 막상 대답하려니 뭐라고 대답해야 할지 생각이 나지 않았다. 왜? 나는 왜 그렇게 섹스가 하고 싶은가?

"그대, 섹스의 기쁨을 아는가? 알아서 그렇게 하고 싶어 하는 건가?"

식탁으로 걸어오는 그를 보는데, 그의 절뚝이는 다리가 또렷이 의식에 잡혀 왔다. 이 남자, 다리가 불편한 사람이었지. 하지만 그는 멋있었다. 발을 저는 게 아니라 한쪽 발이 아예 없다 해도, 저렇게 단호한 목소리로 진지하게 말을 거는 그는, 지적인 분위기가 팍팍 쏟아져 나오는 그는, 도저히 멋있지 않을 수 없다.

"글쎄. 뭐 꼭 섹스가 그렇게 하고 싶은 건 아닌데……."

사실 섹스 자체가 하고 싶은 건 아니다. 남자들과 있을 때 흥분한 척하거나 오르가슴에 이르는 척한 적은 많지만 정말로 그런 걸 느껴 본 적은 한 번도 없었다. 지하 같은 경우는 그가 제 욕구를 채울 때까지 내가 주야장천 기다리는 전형적인 일방향 관계였고, 재희의 경우는 그나마 남자 쪽에서 전희니 뭐니 하는 시늉이라도 해서 그나마 좀 덜 일방적인 관계였다. 물론 그 전희라는 게 너무 틀에 박히고 뻔해서 요식 행위처럼 느껴졌지만. 그래서 차라리 그런 거 안 하고 그냥 빨리 분출하길 기도하는 마음이 되고 말았지만. 그러니 실질적인 만족도에서 보자면 아예 처음부터 노골적으로 남자 쪽의 욕구 채우기를 쌍방의 목표로 삼았던 지하와의 관계가 더 나았을지도 모르겠다. 빨리 벗어날 수 있었다는 면에서.

"하고 나면 좋잖아. 가까워지는 것 같고……."

말하다 보니 내가 바보같이 느껴졌다. 지금 무슨 소리를 하는 거야, 이서경.

"그래? 가까워지는 것 같아? 난 오히려 멀어지는 것 같던데."

조성환이 식탁 의자를 꺼내 앉았다. 나도 그 맞은편에 앉았다.

"해 보긴 했어?"

내 눈이 치켜 올라갔다.

"뭘?"

"섹스."

풋, 하고 그가 웃음을 터뜨렸다.

"그럼. 존나 많이 해 봤지."

그가 발을 꼬고 앉으며 껄렁한 포즈를 취했다. 나는 안도의 한숨을 내쉬었다. 그러면 그렇지. 그는 섹스를 할 수 있는 인간이었다. 암, 그렇고말고. 우리 멋진 조성환이 그딴 걸 못할 리 없지.

"나랑도 할 거야?"

이 말을 할 때 내 목소리가 떨려 나왔던가. 모르겠다.

"그게 네 몸의 기쁨을 느끼기 위해서라면."

뭐?

"무슨 말을 하는 거야, 지금."

나는 눈을 부릅뜨고 그를 노려보았다. 이 자식이 지금 장난하나. 내 몸의 기쁨이라니, 그게 무슨 개뼈다귀 같은 소리란 말인가. 섹스하는 데는 20분도 걸리지 않는다. 지금이라도 마음만 먹으면 후딱 해치울 수 있다는 말이다. 하지만 그 짧은 순간의 효과는 결코 짧지 않다. 섹스를 나눈 사람은 평생 기억하게 된다. 몸을 나눈다는 건 상대에게 나를 깊게 새겨 넣는, 나라는 사람을 잊지 못하게 만드는 낙인과도 같은 행위이다. 숨결과 타액과 저 깊은 곳에서 새어 나오는 짐승 같은 소리를 나눈 사람을 어떻게 잊겠는가. 나는 너와 그걸 하고 싶은 것이다, 조성환. 네 간절한 갈망을 건네받고, 네게 잊을 수 없는 기쁨을 선사하고, 영원히 잊히지 않을 순간을 남기고 싶은 것이다. 생의 한순간 가장 가까웠던 사람으로 기억되고 싶은 것이다.

"상대를 붙잡고 싶어서 하는 인정 행위라면 하고 싶지 않다는 거지. 오직 네 몸, 너 자체의 쾌락을 위한 게 아니라면……."

"됐어, 그만해."

나는 자리에서 일어섰다.

"어쩐지 진지한 얼굴이다 싶었어. 개수작 그만하고 밥이나 먹자. 배고프다."

뭐? 나 자체의 쾌락을 위해? 놀고 있네, 나쁜 새끼. 세상의 어느 여자가 섹스에서 기쁨을 느낀단 말인가? 섹스는 어차피 남자를 위한 것이다. 실망이다, 조성환. 그래도 너는 인간에 대해 어느 정도 이해한다 싶었는데, 꼴에 남자라고 남자 티를 내는구나.

"생각할수록 불쾌하네. 이게 어디서 사람을 가르치려 들어?"

나는 상체를 숙이며 금방이라도 내리칠 것처럼 손을 쳐들었다.

"서경아, 여자도 섹스에서 쾌감을 느낄 수 있어. 실제로 그걸 맛보고 즐기는 여자들도 많고."

"조용히 안 해? 이게 보자 보자 하니까!"

"그 세계에 눈을 뜬 사람과 그렇지 못한 사람은 완전히 다른 인생을 사는 거야. 너도 맞는 상대를 찾아 진정으로 소통하면……."

"그만해, 이 꼰대 새끼야."

나는 발로 그가 앉은 의자를 확 밀었다. 그의 무게 때문에 의자가 뒤로 밀리면서 치익 하고 바닥에 끌리는 소리를 냈다.

"차라리 지켜 주기 놀이를 하는 게 낫겠다, 이 비열한 새끼야!"

소리 지르며 의자를 걷어차다가, 발을 뻗어 그의 허리를 가격했다. 그가 악, 소리를 내면서 허리를 접었다.

"괜찮아?"

놀란 내가 조성환이 앉은 의자 옆으로 가 바닥에 꿇어앉았다. 그는 허리를 붙잡고 고개를 숙인 채 연달아 신음 소리를 냈다. 잔뜩 찡그린 얼굴이 얼마나 통증이 심한지를 대변해 주는 듯했다.

"네가 허리 아픈 애라는 걸 깜빡 잊었어. 어떡해."

나는 엉거주춤 일어서서 웅크린 그를 부둥켜안았다. 미안해, 조성환. 미안해. 또 울면 조성환이 지겨워하지 않을까 염려되었지만 자꾸 눈물이 나왔다.

"괜찮아."

조성환이 나를 떼어 내며 천천히 허리를 폈다. 나는 그의 허리에 매달려 소리 내어 울었다.

"미안해, 조성환. 미안해."

"괜찮아, 병아리. 괜찮아."

나를 다시 떼어 내는 데 성공한 조성환이 내 정수리에 손을 얹었다. 나는 바닥에 철퍼덕 앉아 한쪽 손으로 콧물을 훔쳐 내며 그를 올려다보았다.

"정말? 정말 괜찮아? 안 아파?"

"그럼. 안 아프지. 그리고 너 조금 전에 진짜 멋있었어. 야, 폭력 성향도 있었네, 이서경? 멋진데?"

"놀리지 마."

나는 개수대로 가 눈물 콧물로 범벅이 된 손을 씻어 내렸다.

"우리 밥 먹으러 나갈까? 나 오늘 상태가 안 좋은 것 같아. 자꾸 처울고. 이러다가 진짜 일 낼지도 몰라."

수건으로 손을 닦으며 말했다.

"그래, 나가자."

조성환이 자리에서 일어섰다. 각자 나갈 채비를 마친 뒤 우리는 조금 전까지 폭력이 오갔던 사이라고는 믿을 수 없을 만큼 다정한 얼굴로 토요일 저녁의 만찬을 어디에서 할지 논의했다.

"근데 그거 대답해 봐."

엘리베이터를 기다리면서 물었다.

"뭐?"

구두에 발을 넣느라 허리를 구부리고 있던 조성환이 나를 올려다보았다.

"액수. 지금 당장 마련해야 하는 액수."

"말해 주는 거야 얼마든지 할 수 있지. 얼마 안 돼. 이억 오천."

그가 별거 아니라는 듯 가볍게 말하고 코트 단추를 채웠다.

"이억 오천?"

내 머리가 바쁘게 회전하기 시작했다. 이억 오천이라.

"말했으니까 이제 네가 구해다 주는 것?"

딩동 소리가 나면서 엘리베이터 문이 열렸다.

"이억 오천이면 껌값이네."

내가 엘리베이터에 들어섰다.

"그치?"

조성환이 엘리베이터에 들어섰다. 내딛은 왼쪽 발에 따라붙은 그의 오른쪽 발이 자꾸만 눈에 들어왔다. 아무래도 이서경, 오늘은 조심해야겠다. 영혼이 너무 심약해져 있다. 자꾸 울고, 자꾸 조성환의 아픈 다리가 보이고.

"언제까지 마련해야 돼?"

저 다리를 지켜 주고 싶다. 성한 쪽 다리에 질질 끌려가 붙는 저 빈약한 다리를. 이억 오천을 마련하지 못하면 저 다리는 기하급수적으로 초라하게 변해 갈 것이다.

"월요일."

그가 B2 버튼을 눌렀다.

"내일모레구나?"

말하다가 아, 하고 탄성을 내뱉었다.

"왜?"

내일 재희를 만나기로 한 걸 잊고 있었다! 통장에 찍혀 있던 80,000,000이라는 숫자와 내 몸 위에서 강아지처럼 헐떡이던 재희의 얼굴이 번쩍 하고 떠올랐다.

"그럼 내일까지 송금해 주면 되지?"

"뭘? 이억 오천?"

"물론."

나는 크게 고개를 주억거렸다.

"그래, 그렇게 해, 친구야."

그가 내 말투를 흉내 내 낭랑하게 말했다. 그와 내 입에서 동시에 웃음이 터져 나왔다. 엘리베이터가 하강을 시작했고, 금세 딩동 소리를 내면서 지하 주차장에 도착했음을 알렸다.

36

"뭘 그렇게 살펴? 왜, 창피해? 지금 너랑 몹시 가까운 사이인 나는 돈 때문에 굶어죽을 지경인데 너는, 이런 왕 자리에 앉아서, 남들이 뭐라고 생각할지, 그것만 걱정되니?"

들고 있던 포크 끝으로 테이블을 내리찍었다. 천장이 높은 레스토랑에 포크와 테이블이 마찰하는 소리가 선명하게 울려 퍼졌다.

"그, 그게 아니고…… 서경아……."

재희가 이마로 흘러내린 땀을 훔치며 말했다. 따뜻하다 못해 후끈거리는 실내 온도 때문에 나도 등에 땀이 돋아 있었다. 어렵게 돈 얘기를 꺼냈는데 단칼에 거절당했다는 사실이 더욱 체온을 높이는 것인지도 몰랐다.

"됐어. 그만 얘기하자. 나 화장실 갔다 올 테니까 나갈 준비하고 있어."

나는 벌떡 일어섰다. 아무렇지도 않은 척 도도하게 걸어 나왔지만 손발이 부들부들 떨렸다. 카운터 옆 입구까지 가는 길이 천리 길처럼 느껴졌다. 그래도 목청을 가다듬으며 걷는 동작을 유지했다. 또각또각, 부츠 굽 소리가 귓전에 울렸다. 미끄러지거나 옆으로 휘청거리면 안 된다. 백을 든 손에 힘을 주며 자신을 채찍질했다. 정신 차려 이서경. 똑바로 걸어야 돼.

돈을 요구하겠다는 생각을 갖고 만났기 때문일까. 재희는 예전처럼 편안하지도, 만만하지도 않았다. '원스 어폰 어 드림'이라는 장소도 마음에 걸렸다. 재희를 따라 그날 최고의 귀빈만 앉는 자리라는 1층 좌석으로 안내되었을 때, 조성환이 들어올지도 모른다는 생각이 들면서 계속 신경이 흩어졌다. 하늘빛이 어떻다는 둥, 우형에게 너무 막 대하지 말라는 둥, 평소 재희에게 해 왔던 얘기들을 하며 태연한 척했지만, 마음속은 온통 조성환이 이곳에 올지도 모른다는 생각과 이억 오천을 받아 낼 수 있을까 하는 초조감으로 소용돌이쳤다. 재희는 내 말에 귀를 기울이지 않았다. 원래 남의 말을 들을 줄 모르는 인간이지만, 오늘은 그 점이 유난히 신경에 거슬렸다. 얘는 나를 어떻게 생각하고 있을까? 좋아하긴 할까? 그동안 재희가 내게 보였던 집착과 애정 표현을 떠올리며 자신감을 가지려 해 보았지만 그 노력은 재희의 무표정에 부딪혀 번번히 수포로 돌아갔다. 이 인간은 나를 좋아하지 않는다. 좋아한다면 이렇게 내 말을 안 들을 수 없다. 말하는 동안 나와 시선을 마주치지 않을 리도 없다. 이렇게 건성으로 대하는 상대에게 과연 이 인간이…… 이억 오천을 줄까? 너무 큰 액수를 부른 건 아닐까? 액수를 줄여 다시 얘기해 볼까? 일억? 아니면 오천? 삼천?

나는 카운터를 지나쳐 입구로 가다가, 다시 카운터로 되돌아갔다.

"저희 테이블 계산할게요."

신용카드를 내밀며 당당하게 말했다. 이미 계산이 되었다는 직원의 말을 들으면 재희가 어떤 표정을 지을까. 찍찍. 카드 기계가 영수증을 토해 내는 소리를 듣는데, 뿌듯함으로 가슴이 뻐근해졌다. 왜 진작 이 생각을 못했지? 즉흥적으로 생각해 낸 아이디어가 꽤 근사하게 느껴졌다. 내가 계산했다는 사실을 알면 재희는 분명 감동받을 것이다. 어딜 가나 자신이 돈을 내는 입장인 사람에겐 누군가에게 대접받는 느낌이 상당히 신선할 터, 재희는 새로운 시선으로 나를 보게 될 것이다. 마음을 바꿔 이억 오천을 주겠다고 하기까지는 않겠지만, 그래도 내가 자신을 '이용해 먹는다.'는 생각에서는 상당 부분 벗어날 것이다.

영수증을 받아 들고 화장실로 갔다. 화려한 금장식이 둘러진 거울 앞에 서서 화장을 고치는데, 자리로 돌아가 보니 재희가 그동안 송금해 놓았다고 예쁘게 내게 고하는 장면이 상상되었다.

흥, 꿈도 크셔. 나는 마스카라와 입술을 꼼꼼하게 손봤다. 오늘은 더 이상 돈 얘기를 하지 말자. 돈 같은 건 처음부터 관심 없었다는 듯한 태도로 일관하자. 섹스에도 예쁘게 임하자. 오천만 원, 삼천만 원, 하면서 지질하게 푼돈을 요구해서도 안 된다. 그냥 깔끔하게 일을 치르고, 깔끔하게 집에 가는 거다. 재희는 본성이 선한 애다. 계산 없이 밥값을 내주고 욕구를 처리해 주면 내게 분명 감사의 마음을 갖게 될 것이다. 원래 자기 주변 사람들에게 간이랑 쓸개를 내주지 못해 안달하는 애가 아니었던가? 한 달이라는 공백 기간이 있었으니 내 가치도 알았을 터, 시간이 걸리긴 하더라도 얼마간의 돈을 분명 융통해 줄 것이다.

화장을 마치고 화장실을 나왔다. 조금 전에 카드로 긁은 삼십팔만 원이라는 금액 때문에 마음이 쓰라렸지만, 후일을 위한 투자라 생각하며 마음을 달랬다. 재희가 주문했던 와인 '헤리티지 그랑크뤼'를 반려하고 다른 와인을 시킨 것도 새삼 다행스럽게 느껴졌다. 값비싼 와인을 주문하는 재희를 만류한 것은 이억오천을 받으려면 재희가 계산할 밥값을 최소한도로 줄여야겠다는, 그러니까 재희가 내게 투자할 최대치가 정해져 있다면 그 한도 내에서 쓸데없는 곳으로 빠져나가는 분량을 최소한으로 줄여야겠다는 생각 때문이었는데, 그렇게 하지 않았다면 내가 밥값을 계산한다는 이 천재적인 아이디어를 실행하지 못할 뻔했다. 한 병에 백만 원이 넘는 와인을 사는 것은 가난한 나로서는 엄두도 낼 수 없었을 테니까.

재희는 내가 테이블로 다가가는 것을 조용히 쳐다보고 있다가, 내가 자리에 앉느라 허리를 굽히는 순간 중요한 대사를 내뱉었다. 오늘 날씨가 좋네, 혹은 오늘 기분이 좋아 보이네, 같은 말을 하듯. 아무렇지도 않게 그에게서 흘러나왔던 한마디.

"송금했다."

아아, 신이여. 부처여. 알라여. 나는 엄청난 감정에 휩싸여 한 순간 정신을 잃을 뻔했다. 그리고 바로 찾아왔던 소스라침. 그 순간 나를 채웠던 그 격렬한 감정을 어떤 말로 표현할 수 있을까. 그것은 실로 형언 불가능한, 뿌듯하다거나 만족스럽다거나 성취감을 느꼈다거나 따위의 말로는 도저히 나타낼 수 없는, 일종의 폭발 같은 것이었다. 월드컵에서 골을 넣는 순간 축구 선수가 느낄 법한, 혹은 오르가슴을 느끼는 여자가 느낄 법한, 물론 두 가지 다 해 보지 않아서 확실히 알 수는 없지만, 아무튼 그 정도 강도와 감흥에 비견할 만한 감정에 휩싸여, 나는 겨우 이런 말만을 내놓을 수 있었다.

"정말?"

그리고 내 얼굴 근육 전체가 환호하는 것을, 너무 좋은 티를 내서는 안 되겠다는 생각을 할 틈도 없이 멋대로 씰룩거리며 행복감을 표현해 내는 것을 그대로 내버려 두었다. 이런 순간에 어떻게. 어떻게 이성을 동원할 수 있단 말인가.

"잘했어. 잘했어, 친구야."

합장을 하며 말한 뒤 손을 뻗어 재희의 머리를 쓰다듬었다. 재희의 아킬레스건인 피스 가발을 피해 조심스럽게, 하지만 진심을 담뿍 담아. 세상에 이렇게 사랑스러운 인간이 또 있을까. 재희에 대한 애정으로 가슴이 미어지는 것 같았다. 보잘것없는 나 이서경을 위해 선뜻 이억 오천을 송금해 줄 인간이 세상에 강재희

외에 누가 있을까. 벅찬 마음과 차오르는 애정을 해소하지 못해 허둥거리면서, 나는 열심히 재희의 머리를 쓰다듬었다. 이억 오천을 건네주면 조성환이 얼마나 안도할까. 얼마나 기특해 할까. 뇌리에서 조성환과의 섹스, 결혼, 아이를 낳고 알콩달콩 사는 것 같은 동화적인 상상이 단숨에 피어올라 장관을 이루었다. 나는 그 상상을 억누르지 않고 마음껏 즐겼다. 실행되든 안 되든 그게 뭐 그리 대수겠는가. 상상하고 즐거울 수 있다면 그게 곧 행복일 터이니.

37

집에 돌아왔을 때 조성환은 소파에 누워 책을 보고 있었다. 『광기의 역사』라는 표제의, 사람을 치면 뇌진탕을 일으킬 것 같은 두께의 책이었다.

"이 두꺼운 책을 다 읽으려고?"

곁에 가 말하자 조성환이 게슴츠레한 눈으로 나를 올려다보았다.

"왔어?"

한마디 하고 다시 책으로 눈길을 돌리는 조성환. 나는 표지에 나온 저자의 이름을 확인했다. 미셸 푸코.

"뭐야, 또 푸코야?"

그가 가슴에 올려놓고 있던 책을 확 빼앗았다. 푸코는 조성환이 좋아하는 프랑스 철학자다. 뭔가 집중해 읽고 있어 들여다보면 푸코일 때가 많았다. 관심이 가서 나도 몇 번 들춰 보았는데, 별로 마음에 들지 않았다. 쓸데없이 말을 길게 늘어놓는 스타일인 데다가 몇 가지 부수적인 사실을 들어 일반화시키는 꼰대 기질까지 있었다. 대머리에 눈빛도 음흉해 보여 사진을 볼 때마다 정이 떨어졌다.

"왜 그래?"

그가 인상을 쓰며 일어나 앉았다. 조성환은 책 읽는 중에 방해받거나 보던 페이지가 덮여 버리는 걸 세상에서 제일 싫어한다. 그가 내 손에서 책을 빼앗아 빠르게 페이지를 넘겼다. 책의 중반 어디께쯤에서 페이지를 앞뒤로 계속 넘기던 그가 에이씨, 하고 낮게 부르짖었다.

"방금 욕한 거지? 에이씨발?"

농담을 던졌지만 그에게선 씩씩거리는 숨소리만 돌아왔다.

"화내지 마. 조금 전에 큰 선물 했으니까."

그는 들은 척도 하지 않고 읽던 페이지를 찾는 작업에 몰두했다. 나는 고개를 돌려 맞은편 벽면에 걸린 시계를 보았다. 11시 50분. 날짜가 넘어가기 직전이었다.

"너는 동거녀가 자정이 다 돼서 들어왔는데 걱정도 안 되냐?"

다시 그의 책을 빼앗아 들었다.

"하지 마."

그가 책을 가져가려고 손을 뻗쳤지만 나는 얼른 뒤로 물러섰다.

"넌 안 궁금해? 내가 어디 가서 뭐 하다 왔는지?"

그가 일어서서 내 손목을 잡고 책을 채갔다. 나는 한쪽 손으로 코를 움켜쥐고 나머지 손으로 부채질하는 시늉을 했다.

"아우, 술 냄새. 야, 넌 술을 그렇게 퍼마시고 책 내용이 눈에 들어오냐? 푸코가 그 인간 책은 맨정신으로 읽어도 뭔 말인지 하나도 모르겠던데."

그가 누워서 자세를 잡고 다시 책을 가슴에 올렸다.

"들어가 씻고 자."

그가 신경질적으로 책장을 넘기며 말했다.

"송금했어."

최대한 심드렁하게 말한 뒤, 가만히 서서 그의 반응을 살폈다. 그는 내 말을 못 들었는지, 듣고도 못 들은 척하는 건지, 대답 없이 책장 넘기는 소리만 냈다. 순간 화가 치밀어 올랐다. 이 병신 같은 새끼! 조금 전 내 위에 놓였던 몸이 떠올랐다. 육중한 몸뚱아리. 풍겨 나오던 입 냄새, 겨드랑이 냄새,…… 견뎌 낸 시간들을 생각하자 몸서리가 쳐졌다. 오늘 재희는 유난히 시간을 끌고, 유난히 징그럽게 굴었다. 이틀 전에 해소시켜 주었는데 오늘 또 기운이 뻗치는지, 한판을 벌인 후에도 다시 달라붙었다. 나는 이를 악물고 견뎌 냈다. 거금을 투척해 준 은인한테 왜 이러니. 세 번이고 네 번이고 열심히 해 줘야지. 되뇌며 긴긴 시간을 버텼다. 그런데 이 자식, 거금의 수혜자가 된 이 자식은 누워서 내가 송금했다고 보고하는데 코대답도 않고 있다.

"돈 보냈어요. 이억 오천."

쭈그리고 앉아 머리맡에 대고 또렷하게 말했다. 그러자 그가 세워 놓았던 책을 가슴에 엎었다.

"뭐라고?"

그의 얼굴이 경악인지 분노인지 근심인지 알 수 없는 감정으로 심하게 일그러졌다.

"이.억.오.천. 통장으로 보냈다고요."

말과 함께 그의 머리맡에 쭈그리고 앉아 도래할 치하와 감사의 시간을 기다렸다. 재희가 같은 일을 하고 마땅히 내게 거두어 갔던 것과 같은.

"왜?"

그가 일어나 소파에 기대앉으며 머리를 쓸어 넘겼다. 좋아하거나 감탄하는 기색은 조금도 보이지 않았다.

"왜긴. 병원 망해서 나 실업자 될까 봐 그랬지."

원래 빌라 주차장에 도착한 시간은 더 빠른 시간이었다. 차를 세운 뒤 차 안에서 폰뱅킹으로 돈을 보내느라 주차장에서 한참 시간을 보냈다. 집에 들어와서 송금할 수도 있었지만, 미리 보내고 들어와 조성환을 놀라게 해 주고 싶었다. 얼굴을 보자마자 깜짝 선물처럼 송금 사실을 알려 주고 싶었다. 송금 직전, 이런 큰돈을 이렇게 간단하게 보내도 되나 하는 생각이 들어 잠깐 망설였지만, 기뻐할 조성환의 얼굴을 생각하며 침착하게 송금 절차를 완수했다. 매니저로 일할 때 송금 한도를 높게 책정해 놓은 게 다행이라는 생각이 들었다. 한도를 작게 잡아 여러 번에 나누어 보냈다면 받는 사람에게 얼마나 없어 보였을 것인가! 나는 일억, 일억, 오천, 세 번에 나누어 깔끔하게 송금을 완료했다.

"나, 병원에서 오랫동안 일하고 싶어."

짐짓 비장하게 말했다. 그건 내 진심이었다. 나는 병원 일이 좋다. 변화와 기쁨과 탄식과 큰돈이 오가는 그곳에서 의사들이

신의 영역을 넘나드는 현장을 공유하는 것이 좋다. 연예계가 온갖 미용 산업과 광고업, 기획사들과 방송사들의 이해관계가 만들어 낸 결과물이라면 성형외과는 그 이해관계의 기원이 되는 곳이라 할 수 있다. 엔터테인먼트 업계에서 일할 땐 특정 현상의 표면만 보고 넘어갔다면, 병원에서는 그 표면 아래 들끓고 있는 거대한 병리를 하나하나 마주하고 그에 얽힌 거미줄 같은 인과관계와 욕망을 넓은 조망으로 관람할 수 있었다. 연예계와 성형외과는 서로 마주 보고 외침을 주고받는, 뒤틀린 형태의 쌍생아라고 할 수 있었다. 그리고 양쪽 세계 모두에 공통으로 존재하는 것은 심연을 보지 못한 채 엉겁결에 휩쓸려 갔다가 돌이킬 수 없는 결과를 끌어안고 어쩔 줄 몰라 하는 다수의 대중, 앞뒤 인과관계를 헤아리지 못한 채 모든 걸 자신의 어리석음이나 특정 인물의 탓으로 돌리는 대중이었다. 나는 이 두 산업군에서 일한 내 경력이 좋은 이야기를 만들어 낼 수 있는 비옥한 토양임을 알고 있다. 이는 내가 조성환에게 집착하는 이유이기도 하다. 이번에야말로 근사한 이야기를 만들어 내 세상에 이서경이라는 사람이 있다는 걸 알리겠다는 인정 욕망.

"돈이 어디서 났어?"

조성환의 얼굴은 딱딱하게 굳어 있었다. 조금 전까지 보였던 경악, 당혹, 근심의 기색이 사라진 차가운 얼굴이 내 눈이 아닌 허공 어딘가를 쳐다본 채 싸늘하게 굳어 있었다.

"나 원래……."

천천히 말하며 그의 얼굴을 올려다보았다. 이렇게 굳은 표정을 보이는 것은 예상 시나리오에 들어 있지 않았다. 기뻐하며 감탄하거나, 신기해하며 꼬치꼬치 캐묻거나, 감사해하며 애정을 표하거나, 하는 반응이 나올 줄 알았다. 물어 오면 재희와 잤다는 부분만 빼고 적당히 둘러댈 생각이었다. 유명 연예인들의 거취를 손에 쥐고 주물렀던 경력을 바탕으로 근사하게 각색해 놓은 '엔터테인먼트 업계의 큰손' 이야기도 준비해 놓았었다.

"돈이 좀 많아."

그런데 조성환은 전혀 기뻐하지 않고 있다. 그러기는커녕 무시무시하게 건조한 얼굴을 하고 있다. 왜 그러지? 자존심이 상했나? 나는 그의 얼굴을 뚫어지게 쳐다보았다. 조성환은 보통 수컷들처럼 자존심을 지나치게 내세워 자신의 열등감을 도드라져 보이게 하는 오류를 범하지 않는 우월종이라고 생각했다. 모든 일에 초연하고, 때문에 신처럼 쿨할 수 있는 거라고. 그런데 이 인간도…… 별수 없는 남자였던가? 여자에게 신세를 지면 급 불쾌해지는? 하긴 돌이켜 보면 그동안 조성환이 여유를 부릴 수 있었던 것은 모두 자신이 내게 '베푸는' 생활을 하고 있었기 때문일지도 모른다.

"서경아, 이번 일은 단발성이 아니야."

그가 나를 내려다보며 말했다. 조금 전보다 훨씬 인간적인, 슬픔과 연민이 깃든 시선이 나를 향했다.

"이억 오천을 막는다고 해서 끝나는 게 아니라는 말이야."

"그럼 어때? 또 막히면 나한테 말해. 내가 또 구해다 줄게."

그가 말없이 나를 응시했다. 사람을 꿰뚫어 버릴 듯한 강렬한 시선.

"그리고 가구랑 도배랑 다 예약해 놨어. 방이 두 개니까 너 서

재로 한 개는 줄 수 있을 것 같아. 다른 건 몰라도 네 서재는 깔끔하게 만들어 줄게. 이삿짐 센터도 계약했어. 다음 달 20일로."

나는 재빨리 해야 할 말들을 늘어놓았다. 돈 들여 이것저것 처리했다는 말을 하면 다시 돌부처처럼 변할 것 같아 지은 죄를 이실직고하는 죄인처럼 긴장하며 말을 마쳤다.

"그래? 우리 병아리가 고생 많이 했구나."

물끄러미 나를 내려다보던 조성환이 입을 열었다. 다행히 집과 관련한 일에는 기분이 상해 보이지 않았다.

"그래? 나 잘했어?"

그제야 긴장이 풀리면서 어깨의 힘이 풀렸다. 나는 협탁에 기대 눈을 감았다. 하품이 나고 졸음이 밀려왔다.

"서경아, 이리 와."

속삭이는 듯한 그의 음성에 눈을 떠 보니 그가 팔을 벌리고 있었다. 나는 일어서서 그에게 다가갔다. 부드러운 품안에 안기자 길었던 하루와 긴박했던 순간들이 떠올랐다. 빈집에 들어가 돈을 훔치는 것처럼 조마조마하게 재희와 마주 앉았던 시간, 돈 얘기를 꺼낼 때의 미칠 듯한 떨림.

"앞으론 송금하지 마, 병아리."

그가 나를 당겨 안으며 속삭였다. 알았어. 알았어, 조성환. 나는 연신 고개를 끄덕이며 그의 품을 파고들었다. 가슴을 맞대자 그를 감싸고 도는 알코올 냄새 밑에 포진하고 있던 그의 진짜 냄새, 달짝지근하면서도 시큼한 그의 몸 냄새가 내 안으로 스며 들어왔다. 안겨 있을 때만 맡을 수 있는 그의 몸 냄새. 함께 살고 가끔 안을 수 있는 나만이 맡을 수 있는 냄새. 나는 코를 그의 가슴에 파묻고 미친 듯이 숨을 들이켰다. 아, 좋다. 너무 좋다. 나는 세상에서 조성환의 몸 냄새가 제일 좋다!

38

주말 동안 세상을 점령한 미세 먼지의 기세가 조금도 누그러지지 않은 가운데 새로운 한 주가 시작되었다. 새해 들어 두 번째 맞는 월요일, 로비의 한 벽면을 차지한 널따란 창은 새카맣게 변한 눈의 잔해와 누렇게 찌든 하늘로 꾀죄죄해진 신사동 정경을 세밀하게 보여 주고 있었다. 세찬 바람으로 체감온도가 마이너스 20도까지 내려간다는 날답게 거리엔 인적이 드물었다. 모두들 어딘가에 들어가 추운 바깥을 내다보며 따뜻한 곳에 있음을 안도하고 있으리라. 나 역시 그랬다. 차로 이동해 크게 느끼진 못했지만, 지하 주차장 문을 열고 들어설 때의 소스라침과 차 안에 들어가 실내 공기가 데워지기를 기다리는 시간이 유난히 길게 느껴지는 것으로, 문명의 이기를 입지 않았다면 지금 얼마나 추워하며 있을지를 실감했다.

커피를 들고 카운터에 앉아 창밖을 바라보았다. 앙상한 몸피를 드러낸 채 바람에 흔들리는 나무들의 모습. 윙 하는 바람 소리가 맹렬해질 때면 혹시 저 세찬 기운이 유리를 박살내고 들이닥치지 않을까 염려되었다. 실은 그런 염려조차 안전한 실내에 있는 사람만이 만끽할 수 있는 작은 기쁨일 터, 이런 날은 출근해 하루를 보낼 사무실이 있다는 사실에 새삼 감사하고 안도하게 된다.

적정한 온도와 습도가 자동으로 설정돼 있는 이 날씬한 일터에 모습을 드러낸 오늘의 첫 고객은 작년에 우리 병원에서 수술받았던 김현미 환자다. 작년 봄, 「리드 마이 라이프」에 출연해 우리 병원 의료진의 손길을 입고 새로운 모습으로 태어난 김현미 환자가 '선생님들께 인사를 드리기 위해' 병원을 방문했다. 물론 김현미의 뒤에는 벌 떼 같은 카메라와 제작진들이 따라붙었다. 전국 방방곡곡에 전파를 탈 예정이므로 김현미와의 만남은 우리 병원에서 가장 풍광이 좋은 이곳, 12층 로비에서 이루어진다. 김현미는 자신의 얼굴을 만들어 주었던 조성환, 가슴을 만들어 주었던 안재만, 지방을 흡입해 주었던 김혁진에게 다가가 한 명 한 명 악수를 나누었다. 카운터에 있던 코디네이터들은 물론 위층에 있던 상담실장들, 1층에서 1차로 고객을 맞이하는 인포메이션 팀 직원들이 모두 몰려와 촬영 현장을 구경했다. 촬영은 금세 끝났다. 그동안 「리드 마이 라이프」에 출연해 새 얼굴을 갖게 된 이들의 근황을 총정리하는 특집인지라 김현미에게 할당된 분량은 두세 컷에 불과했다. 나는 눈을 크게 뜨고 눈앞에서 움직이는 신종 인간을 열심히 쳐다봤다. 김현미는 원래 턱의 위아래가 어긋난 데다 왼쪽 턱이 비대하게 발달하여 미관상 보기 좋지 않았고, 음식을 씹기도 불편한 상태였다. 심리적인 요인과 기능적 요인 양쪽 다 충족시키는 후보라 다른 후보들을 제치고 만장일치로 무료 성형의 수혜자로 뽑혔다.

촬영 대상과 내용이 명백했기 때문에 촬영은 금세 끝났다. 활짝 웃는 얼굴로 악수와 인사를 하는 장면을 세 번 만에 완성해 낸 김현미가 여기저기 허리를 숙여 보인 뒤 엘리베이터로 걸어갔다.

그러나 엘리베이터 문이 열리는 순간, 갑자기 몸을 돌리더니 로비에 서 있던 조성환에게 달려갔다.

"선생님."

앞에 멈춰 선 김현미가 울음기가 묻어나는 목소리를 내며 조성환을 올려다보았다. 조성환보다 고개 하나가 작은 걸로 보아 어지간히 키가 작은 종족인 듯했다. 조성환은 뒷짐을 진 채 성장한 딸을 바라보는 자애로운 아빠인 양 만면에 웃음을 띠고 있었다. 이들의 뒤에서는 뜻하지 않게 펼쳐진 훈훈한 장면을 담느라 분주한 조명 팀과 카메라 팀의 움직임이 일사불란하게 펼쳐졌다.

"감사합니다."

잠깐 뜸을 들인 김현미가 이렇게 말하며 눈을 깜빡였다. 쌍꺼풀과 앞트임, 뒤트임을 받은 눈은 그동안 붓기가 빠져 아름답고 커다란 눈이 되어 있었다. 반버선코로 앙증맞게 마감된 코나 두툼해진 입술도 완성도가 높았지만 가장 눈에 들어오는 것은 정교하게 깎이고 맞추어져 날렵한 브이 라인을 형성하고 있는 턱이었다. 저 턱을 만들기 위해 조성환은 톱을 들고 몇 시간 동안 괴력을 발휘해야 했을 것이다. 수많은 신경과 근육들을 하나하나 맞추느라 피를 말리는 시간을 보냈음은 말할 것도 없고. 내 남자의 피와 땀으로 완성된 피조물을 바라보고 있자니 복합적인 감정이 차올랐다. 김현미는 「리드 마이 라이프」에 출연했던 인물들 가운데 화면에 가장 많이 인용되고 사람들에게 가장 많이 회자되는 인물이었다. 부작용이 거의 없었고, 수술 전과 후의 차이가 극명하게 드러났다. 특히 얼굴엔 수술을 한 티가 너무 나지 않는 자연스러운 아름다움이 배어 있어 멀리 떨어져서 보면 성형 사실을 눈치채지 못할 정도였다. 수술을 총괄했던 조성환도 김현미의 수술을 굉장히 만족스러워했다. 나와 있을 때도 몇 번씩 김현미 얘기를 했다. 자기 인생 최고의 작품이라느니, 앞으로도 김현미처럼 잘 만들어 줄 수는 없을 거라느니, 하면서 굉장히 뿌듯해했다.

"성형은 확률이야. 의사도 환자도, 결국 확률에 지배당하는 거지. 현미는 그 확률의 승자였고."

이런 말까지 했던 터라 김현미의 얼굴이 궁금하긴 했다.

"현미 씨, 어려운 일인데 정말 잘 해내셨습니다. 앞으로……."

웃는 얼굴로 덕담을 꺼냈지만 조성환은 말을 맺지 못했다. 김현미가 와락 달려들어 품에 안겼던 것이다. 그 순간을 놓칠세라 카메라들이 기민하게 움직였고, 조성환은 눈을 멀게 할 것처럼 환한 조명에 둘러싸인 채 자신이 만든 피조물과 부둥켜안은 자세를 한동안 유지해야 했다. 나는 재빨리 핸드폰을 꺼내 그 장면을 찍었다. 환자가 수술해 준 의사에게 달려가 안기는 것은 아마도 대한민국 성형수술 역사에서 존재하지 않았을, 앞으로도 보기 힘들 희귀 장면일 것이었다. 성형외과의 환자와 의사는 여러 번 얼굴을 보면서 긴밀하게 엮이지만, 감정적인 처리의 대부분을 상담 실장들이 해결하기 때문에 인간적인 감정을 나눌 기회가 거의 없다. 그나마 김현미는 방송 출연자였기 때문에 카메라를 동반하긴 해도 의사들과 만날 기회가 많았고, 조성환이 특별한 애착을 갖고 있었기 때문에 더 사적인 관계가 성립될 수 있었을 것이다. 나는 조성환이 이 환자를 얼마나 끔찍이 여기는지 알고 있었다. 김현미는 단순히 미적인 차원에서만이 아니라 기능적인 '재건'의 차원에서 성형이 필요했던, 수술의 정당성을 완벽하게 갖춘 환자였다. 나름대로 기준을 정해 놓고 정당성이 있다고 느끼지 않으면 좀처럼 수술하려 들지 않는 조성환 같은 이상주의자에게는 최고의 환자였을 것이다. 운이 좋아 결과도 훌륭했다. 두고두고 훈장처럼 꺼내 보게 되는 환자가 아닐까. 나는 김현미가 몸을 뗄 때까지 계속 셔터를 눌렀다. 조성환의 측근이어서가 아니라, 인간 대 인간으로 봤을 때 김현미 같은 케이스엔 가슴이 찡해지는 감동이 있었다. 한쪽 얼굴이 일그러진 상태로 살아온 그동안의 세월, 천형처럼 받아들여야 했던 타인의 시선, 그리고 새롭게 열어갈 앞으로의 세월. 한 사람이 완전히 새로 태어나는 광경은 지켜보는 이들에게 살아갈 희망을 준다. 주먹을 불끈 쥐고 응원하게 되는 일이며, 성형외과와 성형외과의의 존재 의의를 일깨워 주는 일이기도 하다. 그러므로 나는 조성환의 품에 안긴 김현미를 질투하지 않았다. 정확히 말하자면, 살짝 질투심이 일긴 했지만 김현미의 새 출발을 기뻐하고 축복하는 마음에 압도되어 바로 자동 폐기되었다.

김현미와 카메라 일당들이 사라진 뒤, 12시를 알리는 종소리를 들은 것처럼 모든 이들이 일사불란하게 자기 위치로 돌아갔다. 조성환은 사자상 옆에 서서 엘리베이터 문이 닫히는 것을 쳐다보다가, 천천히 비상계단으로 걸어갔다. 단정히 손을 모으고 로비에 서 있던 내게 눈길 한번 주지 않은 채.

나는 자리로 돌아와 오늘 일정을 화면에 띄웠다. 수술 일정과 상담 일정이 기입된 표가 화면에 펼쳐졌다. 눈을 가늘게 뜨고 내 이름, Elaine이 표기된 곳을 찾았다. 나는 오전에 두 건, 오후에 세 건 상담에 들어가게 돼 있었다. 상담에 연결된 실장들의 이름을 살피는데, 자꾸 다른 생각이 들어와 머릿속을 어지럽혔다. 조성환이 나를 쳐다보지도 않은 채 비상구로 나가 버렸다는, 이억 오천이나 건넨 은인의 얼굴을 쳐다보지도 않고 가 버렸다는 구질구질한 생각이었다. 나는 천천히 고개를 저어 상념을 떨쳐 버리려 애썼다. 원래 조성환은 병원 내에서 내게 시선을 주지 않는다. 다른 직원들의 눈도 있고, 꼭 그게 아니어도 원체 일에 집중하는 스타일이라, 그것에 특별히 불만을 품지 않았다. 그런데 오늘, 이억 오천이란 거금을 과자값처럼 건네고 따스한 감사의 말 한번 못 들은 채로 하룻밤을 보낸 오늘, 그의 무관심한 태도가 커다랗게 떠올라 신경을 건드린다.

나는 흐음, 소리를 내며 목청을 가다듬었다. 어젯밤 잠을 자지 못한 탓에 정신이 몽롱했다. 돈을 보내지 말걸 그랬나. 화면을 위아래로 스크롤하며 뚫어지게 쳐다보았지만 생각이 계속 미끄러져 나갔다. 송금했다고 말했을 때 조성환이 지었던 표정, 경멸하는 듯했던 그 표정이 자꾸만 떠올랐다. 왜? 구원의 밧줄을 내려준 내게 왜 감사해하지 않는가?

화면을 클릭하던 손길이 멎었다. 귓전에 내 숨소리가 커다랗게 울렸다. 그 돈이…… 병원 일에 쓰이긴 하는 걸까? 최근에 조성환은 안 하던 짓을 많이 했다. 갑자기 집을 빼야겠다고 통보해 왔고, 수상쩍어 보이는 외출도 많이 했다. 핸드폰이 울리면 들고 다른 방으로 건너가는 경우도 많았다. 나는 다시 한번 목청을 가다듬었다. 흐음, 흐음, 큰 소리를 냈지만 목 안의 이물감은 좀처럼 가라앉지 않았다. 나는 몇 번 더 시끄러운 소리를 내다가, 일어서서 비상구로 나왔다. 비상구 계단에 크흠 하는 소리와 목청 가다

듣는 소리가 연속으로 울려 퍼졌지만 그 소리의 주인은 목의 이물감에서 조금도 벗어나지 못했고, 계단실을 울리는 소음은 영원히 끝나지 않을 것처럼 반복해서 울려 퍼졌다.

39

잠이 오지 않는 밤이다. 밖이 회청색으로 변해 가는 걸 보니 이제 새벽이라고 해야 할 듯. 약속이 있다며 병원에서 따로 나간 조성환은 지금까지 깜깜무소식이다. 그동안에도 약속이 있다고 나갔다가 12시를 넘겨 들어온 적은 많았지만 아예 밤을 새고 온 적은 없었다. 지난번에 경찰서에서 업혀 온 이후로, 새벽에라도 들어오긴 꼭 들어왔다. 혼자 커다란 집에 우두커니 앉아 있다가, 시계가 새벽 1시를 가리키는 걸 보고 술을 마시기 시작했다. 조성환이 품에 안고 다니며 밤낮으로 쪽쪽 빨아 대는 술, 로열 살루트를. 네모난 유리컵에 얼음과 함께 부어 마시면서 나는 연신 인상을 썼다. 어우, 맛없어. 독한 냄새만 풍기고 맛은 하나도 나지 않는 짜증 나는 액체였다. 그래도 나는 마셨다. 한 모금 한 모금. 이 액체가 몸에 들어갈 때 조성환이 어떤 기분이었을지 느껴 보고 싶었다.

처음엔 거실에서 마시기 시작했는데, 새벽 3시를 넘기면서 서재로 들어왔다. 책과 프린트물로 난잡하게 어질러진 책상 위에 로열 살루트 병과 컵을 올려놓은 뒤 의자에 기대앉았다. 책상 앞쪽에 걸린 메모판을 멍하니 보는데, 압정으로 꽂혀 있는 편지가 눈에 들어왔다. 다른 메모나 청구서들처럼 눈에 익지 않은 걸로 보아 최근에 온 것 같았다. 노트를 쭉 찢어 날려 쓴 편지였는데, 비뚤비뚤한 글씨와 형편없는 맞춤법 때문에 편지의 발신인이 어린아이거나 외국인임을 알 수 있었다.

들고 있던 술잔을 내려놓은 뒤 편지를 확 잡아챘다. 편지가 뜯겨 나오며 압정으로 고정되었던 부분이 찢겨 나갔다. 내용을 읽어 내려가다가 나는 허, 하고 너털웃음을 터뜨렸다. 발신인은 외국인 이주 노동자였다. 과거 어느 시점에 기계에 손가락이 잘렸던 것을 조성환이 붙여 주었던 모양이다. 수술비를 받지 않고 손가락을 원상 복구해 준 조성환에게 감사하는 말을 거듭 반복하는 것으로 내용의 거의 전부를 채운 그 편지는 마지막에 '지난주에 송금해 주신 돈으로 아이 옷을 사 주었다'는 감사 표시를 함으로써 나의 엄청난 관심을 불러일으켰다.

송금. 나는 그 두 글자가 발하는 마력에 쑥 빨려 들어갔다. 다시 읽어 본 편지는 새로운 정보를 아무것도 주지 않았다. 그저 손가락을 이어 준 의사 선생님에게 감사, 또 감사하는 내용, 그리고 보내 준 돈에 대한 감읍. 그 형편없는 글씨와 내용을 한동안 노려보다가, 보드판에 다시 꽂아 놓고 위스키 잔을 끌어당겼다.

쓰게만 느껴졌던 위스키가 어느새 입에 익어 달짝지근하게 감겼다.

"개새끼!"

입에서 욕이 흘러나왔다.

"송금을 해? 외국인 노동자한테? 잘났어, 정말."

소리 내 말을 하자 조용히 일렁이던 분노의 불꽃이 거세게 일어섰다. 요즘 들어 부쩍, 혼자 중얼거리는 일이 늘었다. 그동안 드라마 같은 데서 주인공이 혼자 중얼거리는 장면이 나오면 참 현실감 없다고 생각했는데, 내 일이 되고 보니 그런 일이 충분히 일어날 수 있음을 알겠다.

"그래, 너 잘났다. 다른 사람 손도 만들어 주고, 인생도 바꿔 주고. 허, 거기에 송금까지? 어찌나 잘나셨는지."

조성환이 어떤 경로로 수부 접합을 했는지는 알 수 없다. 미용성형만 하는 인간이 수부 접합이라니. 언제, 어디서, 어떻게 손가락을 꿰매 주었는지는 알 수 없지만 아무튼 이 사건은 그가 몹시 좋아하고 자신의 존재 의의로 삼을 만한 사건이었을 것이다. 그는 그런 인간이다. 양심을 지키고, 필요하지 않은 성형을 권하지 않고, 외모를 변형하기보다는 마음을 보살펴 치료해 주는 의사. 그런 인간에게 외국인 노동자라니. 얼마나 좋아했을지 상상하면 내가 다 가슴이 뛰려 한다. 눈을 부릅뜨고 혈관을 찾았을 것이다. 신경, 근육, 미세한 어느 하나도 놓치지 않고 두 번 세 번 살펴 손가락을 절단 이전보다 더 멀쩡하게 만들어 놓았을 것이다. 완성된 손가락을 보며 자부심으로 가슴이 미어졌겠지. 그리고 사후 송금까지. 매달 생활비를 보내 주면서 의사로서 자신의 양심, 자부심, 소명 의식을 거듭 확인했겠지.

"이 병신 같은 새끼!"

나는 의자를 박차고 일어섰다. 보드판에 꽂았던 편지를 잡아 뜯어 갈기갈기 찢어 버렸다.

"제 집 하나도 간수 못하는 주제에 송금은 무슨!"

집 안에 들을 누가 있기라도 하듯 버럭 소리를 질렀다. 이제 곧 살던 집에서 나가야 하는 새끼다. 그뿐인가. 병원을 핑계로 나

같은 피라미한테 이억 오천이나 되는 돈을 뜯어 갔다. 물론 협박해서 뜯어 간 것은 아니지만 내가 자발적으로 돈을 내놓게끔 교묘하게 분위기를 조성했다. 나는 책상에 놓여 있던 편지 조각들을 아래로 쓸어 보낸 뒤 의자에 앉아 발을 책상으로 뻗었다. 화가 나고 억울한데, 정확하게 뭣 때문인지 알 수가 없었다.

돈 때문인가? 나는 양쪽 팔을 의자에 걸치고 마른세수를 했다. 재희에게 받은 돈을 조성환에게 송금한 이후로, 돈 생각에서 헤어나지 못하고 있다. 보낼 당시에는 아무 생각이 없었는데, 보낸 직후부터 그 돈의 크기가, 그런 크기의 금액이 갖는 의미가, 그 돈을 손에 쥐고 있었으면 할 수 있었을 갖가지 일들이 뇌리에 들불처럼 일어나 번졌다. 조성환이라는 인간에 대한 시선도 바뀌었다. 예전 같았으면 쿨해 보였을 행동들, 돈을 받고도 별다른 내색을 하지 않는다거나 예전과 다름없이 아무렇지도 않게 나를 대한다거나 하는 태도들이 눈에 밟혀서 그냥 넘어가지지가 않았다. 내가 얼마를 해 줬는데! 지금 그렇게 폼 재면서 의사입네 하고 다니게 해 준 게 누군데! S성형외과라는 16층짜리 건물이 굴러가는 것 자체가 모두 나라는 인물이 단행한 거금 투척 때문인 것 같았다.

나는 왜 그 돈을 넘겼을까. 한쪽 팔로 턱을 괴고 생각에 잠겼다. 큰돈이었고, 꼭 내가 해 주지 않아도 되는 돈이었다. 내가 그 돈을 해 주었다는 사실에 조성환도 놀라는 눈치였다. 이억 오천. 내가 몇 년 동안 살 만한 집에 들어가 아무런 걱정 없이 의식주를 영위할 수 있는 돈이다. 엔터테인먼트 업계나 성형외과 같은, 내 꿈과는 거리가 먼 분야에서 노동력을 팔며 밥벌이를 하지 않고도 5년은 늘씬하게 버틸 수 있는 돈이다. 그 돈을 쥐고 있었다면 나는 최신식 노트북을 사서 산이 보이는 높은 아파트 꼭대기층에 월세를 얻어 밤낮으로 난방을 틀어 놓고 민소매 티를 입고 앉아 하루 종일 글을 썼을 것이다. 물론 끼니는 모두 최고급 음식으로 배달시키거나 도우미를 고용해 밥을 포함한 모든 살림을 영위하도록 했으리라. 음, 도우미까지 썼다면 지속 기간이 3년 정도로 줄어들었을라나? 아무튼, 내 몇 년간의 자유와 복지와 여유와 쾌적함을 보장했을 돈이다. 그런데 백치같이 그 돈을 한 방에 날려 버렸다. 속을 알 수 없는 못생긴 주정뱅이에게.

병을 들어 빈 잔을 채웠다. 쿨럭쿨럭, 위스키가 쏟아져 잔에 담기는 소리가 귓전을 때렸다. 이렇게 맛있는 술을 그렇게 폼 안 나게 마시다니. 고급 위스키를 은색 물병에 담아 들고 다니며 쪽쪽 빠는 인간의 구부정한 어깨를 생각하다가 후, 한숨을 내쉬었다. 더 생각할 필요도 없이 답은 이미 나와 있었다. 내가 그에게 돈을 보낸 이유. 내가 몇 년간의 시간을 온전히 내 것으로 만들 수 있었던 요술 방망이를 그에게 덥석 넘긴 이유. 그래. 인정하자. 나는 그 돈을 보내면 그가 상당량의 성욕을 품고 있는 멀쩡한 남자로 밝혀질 거라고, 그리하여 나와 결혼하여 오래오래 행복하게 살게 될 거라고 믿었던 것이다. 아무런 논리적 연관성이 없는 그 두 가지 명제를 이어 붙여 기복 신앙처럼 가슴에 품고 그 커다란 금액을, 겁도 없이, 한 점 망설임 없이, 열렬히 보내 버린 것이다. 세상에. 세상에 이런 멍청이가 또 있을까.

3분의 2쯤 채워져 있던 술병이 소량의 내용물을 남겨 놓고 바닥을 드러내려 하고 있었다. 나는 병을 통째로 들어 올려 바닥이 드러날 때까지 죽 들이켠 뒤 쾅 소리 나게 책상에 올려놓았다. 머리가 쪼개질 것처럼 지끈거리고 속이 요동쳤다. 나는 술을 잘 마시는 체질이 아니다. 술을 일정량 이상 마시면 다음 날 속이 안 좋아서 아무것도 하지 못한다. 되도록 과음하지 않으려 노력하는데, 오늘은 마구 마셔 버렸다. 조성환을 이해해 보겠다는 알량한 핑곗거리를 만들어 자신을 엄청난 두통과 복통의 바다에 빠뜨린 것이다.

역사가 오랜, 어느 시점이면 운명처럼 등장하고 마는 자책과 열등감 모드가 서서히 모습을 드러냈다. 넌 항상 그랬어. 겁도 없이 함부로 저지르고, 돌아서서 놀라 어쩔 줄 모르고. 나는 바닥에 내려와 앉아 무릎을 구부리고 등을 동그랗게 말았다. 그래. 나는 늘 그랬다. 생각보다 행동이 먼저였다. 아니, 생각이란 걸 아예 하지 않았다. 무조건 저질렀다. 생각은 모든 결정과 행위가 일어난 이후, 무엇도 되돌릴 수 없는 상태가 된 다음에야 느물느물 찾아왔다. 차라리 안 하느니만 못한 상념, 후회, 안타까움. 그러지 말았어야 했다는 무책임한 후회의 광풍. 지하의 아이를 낳은 것이 대표적인 사례다. 아이를 낳는다는 게 그렇게 많은 행위와 감정을 수반하는 줄, 몸에 복잡다단한 변화를 초래하는 줄 몰랐다. 그저 품고 있다가 확 낳고, 그런 다음 아이 아빠에게 데려다주면 그것으로 모든 게 끝날 줄 알았다. 마치 아무 일도 일어나지 않았던 것처럼. 조성환과 만나 같이 산 것도 그랬다. 대본에 쓸 모델이 필요하니까 잠깐 사귀면 그뿐, 정보를 얻고 나면 깔끔하게 관계를 마무리할 거라고 생각했다. 내가 그 모델이 된 쬐끄만 새끼한테 집착하고, 섹스하지 못해 안달하고, 급기야 요청하지도 않은 거금의 돈을 갖다 바치는 짓을 할 거라고는, 게다가 돈을 보내 놓고 후회로 미쳐 버리게 될 거라고는, 정말이지 눈곱만큼도 예상 못했다. 그걸 어떻게 알았겠는가?

문제는 내가 이런 사건들에서 아무 교훈도 얻지 못한다는 데 있다. 출산 사건을 통해, 강재희라는 껍데기밖에 없는 남자와의 교류를 통해, 인간과 인간이 얽히면 생각지 못했던 수많은 상황과 감정이 생겨나 사람을 못나고 형편없게 만든다는 걸 깨달았으면서도, 눈 하나 깜짝 않고 조성환이라는 음산한 인간에게 덤벼들었다. 이용해 먹고 튀겠다는 원대한 계획까지 품고서.

나는 가슴과 무릎을 대고 몸을 접은 것처럼 앉아 있다가, 엉금엉금 기어 화장실에 갔다. 배를 접어서 붙잡고 있는 것으로는 다스릴 수 없는 역겨움이 속에서 꾸역꾸역 올라오고 있었다. 나는 왜 이 모양일까. 왜 남들은 다 알고 피하는 것을 혼자 똑똑한 척하며 덤벼들까. 변기를 붙잡고 속에 든 것을 게워 내는데, 품었던 의문에 대한 대답이 눈앞에 떠올라 찬란하게 반짝였다. 그건 네가 아무것도 갖고 있지 않기 때문이지. 넌 아무것도 없잖아? 부모도, 변변한 직업도, 남편도. 그렇다고 제대로 된 애인이 있기를 해, 돈이 있기를 해. 그러니 그렇게 막 덤비지. 연한 살구색을 띤 죽 모양의 내용물들이 주륵주륵 소리 내며 변기에 쏟아져 내렸다. 가진 게 없고 잃을 게 없으니까 쉽게 아무한테나 덤벼드는 거라고. 다 게워 냈다 싶어 몸을 일으키는데, 다시 한번 내장의 움직임이 감지되었다. 그런데 혹시, 순서가 거꾸로 된 건 아닐까? 내가 너무 덤벼드는 인간이라서 아무것도 가진 게 없게 된 것은 아닐까? 그런 생각이 잠깐 들었지만, 그 생각은 쏟아져 나오는 토사물에 휩쓸려 흔적도 없이 사라져 버렸다.

40

새벽 6시. 잠깐이라도 눈을 붙이려 했지만 또렷한 의식은 좀처럼 흐려지지 않았다. 두통과 복통으로 만신창이가 된 몸뚱이에도 아랑곳 않고 건재를 과시하는 의식. 결국 억지로 감고 있던 눈을 떴다. 손으로 침대 헤드를 더듬어 핸드폰을 손에 쥐었다. 들어온 메시지도, 검색해 볼 만한 뉴스도 없었지만 습관처럼 화면에 포털 사이트를 띄웠다. 검색어로 무얼 쳐 넣게 될지는 뻔했다. 지난 3년 동안 하루도 빠짐없이 검색했던 제목, 6개월 동안 새로운 글이 생성된 적이 없었지만 그래도 혹시나 싶어 매번 블로그와 카페와 웹 문서를 구석구석 살폈던 제목, 「그대 등 뒤의 내 손」.

러닝타임이 30분인 내 첫 영화였다. 그동안 드라마 공모전에 수도 없이 응모하고, 시나리오를 들고 영화사 문턱이 닳도록 드나들었지만, 내가 만들어 낸 인물들이 화면에 담겨 배포된 것은 그 작품, 「그대 등 뒤의 내 손」이 처음이었다. 드라마 공모전의 본선까지 올라가 최종 두 작품 안에 들었던 적도 많았지만, 그래서 당장 내일이라도 작가가 될 것 같은 기분으로 줄기차게 써서 다시 응모하는 나날을 이어 갔지만, 내가 쓴 대본이 공모전의 최종심에 진출한 것과 내가 쓴 대사가 살아 있는 사람에 의해 육화된 것을 지켜보는 것은 천지 차이가 나는 경험이었다. 그러니까 내가 작가의 꿈을 버리지 못하고 곰처럼 계속 글을 쓰게 만든 주범은 공모전 최종심 진출이 아니라 「그대 등 뒤의 내 손」의 영화화였던 것이다.

관객이 몇 명 되지 않는 독립 영화였지만, 내 뇌리에서는 수 없이 상영되며 앞으로 써 나갈 대작들의 전주곡처럼 울려 퍼졌던 영화였다. 그 영화가 독립 영화만을 상영하는 영세한 상영관에 일주일 동안 걸린 뒤부터, 나는 매일매일 내 첫 영화의 제목을 검색했다. 영화가 나왔던 초반에는 몇 주에 한 번 꼴로 블로그나 카페에 짤막한 평이 걸렸다. 상영된 지 3개월이 지나자, 드문드문 올라오던 평마저 뚝 끊겼다. 작년에 딱 한 번 어느 단편영화에 대한 평에 비교 대상으로 인용된 것을 마지막으로, 다시는 평이 올라오지 않았다. 그래도 나는 끈질기게 검색했다. 아침에 눈뜨고 일어나면 한 번, 점심 먹고 한 번, 자기 전에 한 번. 어떤 날은 온종일 핸드폰을 부둥켜안고 있기도 했다. 어제 글이 올라오지 않았다고 해서 오늘 올라오지 않는단 법이 있겠는가. 잘 짜인 구성에 등장인물이 생생했던, 완성도 높은 작품이었다. 자본의 세례를 받아 제대로 만들어졌다면 흥행작이 될 수도 있었을 터였다. 인터넷에 접속해 검색어를 쳐 넣는 내 손길엔 맹목에 가까운 기운이 서려 있어, 어떠한 의식이나 다짐으로도 막을 수 없었다. 내 작품이 영화로 만들어져 상영되었다! 내 작품이 거론되고 평을 받았다! 그 기운은 3년이 흐르고 그 영화를 아무도 기억하지 못하게 되어 버린 지금도 조금도 바래지 않고 내 안에 살아 숨 쉬고 있다.

그대 등, 까지 쳐 넣는데 검색어 1위에 재희 이름이 떠 있는 게 보였다. 이 새벽에…… 무슨 일이지? 1위 항목을 바로 클릭해 들어갔다. 몇 시간 전에 「그대 등 뒤의 내 손」을 검색할 때만 해도 재희 이름은 검색어에 없었다. 몇 시간 새에 재희에게 일이 생겼다는 말이다. 얼마 전 있었던 교통사고가 불쑥 떠올랐다. 설마 얘가…… 기사를 클릭하면서 한쪽 손으로 가슴을 꾹 눌렀다. 심장이 콩알만 해지는 듯한 순간이 지나가고, 화면에 기사 목록이 떴다.

K 군 동영상 유출

유명 남자 연예인 몰래 카메라

대형 한류 스타 동영상 일파만파

제목을 보면서 가슴을 쓸어내리는데, 내가 재희의 자살을 생각하고 있었다는 걸 깨달았다. 얼마 전 내가 데리고 있었던 가수 한 명이 자살했다. 파인 엔터테인먼트의 야심작이라 불리며 화려하게 데뷔했으나 호응을 받지 못해 대중의 뇌리에서 잊힌 보이 그룹의 일원이었다. 나머지 멤버들은 배우로 전향하거나 공연 기획자, 안무가가 되어 나름 자리를 잡았는데, 그 아이만 마음을 잡지 못하고 방황했다. 멤버 중 가장 외모가 좋고 가장 오래 연습생 생활을 한 아이였다. 손에 잡힐 듯 어른거리던 스타덤이 일순간 손가락 사이로 빠져나가 버렸다는 사실을 알았을 때 그 아이의 심정이 어땠을까. 잘생겼다는 말을 백만 번쯤 들으며 자랐을 얼굴이었다. 내가 엔터테인먼트 쪽 일을 그만둔 다음에도, 그 아이가 연예계 주위를 돌면서 객기를 부린단 소식을 듣고 은근히 걱정을 했더랬다. 그러던 어느 날 날아왔던 소식. 고층 건물에서 투신해 스스로 목숨을 끊었다는. 처음엔 충격을 받았지만, 날이 갈수록 그 애를 위해선 차라리 잘된 일이 아닐까 하는 생각이 들었다. 그 반반한 얼굴을 달고 살아가면서, 코앞까지 갔던 스타덤을 어찌 한순간이나마 잊을 수 있었겠는가. 이제 더는 안타까워하지 않아도 되리라. 더는 '될 뻔한' 것을 향해 해바라기처럼 목을 늘이며 전전긍긍해하지 않아도 되리라. 생각은 그 아이가 부럽다는 데까지 뻗어 나갔다. 드라마 작가라는, 내가 '될 뻔한' 직업에 대한 선망이 피어오를 때마다, 그 아이를 생각했다. 지금 얼마나 편안할까. 근심도 안타까움도 자기 모멸도 없는 세계에서…… 얼마나 평화롭게 지내고 있을까. 아아, 나도 그렇게 됐으면. 그 후로 업계에서 알고 지냈던 이들의 이름이 인터넷 검색어 상단에 오를 때마다, 가슴을 졸였다. 혹시 얘가…… 죽었나? 걱정과 미리 느끼는 부러움과 두려움이 뒤섞인, 복잡한 감정이었다.

가끔 들락거리던 커뮤니티에서 'K 군 동영상'을 찾을 수 있었다. 바로 동영상을 클릭해 들어갔다. 버퍼링이 조금 일더니 바로 화면이 떴다. 재희의 나신이, 벌거벗은 엉덩이가 격렬하게 움직이는 장면이. 손이 저절로 입으로 올라갔다. 이게 뭐지? 그것은 재희가 삽입하고 있는 장면이었다. 천정에서 잡은 것으로 보이는 그 장면에는 엎드린 재희가 아래에 깔린 여자에게 격렬하게 피스톤 운동을 하고 있는 모습이 잡혀 있었고, 재희의 신음 소리와 헐떡거림, 신체와 신체가 부딪히며 나오는 마찰음이 생생하게 흘러나왔다. 손으로 입을 막고 그 장면을 지켜보다가, 이어지는 장면을 보고 숨을 멈추었다. 화면은 한 번 잘렸다가 완전히 다른 장면으로 넘어갔는데, 그 장면에서 나온 여자의 육체가, 허리에서 엉덩이로 이어지는 라인이 너무나 눈에 익었던 것이다.

동영상은 길지 않았다. 벌거벗은 한 남자가 여체 위에서 헐떡거리는 모습, 여체 옆에서 끙끙거리는 모습, 행위를 마친 남자가 성기를 덜렁거리며 화장실로 가는 모습을 이어서 붙인 짧은 영상이었다. 영상 속 인물들이 무엇을 하고 있는지 확실히 보여 주는 장면만 잘라서 편집한 듯한 그 영상의 남자 주인공이 재희임은 누가 봐도 명백했다. 상대 여자는 재희의 밑에 있거나 옆모습에 가려 얼굴이 드러나지 않았고, 살짝 드러나는가 싶은 장면에서는 모자이크 처리되어 있었다. 영상을 편집한 자가 오직 강재희에게만 관심 있다는 것이, 파트너인 여자의 얼굴을 드러나지 않도록 신경을 썼다는 것이 드러나는 지점이었다. 그러나 나는 알 수 있었다. 그것이 나의 몸, 나의 얼굴임을. 남자의 몸 밑에서 허리를 들어 올리거나 옆에 누워 남자가 쾌락의 정점에 이를 수 있도록 필사적으로 도와주고 있는 여체의 주인이 나임을. 아무리 가려져 있어도, 아무리 정교한 기술로 처리돼 있어도, 그 손길, 그 몸짓, 그 숨소리가 누구에게 속해 있는 것인지 너무나 확연히 알 수 있었다.

41

빌라를 빠져나와 정처 없이 걸었다. 아침 7시가 가까웠는데도 사위는 어두웠다. 나는 다운 점퍼에 달린 모자를 뒤집어썼다. 살을 에는 듯한 칼바람에 눈발이 섞여 눈을 뜰 수가 없었다. 비도 아니고 눈도 아닌 흐릿한 액체가 질척질척 내리고 있었다. 그렇게 가다간 온몸이 젖을 것 같아, 잠깐 버스 정류장에 들어갔다. 정류장에는 두 여자가 서서 입김을 내뿜고 있었다. 한 명은 목도리, 장갑, 귀마개까지 완전무장한 중년 여성이었고 한 명은 알파카 코트에 치마 정장을 입은 이십 대 여성이었는데, 놀랍게도 스타킹만 두른 채 살색의 종아리를 그대로 드러내고 있었다. 거기에

스틸레토 힐까지. 나는 여자를 위에서 아래로 찬찬히 훑어내렸다. 어둠, 바람 그리고 진눈깨비라는 환경이 갖추어져 있는 데다가 여자가 손을 호호 불어 가며 핸드폰에 뭔가를 입력해 넣고 있었기 때문에 대놓고 쳐다봐도 눈치채지 못할 것 같았다. 여자는 이를 부딪혀 가며 부들부들 떨고 있었다. 바람 때문에 가만히 서 있어도 눈물이 흘러나오는 날씨였다. 저런 차림새로 대체 어디서부터 걸어왔을까. 어디까지 갈까. 꽁꽁 얼어붙은 눈의 잔해를 딛고 선 여자의 아찔한 스틸레토 힐이 위태위태해 보였다. 금방이라도 부러질 것 같은 저런 힐을 신고 대중교통을 이용하다니. 나는 여자가 헤치고 나갈 출근길과 점심 먹으러 가는 길, 외근 나가는 길, 퇴근길을 상상해 보았다. 삼십 대 초반까지는 나도 저런 신발을 신고 일상을 영위했다. 5센티미터 힐은 기본이고, 복장에 신경 쓴 날은 10센티미터가 넘는 힐을 신고 방송국을 몇십 바퀴씩 휘젓고 다녔다. 그때의 경험에 비추어 보건데 저런 신발로는, 10분도 제대로 걷지 못한다. 금세 발이 화끈거리고 허리에 통증이 온다. 한번 삐끗하기라도 하면 그 자리에서 굽이 나가는 수가 있다. 안정감 있게 걷지 못하는 것은 물론, 걸을수록 발을 조여 오는 느낌 때문에 결국 발을 절거나 질질 끌며 걷게 된다. 차 없이 다니는 날 저런 신발을 신고 나가면 그날 하루 그 신발의 임자는 온전히 '신발'로 화한다. 어딜 가서 무얼 해도 그녀는 '불타는 발'일 뿐이다. 물론 겉으로는 아무렇지도 않은 척 초연히 웃거나 여유 있게 농담을 하지만, 속으로는 계속 힐을 벗어 던지고 운동화로 갈아 신는 상상을 한다.

나는 허리 디스크 진단을 받은 뒤에야 높은 굽 구두에서 벗어

날 수 있었다. 특별한 날 아니면 3센티미터를 넘어가는 구두를 신지 않았고, 특별한 날이라도 차량으로 움직이는 게 보장되지 않으면 낮은 굽 구두나 플랫 슈즈로 차림새를 마무리했다. 그 뒤로, 몸에 심각한 이상이 와야만 벗어 던질 수 있었던 그 놀라운 물건을 발에 달고 걸어가는 여자를 맞닥뜨릴 때면 꼭 뒤돌아 쳐다보게 된다. 도도하게 걷는 여자가 남몰래 감당해 내고 있을 아픔이, 그 아픔을 무릅쓰면서까지 내세우고 싶은 신체가, 그런 신체로 누군가에게 혹은 어떤 단체에게 호감을 얻어 내고 싶어 하는 마음이, 손에 잡힐 듯 느껴지는 것이다. 그 마음에 접속하고 나면 결국 숙연하게 고개를 숙이게 된다. 누가 감히 손가락질할 수 있을까. 그 마음. 다가가고 싶고 호감을 사고 싶은 그 마음. 나도 그랬고, 내 친구들도 그랬고, 세상의 모든 여자들이 품을 수밖에 없는 그 마음. 현대판 전족을 스스로 용납하고 감당하게 만드는 그 마음. 그건 인간이면 피해 갈 수 없는 숙명이거늘.

들고 있던 핸드폰을 백에 넣은 뒤 팔로 몸을 끌어안고 무릎을 굽혔다 펴길 반복하던 여자가 핸드폰 소리를 듣고 다시 백을 뒤지기 시작했다.

"어? 아직 못 봤는데? 보고 다시 전화할게."

한마디를 내뱉고 전화를 끊은 여자가 핸드폰 화면으로 검색을 시작했다. 몇 번 클릭해 들어간 화면을 쳐다보던 여자의 눈이 위로 치켜 올라갔다. 바람 때문에 긴 머리가 사방으로 날리고 빨갛다 못해 검붉은색으로 변한 귀가 그대로 바람에 노출되는데도 여자는 꼼짝하지 않았다. 못 박힌 듯 서서 화면을 뚫어져라 쳐다보던 여자의 입이 벌어지고 빨갛게 변한 한쪽 손이 입으로 향할 때, 나는 그 자리를 떠났다.

정처 없이 걷다가 눈앞에 나타난 건물로 들어갔다. 털부츠를 신었는데도 발의 감각이 느껴지지 않았다. 옆으로 길게 뻗은 5층짜리 건물은 뒤편으로 펼쳐지는 대단지 아파트의 상가 건물이었다. 철골과 유리로 지어진 건물은 이제 막 잠에서 깨어나는 듯, 미니슈퍼로 통하는 한 군데를 제외하곤 모든 철문이 내려져 있었다. 나는 미니슈퍼 쪽 철문을 통해 상가로 들어갔다. 어둑한 복도 양옆으로 24시간 조명 설정이 돼 있는 간판들이 선연한 빛을 내뿜고 있었다. 라인 부동산, 애니멀 닥터 24시, 쁘띠장 헤어살롱…… 복도 끝까지 걸어간 뒤 비상구 층계를 통해 2층으로 올라갔다. 2층으로 통하는 철문은 닫혀 있었다. 3층으로 올라갔다. 3층 철문도 닫혀 있었다. 망연자실 위쪽을 쳐다보다가, 4층으로 올라갔다. 철문이 열려 있었다. 육중한 비상구 문을 열고 안으로 들어갔다. 복도 양옆으로 나란히 걸린 학원 간판의 행렬이 모습을 드러냈다. 나는 간판을 올려다보며 앞으로 나아갔다. 창이 없는 어둑한 4층 복도를 같은 규격의 간판들이 경쟁하듯 비추고 있는 모습이 괴기스러웠다. 이현 논술, 잉글리시 마운틴, 파블로 수학, 주빌레 발레학원…… 발걸음이 발레 학원 앞에서 멈추었다. 복도의 끝, 복도와 엘리베이터 사이에 들어 서 있는 커다란 분홍색 상자 같은 공간이었다. 밝은 분홍색 벽면에 하얀 발레 슈즈가 그려져 있고, 그 옆으로 커다란 눈망울을 드러낸 발레복 차림의 여자아이의 전신이 세밀하게 그려져 있었다. 섬세하게 조각된 리본 모양으로 장식한 출입문 손잡이를 쳐다보는데, 그 문을 열고 들어가는 한 여자아이의 모습이 떠올랐다. 그 아이의 다른 쪽 손을 잡고 있는 엄마의 모습도. 아이와 엄마가 들어간 뒤 한참 후에 아빠가 나타난다. 청바지 차림에 긴 머리를 하고 기타를 메고 있는 아빠다. 아빠가 들어서자 아이들 중 한 명이 알아보고 "윤지하다!"라고 소리 지른다. 일렬로 늘어서 있던 분홍색 튀튀의 여자애들이 일제히 입구를 돌아본다. 시선을 의식한 아빠가 번쩍 손을 들어 올린다. 가운데 줄에 서서 손으로 튀튀를 펴고 있던 여자아이의 얼굴이 빨갛게 달아오른다. 아이는 아빠가 왔다는 사실이 민망하면서도 자랑스럽다. 한국인이면 누구나 알고 있는 유명 가수인 아빠가 왔다는 사실이.

상상은 이제 미래로 뻗어 나간다. 이 아이, 윤지하의 아이가 커서 초등학생이 되었다. 아이는 반 친구들과 함께 재잘거리며 잉글리시 마운틴의 문을 열고 들어선다. 자리를 잡은 아이들은 각자 핸드폰을 꺼내 들고 이것저것 검색을 한다. 그중 한 아이가 꺄악 소리를 지르며 손으로 입을 틀어막는다. 뭐야 뭐야 하며 아이들이 몰려든다. 핸드폰 화면에 뜬 것은 강재희라는 연예인의 동영상이다. 화면 속에 드러난 허여멀건 것이 성인 남자의 엉덩이라는 사실을 안 아이들이 기겁을 한다. 강의실은 이내 여자아이들의 부자연스러운 숨소리로 채워진다. 들썩이는 남자의 몸에 깔려 있는 여자의 허리와 둔부가 화면에 적나라하게 드러난다. 경악하면서도 아이들은 화면에서 눈을 떼지 못한다. 특히 윤지하의 딸은, 눈을 크게 뜨고 핸드폰을 들여다본다.

나는 바닥에 쭈그리고 앉았다. 어디로 가서 무얼 해도 지금까지 한시도 뇌리를 떠나지 않았던 장면, 몸과 몸이 엉겨 있는 영상에서 벗어날 수 없다는 깨달음이 전신에 퍼져 나갔다. 멍하니 앉아 영상을 돌려 보길 반복하다가 집에서 나왔다. 다운 점퍼 하나만 걸친 채 무작정 나왔다. 그대로 있으면 돌이킬 수 없는 짓을 하게 될 것 같았다. 극한의 추위에 몸을 내맡기면, 정처 없이 쏘다니면 찰나에 불과할지라도 벗어날 수 있을 거라고 생각했다. 낯선 곳을 싸돌아다니다 오면 이미 발생한 사건에 대해 어느 정도 받아들이는 상태가 되어 있을 거라고. 바보 같은 생각이었다. 손발이 떨어져 나갈 것처럼 극심한 추위에도, 알 수 없는 아파트 단지 상가의 낯선 아침 풍경에도, 영상은 그치지 않고 상영되었다. 본능에 압도당해 신음을 내지르며 몸을 떨던 남자, 남자를 받아들이며 억지로 기쁨을 연출해 내던 여자의 몸. 못난 몸.

여자 연예인들의 섹스 동영상이 돌 때 그 여자들의 부끄러움에 대해 생각했던 적이 있었다. 나체로 타인과 몸을 나누는 순간이 공개됐을 때 얼마나 수치스러웠을까. 세상 모든 사람에게 가장 내밀한 순간을 보여 버린 그 마음은 어떤 것일까. 어떻게 그 아픔을 극복하고 살아갈까.

오늘, 내가 그 일을 당하고 보니, 그동안 내 초점이 엉뚱한 곳에 맞춰져 있었음을 알겠다. 중요한 것은 남들의 시선이 아닌, 나의 시선이었다. 타인과 내가 몸을 나누는 광경을 내가 목격한다는 것. 그것은 언어로 표현할 수 없는 낯설고 께름칙한, 강렬한 어떤 감정으로 이어진다. 내가 타인과 짐승의 영역에서 버둥거리는 장면을 본다는 것. 그것은 결국 체념을, 해탈이랄까 무상무념이랄까 하는 경지를 불러일으킨다. 재희의 몸에 깔려 미끄덩거리는 몸뚱이가 나임을 알아보았을 때 나는 내가 저주받았음을, 신이 불운이라는 말의 의미를 보여 주기 위해 나를 세상에 내려보냈음을 알게 되었다. 세상에 남자 밑에서 나신으로 버둥거리고 있는 자신의 모습을 목격하게 되는 사람이 몇이나 될까. 나는 동영상 사건으로 연예계를 떠나야 했던 A 양과 B 양, C 양을 떠올렸다. 그들의 고통은 남들의 손가락질에서 온 것도, 연예계 생활을 못 하게 됐다는 좌절감에서 온 것도 아니었다. 절대 보아서는 안 될 장면을 보아 버린 자의 두려움. 신만이 들여다볼 수 있는 순간을 목격한 자의 괴로움이 그들의 고통 한가운데 자리 잡고 있었으리라. 나는 손을 뻗어 정교한 리본 세공이 달린 학원 손잡이를 만지작거렸다. 웬만한 꼴은 다 봐서 이제 더 놀랄 것도, 실망할 것도 없다고 생각했다. 상처받음, 버림받음 같은 건 이제 식상하다고. 이제 어떤 일이 다가와도 눈썹 하나 까딱하지 않을 거라고. 인생 후반에 이렇게 커다란, 이렇게 무시무시한 한 방이 기다리고 있을 줄은, 상상도 하지 못했다.

나는 몸을 펴고 발레 학원 벽에 기대앉았다. 엉덩이가 바닥에 닿자 차가운 콘크리트 기운이 살과 뼈를 뚫고 들어오는 것 같았다. 머리를 벽에 기대고 눈을 감았다. 아마도, 신이 나를 세상에 내보낼 때 입력한 코드는 '오만'이었을 것이다.

너는 오만이라는 특성을 장착하고 세상에 내려가 나를 기념하라.

모든 일에 겁 없이 덤벼들고, 무엇이든 가볍게 여기며, 어떤 일을 당해도 모두 재미있는 경험이라고 생각하라. 행여 겁이 나거나, 세상에 발붙이고 살 수 있는 최소한의 관계가 형성되어 있지 않은 데 대한 분노가 일거든, 모두가 네가 쓰게 될 대본을 위한 과정이라고 생각하라. 결국엔 세상 사람들이 깜짝 놀랄 작품을 쓰게 될 거라고, 그러니 이런 일들은 일부러라도 경험해 보는 게 좋은 거라고 되뇌며 남들이 피해 가는 일들에 맹렬하게 덤벼들어라. 실전에서 따라붙는 예상치 못한 괴로움에 몸부림칠 때가 바로 너라는 피조물이 빛을 발하는 순간일지니, 그 순간이 닥치면 나를 떠올려라. 몸을 비틀고, 신음하고, 되돌릴 수 없는 일들을 반복해 떠올림으로써 나의 존재를 증거하라.

나는 신의 의도를 충실히 실행한 피조물이었다. 그동안엔 생각 없이 출산을 하고 지하에게 아이를 줘 버린 게 내 경거망동 중 으뜸가는 행위라고 생각했는데, 이제 보니 그게 아니었다. 강재희라는, 껍데기에서 나오는 찬란한 빛으로 빈약한 내면을 영원히 영원히 가릴 수 있는 놀라운 인물과 몸을 섞은 행위, 한두 번도 아니고 3년씩이나 아무 대가 없이 몸을 섞은 행위가 내 모든 어리석은 기행을 압도하는 행위였다. 그러니 신은 지금쯤 나를 내려다보며 흡족해하고 있으리라. 분홍색 튀튀가 그려진 학원 벽에 기대앉아 인생을 되짚어 보며 성실히 자기 비하를 하고 있는 피조물에게 더할 나위 없는 만족감을 느끼고 있으리라. 후회, 열등감, 절망. 평생을 따라다닌 못난 감정들에 빠져 허우적거리는 암컷 피조물에게. 나는 얼굴을 무릎 사이에 파묻고 기도의 언어를 골랐다. 이제 저를 거두어 가소서. 제게는 당신을 드러내 보일 에너지가 더 이상 남아 있지 않나이다. 언어를 고르는 동안 나는 슬퍼하거나 울지 않았다. 뿐만 아니라 멋진 웃음을, 입가로 실실 흘러나오는 근사한 비웃음을 생산해 냈다. 불순물이 조금도 섞이지 않은 여리고 순수한 냉소의 결정체를.

42

9시가 다 돼 가는데 내가 나타나지 않자 민아가 전화를 걸어 왔다.

"오늘 오후에 상담 잡혀 계시잖아요."

"아, 그렇지!"

전화를 받으면서 발레 학원 벽에서 몸을 떼어 냈다. 오늘 오후 4시에, 단독으로 들어가는 내 첫 상담이 잡혀 있다. 혼자서 상담에 들어가기엔 아직 경력이 충분치 않았지만, 자청했다. 명색이 병원장 백으로 들어갔는데 로비 일이나 봐주고 다른 사람들 상담에 참관만 하는 게, 그러면서도 월급은 따박따박 받아 가는 게 얌체처럼 느껴졌다. 위기에 빠진 병원을 구한 장본인이라는, 물론 조성환이 내가 준 돈을 병원 일에 쓴 경우에 해당하는 이야기이지만, 나만 아는 은밀한 자부심과 책임감도 있었다. 큰 금액을 투척한 자로서 병원 돌아가는 사정을 알고 본격적으로 개입하고 싶다는 의도도 섞여 있었다. 하지만 이제 그런 의도 따윈 아무래도 좋다. 병원이고 돈이고 그게 다 뭐란 말인가.

"조금 늦게 출근할 것 같아. 점심때쯤? 되도록 빨리 갈게."

그래도 나는 통화를 마무리했고, 집으로 돌아갔다. 이를 닦고 화장을 한 뒤 병원으로 향했다. 이런 날 집에 있으면 안 되니까. 어디든 가서 누군가와 말을 해야 하니까. 대화 내용에 관심도 열의도 생기지 않겠지만, 그래도 집에서 계속 핸드폰에 얼굴을 처박고 있는 것보다는 나을 테니까.

로비로 올라갔을 때 다른 직원들은 평소처럼 데면데면한 얼굴로 형식적인 인사를 건넸고, 점심을 먹고 막 돌아온 민아만 환한 얼굴로 나를 맞았다.

"조성환 원장님은?"

몸이 안 좋아서 늦게 왔다고 말한 뒤 바로 물었다. 집에도 안 들어온 인간이 병원엔 왔을까?

"수술 중이세요. 점심도 못 드시고 지금 두 번째 수술 들어가셨어요."

나는 입을 딱 벌렸다.

"정말?"

어디에 가서 자고 출근을 했단 말인가. 어디서 뭘 했는데 멀쩡하게 출근해서 수술을 하고 있단 말인가.

"어제…… 집에서 안 주무셨어요?"

자리에 앉아 화장을 고치던 민아가 나를 사선으로 올려다보았다.

"응, 아니. 내가 몸이 좀 안 좋아서."

하나 마나 한 대답을 한 뒤 외투를 걸고 자리에 앉았다. 집에서 안 주무셨느냐는 의문문의 주어는 누구였을까? 나? 조성환?

"실장님, 어디 안 좋으세요?"

민아의 물음을 뒤로하고 전화기를 들었다. 빠르게 손가락을 놀려 우형의 번호를 눌렀다. 전화기가 꺼져 있었다. 이번엔 마리의 번호를 눌렀다. 마리도 전화를 꺼 놓았다. 쾅 소리가 나게 전화기를 내려놓았다가, 다시 전화기를 들었다. 신경질적으로 버튼을 눌렀지만 역시 전화기들은 꺼져 있었다.

"실장님."

누군가 큰 소리로 나를 불러 고개를 돌렸더니 민아가 의아한 얼굴로 나를 쳐다보고 있었다.

"응?"

건성으로 민아를 쳐다본 뒤 다시 수화기를 집었다. 우형. 마리. 우형. 마리. 미친 듯이 버튼을 눌렀다 수화기를 내려놓았다 하다가 누군가의 시선을 느끼고 옆을 돌아보았다.

"괜찮아요, 실장님?"

고개를 옆으로 기울인 조성환이 나를 빤히 내려다보고 있었다. 하얀 가운과 하늘색 수술복, 하늘색 바탕에 회색 별이 프린트된 수술 모자, 안경 너머로 보이는 맑은 눈빛. 그리고 깍듯한 존댓말. 병원에 있을 땐 다른 직원들을 의식해 존대를 한다는 걸 알고 있었지만, 갑작스레 나타난 그에게서 나오는 존칭은 귀에 특별하게 와 감겼다. 하룻밤 못 만났을 뿐인데 이 남자는 왜 이렇게 먼 사람이 되었는가. 왜 보는 것만으로도 눈시울이 뜨거워지는 사람이 되었는가.

"어디 아파요?"

그가 내 얼굴을 찬찬히 훑어보며 말했다. 처음 만나는 사람처럼. 진료실에 찾아온 환자를 관찰하는 의사처럼. 나는 고개를 크게 가로저었다. 하얀 가운을 입은 조성환이, 나와 함께 살고 있는 남자가, 외박을 하고도 내게 전화 한 통 해 주지 않은 남자가, 새벽녘에 내게 일어난 사건에 대해 아무것도 모르고 있는 남자가 내 앞에 서서, 이 남자가 앞으로 그 영상을 접하게 되는 순간을 내가 얼마나 두려워하며 상상하고 있는지 절절히 깨닫게 해 주고 있었다.

"실장님 좀 안 좋으신 것 같아요. 아까부터 계속 어디로 전화를 거시는데……."

먼 곳에서 나오는 아련한 음악 소리처럼 민아의 목소리가 들려왔다. 나는 아무 말도 하지 못했다. 조성환을 올려다보다가 고개를 돌리고 가만히 앉아 있었다. 머릿속으론 동영상을 쳐다보고 있는 조성환의 예리한 눈초리가, 어딘가에서 추가로 올릴 영상을 만들고 있을 우형의 모습이, 그 옆에서 낄낄거리며 재희와 나의 벗은 모습을 들여다보고 있을 마리의 모습이 번갈아 펼쳐졌다.

"실장님, 잠깐 저 좀 볼까요?"

부드럽게 말하며 조성환이 내 어깨에 손을 올렸다. 그 손길로, 나는 자리에서 일어설 수 있었다. 나를 걱정하는 손이리라. 아닌가? 나를 책망하는 손길인가? 책망이라니, 무엇을? 무엇을 책망한다는 거지?

조성환은 비상구 층계참으로 향했다. 아프지 않은 쪽 다리의 발자국 소리가 크게 울리는 조성환 특유의 발걸음 소리를 들으며 한 발짝 뒤에서 따라갔다. 복도의 창은 사선으로 비껴 들어온 햇살을 받아 환하게 빛나고 있었다. 먼지 입자들이 부유하는 모습까지 비추는 선명한 햇살이었다. 새벽에 휘날리던 진눈깨비는 온데간데없고, 맑고 파란 하늘이 그림처럼 선명하게 창밖에 걸려 있었다. 미세 먼지도 회색 구름도 없는 따뜻하고 맑은 겨울날, 강렬한 햇살이 한나절 전까지만 해도 스산했던 풍경을 순식간에 바꾸어 놓고 있었다. 완강하게 얼어붙었던 눈의 잔해가 녹아들자 온 세상이 물기를 머금고 반짝였고, 지나가는 행인들의 차림새에서 칭칭 감았던 목도리와 장갑, 얼굴의 반을 덮다시피 했던 모자가 사라졌다. 나는 발걸음을 멈추고 창밖을 쳐다보았다. 조롱하듯 갑자기 펼쳐진 따뜻한 겨울날을.

조성환은 무거운 철문을 열고 힘겹게 계단을 내려갔다. 나는 팔짱을 낀 채 그가 한쪽 발을 쿵 하고 내디딘 뒤 다른 쪽 발을 조심스럽게 내딛고, 쿵 소리를 내며 다시 성한 쪽 발을 내딛는 모습을 관찰했다. 저 인간이 저렇게 심하게 발을 절었나? 아니면 층계를 내려가는 걸 그동안 못 봐서 유난히 눈에 들어오는 건가? 어느 쪽이든 마음이 편치 않았다. 멀쩡한 발을 내디딜 때마다 구부정한 어깨가 들렸다 내려오는 것도 태연히 보고 있기 힘들었다.

"무슨 일 있었어?"

드디어 조성환이 층계참 창에 도달했다. 너무나 힘들게 목적지에 다다른 조성환. 나는 계단 위에 서서 그 모습을 내려다보다가, 한달음에 내려가 그의 앞에 섰다.

"동영상이 떴어."

내 입에서 조용한 음성이 새어 나왔다.

"남자 연예인 섹스 동영상인데, 거기에 내 몸이 나왔어."

암송하듯 기계적으로 말한 뒤 조성환을 쳐다보았다. 안경 너머 그의 눈이 좀 커지는 듯싶더니 눈동자가 양옆으로 흔들렸다. 주먹을 꼭 쥐고 지켜보았지만, 그 순간 그의 눈에 지나간 감정이 무엇인지 알 수 없었다. 다만 여러 뭉텅이의 감정이 그의 마음속에 오갔고, 마지막 순간에 깃든 감정이 연민이라는 것 정도는 짐작할 수 있었다.

"괜찮을 거야."

그가 내 눈을 들여다보며 말했다. 도장을 찍듯 한 음절 한 음절 힘주어 말하는 음성. 나는 한동안 그의 눈을 들여다보았다. 그와 눈을 마주하는 그 행위가 너무 좋아서, 한순간이나마 나를 지배하고 있던 무거운 정서에서 벗어날 수 있었다.

"정말? 정말 그렇게 생각해?"

나는 양손으로 그의 허리를 감으며 그의 몸을 내 쪽으로 당겼다. 그의 하체와 내 하체가 가깝게 마주 섰다.

"그럼. 내가 다 알고 있는데, 넌 괜찮을 거야."

그가 어깨에 힘을 주면서 몸을 뒤로 빼려 애썼다. 하지만 나는 꿈쩍도 하지 않았고, 그의 입술은 나의 입술 바로 앞이라는 치명적인 위치를 벗어나지 못했다. 나는 유리창을 쳐다보았다. 잘 닦인 반질반질한 유리가 그와 내가 마주 선 모습을 성실하게 투영하고 있었다. 비슷한 신장의 남녀가 몸을 맞대고 선 아름다운 모습을. 나는 그의 뒤통수에 손을 올려 그의 머리를 내게 밀착시켰다. 그와 나의 이마가 맞닿는 순간, 내 입이 양쪽으로 들려 올라가면서 미소가 흘러나왔다. 조성환의 키가 크지 않다는 사실은 알고 있었지만, 낮은 통굽 구두를 신은 나와 마주 섰을 때 시선이 동등해질 정도로 작은 줄은 몰랐다. 그리고 나는 내가 막 발견한 그 사실이 무척 마음에 들었다. 남자와 육체적으로 같은 높이에서 시선을 맞출 수 있다는 건 굉장히 매혹적인 일이었다.

"한 번만. 위로 차원에서."

말하면서 그의 뒤통수를 확 내리눌렀다. 어떻게 해 보겠다는 의도가 있었던 건 아니다. 그저 그 자리에서 그런 포즈로 햇살을 받았더니 그런 동작이 일어났을 뿐. 내 입속으로 따뜻하고 말랑말랑한 뭔가가 들어왔을 때에야, 내가 하고 있는 동작의 의미를 인지했다. 그러므로 그 따끈하고 부드러운 동체가 입술을 열고 들어와 내 혀와 맞닿았을 때 내가 움찔하며 뒤로 물러선 건 그리 놀라운 일이 아니리라. 온몸의 피가 얼굴로 몰려 올라오면서, 뇌가 바쁘게 움직이기 시작했다. 그러니까 이건…… 키스다. 조성환이, 내게, 키스하고 있는 것이다! 뇌가 명징하게 그 사실을 파악한 순간 온갖 감정들, 경이와 당황과 안타까움과 염려와 조바심이 이성이 차지하고 있던 영역을 완전히 차지해 버리는 바람에 나는 뻣뻣이 선 채 그의 혀가 일방적으로 내 혀에 닿았다 미끄러져 나가는 것을 망연자실 관조하고 있을 수밖에 없었다. 다시 오지 않을 소중한 순간은 그렇게 지나가 버렸다. 내가 그 감미로운 동체의 움직임에 반응할 태세를 보인 순간 그가 내 입안에서 부드럽게 유영하던 아름다운 동체를 철수시킨 뒤 내게서 몸을 뗐던 것이다.

"아."

내 반응은 오직 이 한 가지. 아쉬움이 노골적으로 드러나는 의성어를 밖으로 내보낸 것 뿐이었다. 너무나 놀란, 너무나 아쉬운, 너무나 돌이키고 싶은 마음이 고스란히 드러나는 낯뜨거운 의성어가 이제 거리를 두고 선 그와 나 사이를 허망하게 떠다녔다.

"사랑한다, 조성환."

허겁지겁 그를 당겨 안으며 속삭였다. 깡마른 그의 몸이 지푸라기처럼 들어와 내 품에 안겼다. 몸피에 비해 터무니없이 큰 수술복에서 바스락거리는 소리가 나고 그의 가슴에서 술 냄새인지 소독약 냄새인지 알 수 없는 독한 향이 머리가 어질해질 정도로 진하게 풍겨 나왔다. 사랑한다 조성환. 사랑한다. 몇 번이고 말하며 그의 머리를, 등을, 허리를, 쓰다듬었다. 지상에 있는 한 생명체와 혀를 맞대었다는 것이, 사랑한다고 외치며 안길 대상이 있다는 것이 이 순간 내게 얼마나 중요한지 나는 너무나 잘 알고 있었다. 조금 전에 있었던 아름다운 에피소드에 기대어, 나는 다시 한번 꿋꿋하게 일어나 생을 이어 가게 될 것이었다. 머릿속에는 벌써 자리로 돌아가 어떤 화장품을 들고 라커 룸에 들어가 화장을 고칠지, 조금 후면 있을 첫 단독 상담에서 어떤 말을 할지, 퇴근 후에 조성환에게 어떤 음식을 해 줄지에 대한 자질구레한 구상들이 분주하게 펼쳐지고 있었다. 그리고 그 모든 구상들을 관통해 가는 한 가지 의식. 조성환과 키스했다는. 설사 내가 오늘 죽는다 해도 조성환은 혀를 맞대고 타액을 나누었던 나를 영원히 기억하게 되었다는 의식이 또렷하게 지속되어 그 모든 오늘을 무사히 살아 내게 될 것임을 암시해 주고 있었다.

43

그가 입을 커다랗게 벌렸다. 그러자 성인 남자의 팔뚝만 한 샌드위치의 머리 부분이 순식간에 사라져 버렸다. 나는 팔짱을 낀 채 비스듬히 앉아 그가 쩝쩝 소리를 내며 샌드위치 크기를 줄여 나가는 것을 지켜보았다.

“접때 보니까 영화에도 출연했던데, 어떻게, 요즘엔 출연 안 하나?”

우물우물 샌드위치를 씹으며 그가 말했다.

"쓸데없는 얘기하지 말고 용건을 말해요."

팔짱을 풀지 않은 채 차갑게 말했다.

"전국구 영화던데?"

샌드위치를 베어 물던 그의 눈이 내 눈과 마주쳤다. 위로 치켜 올라간 그의 가는 눈매에 웃음이 서리면서 길쭉한 얼굴 곳곳에 주름이 잡혔다.

"왜 왔어요?"

눈을 내리깔면서 앞에 놓인 샌드위치를 끌어당겼다. 먹고 싶은 마음은 없었지만 어떤 동작이든 해야 할 것 같았다. 가만히 앉아 쳐다보기만 하면 결국 그의 페이스에 말려들리라. 벌써부터 심장이 콩닥거리고 손발이 차가워지고 있었다.

"왜, 영화 얘긴 하기 싫어? 난 보기 좋던데?"

눈앞에 앉아 게걸스럽게 샌드위치를 먹고 있는 이 남자는 백상수 이사다. 17년 전 처음 만났을 때는 연예기획사의 사장이었는데, 중간에 유명 여자 가수와 모 국회의원 사이에 성 상납을 주도한 사건으로 감방에 가면서 그 바닥을 떠났다. 그 후로 대부업, 리조트 분양 사업에 손을 댔다가, 몇 년 전부터 인테리어 사업을 하고 있다고 들었다. 무대장치나 유명 연예인들의 집 인테리어를 주로 한다고 하니 그 바닥 인연을 활용해 계속 수입을 올리고 있는 셈이다.

처음 만났을 때 이 남자의 얼굴을 보고 충격으로 다리가 휘청했던 순간을 기억한다. 눈, 코, 입 모두가 위로 치켜 올라간 듯한 형상의 남자 얼굴을 두고 '스타킹을 뒤집어쓴 강도의 얼굴'과 '물구나무서서 머리 꼭대기로 쏠린 얼굴' 사이에서 어떤 표현을 골라야 할지 몰라 한참을 망설였다. 10년 만에 다시 만난 이 남자의 얼굴을 보고 있으니 두 표현 중 어느 한쪽도 남자의 야비한 근성을 표현하기에는 역부족임을 알겠다. 처음 보았을 때는 비쩍 마른 신경질적인 인상이었는데, 세월의 더께를 입어 얼굴이 통통해지고 뱃살이 늘어 이제는 탐욕스러운 인상까지 첨가됐다. 보기 싫은 특성을 모두 모아 놓은 종합 흉물 세트가 되었다고 하겠다.

"계속 그 얘기할 거면……."

침착하게 말하며 샌드위치를 집어 들었다. 백상수가 말하고 있는 영화는 재희와 나의 동영상이다. 이 비열한 인간은 나온 지 한 달도 넘어 이제 사람들의 뇌리에서 완전히 사라져 버린 동영상 얘기를 계속 꺼내고 있다. 내 약점을 들먹여 기선을 제압하고 싶은 것이다.

"난 갈 거예요."

자리에서 일어서 금방이라도 나갈 태세를 해 보였다. 샌드위치 전문점을 표방한 가게는 점심시간을 맞아 사람들로 북적였다. 우리 좌석을 포함한 다섯 개의 테이블이 꽉 찬 것은 물론, 테이크아웃하려는 손님들이 출입문 바깥에까지 줄을 서 있어 차가운 겨울 바람이 매장 안으로 여과 없이 들어오고 있었다. 원래는 점심을 거르려 했다. 어제 저녁부터 속이 계속 미식거리는 데다가 점심시간 직후에 잡힌 상담 때문에 마음이 편치 않았다.

"앉아."

그가 엉덩이를 들어 엉거주춤 선 자세를 하더니 내 손목을 아래로 확 당겼다. 탁 소리가 나며 내 몸이 의자에 앉혀졌다.

"앗."

내 입에서 비명이 터져 나왔다. 갑작스레 완력을 받은 손목과 엉덩이가 아프기도 했지만, 타인의 물리력에 의해 원치 않는 동작을 하게 됐다는 심리적인 충격 때문에 아픔이 실제보다 크게 느껴졌다.

"재미있는 영화 재미있게 봤다는데 왜, 그게 뭐 문젠가?"

상담을 마치고 돌아와 병원 로비에 서 있는 백상수를 보았을 때, 지옥에서 온 악마가 있다면 이런 형상이겠구나 생각했다. 돌아서서 도망쳐 버리는 장면이 머릿속에 떠올랐지만, 침착하게 서서 백상수에게 인사를 건넸다. 오랜만이네요. 그리고 함께 엘리베이터에 올랐다. 건물을 빠져나와, 건널목을 건너, 이 가게에 들어왔다. 백상수는 오랜만에 만났는데 샌드위치가 뭐냐며 투덜댔지만, 나로서는 그와 마주 앉는 시간을 5분이라도 단축하고 싶었다. 분위기 있는 조명에 좋은 음악이 흘러나오는 레스토랑 같은 데 앉아 함께 시간을 보낼 생각은 추호도 없었다.

"다음 편은 안 나오나?"

나는 '영화' 얘기에 거부감을 드러낸 걸 후회했다. 상대가 싫어하는 기색을 보이면 바로 붙잡고 늘어지는 인간이라는 걸 깜빡 잊었다. 그런 걸 기억하기엔 너무 오랜만에 만났다. 이 남자는 어쩌면 세 개나 되는 샌드위치를 먹는 내내 동영상 얘기만 할지도 모른다.

"다음 편은 못 찍죠. 상대 배우가 은퇴했는데."

다리를 꼬며 고개를 까딱거렸다. 껄렁한 자세로 나가는 게 이 인간을 자극하지 않는 길이다. 정색하거나 화내면 안 된다.

"그래도 그 새끼 중국에서는 지금도 한 끝발 하는 것 같던데?"

동영상 사건 이후로 재희는 종적을 감추었다. 인터넷과 신문, SNS가 온통 그의 동영상 얘기로 들끓었지만 그의 근황을 포착한 사진은 한 건도 게재되지 않았다. 항간에는 재희가 중국인이 되기 위한 절차를 밟고 있다거나 자살했다거나 하는 설이 돌았다.

"좆만 한 게 그래도 살아 보겠다고, 흥."

백상수는 사드니 시진핑이니 자기도 잘 모르는 얘기를 길게 늘어놓으면서 이제 중국 시장은 작살날 거라는 말을 다짐하듯 되풀이했다. 재희가 완전히 망하기를 바라는 것이다. 백상수는 잘생긴 남자 스타들을 무지하게 싫어했다. 못생기고 허약한 몸을 타고난 데다가 남 잘되는 꼴을 못 보는 비틀린 성정을 갖고 있는 그로서는 '잘난' 외모로 모든 걸 거머쥔 남자 스타들을 지켜보는 것만큼 짜증 나는 일이 없었으리라. 그런 그에게 강재희 같은 인물은 말 그대로 쥐약이었다. 재희는 순전히 외모로 승부한 케이스였다. 머리에 든 건 없는데 꽃미남 같은 얼굴, 185센티미터를 훌쩍 넘는 키, 균형 잡힌 몸, 백치미를 풍기는 미소로 대한민국은 물론 중국과 일본, 최근 몇 년 동안은 남미 여성들의 마음까지 쥐고 흔들었다. 게다가 재희는 백상수에게 한 푼의 이익도 안겨 주지 않는 다른 회사에 소속된 배우였다. 가능하면 몰래 죽여 버리고 싶다는 생각이 들 정도로 얄미운 인물이었을 것이다. 그런 재희가 섹스 동영상이라는 암초를 만나 몰락했으니 얼마나 고소했겠는가. 게다가 상대 여자는 자신이 손가락의 때만도 못하게 여겼던, 자신처럼 연예계 주위를 빙빙 돌며 부스러기를 주워 먹고 돌아다니던 여자아이였다. 백상수가 동영상을 보면서 얼마나 좋아했을지, 얼마나 흥미로워 했을지 상상하자 억하심정으로 창자가 다 꼬이는 것 같았다.

"어떻게, 서우형이랑은 사이좋게 잘 갈랐어?"

그가 3분의 1쯤 남아 있던 샌드위치를 한입에 우겨 넣은 뒤 우물우물 씹으며 말했다. 나는 발을 바꿔 꼬며 머리를 쓸어 넘겼다. 머릿속으론 조금 전에 공기를 가르고 울려 퍼졌던 한 사람의 이름, 서우형이라는 이름이 강렬한 파열음을 내면서 번져 갔다.

"가르긴 뭘 갈라. 그 새끼 연락 두절이야."

최대한 껄렁하게 반말로 말했다. 백상수 같은 인간은 이렇게 대해 줘야 편안해할 것이다. 사람은 원래 듣던 말투와 몸짓을 접해야 마음이 안정되는 법이니까. 벌벌 떨면서 겁내는 모습을 보여 주면 나를 잡아먹으려 들지도 모른다.

"나도 피해자라고. 알아? 나 건드리지 마. 나도 이제 잃을 게 없어. 당장 죽어도 그만이야."

이렇게 내뱉고 나니 백상수라는 인간을 갑자기 맞닥뜨린 데서 왔던 충격과 두려움이 쑥 내려앉았다. 은근히 자신감도 생겼다. 설사 백상수가 나를 끌고 가 예전처럼 취급한다고 해도 가볍게 넘길 수 있을 것 같았다. 깃털처럼 가벼워진 나. 무게를 덜고 산뜻해진 나는 이제 아무것도 두렵지 않다.

"얼씨구, 쇼도 하네?"

백상수의 텁수룩하고 무질서한 눈썹이 위로 쑥 올라갔다.

"쇼는 무슨. 빨리 할 말이나 해. 나 바로 들어가야 돼."

나는 샌드위치 포장에 붙어 있던 스티커를 뗀 뒤 북 소리가 나게 포장을 찢었다. 갑자기 생존하겠다는 욕구가, 눈앞에 앉은 인간에게 압도당하지 않고, 배를 채우고, 멀쩡하게 병원에 돌아가 일상을 이어 가야겠다는 욕구가 맹렬히 피어올랐다.

"어디, 그 병원으로? 조성환인가? 그 똥꼬 새끼가 하는 병원?"

허, 나는 코웃음을 치며 백상수를 건너다보았다. 똥꼬 새끼라니, 이 무슨 어린애 같은 유치한 단어 선택이란 말인가. 하여튼 수준하고는.

"그래, 그 똥꼬 새끼 병원에서 월급 받고 일하고 있어. 그러니까 얼른 일 보고 들어가야 돼."

백상수가 앞에 놓인 컵을 들어 플라스틱 덮개를 열고 빨대를 빼더니 콜라를 벌컥벌컥 들이켰다.

"너 그 똥꼬랑 같이 산다며? 이스트 힐 빌리지에서. 아주 팔자가 피었구나?"

이 인간이 어디서 내 소식을 들었을까. 불쾌했지만, 정보를 정정해 주기로 했다.

"지금은 거기 안 살아. 이사 갔어."

"어디로?"

그가 콜라를 내려놓고 두 번째 샌드위치의 포장지를 찢었다.

"어딘지 알아서 뭐하게? 형편이 안 좋아져서 작은 아파트로 옮겼어."

안 해도 될 말을 굳이 힘주어 말했다. 그가 생각하는 것처럼 부자 만나 호의호식하고 있는 게 아니라는 사실을 알려 주고 싶었다. 팔자 피기는 개뿔. 이사하느라 뼈가 닳아 없어질 뻔했구먼. 이사는 이삿짐 센터에서 해 주었지만, 그 많은 짐들을 분류하고 정리하느라 일주일 동안 골머리를 앓았다. 특히 조성환이 친구

집으로 보낼 물건과 우리 집으로 들여올 물건을 분류하는 데 계속 혼선이 생겨 짐을 이 트럭에서 저 트럭으로 몇 번씩 번복해 옮겨야 했다. 버릴 물건 처리하는 건 또 어땠던가. 몇십 년 동안 단출한 짐 몇 개를 들고 옮겨 다니며 살아온 나로서는 넓은 집에서 좁은 집으로 들어간다는 게 뭘 의미하는지 그제야 알 수 있었다.

"그런 새끼랑 왜 살지? 쓰리섬이라도 하나? 이태리 그런 취향이었어?"

그가 징글징글한 말들을 늘어놓고 내 옛날 이름을 들먹이더니, 샌드위치를 먹기 위해 입을 쩍 벌렸다. 그 순간 그의 입 냄새가, 오랫동안 잊고 있었던 신물 올라오는 그 냄새가 확 풍겨 왔다. 테이블 건너편에 앉은 사람이 확연하게 느낄 만큼 강렬한 구취. 나는 코를 움켜쥐며 눈살을 찌푸렸다. 그래. 이 인간 구취가 엄청난 인간이었지. 몸에서 나는 냄새도.

"보자마자 왜 더러운 얘기를 하고 그래? 빨리 할 말만 하고 가."

더럽고 저질스러운 농담만 골라 하는 버릇도 여전하다. 쓰리섬이라니. 나는 조심스럽게 주위를 살폈다. 이따위 말을 지껄이는 인간과 같이 앉아 있는 모습을 아는 사람한테 들킬까 봐 신경이 쓰였다. 그래도 이 일대에서는 성실한 회사원 이미지를 구가하고 있는데.

"그래, 그럼 말해 봐. 서우형이랑 몇 대 몇으로 갈랐어?"

나는 크게 샌드위치를 베어 문 뒤 우물우물 씹었다. 이 인간이 오늘 왜 찾아왔을까? 강재희랑 연락이 하고 싶은가? 아니면 비디오를 보니 새삼 나라는 여자애한테 꼴렸나?

"박마리하고 삼땅 했을라나?"

나는 샌드위치를 한입 더 베물었다. 이 인간, 어쩌면 우형에게 볼일이 있는 것인지도 모르겠다.

"아까도 말했잖아. 그 새끼랑 연락 안 된다고."

나는 답답하다는 듯 가슴을 두드려 보였다. 서우형. 그 개새끼를 생각하자 내장 깊숙한 곳에서 불덩이가 올라오는 것 같다. 사건 이후 우형에게 내가 건 전화만 천 통이 넘었을 것이다. 우형의 전화기는 늘 꺼져 있었다. 분에 차서 그가 사는 집으로 뛰어간 적도 있었다. 물론 우형은 거처를 옮기고 자취를 감춘 상태였다. 그가 오피스텔에 카메라를 설치해 놓고 동영상을 찍어 유포한 범인이며 범행에 마리가 가담했다는 사실이 언론에 나오기 전부터, 나는 알고 있었다. 그가 그 모든 음산한 일의 기획자이자 실행자라는 사실을. 오래전부터 주도면밀하게 준비해 차근차근 실행에 옮겼다는 사실을.

"혹시 어디 있는지 백 이사님은 알아? 알면 알려 주든가."

동영상 사건은 내게 수많은 갈래의 파장을 남겼다. 그중 가장 큰 비중을 차지한 것이 서우형과의 관계였다. 재희의 로드 매니저였던 우형은 나와 친한 동료 같은 사이였다. 아니, 동지라 하는 편이 나을까. 나이는 나보다 한참 아래지만 우형은 착하고 똑똑한 인재였다. 재희처럼 뇌는 없고 껍데기만 있는 연예인의 매니저 노릇을 하기에는 그릇이 너무 컸다. 나와 우형은 재희와 일하기 시작했던 시기도 비슷했고, 겪는 애환도 비슷했다. 우형이 강재희라는 무뇌 연예인의 정서적 분출을 담당했다면, 나는 신체적 분출을 담당했다. 그러니까 강재희라는 번지르르한 한류 스타의 빛나는 면모를 강재희 본인이 다 가져갔다면 스포트라이트를 받지 않는 나머지 면모인 분노나 짜증, 성욕을 우형과 내가 갈라서 가져갔던 것이다. 물론 스타일리스트인 마리도 한몫했다. 마리는 강재희의 분노와 짜증을 인간적으로 감싸 안아 주는 역할을 했다. 근본적으로는 우형이나 나와 비슷한 역할이었지만 조금 더 수행하기 가볍고 보기에도 좋은 역할이었다. 그런 역학 관계에서 우형과 내가 친해지는 것은 너무나 자연스러운 일이었다. 게다가 우형에겐 인간으로서 잘 살아 보겠다는 의식도 있었고, 책도 꽤 읽었다. 우리는 급속도로 친해졌다. 서로를 감싸 주고 끌어 주었다. 내가 재희의 정액 배출 담당자라는 자괴감에 빠지지 않고 계속 그 역할을 이어 나갔던 데는 서우형이라는 버팀목이 크게 자리하고 있었던 것이다.

그런데 그런 우형이 나를 배신했다. 재희와 내가 있는 현장을 몰래 찍어 그 영상을 만천하에 퍼뜨렸다. 내 벗은 몸, 내 숨소리, 내 몸짓을 온 대한민국 사람들이, 아니 전 세계 사람들이 볼 수 있게 만들었다. 영상을 보면서 우형이 나라는 존재가 노골적으로 드러나지 않도록 성의를 기울였다는 것은 느꼈다. 얼굴을 모자이크 처리한 것이나 화면을 잘라 단편적으로 이어 붙인 데에서 우리가 쌓았던 암묵적인 공감과 지지에 대한 최소한의 예의를 지키려 한 흔적을 엿볼 수 있었다. 그래도 배신감과 서운함을 지우기엔 역부족이었다. 무엇보다 연락이 안 된다는 사실, 그가 나를 무자르듯 잘라 냈다는 사실이 치욕감을 배가시켰다. 마리와 사귀는 사이였다는 사실도 그랬다. 내게 말해 주었더라면 동영상 유포보다 훨씬 근사하고 실리를 취할 수 있는 방법을 알려 주었을 텐데.

우형에게 유감인 것은 단지 내 몸의 형상을 유포했다는 사실만이 아니었다. 나는 그가 자신의 인생을 그렇게 짓밟아 버렸다는 사실, 서우형이라는 이름 석 자가 '함께 일했던 연예인의 동영상을 유포하고 돈을 갈취하려 했던 비열한 매니저'로 영원히 낙인찍히게 해 버렸다는 사실이 안타까웠다. 물론 재희 같은 멍청이에게 개차반 취급을 받는 기분이 얼마나 더러웠을지는 충분히 이해한다. 재희는 천성이 착하고 순한 편이지만 상대의 마음을 헤아려 말하거나 행동하는 두뇌와 정서가 전혀 없는 아둔한 인물이었다. 아이처럼 순진하고 이기적이었으며, 단순하고 충동적이었다. 그런 인물이 대중의 사랑이라는 무소불위의 권력을 손에 쥐었으니 얼마나 끔찍한 결과가 나왔겠는가. 그 결과에 필연적으로 동반되는 온갖 지저분한 장면들을 우형은 가장 모욕적인 형태로 받아들여야 했다. 우형이 언젠가 일을 일으킬지도 모르겠다고 생각지 않았던 것은 아니다. 몇 번 재희에게 우형을 함부로 대하지 말라고 충고하기도 했다. 그래도 나는 몰랐다. 우형이 이렇게 큰 사고를 칠 줄은. 이렇게까지 비틀려 있을 줄은.

"서우형 어디 있는지 너 정말 몰라?"

세 번째 샌드위치를 뜯던 백상수가 나를 똑바로 쳐다보았다. 쭉 찢어져 위로 치켜 올라간 눈에서 증오의 기운이 섬뜩하게 배어나고 있었다.

"모, 몰라요."

나도 모르게 존댓말이 튀어나왔다. 그의 전신에서 풍겨 나오는 적대감이, 자신이 겪은 인생의 불운을 마주 앉은 상대에게 몽땅 다 끼얹어 버릴 것 같은 악의가, 소름 끼치게 낯익은 모습으로 엄습해 왔다.

"정말 몰라?"

그가 샌드위치를 내려놓고 정자세를 하며 내 얼굴을 살폈다. 차고 날카로운 눈빛이 천천히 내 얼굴을 훑고 지나갔다.

"몰라요. 정말 몰라요."

내 손끝이 떨리기 시작했다. 이를 악물었지만, 떨림은 손끝을 타고 전신으로 퍼져 나갔다.

"야, 이태리. 너 지금 우는 거야?"

먹던 샌드위치 위로 눈물이 떨어져 흐르자 백상수의 음성에 이내 낙락해하는 기운이 감돌았다.

나는 입을 크게 벌리고 샌드위치를 베어 먹었다. 내가 할 수 있는 한 가장 크게, 가장 격렬하게.

"허, 나 참."

그가 앞에 놓인 냅킨을 내 쪽으로 밀어 주었다.

나는 냅킨을 못 본 척하고 열심히 입을 움직였다. 입안을 가득 채운 샌드위치를 씹느라 호흡하기 힘들었지만, 꾸역꾸역 슬라이스 터키, 토마토, 피망, 칠리, 올리브 그리고 양배추를 씹어 나갔다.

그 옛날, 이십 대 초반의 어느 기간 동안, 나는 백상수의 성기를 빨아 주는 여자아이였다. 삼인조 걸 그룹 데뷔를 앞둔 시점, 소속사 사장이 지명한 곳에 가서 일러 준 행위를 해야 하는 시즌이었다. 백상수는 '외모가 특출 나지 않은' 나를 좋아하지 않았다. 데뷔 그룹 멤버로 나를 탐탁지 않아 하는 '관계자'이기에 더 '열심히' 해야 한다고 사장에게 귀에 못이 박히도록 들은 상태였다.

당시 내가 봉사했던 대상들은 세월과 함께 대부분 잊혔지만 백상수의 얼굴은 살아남아 질기게 생명을 이어 갔다. '봉사' 중인 상대에 대한 태도가 너무나 비열해서 잊으려야 잊을 수가 없었다. 당시에 그에게 봉사했던 연예인 지망생들은 모두 그를 기억할 것이다. 단순히 성적인 쾌감만이 아니라 상대를 모멸하는 데서 오는 권력의 쾌감까지 잊지 않고 챙기려 했던 그의 야비한 천성을. 국회의원 성 상납 사건도 그에게 앙심을 품은 지망생 출신이 찔러서 발각된 것이었다.

"잘 들어."

그가 요란하게 헛기침을 하더니 말을 시작했다. 나는 눈물을 훔치고 콧물을 닦아 냈다. 젤리 형태로 길게 이어진 콧물이 손가락에 대롱대롱 매달렸지만 얼른 스커트에 문질러 버렸다.

"앞으로 서우형한테 연락 오거나 하면 즉각 나한테 보고해. 알았어? 내가 이 새끼 죽여 버릴 건데, 만약에 중간에 네년이 알고도 숨겨 줬다거나 하면 네년부터 아작 낼 거야. 알아들어, 이 씨발년아?"

마지막 부분에서 그가 버럭 소리를 질렀다. 다른 테이블에서 쏟아져 오는 시선을 느끼며 나는 세차게 고개를 주억거렸다.

"그 새끼가 나한테 해 먹은 게 이거야."

그가 엄지와 검지로 동그라미를 만들어 보이더니 세 번째 샌드위치를 덥썩 베어 물었다.

"명심해. 그 새끼한테 연락 오면 바로 전화하는 거야."

순식간에 샌드위치를 끝장낸 그가 품에서 명함을 꺼냈다. 나는 두 손으로 공손하게 명함을 받아 들었다. 그가 자리에서 일어서더니 내 어깨를 툭 치고 가게를 나가 버렸다. 나는 한동안 못 박힌 것처럼 그 자리에 앉아 있었다. 뱀에 스친 것처럼 소름이 돋으면서 온몸이 바들바들 떨려 왔다. 쏜살같이 과거의 한 시점으로 날아간 의식은 좀처럼 제자리로 돌아오지 못했고, 두려움이라는 순도 높은 재료로 생성된 눈물이 찔끔찔끔 흘러나와 턱과 목을 간질였다. 과거라는 말은 실상이 없다는 것을, 지나간 일을 칭하는 그 단어는 그저 말에 불과할 뿐이라는 것을, 나는 비로소 알 수 있었다. 인생에 있었던 그 어떤 일도 과거가 아니며, 모든 일은 그저 잠깐 잊혔다 한순간 맹렬하게 현재로 되살아나기 위해 존재한다는 사실을.

44

꿈에 재희가 나왔다. 조성환과 약속한 장소를 찾지 못해 헤매다가, 재희를 만나 엉겁결에 결합했다. 신발 가게와 옷 가게가 즐비한 거리에 갑자기 모습을 나타냈던 재희. 손을 내밀며 수줍게 웃던 재희. 다시 결합하게 되었다는 사실을 믿지 못하며 나는 그를 몇 번이고 쳐다보았다. 아름다운 얼굴의 재희, 나를 안던 재희, 조성환이 올지도 모르는데 재희를 집 안에 들였다는 사실을 깨닫고 초조해하던 나.

의식이 든 뒤 한동안 누운 채로 있다가, 일어나 거실로 나갔다. 토요일 아침. 남동향의 거실이 햇살을 머금어 환하게 빛나고 있었다. 창밖으로 보이는 앞 동의 뒷베란다 창틀 행렬에도 햇살이 고르게 빛을 내려 주고 있었다. 비몽사몽 상태로 창밖을 내다보다가 현관방 문을 열었다. 침대가 놓인 공간을 제외하곤 온통 책으로 둘러싸인 방에서 오랫동안 사람이 들지 않은 방 특유의 싸한 먼지 냄새가 풍겼다. 이사 당시 조성환을 위해 주문했던 1인용 침대 위로 닷새 전 내가 개켜서 가로로 쌓아 올린 이불이 가지런히 놓여 나를 응시하고 있었다. 나는 조용히 문을 닫고 방을 나왔다. 집안엔 아무도 없다. 그러니 조금 전에 있었던 일들, 그러니까 나와 재희가 집 안에 들어오고, 재희가 나를 안고, 내가 그를 얼싸안고 뺨에 얼굴을 비비는 장면은 모두 꿈이었던 것이다. 나는 방으로 돌아와 다시 침대에 앉았다. 양손으로 나를 안아 보았다. 꿈이라니. 이렇게 생생한데. 재희의 숨결, 재희의 품, 재희의 입술. 달콤했던 순간. 영원을 염원했던 간절한 순간. 문득 재희가 보고 싶단 생각이 들었다. 보고 싶다. 만지고 싶다. 내가 재희를…… 이렇게 좋아하고 있었나?

재희가 왜 꿈에 나왔을까. 혹시 재희가…… 나를 생각하고 있었던 것인가. 간절한 염원이 그런 생각을 만들어 냈다. 나 혼자 너무 그리워했다고는, 일상의 단조로움과 집에 들어오지 않는 날이 점점 많아지는 조성환과의 애매한 관계에 염증이 나서 같잖았던 옛 연애 상대를 그리워하게 된 것이라고는 생각하고 싶지 않았다. 형편없는 사람이었는데. 껍데기밖에 볼 게 없는 사람이었는데. 이렇게 오래 기억하고 있다. 이렇게 열심히 그리워하고 있다. 사랑의 기억. 상대가 어떤 사람이었든, 그 만남이 얼마나 얄팍한 것이었든, 사랑했던 기억은 잊히지 않는다.

재희와 만났던 첫 순간을 떠올린다. 나중에 얼마나 비틀어진 관계로 변했든, 초반의 우리 관계는 분명히 아름다웠다. 강재희. 아름다웠던 사람. 그 관옥 같은 얼굴, 고혹적인 눈매. 미끈한 하반신. 꾸밈없고 아이 같았던 영혼. 순수하게 타오르던 욕망. 드라마 촬영장에서 갑자기 이탈해 나를 만나러 오기도 했고, 지방 공연을 갔다가 헬기를 타고 날아오기도 했다. 내가 보고 싶다는 이유로. 내 옆을 떠나고 싶지 않다는 이유로 연예인 생활을 그만두겠다는 걸 간신히 말린 적도 있었다. 채 3개월도 지나지 않아 그 모든 불꽃이 사그라지고 이기적인 욕망만 남아 이어졌지만 그래도 분명, 출발은 아름다움이었다.

내 방으로 돌아와 핸드폰으로 재희의 번호를 검색했다. 낯익은 번호가 화면에 떴다. 나는 그 번호와 그 번호 위에 써 있는 이름을 가만히 들여다보았다. 강재희. 수없이 내게 전화를 걸어왔던 사람. 수없이 내가 전화를 걸었던 사람. 이 사람은 지금…… 어디에서 무엇을 하고 있을까. 나를 생각할까.

나는 핸드폰을 침대맡에 놓고 일어섰다. 커튼을 걷고 창문을 열었다. 파란 하늘과 햇살, 가지런히 늘어선 고층 아파트들, 아파트 동 사이사이로 심긴 가로수들에 돋아난 새잎. 가슴 가득 바깥 공기를 들이켰다. 달짝지근한 라일락 냄새, 먼지 냄새, 풀 내음이 실린 바람 냄새. 계절이 바뀌었음을 알려 주는 숱한 냄새들. 눈이 오고 땅이 얼고 강풍이 불었던 겨울이 가고, 온 세상이 물이 되어 흘러내리는 봄이 왔다. 살을 에는 추위가 물러가는가 싶더니 수줍은 노란빛의 산수유가 왔다 갔다. 목련이 커다란 꽃송이를 뚝뚝 떨어뜨리고, 개나리가 산천을 점령하고, 나무가 푸른 잎으로 뒤덮였다. 차가운 겨울날 가열차게 타올랐던 동영상이 떴다 사라지고,

여심을 들뜨게 했던 찬란한 별이 추락하고, 그 별의 추락에 배경으로 존재했던 여인의 미칠 듯 두려워했던 마음도 잦아들었다. 한 번의 입맞춤으로 그 여인에게 살아갈 힘을 주고 일상을 살아 내도록 했던 성형외과 의사는 그 후 두 달 동안 입맞춤은커녕 따뜻한 말 한마디, 시선 한 줄기 주지 않고 날이 갈수록 멀어져 가고 있다. 외로움에 미쳐 버린 여인은 3년간 몸을 섞으며 섹스 파트너로 지내 왔던 옛 연인을 꿈속에서 만나기에 이르는데…….

이런 내용의 대본을 써 볼까. 방충망을 열고 바람을 들이키는데 어젯밤의 기억이 떠올랐다. 어젯밤, 지난 두 달 동안 꾸역꾸역 써 왔던 대본을 드디어 완성했다. 죽어 버리려고 마음먹은 여자 주인공이 약국을 돌며 수면제를 모으는 마지막 장면을 써넣은 뒤, 처음부터 죽 읽어 보았다. 세 번째 챕터를 읽다가, 파일을 닫아 버렸다. 구성, 등장인물, 대사, 어느 것 하나 마음에 들지 않았다. 내가 겨우 이 정도를 쓰는 인간이었단 말인가. 자신을, 꽤 괜찮게 쓰는 사람이라고 생각해 왔다. 연이 닿지 않아 데뷔하지 못하고 있지만 재능이 있으니 언젠가는 드라마 작가로 높이 날 수 있을 거라고, 놓지 않고 계속 노력하면 결국엔 작가가 될 수 있을 거라고 생각했다. 구역질 나는 연예계에서 질기게 버텼던 것도, 강재희라는 연예인의 어두운 페르소나가 되었던 것도, 관심사와는 아무런 연관이 없는 성형외과 일을 놓지 않았던 것도, 모두 작가가 되겠다는 열망 때문이었다. 관찰자적 흥미가, 내 고통에 형태를 입혀 남기고 싶다는 열망이 나를 살아남게 했다. 그 때문에 죽지 않았다. 앞으로도 그것 때문에 살 것이라 생각했다. 그런데 그게 모두 헛짓이었다. 나는…… 재능이 없는 사람이었던 것이다. 아무리 써도, 10년 동안 매일매일 밤을 새도, 나는 안 될 것이었다. 그 깨달음. 그 명징한 절망.

나는 하늘을 올려다보았다. 자그마한 구름들이 한곳을 향해 양털처럼 가지런하게 늘어선 사이사이로 푸른 하늘이 청아한 자태를 뽐내고 있었다. 그 풍경이 너무 선명해, 눈물이 날 것 같았다. 나와 아무런 상관이 없는 아름다움. 홀로 떨어져 빛나는 매정한 봄날의 하늘. 자, 이제는 어떻게 해야 할까? 지독하게 열망해 왔던 꿈이, 오랜 세월 바라보며 다른 모든 인생사의 버팀목으로 삼아 왔던 꿈이 허황된 것으로 밝혀졌다면? 꿈에게 배척당한 자는 무엇으로 생의 다음 순간을 버텨야 하는가?

45

조성환이 돌아왔다. 일요일 아침 10시. 이틀 전에 끓인 미역국에 밥을 말아 먹고 있는데 번호 키 누르는 소리와 함께 현관에 그의 기척이 느껴졌다. 나는 돌아보지 않았다. 현관문을 열면 바로 식탁이 보이는 구조의 집, 구부정하게 앉아 밥을 퍼 먹고 있는 내 모습을 이미 들켜 버렸을 것이었다. 한쪽 무릎을 세워 올린 자세 그대로 계속 숟가락질을 했다. 잘게 썬 미역과 소고기가 내 입으로 들어왔다. 부지런히 턱을 놀리면서 머릿속으로 차림새를 짚어 보았다. 일어나자마자 남색 원피스로 갈아입고 머리를 틀어 올렸다. 머리가 조금 삐져나오긴 했겠지만 아주 흉하진 않을 것이다.

"아침 먹고 있었어?"

그가 신발을 벗고 내 쪽으로 다가왔다.

"가까이 오지 마."

숟가락을 밥그릇 안으로 찔러 넣으며 조용히 말했다. 나쁜 자식, 일주일 만에 집에 들어오면서, 뭐? 아침 먹고 있었냐고?

식탁으로 오던 그가 멈추어 섰다.

"방에 들어가 있어."

입에 머금은 밥과 미역과 소고기들 사이로 뭉개져 나오는 내 목소리. 잠기고 갈라진 목소리.

"밥 다 먹으면 부를게."

야무지게 덧붙이는데, 식탁에 놓인 은색 냄비가 눈에 들어왔다. 반쯤 남은 미역국이 담긴, 타서 까맣게 눌어붙은 자국이 아랫부분을 촘촘히 뒤덮고 있는 은색 냄비가.

조성환이 창고처럼 변해 버린 문간방으로 들어가는 소리를 듣자마자, 벌떡 일어서서 냄비를 치웠다. 싱크대에 내용물을 쏟아 버리고 개수대 물을 틀어 냄비를 완전히 비웠다. 잘게 썰린 미역과 작은 직사각형 모양의 소고기가 개수대 안에 고르게 펼쳐졌다. 세차게 물을 틀었다. 미역국의 파편이 하나도 남지 않을 때까지 구석구석 물줄기를 투하했다. 잘 가라, 미역국. 태어나 처음으로 만들어 본 내 성의의 산물아.

"천천히 먹어. 나 신경 쓰지 말고."

개수대 물소리를 들은 조성환이 방에서 한마디 했다.

"너나 신경 쓰지 말고 조용히 해."

날카롭게 쏘아붙였다. 가증스러운 새끼. 어디서 걱정하는 시늪을!

나는 밥그릇과 반찬 그릇을 들고 와 몽땅 개수대에 부어 버렸다. 미역국과 엉켜 즙처럼 변해 있던 밥의 녹말기가 개수대에 남아 있던 물기 위로 스멀스멀 퍼져 나갔다. 세차게 물을 틀어 그것들을 처치하는데, 가슴속에서 뜨거운 덩어리가 물컥물컥 올라왔다.

그릇들을 내팽개치고 싱크대 앞에 주저앉았다. 무릎을 세운 뒤 팔을 얹고 얼굴을 묻었다. 잠그지 않은 개수대 물소리가 폭포 소리처럼 크게 들려왔다.

"왜 그래?"

바로 앞에서 조성환의 목소리가 들렸다.

"들어가 있어."

고개를 묻은 채 말했다.

"무슨 일 있어?"

개수대의 물소리가 멈추고, 조성환이 내 옆에 앉았다. 그에게서 시원하고 달짝지근한 냄새가 났다. 한 번도 맡아 본 적이 없는 낯선 냄새. 나도 모르게 숨을 깊이 들이마셨다. 이것은…… 그가 사랑하는 사람이 쓰는 향수 냄새일까? 그는 어디서 자고 왔을까. 그가 사랑하는 사람이…… 그에게 이 향수를 뿌려 주었을까?

내 머리 위로 그의 손이 내려왔다. 따뜻한 손. 나를 사랑하지 않으면서 나와 살고 있는 사람의 손.

"하지 마."

손길을 뿌리치며 자리에서 일어섰다.

"왜 그래?"

그가 따라 일어섰다.

"치워."

어깨를 짚은 손을 떨쳐 내며 그를 노려보았다. 내 눈과 그의 눈이 허공에서 만났다. 아름답고 평온한 갈색 눈. 나와 살고 있지만 집에 들어오는 날이 갈수록 줄어들고 있는 사람의 눈.

"내가 안 들어와서 그래?"

"뭐?"

나는 실소를 터뜨렸다.

"네가 집에 안 들어온 게 어디 하루이틀이냐?"

그의 등 너머로 개수대 한구석에 들러붙은 미역 줄기가 눈에 들어왔다.

"저쪽으로 가자."

미역국의 잔상을 그에게 보이기 싫어 그를 데리고 거실 티테이블로 갔다. 개수대에 달라붙은 찌꺼기로 남은 저 미역국은 이틀 전 내가 미역과 소고기를 사다가 온 정성을 다해 끓였던 것이다. 근사해 보이면서 목넘김도 좋은 미역국을 만들기 위해 나는 소고기 덩어리를 자로 센티미터까지 재며 써는 쇼를 벌였다.

"너한텐 이 집이 대체 뭐니?"

티테이블 의자를 꺼내 앉으며 포문을 열었다. 이틀 전은 조성환의 생일이었다. 나는 새벽에 일어나 미역국을 끓였다. 그리고 기다렸다. 이 남자를. 도대체 어디 가서 무얼 하고 다니는지 알 수 없는, 병원이나 집에서 가끔 마주치면 데면데면한 얼굴로 안부를 묻게 되는, 20년 만에 만난 동창 같은 사이가 돼 버린 이 남자를.

"내가 너무 안 들어왔나?"

조성환이 멋쩍은 듯 웃으며 맞은편에 앉았다. 흰머리가 듬성 듬성 섞인 그의 갈색 머리가 거실을 환히 비추는 봄 햇살을 받으며 풀썩거렸다. 잘 다림질된 여린 분홍색 드레스 셔츠가 그의 어두운 피부색과 기가 막힌 조화를 이루었다. 내가 한 번도 본 적이 없는 저 밝고 산뜻한 남방이 어떤 경로로 그의 몸에 입혀졌을까 생각하니 얼굴도 이름도 모르는 대상에 대한 질투심으로 가슴이 문드러지는 것 같았다.

"너무 안 들어왔나?"

그가 말한 폼을 흉내 내며 이죽거렸다. 이 집에 들어와 산 두 달 동안, 그가 집에 들어온 날은 손에 꼽을 정도밖에 되지 않았다. 처음엔 하루 자고 하루 들어오는 식이더니 다음엔 이틀 자고 하루, 사흘 자고 하루 들어오다가 급기야 오늘은 일주일 만에 집에 들어오는 쾌거를 달성했다.

"이 집으로 왜 이사 왔어? 그냥 최강명네 가서 살지?"

최강명의 이름이 나오자 그의 볼살이 씰룩거렸다. 그는 이 집에 들어가지 않는 짐을 옮겨 놓은 곳을 댈 때도 최강명의 이름을 댔고, 잦은 외박의 장소를 말할 때도 최강명을 들먹였다. 그리고 내가 그 말을 몽땅 다 믿을 거라고 생각하고 있다. 아니면 내가 믿든지 말든지 별로 신경 쓰지 않거나.

"말해 봐."

말하는데 목이 메었다. 나는 입을 앙다물었다. 촌스럽게 울고 그럴 건 아니겠지, 이서경?

"뭘?"

그가 내 시선을 맞받았다.

"나 바보 아니야."

그는 엉덩이를 의자 끝까지 밀어서 바른 자세를 만들며 나를 응시했다. 나는 목청을 가다듬고 말했다.

"다 알고 있어."

다 알고 있다고? 정말? 나는 다 알고 있는가? 무엇을?

그는 말없이 내가 말을 잇기를 기다렸다.

"애인이 따로 있는 거지?"

이 말을 입 밖으로 내보내는데, 깨달음이 밀려왔다. 그가 지금 사랑에 빠져 있으며 나는 외부적인 눈속임을 위해 들러리로 세워진 존재라는 깨달음. 이 남자는 지금까지 나를 사랑한 적이 한 번도 없고, 앞으로도 영원히 없으리라는 사실, 이 모든 것을 실은 내가 아주 오래전부터 알고 있었다는 깨달음이.

그의 얼굴이 천천히 위아래로 움직였다. 나는 그를 뚫어지게 쳐다보다가 자리에서 일어섰다.

"이 병신 같은 새끼!"

손바닥으로 그의 머리를 내리쳤다. 그가 놀란 얼굴로 나를 올려다보았다. 단추 두 개가 풀린 남방 사이로 쇄골의 가지런한 형태가 모습을 드러냈다. 그의 몸 중 가장 보기 좋은 라인을 이룬다고 내가 백 번 정도 찬사를 보냈던 아름다운 부위가.

"세상에 이용해 먹을 여자가 없어서 나 같은 얼빠진 년을 이용해 먹어? 이 개새끼! 씨발 새끼! 개씨발 새끼야!"

욕설을 퍼부으며 그를 내리쳤다. 머리를, 등짝을, 허리를, 닥치는 대로 내리치며 욕을 퍼부었다. 퍽, 퍽 소리가 날 때마다 그의 깡마른 몸이 조금씩 각도를 틀었다.

"그 여자랑은 섹스도 했겠지? 그래, 잘 되디? 그러면서 나한텐 왜 들러붙었어? 그 여자가 유부녀냐? 애 엄마냐? 응? 말해 봐, 이 새끼야! 그 잘난 입으로 얼른 말해 봐!"

그는 가만히 앉아 내 손찌검과 욕설과 막말을 감내했다. 처음 한 번 올려다본 이후엔 나를 쳐다보지도 않았다. 내 손길이 내려올 때마다 몸을 움찔거렸지만 그 순간이 지나가면 허공을 응시한 채 가만히 앉은 자세를 유지했다.

"다했어?"

제 풀에 지쳐 씩씩거리고 있을 때, 그가 나를 올려다보며 말했다. 그의 시선에서 흘러나오는 연민의 눈빛. 여유에 찬 가증스러운 눈빛.

"너, 내 돈 어떡할 거야?"

뜨거운 눈물이 볼을 타고 흘러내렸다. 이 얘기는 정말 안 하고 싶었는데. 웬만하면 그냥 넘어가 주려 했는데. 치사하게 돈 얘기를 꺼내게 돼 있는 이 후반부의 장면이 싫어서 더욱 눈물이 나왔다. 그래도 나로서는 언급하지 않을 도리가 없었다. 어떻게 그 큰돈을 아무것도 아닌 양 넘어간단 말인가. 이 인간은 그 돈을 받은 뒤 한 번도 그 돈의 용처에 대해 말한 적이 없다. 정말 병원 일에 썼는지, 새로 생긴 여자한테 갖다 바쳤는지, 아무도 알 수 없다는 얘기다.

"무슨 돈?"

그의 눈썹이 위로 쑥 올라갔다.

"무슨 돈이냐고? 기억 안 나? 이억 오천! 그 돈 없으면 병원이 넘어간다며!"

내가 그 돈 어떻게 해서 마련했는지 알아? 내가 그 돈을 못 구할까 봐 얼마나 노심초사했는지 알아? 네가 다른 여자랑 바람난 줄도 모르고. 기다리면 네가 내게 올 줄 알고.

"서경아, 그 돈 다시 송금했는데."

손으로 입 주위를 쓰다듬던 그가 천천히 말했다.

"뭐?"

나는 넋 나간 얼굴로 그를 쳐다보았다. 이 남자, 지금 뭐라고 한 거지?

"그다음 날 다시 네 계좌로 보냈어."

"뭐?"

나는 입을 벌린 채 멍하니 그를 쳐다보았다.

"확인 안 해 봤구나."

멈추어 있던 내 이성이 느릿느릿 작동하기 시작했다. 그러니까 지금 이 남자가…… 돈을 갚았다는 거지? 돈을 보낸 다음 날 바로? 이 남자에게 거액을 주었다고 분해했던 게, 신세 져 놓고 감사 인사 한마디 없다고 얄미워했던 게, 돈을 갖다 쓴 뒤 경과 보고를 하지 않는다고 괘씸해했던 게 다…… 바보짓이었다는 거지? 그러니까 그와 나 사이에는, 아무런 채무 관계가 없었던 것이다. 단돈 일 원의 관계도. 나는 천천히 눈을 깜빡였다. 아무 예고 없이 거대한 우주에 내던져진 느낌이었다. 막막한 어둠과 희끄무레한 빛으로 이루어진 끝없는 시공간에 불쑥 내던져진 듯한.

"더 해도 돼, 서경아. 분 풀릴 때까지……."

망부석처럼 앉아 있는 나를 보고 그가 조심스럽게 말했다. 선심을 쓰는 양 폼을 잡는 그의 가증스러움이 다시 한번 내 가슴에 불을 질렀다.

"닥쳐, 이 새끼야!"

내 손이 올라가 그의 뒤통수를 세차게 내리쳤다. 억, 소리와 함께 그의 얼굴이 티테이블에 가 부딪혔다. 둔탁한 소리가 나면서 철제 탁자가 휘청거렸다. 나는 얼른 그의 몸을 붙잡았다.

"괜찮아?"

의자에서 떨어질 뻔한 그를 안아 바로 앉히는데, 시뻘건 액체가 내 손등을 가로질렀다. 그의 코에서 흘러나온 피였다.

"어머, 어떡해."

소리를 지르며 손바닥으로 그의 코를 막았다. 빨갛고 진한 피가 손바닥을 타고 뜨끈하게 흘러내렸다. 놀라서 가슴이 터져 버릴 것 같았다.

"미안해, 조성환. 미안해."

나는 한 손으로 그의 코를 감싸 쥐고 한 손으로 피 묻은 그의 얼굴을 쓸어내리며 다급하게 울먹였다. 금방이라도 조성환이 죽을 것 같아, 내 손찌검에 빈약한 그의 육체가 금세라도 무너져 내릴 것 같아, 덜컥 겁이 났다.

"괜찮아. 잠깐 놔 봐."

그가 아이처럼 울며 끅끅거리는 나를 떼어 냈다. 싱크대로 가서 얼굴에 묻은 피를 닦아 내고 손가락으로 콧등 양옆을 눌러 지혈한 뒤, 크리넥스 통을 들고 돌아왔다.

"나 원래 코피가 잘 나는 체질이야."

그가 티슈를 뜯어 돌돌 말아 피가 나는 콧구멍에 집어넣었다. 주위를 둘러보더니 다시 부엌으로 가 마른 행주를 적셔서 들고 왔다.

"괜찮아? 병원 안 가도 괜찮을까?"

울음 섞인 목소리로 끅끅거리며 말하자 그가 빙그레 웃었다. 그러자 코에 꽂은 하얀 티슈가 빨갛게 물들었다.

"웃지 마, 또 코피 나잖아."

내가 새로 티슈를 뽑아 건넸다. 그가 티슈를 뜯어 돌돌 말아 빨갛게 물든 티슈와 바꾸어 끼웠다. 코에서 빼내자 붉게 물든 티슈에 줄기를 이룬 핏덩이가 길게 딸려 나왔다.

"어떡해. 어떡해."

내가 몸서리치자 그가 티슈를 여러 장 뽑아 재빨리 핏줄기가 딸린 솜을 감쌌다.

"병원 가자."

아무렇지도 않다는 듯 앉아 있는 그의 어깨를 잡아 흔들었다.

"어릴 땐 살짝 건드리기만 해도 한 바가지씩 쏟았어. 이 정도는 아무것도 아니야."

그가 나를 티테이블 의자에 앉히더니 무릎을 꿇고 앉아 적신 행주로 내 손을 닦아 주었다. 손톱에 낀 핏자국까지 꼼꼼히 빼내고는 새로 행주를 적셔 와 내 얼굴을 뒤덮은 눈물과 콧물을 닦아 주었다.

"흥 해 봐."

얼굴 정리를 마친 그가 티슈를 내 코 양옆에 대고 말했다.

나는 코에 힘을 주고 흥, 코를 풀었다. 그가 심각한 얼굴로 내 얼굴을 살피더니 다시 명령했다.

"다시 한번, 흥!"

구령에 맞춰 코를 푸는데, 다시 눈물이 나왔다.

"울면 또 코 나오는데?"

아이를 어르듯 그가 내 머리를 쓰다듬었다. 나는 그의 손을 잡아 끌었다. 내 얼굴에 그의 손가락을, 손바닥을, 손등을 마구마구 문질렀다. 눈물이 그의 손등으로, 내 목으로, 쉴 새 없이 흘러내렸다.

"날 이용한 거지?"

손가락 사이로 보이는 그의 얼굴을 내려다보며 말했다.

"그래. 내가 널 이용했어."

그가 시선을 내리깔았다. 나는 그의 손을 움켜쥐었다.

"내가 좋진 않았어?"

다시 눈물이 나왔다.

"그럴 리가."

그가 나를 올려다보았다.

"좋았어. 많이 좋았어, 이서경."

그의 눈에 눈물이 고였다. 한쪽 코에 티슈를 말아 넣고 눈물을 그렁그렁 매단 채 나를 올려다보는 남자. 그런 그가 나를 버렸다는 사실이, 다른 여자와 사랑에 빠졌다는 사실이, 실감이 나지 않았다. 아직 나와는 시작도 해 보지 않았는데. 앞으로 보여 줄 모습이 많은데. 해 줄 이야기가, 보여 주고 싶은 글이, 나누고 싶은 책이 산처럼 쌓여 있는데.

"그래도 섹스하고 싶을 만큼 좋았던 건 아니었지?"

말하는데 갑자기 큭, 웃음이 터져 나왔다. 나는 왜 이 남자만 보면 자꾸 섹스 타령을 하게 될까? 생각해 보면 처음 만났을 때부터 지금까지, 늘 이 남자에게 섹스 섹스 노래를 불렀다. 이것도 일종의 패턴이리라. 나는 큭큭거리며 웃음을 참다가 고개를 뒤로 젖히고 깔깔깔 웃어 버렸다. 고여 있던 눈물이 웃음으로 불룩해진 볼살을 적시고 지나갔다.

"울다가 웃으면 엉덩이에 뿔 나는데."

그가 말했고, 우리는 마주 보고 한참 동안 웃었다.

"어떤 여자야? 사귄 지 얼마나 됐어?"

내가 의자 등받이에 기대며 정색을 했다.

"네가 생각하는 그런 것과는 거리가 좀 있어."

그가 자리로 돌아가 앉았다.

"오호, 그러니까 특별한 관계라 이거지? 속세의 관계에서는 불륜이라고 불릴지 모르나 우리의 영혼은 순수하게 불타올랐도다, 뭐 이런 거? 그 여자한테도 그랬어? 사랑하지만 지켜 주겠다고? 가만, 그 여자한테도 결혼하자고 한 건가?"

"서경아."

"뭐가 문제야? 여자가 유부녀야? 아니, 그냥 유부녀면 그닥 문제될 게 없겠고, 부잣집 딸내미라도 되나? 최강명처럼? 최강명한테 애인 친구 누구 소개받았어? 재벌집 딸내미? 그 여자는 네가 좋다든?"

숨도 쉬지 않고 말을 쏟아 냈다.

"도대체 너의 어디가 좋대? 못생긴 얼굴? 짧은 다리? 그 여자는 네가 알코올중독자인 거 알고 있니? 둘이 궁합은 잘 맞아? 그 여자랑은 섹스가 되디? 돈 많은 집 딸이라니까 잘 되디? 응? 나 같은 별 볼일 없는 애랑 있을 때는 지켜 주고 싶던 마음이 그 여자랑 있을 때는……."

"그만해."

그가 상체를 기울여 내 손목을 붙들었다. 허공에서 분주히 움직이던 손이 멈춰 서자 끝없이 계속될 것 같던 말도 딱 멈추어 섰다.

"알면서 왜 그래?"

차고 날카로운 눈초리가 내게 날아와 박혔다. 뭔가를 알아내려는 듯, 탐색하는 눈초리.

"안다고? 내가? 뭘?"

몸을 구부려 그에게 얼굴을 갖다 댔다. 동문서답 같은 그의 말에 뭔가가 있을 것 같았다. 그걸 알아내면 그를 붙잡을 수 있다는 듯, 나는 절실한 마음으로 그에게 귀를 기울였다. 지금 이 남자의 마음에 무엇이 오가고 있는가. 어쩌면 내가 모르는 뭔가가, 내게 우호적으로 작용할 것이 틀림없는 뭔가가 그의 안에 도사리고 앉아 내가 발견해 주기만을 기다리고 있을지도 모른다.

"몰라? 정말로?"

그가 내게서 떨어져 나가 팔짱을 끼면서 허리를 세웠다. 시선은 여전히 내 얼굴에, 내 눈에 고정돼 있었다. 그의 눈. 영리한 갈색 눈. 정말로 내가 모르는지를 묻고 있는 진지하고 심각한 눈.

"뭘 모르냐는 거야? 그게 뭔지 알아야 아는지 모르는지 말해 줄 거 아니야?"

물으면서 알았다. 이런 물음이 가장 나쁜 반응이라는 것. 이렇게 곧이곧대로 얘기하면 금방 대화의 문이 닫히리라는 것. 그는 팔짱을 풀고 의자에 기대앉으며 입가에 미소를 띠는 것으로 그런 내 예상이 맞았음을 확인해 주었다.

"병아리."

그가 한쪽 팔을 철제 의자 뒤로 걸치면서 말했다. 나는 그의 말을 기다렸다.

"세상이 전부 드라마처럼, 한 남자가 한 여자를 사랑해서 섹스하고 결혼하고 아름답게 잘 살았습니다, 그렇게 돌아가진 않아."

그가 마른침을 삼키기에 얼른 냉장고에서 생수병을 꺼내다 주었다.

"고정관념을 갖고 보면 도저히 이해할 수 없는 게 세상이야."

그가 생수병 뚜껑을 따고 벌컥벌컥 물을 들이켰다. 나는 이맛살을 찌푸렸다. 이 인간이 하는 소리를 계속 듣고 있어야 하나? 결국 빤한 얘기를 그럴싸하게 하려는 거 아닌가?

"너도 연애했던 때를 돌이켜 봐. 누군가와 만날 때 그 사람만 좋았어? 24시간 그 사람 생각만 하고 그 사람 외엔 누구도 눈에 들어오지 않았어?"

나는 대답 없이 그를 쳐다보았다. 그는 시선을 내리깐 채 천천히 고개를 저으며 말했다.

"그렇지 않잖아. 우리 마음속엔 많은 감정이 들어 있고, 그 감정은 자로 잰 듯 딱딱 갈라 정할 수 있는 게 아니야. 한 남자와 한 여자가 백 퍼센트 상대만을 사랑하며 살아가는 이야기는 드라마와 영화와 우리 시대의 각종 오락거리들이 만들어 낸 환상이지. 자본이 가리키는 방향이기도 하고."

"그래서? 지금 무슨 말을 하고 싶은 거야?"

나는 손가락으로 티테이블을 쳐 딱딱 소리를 냈다. 유리와 손톱이 맞닿으며 껄끄러운 소리가 났다.

"결과적으론 너를 이용한 셈이 됐지만 서경아, 처음부터 작정하고 그런 건 아니야. 그냥 자연스럽게 친해진 거지. 우리 처음 만났을 때 생각해 봐. 내 상태가 어땠나."

그가 갑자기 우리의 첫 만남을 끄집어내는 바람에, 내 가슴 한쪽이 시큰하게 저려 왔다. 그래. 첫 만남의 그의 모습에 계획적인 의도가 있었다고 할 수는 없으리라. 완전히 나의 의지로 시작된 만남이었으니까.

"우리 잘 맞았잖아. 말하지 않아도 통하는 부분이 있었고. 그렇지 않았나? 나만 그랬던 건가?"

시선을 내리깔고 있던 그가 갑자기 눈을 들었다. 그의 눈길과 내 눈길이 만났다. 나는 울기 시작했다. 이 터무니없는 공격, 이 터무니없는 말이라니. 이 자식이 지금 무슨 수작을. 무슨 개수작을.

"여기서 울면 재미없지."

그가 손을 내밀어 내 뺨에 흘러내리는 눈물을 닦아 주었다.

"병아리. 나는 너를 좋아했어. 네가 나한테 그랬던 것과 똑같이. 사람의 감정은 절대 일방적으로 가지 않아. 나는 그걸 물처럼 흐르며 재현하는 우리 관계가 좋았고, 앞으로도 그게 가능할 거라고 생각했어. 그래서 결혼 얘기도 했던 거고."

눈물을 가득 담은 채 그를 쳐다보았다. 과거 시제를 사용한 그의 마지막 말이 세차게 마음을 강타했다. 이런 정리형 종결어미가 뜻하는 것은 결국…… 관계의 정리, 이별이 아닌가?

"사람의 마음이 한 가지 감정으로 백 퍼센트를 이룰 수 없는 것처럼, 이 과정에서 내가 너를 이용한 측면도 분명히 있었을 거야. 그리고 그건…… 너도 마찬가지 아니었을까? 마음이 한곳에서 다른 한곳으로 흐르는 데에는 한 가지 감정만으로 설명할 수 없는 수많은 요인이 섞이잖아. 그렇지만 기본적으로 상대를 선호하는 마음이 없다면, 이용하고 싶다는 마음이 과연 나올 수 있을까? 내 경우, 이용해야겠다는 마음은, 그런 걸 이용이라고 비약하고 싶진 않지만 어쨌든 너의 언어로 표현해 보자면, 그건 호감이 흐른 다음 이차적으로 생성된 것이었어."

"하고 싶은 말이 뭐야?"

이렇게 말하지 않을 수 없었다. 청산유수처럼 흘러나오는 그의 말에 휘둘리는 게 싫었고, 그의 말을 듣고 있으면 내가 아무것도 모르는 어린아이처럼 돼 가는 것 같았다.

그가 후, 한숨을 쉬더니 결심한 듯 말했다.

"이용당했다는 생각은 자기 비하로 이어지기 쉬우니까……."

"그러니까 이제 이용 가치가 없어졌다는 거야? 이제 나랑 그만 놀겠다는 거?"

불쑥 이렇게 말해 버렸다. 멍청하게. 바보같이.

"그게 아니라는 걸 누구보다 네가……."

"안아 줘."

난폭하게 그의 말을 끊었다. 이미 모든 관계가 정리된 듯 결말을 향해 치닫는 그의 언어를 더 이상 듣고 싶지 않았다. 그가 물끄러미 나를 응시하다가, 천천히 일어섰다. 나는 그가 한쪽 팔로 허리를 짚고 한쪽 팔로 티테이블 유리 끝을 짚고 일어서는 것을, 얼굴을 찡그리며 허리에 힘을 주는 것을, 양쪽 팔을 벌리는 그의 고요한 눈동자에 희미하게 웃음이 어리는 것을, 가만히 지켜보았다. 이제 이 사람과 이별하게 될 것이다. 어떤 과정을 거칠지는 모르지만 결국, 우리는 헤어질 것이다. 나는 일어서서 그에게 다가갔다. 허리가 아픈 이 사람. 키 작고, 못생기고, 술을 입에서 떼지 못하고, 한쪽 다리가 불편한 이 사람은 조만간 내가 볼 수 없고 들을 수 없는 시공간으로 들어가 생명을 이어 갈 것이다. 내가 사라진 자리는 누가 채우게 될까. 그의 상대는 어떤 여자일까. 심성이 착할까. 혹시 그를 이용해 먹는 꽃뱀은 아닐까. 그는 의사라는 직업을 유지할 수 있을까. 요즘 술 마시는 빈도는 좀 줄어들었을까. 나는 그의 어깨에 얼굴을 기댔다. 그새 익숙해진 그의 새로운 향기가, 빳빳하게 다림질된 셔츠에서 풍기는 섬유 유연제 냄새가 아련하게 후각을 자극했다. 냄새를 간직할 수 있는 방법이 아직 개발되지 않았다는 게 이상하다는 생각을 하면서 눈을 감았다. 편안하고, 졸리고, 마치 내가 그를 진짜로 사랑하기라도 하는 듯한 애잔한 정서가 밀려왔다.

46

앞 베란다로 나가 창문을 열었다. 나무들과 화단, 지나다니는 사람들의 머리가 바둑알만 하게 보였다. 24층. 뛰어내리는 내 모습을 상상해 보았다. 창밖으로 몸을 던지려면 뭔가를 딛고 올라서야 하겠지. 거실을 둘러보았다. 거실 창가에 놓인 티테이블이 눈에 들어왔다. 저걸 이쪽으로 옮기고 올라가 서면 되겠구나! 테이블에 올라가 까마득한 아래를 내려다보는 내 모습을 상상하며 방충망 새로 들어오는 달짝지근한 봄바람을 음미했다. 비바람 끝에 맞은 훈훈한 봄날, 투신해 생을 끝내기에 안성맞춤인 날이로다. 이런 날 아파트 꼭대기층에서 꽃잎처럼 떨어져 내리면 얼마나 멋질까. 장렬하고, 아름다울 것이다. 내 나이 서른일곱. 남들처럼 폼 나게 살아 보진 못했지만 그래도 누군가에게 사랑받아 봤고, 한 가지 일에 열망을 갖고 덤벼 보기도 했다. 어느 방면에서도 완성된 결과물을 만들어 내지는 못했지만 그래도, 이만하면 해 볼 건 해 본 인생 아닌가? 이대로 죽어 버리면 더 이상 누군가에게 매달리지도, 되지도 않을 꿈을 이루어 보겠다고 헛발질을 하지 않아도 될 것이다. 더 이상 살아 무엇 하겠는가. 내가 죽는다 한들 세상의 어느 누가 그 소식에 슬퍼할 것인가. 그저 벚꽃처럼 화사하게 떨어져 내리는 거다. 한순간만 눈 질끈 감으면. 눈 감고 몸을 날리면 그다음부턴 자유다. 모든 게 끝나고, 생각하기를 멈출 수 있다.

이 모든 건 상상일 뿐, 실제로 실행에 옮길 생각은 없다. 엄밀히 말하면 실행에 옮길 의향은 있지만 그렇게 할 용기가 없다. 나는 예전에 음독자살을 시도했다 실패한 적이 있다. 그때의 경험으로, 자살에 얼마나 큰 용기가 필요한지 알게 되었다.

베란다 방충망을 열고 고개를 내밀어 까마득한 아래쪽을 내려다보다가, 얌전히 창을 닫고 집을 나섰다.

만연한 봄날의 아침. 세상은 농담처럼 아름다웠다. 단지 내 공원의 인공 시내 위로 흐드러진 버드나무 잎의 초록은 천상에서 막 내려온 것처럼 순도가 높았고, 알알이 맺힌 철쭉 봉오리들은 입을 꼭 다물고 곧 있을 만개를 수줍게 암시했다. 시내 주위를 뛰어다니는 여자아이들의 뒷모습에선 생기가 넘쳐흘렀고, 벤치에 나란히 앉아 아이들을 지켜보는 엄마들에게선 편안하고 따뜻한 오라가 풍겨 나왔다. 아이들과 엄마들이 주인공인 활인화의 뒷배경엔 벤치 주위로 촘촘히 심긴 단풍나무 잎사귀의 청포도색이 싱그럽게 깔려 있었다. 봄날의 향연. 나는 묵묵히 걸으며 찬연하게 반짝이는 계절의 정경을 하나하나 눈에 담았다. 생을 마감하기에 이보다 더 안성맞춤인 날이 있을까. 안타까움이 점점 강도를 더해 갔다. 이런 날 죽을 수 없다니. 용기가 없어 못 죽는다니.

시내 가운데로 난 돌다리를 건너 단지 내 정원으로 발을 들이는데, 보도 쪽에서 정원을 들여다보는 남녀의 모습이 눈에 들어왔다. 정수리에 머리가 거의 남지 않은 중년의 남자와 큰 키의 여자였다. 단풍나무 잎사귀에 가려진 남자보다 옆에 선 여자의 모습이 더 잘 보였는데, 남자보다 살짝 키가 큰 여자는 얼굴이 가무잡잡했지만 이목구비가 또렷했다. 남자보다 한참 어려 보여 잠깐 동안 둘의 관계가 부부인지 부녀인지 헷갈렸다.

"이게 무슨 철쭉이야, 진달래지."

여자가 단호하게 말하자 남자가 달래듯 말했다.

"둘이 비슷하긴 하다. 그런데 진달래는 꽃이 먼저 피는데, 철쭉은 꽃이랑 잎이 같이 핀다. 봐라. 얘들은 이파리가 같이 있제."

경상도 억양이 남아 있는 서울 말씨로 남자가 어르듯 말했다. 여자의 시선이 한동안 꽃봉오리를 머금고 있는 철쭉 더미들에 머물더니, 토라진 듯 쌀쌀맞게 쏘아붙였다.

"그게 뭐가 중요한데? 진달래나 철쭉이나 그게 그거지. 얼른 가기나 해."

여자가 말하며 돌아섰다. 남자가 허, 하고 기가 막힌 듯 여자를 쳐다보더니 걸어가는 여자를 뒤따라갔다. 나는 정원을 빠져나와 그들을 따라갔다. 성큼성큼 걸어가는 여자, 뒤를 쫓는 남자. 베이지색 면바지를 입은 남자가 걸음을 옮길 때마다 두툼한 엉구릿살이 도드라졌고, 뒤통수의 중앙부터 내려와 목덜미를 덮은 머리카락은 햇살을 받아 밝은색으로 빛났다.

"빨리 와. 빵 나올 시간이란 말이야."

저만큼 앞서 걸어가던 여자가 돌아보며 눈을 흘기자 남자가 걸음을 빨리했다. 그리고 다음 순간, 그들의 손이 포개졌다. 여자를 따라잡는가 싶던 남자의 손이 잽싸게 뻗어 나가 여자를 향했고, 여자의 손이 그의 손에 매끄럽게 들어가더니 여자의 몸이 남자 쪽으로 밀착됐다. 둘은 가까이 서서 뭔가 속삭이고는 이내 커다랗게 웃음을 터뜨렸다. 한동안 걸어가다가 그들은 팔을 길게 늘어뜨리며 가로로 동선을 넓혔고, 행진하듯 마주잡은 손을 앞뒤로 흔들며 리드미컬하게 걸어갔다. 그 모습에서 나오는 광채 때문에, 나는 더 이상 걷지 못했다. 손을 잡고 걸어가는 중년 남녀. 햇살을 받아 또렷하게 윤곽을 드러낸 부부의 뒷모습. 내 가슴을 채우고 있는 감정이 질투심임을, 샘이 나서 미칠 것 같은 마음임을 나는 통렬하게 인식하고 있었다. 저 두 사람처럼 될 수 있다면. 그럴 수만 있다면 나는 악마에게 영혼을 팔 수도 있을 것이다. 하루라도 조성환과 손을 잡고 저렇게 걸어갈 수 있다면. 철쭉에 대해 저렇게 따사로운 설명을 들을 수 있다면.

나는 우두커니 서서 두 남녀의 모습이 점점 작아지고 하나의 점이 되어 사라지는 것을 지켜보았다. 처음 본 순간 추하다고 생각했던 남자의 모습이, 저렇게 나이 많은 사람과 부부 사이라니 참 불쌍하다고 생각했던 여자가, 아름다움의 표본 남녀인 듯 화사하게 뇌리에 각인되었다. 자연스럽게 감정을 표출하던 여자, 그런 여자를 사랑스럽다는 듯 바라보던 남자. 그리고…… 손. 맞잡았던 손.

생각해 보면 내가 원하는 건 대단한 게 아니다. 나는 다만 한 사람을 바랄 뿐이다. 만나서 웃고 싶은 한 사람. 안기고 싶은 한 사람. 때로는 애교를 부리고 때로는 억지를 부릴 한 사람. 손을 맞잡고 막 나온 빵을 사러 갈 한 사람. 세상 모든 이들에게 허락된 그 평범한 한 사람이 내게는 왜, 허락되지 않는단 말인가. 나는 눈을 감았다. 조성환의 얼굴이, 이사를 마친 뒤로 점점 멀어져 이제는 서로 알고 지내는 사이였는지 확신할 수도 없게 된 한 사람의 얼굴이, 병원에서 마주쳐 영혼 없는 대화를 나누는 것으로 나날이 거리감을 확인해야 하는 한 사람의 얼굴이 커다랗게 떠올랐다. 조성환. 너는 무엇이란 말이냐. 너는 나의, 나는 너의 무엇이었단 말이냐. 나는 그를 사랑하는 것이 아니다. 그저 인생에서 떨어져 나가지 않게 해 줄 현재의 인간관계에 매달리는 것일 뿐. 그가 나를 죽지 않게 해 주는 현재의 인연이니. 나는 마땅히 그를 붙잡아 생을 연명해야 하리라.

카디건 주머니에 담긴 핸드폰에서 나오는 소리가 요란하게 공기를 갈랐다. 나는 화들짝 놀라며 핸드폰을 꺼내 들었다. 상대가 조성환이길 바랐던가. 유감스럽게도 그랬다. 그즈음 걸려오는 모든 전화를, 나는 조성환이길 바라는 마음 없이 받을 수 없었다. 한 번만. 한 번만 전화가 온다면. 불행히도 전화는 대출을 권하는 전화였다. 수신 거부를 설정하고, 방향을 틀어 터벅터벅 집 쪽으로 향했다. 빵을 사다가 아침을 때울 요량으로 집을 나섰는데, 사랑이 넘치는 중년 부부의 모습을 보고 나니 입맛이 뚝 떨어졌다. 빵집에 가면 그런 인간들이 득실거리겠지. 아, 그런 인간들 틈에 끼어 혼자 빵을 고르느니 차라리 굶어 죽고 말겠다. 그저 집으로, 집으로 가고 싶다. 드러누워 자고 싶다. 아무 생각 없이 깊이 빠져드는 잠. 온종일 깨어나지 않을 잠을.

47

"바쁘실 텐데 여기까지 와 줘서 고마워요."

여자가 말하며 손짓하자 옆에 서 있던 비서가 백화점 로고가 찍힌 쇼핑백을 내밀었다.

이미 한 번 거절했던 터라, 이번엔 겸연쩍은 표정을 지으며 비서가 건넨 쇼핑백을 받아 들었다. 묵직한 질감이 손으로 전해져 왔다. 뭘까. 얼른 집에 가서 뜯어 보고 싶다는 충동을 억누르고 우아하게 소파에서 일어섰다.

"다음 주에 뵙겠습니다, 관장님."

나는 가슴께에 손을 가져다 대며 정중하게 허리를 숙였다.

"다음 주에…… 꼭 병원으로 가야 하나요?"

여자가 답답한지 하반신에 착용한 압박복을 잡아당기는 시늉을 했다.

"네. 경과를 봐야 하는데, 장혁규 원장님께서 일정이 바쁘셔서 나오시는 건 좀…….”

죄송스러워 어쩔 줄 모르겠다는 표정을 해 보이며 나는 맞잡은 손을 비비 꼬았다.

눈앞에 있는 여자는 재벌집 아낙네 유현정이다. 계열사만 스물세 개를 거느린 B 그룹 회장 나상균의 법적 배우자다. 무슨무슨 박물관과 미술관의 관장을 맡고 있어 병원에서는 유 관장이라 부른다. 남편 나상균은 원래 소규모의 IT 회사를 운영하고 있었는데, 이 여자를 만나면서 엄청난 속도로 사세를 확장했다. 여자는 한때 여당의 대통령 후보로까지 거론됐던 판사 출신 정치인의 딸로, 장관과 법조인을 무더기로 배출해 낸 명문가의 후손이다. 여자의 아버지는 청렴함과 정직함으로 법조인으로는 드물게 대중적 인기를 누렸고, 정치에 입문하자마자 추락하고 있던 집권 여당의 지지율을 수직 상승시키며 유력한 대권 후보로 떠올랐다. 하지만 대선을 1년 앞두고 모 재벌 그룹에게서 거액의 돈을 받은 사실이 드러나는 바람에 대권의 꿈을 버려야 했다. 나상균은 장인어른이 가장 잘나가던 때, 여당의 실세들이 허리를 굽히고 경제계 거물들이 앞다투어 줄을 대려고 노력하던 때에 사위 1년차로 장인의 사랑을 듬뿍 받고 있었다. 나라에서 기간산업으로 밀고 있던 사업을 수주한 것은 물론 각종 사업 입찰에 응하여 응하는 족족 사업을 따냈다. B 그룹이 명실상부한 재벌 그룹으로 떠올랐을 무렵, 장인의 빛나던 세도에 그림자가 드리워지기 시작했고, 사람들은 장인의 인생의 알짜를 고스란히 손에 쥔 나상균에게 부러움과 질시와 찬탄의 시선을 한꺼번에 퍼부었다.

“관장님께서 직접 움직이시기 힘들 것 같은데…… 어떻게,

편의를 봐 주실 수 없을까요?"

옆에 있던 비서가 거들고 나섰다.

"제가 오는 거면 상관없는데, 원장님께서 직접 보셔야 하는 거라서 저도 어떻게 해 드릴 수가 없네요. 죄송합니다."

선 채로 다시 한번 고개를 숙였다. 일인용 소파에 몸을 파묻고 있던 유현정의 시선이 나를 향하는 게 느껴졌다.

"혹시 다음 화요일이 시간이 안 되시면 저희가 다시 시간을 맞추어 드리는 방법은 있습니다."

여왕 앞에 선 신하라도 된 듯 머리를 조아리며 슬며시 유현정의 표정을 살폈다. 유현정은 대학 시절 학생운동에 가담했던 전력으로 유명세를 떨쳤다. 위로 각각 판사와 의사와 대학교수로 이름을 날리고 있는 언니와 오빠들을 둔 유현정은 부모의 사랑을 한 몸에 받고 자랐으나, 대학에 가면서 사회에 눈뜨고 기성세대에 반항의 몸짓을 날림으로써 언론에 흥미로운 먹잇감으로 포획되었다. 유현정이 실제 시위에 가담한 것은 단 한 번이었고, 그것도 선배들을 따라 잠깐 시위대에 합류한 것에 불과했으나, 언론은 대대적으로 이를 보도했다. 이후로도 필요할 때마다 사실을 과장하고 왜곡하여 유현정이 훨훨 타오르는 운동권의 화신이었던 것처럼 부풀렸다. 그때부터 유현정은 행동거지에 각별한 주의를 기울였다. 본심은 어땠을지 모르겠지만 이후로 다시는 저항의 세계에 모습을 나타내지 않았다. 그 후 유현정은 IT 업계의 유명한 천재 나상균과 사랑에 빠진 것으로 한 번 더 세간의 관심을 샀다가, 나상균이 회사를 재벌 그룹으로 키워 마침내 유현정과 '동급'으로 신분 상승을 한 뒤부터 오랜 기간 대중의 시야에서 자취를 감췄다. 2년 전에 나상균의 내연의 처라고 주장하는 여자가 나상균과 똑같이 생긴 초등학생 남자아이를 언론에 공개하며 세상을 떠들썩하게 했을 때 잠깐 유현정의 이름이 세간에 오르내리기도 했지만 그것도 잠시뿐, 유현정은 모습을 드러내지 않았고, 대중은 곧 나상균 패밀리의 치부와 불행을 잊어버렸다. 그때 유현정이 모습을 드러내지 않은 이유를 두고 항간에 자살 시도를 했다거나 성형 중독으로 얼굴이 망가졌다는 소문이 돌았지만, 후속 보도가 나오지 않아 그대로 잊혀졌다.

지난달, 장혁규가 병원으로 돌아와 빛의 속도로 고객들을 끌어들이는 와중에 유현정이 병원에 모습을 드러냈다. 당시 장혁규와의 상담에 내가 동석했기 때문에 나는 유현정을 직접 보는 특권을 누릴 수 있었다. 모자와 선글라스에 마스크까지 쓴 여자는 상대가 누구든 거침없이 대하는 장혁규 앞에서 순순히 얼굴을 가렸던 장비들을 벗겨 냈고, 그 모든 장비가 비서의 손에 옮겨졌을 때, 나는 놀란 기색을 보이지 않도록 엄청난 자제심을 발휘해야 했다. 눈앞에 드러난 유현정은…… 유현정이 아니었다. 나는 유현정의 원래 얼굴을 확실하게 기억하고 있었다. 신문이나 화면을 통해서이긴 했지만 워낙 인상이 강해서 기억에 남았다. 눈앞에 드러난 얼굴에는, 차트에 기재된 이름이 아니면 유현정이라고 할 만한 흔적이 조금도 남아 있지 않았다. 원래 유현정의 얼굴은 눈매가 시원하고 입술이 얇고 옆으로 큰, 지적이면서도 호쾌해 보이는 인상이었는데, 상담실에 앉아 있는 여자의 얼굴엔 분필이 박혀 있는 듯한 높고 인위적인 코, 보톡스로 부풀린 광택 피부, 도톰한 입술이 들어앉아 십 대 초반의 소녀 같은 인상을 자아내고 있었다. 병원에 반년 정도 근무하면서 놀라운 얼굴을 수도 없이 보아 왔지만, 그 어떤 얼굴도 유현정의 얼굴을 능가할 수는 없었다. 그 얼굴은 '전형적인 강남 미인'이라든가 '성괴'라든가 하는 말로 형언할 수 있는 정도를 넘어서 있었다. 젊다 못해 어린아이처럼 보이는 그 기괴한 형상은 차라리 얼굴이 '없어졌다'는 표현이 어울릴 것 같았다. 분명히 자리에 있지만 없는 것 같은, 눈, 코, 입이 각각 제자리에 박혀 있지만 도저히 얼굴이라고 볼 수 없는, 한 사람의 인상과 정체성과 역사가 완전히 지워진, 그리하여 보는 이에게 기묘한 공포심을 안겨 주는, 그런 얼굴이었다.

"그냥 이 실장이 오면 안 되나?"

유현정의 낮고 중성적인 목소리가 날아왔다. 나는 뭐라고 답해야 할지 몰라 마주잡은 손을 만지작거렸다.

"난 솔직히 이 실장이 더 믿음이 가던데……."

장혁규와 함께 들어갔던 첫 상담부터, 유현정은 나를 신뢰했다. 뭔가를 묻거나 호소할 때도 모두 나를 통했고, 가능하면 장혁규를 접하지 않으려 했다. 이목을 끌기 두려워하는 재벌가 일원의 조심스러운 몸짓으로 보이기도 했고, 나라는 인간의 내면에 있는 어떤 요소를 알아보고 진심으로 의지하는 것 같기도 했다. 나로서는 감사한 일이었다. 누군가 나를 믿어 준다는 사실에 인간적으로 큰 힘을 얻기도 했지만, 실은 얼굴이 없어져 버린 한 사람의 내면을 관찰할 기회다 싶어 반가운 마음이 더 컸다.

"가능할 수도 있겠지만 관장님, 원장님과 만나 보는 게 확실하지 않을까요? 저는 아무래도 전문 의료 인력은 아니니까……."

"이 실장을 믿어요."

유현정의 크고 동그란 눈이 천천히 내려갔다 올라왔다. 만날 때마다 내면을 들여다보기 위해 신경을 곤두세웠지만 유현정은 정말이지 속을 알 수 없는 사람이었다. 수십 번의 성형수술과 보톡스 시술로 표정이 지워진 탓이기도 하겠지만 한국의 대표적인 '명문가'에서 자라다가 재벌가의 안주인이 된 사람 특유의 감정 표출을 억제하는 언행 탓이기도 하리라.

"아, 네……."

말끝을 흐리며 머리를 굴렸다. 유현정이 이번에 받은 시술은 얼굴 팔자 주름 제거를 위한 보톡스와 허벅지 지방 흡입이었다. 둘 다 굳이 할 필요 없는 수술이었지만, 모진 고난을 거친 뒤 예전보다 한층 더 돈독이 오른 장혁규는 '이미 많이 손을 대 위험한 상태인' 유현정의 몸에 손을 대는 쪽을 택했고, 담당 실장인 나는 수술 과정은 물론 수술 전후 케어까지 도맡아 의사가 마땅히 해야 했을 걱정과 긴장을 한 몸에 떠안았다. 이미 수도 없이 시술을 받은 시한폭탄 같은 환자였다. 칼이 여러 번 닿아 망가진 신체 부위는 물론이거니와 환자의 정신 상태도 정상의 범주에 들어가는지 의심스러운 수준이었다. 다행히 이번에 받은 수술엔 큰 문제가 없어 보였지만, 나는 유현정이 장혁규를 만나길 바랐다. 의사 대신 내가 만난다는 건, 향후 발생할 수 있는 모든 부작용에 대해 의사가 질 책임을 내가 지겠다는 뜻이 될 수 있었다.

"그렇게 해 주시죠, 실장님."

그림자처럼 유현정을 따라다니며 수행하는 깡마른 여비서가 힘주어 말하며 나를 쳐다보았다. 깍듯한 정장 차림의 비서와 눈이 마주치는 순간, 나는 문득 묻고 싶어졌다. 당신은 알고 있는가. 유현정이 어떤 상태인지. 유현정은 당신을 붙잡고 인간적인 괴로움을 호소하는가. 유현정의 얼굴이 이렇게 될 동안 당신은 무슨 생각을 했는가. 모시는 상관의 얼굴이 파괴되어 가는 것을 보면서 가슴이 아팠는가. 은근히 그 과정을 즐기진 않았는가.

"그럼 관장님 의중대로 하는 게 가능한지 저희 원장님과 상의해 보고 다시 연락드리는 방향으로 할까요? 여기에서 제 임의로 확답을 드리는 건 가능하지 않아 보이네요."

이렇게 대화를 마무리지었다. 장혁규에게 말하면 결과는 불 보듯 훤했다. 펄쩍 뛰면서 당장 병원으로 오라고 할 것이었다.

"부탁드리겠습니다."

비서가 다시 힘주어 말하며 고개를 숙였다. 나도 허리를 굽혀 예를 표했다. 육중한 일인용 소파에 팔을 걸친 채 꼼짝도 하지 않는 유현정에게 목례한 뒤 엄청난 높이의 천장을 자랑하는 거실을 빠져나왔다. 집 안의 모든 소음을 흡수하는 듯한 묵직한 카펫이 깔린 거실을 지나 풍경 그림들이 걸린 복도를 걸어 나오는데, 오래전 신문에서 보았던 유현정의 활짝 웃는 얼굴이 떠올랐다. 호기심과 반항심으로 반짝이는 눈빛과 호쾌하게 벌어졌던 입, 금방이라도 터져 나올 듯 꿈틀거리는 젊음의 생기로 가득 차 있던 얼굴. 주름과 표정이 자연스럽게 들어차 살아 숨 쉬는 인간임을 여실히 보여 주던 얼굴. 눈 날리는 거리의 저녁 풍경이 담긴 액자 앞에 멈추어 서서, 젊었던 유현정의 얼굴이 지나 왔을 여정을 생각했다. 얼굴에서 생기와 표정이 사라지고 의사의 손끝에서 나온 인공물들이 자리 잡는 기나긴 시간 동안 그 얼굴의 주인이 인생에서 맞닥뜨렸을 일들을. 젊은 혈기를 입고 막 피어나려던 영혼이 언론과 가문과 부와 명예에 의해 완전히 제압되는 기간 동안 그 영혼의 주인이 겪어야 했을 비틀림과 고통을. 남편이 대한민국을 좌지우지하는 경제계의 거물로 자리매김하는 동안 '재벌가 안주인'이라는 유령 같은 신분을 붙잡고 홀로 건너야 했을 고독의 바다를.

비서의 안내로 정원을 통과해 문 앞에 이르렀을 때에는 주제넘게도 재벌가 안주인을 긍휼히 여기는 마음을 품고 있었다. 저렇게 사느니 차라리 나같이 사는 편이 행복하지 않을까? 가진 것도 없고 쥐뿔도 없지만 내게는 적어도 내 인생을 내 마음대로 할 수 있는 자유가 있다. 그리고 이런 생각은, 대문을 열고 나가 집 건너편에 세워진 붉은색 벤츠를 발견했을 때 더욱 확고하게 굳어졌다. 벤츠 운전석에 타고 있는 굵은 웨이브 머리의 미남자, 강재희의 실루엣을 확인했을 때.

48

피곤한 날이었다. 온종일 상담이 잡혀 있었고, 상담 대상들이 모두 심리적으로 만신창이가 된 이들이었다. 당신이 갈 곳은 여기가 아닌 정신과라고, 우선 자기 마음부터 들여다보라고 말하고 싶은 것을 눌러 삼키며 적정선에서 상대의 욕망을 얼러 주는 일은 안 그래도 약해져 있는 내 심신을 크게 약화시켰다. 마지막으로 상담했던 이십 대 초반 남자와의 상담 때는 마음의 가책이 너무 심해서 상담실을 뛰쳐나가고 싶다는 유혹과 혹독하게 싸워야 했다. 남자의 직업은 모델이었다. 190이 넘는 키에 균형 잡힌 몸매로 충분히 모델의 소양을 갖추고 있는데도 남자는 대대적인 수술을 받고 싶어 했다. 외까풀에 코가 낮은 남자는 얼굴에 대한 콤플렉스가 엄청났다. '밋밋한 얼굴' 때문에 더 높은 등급의 모델이 되지 못한다고 생각했고, 자신이 이미 갖추고 있는 천혜의 신체 조건이나 조화를 이룬 얼굴에서 나오는 독특한 매력을 조금도 인지하지 못했다. 눈, 코, 입, 턱 모두를 고치고 모발 이식과 지방 흡입까지 한꺼번에 받고 싶다는 남자에게 한꺼번에 성형을 받을 경우 정체성에 혼란이 올 수 있다고 여러 사례를 들어 설명했지만 남자는 막무가내로 수술을 고집했다. 가장 빠른 시일에 가장 잘 시술하는 선생님께 얼굴과 모발 이식과 지방 흡입을 패키지로 받고 싶다고. 나는 조성환을 떠올리지 않을 수 없었다. 이럴 때 그가 있었다면. 내게 없는 '의사의 권위'와 특유의 포용력으로 남자를 진정시켰으리라. 침착하게 자신을 되돌아보게 만들었으리라. 나는 의사로서만이 아니라 상담자로서 조성환이 뛰어난 자질을 가진 사람이라는 걸 인정할 수밖에 없었다. 뒤늦게. 그가 병원을 떠난 뒤에야.

사방에 꽃향기와 풀 냄새가 떠다니는 5월이 도래하면서, 조성환은 병원을 떠났다. 나는 그 사실을 한밤중에 그가 보내온 문자를 보고 알았다. 어젯밤 11시에 갑자기 들어왔던 문자를 보고.

이제 병원을 나가지 않게 되었어. 마무리를 부탁한다.

집에 들어오지 않은 지 보름이 넘은 시점, 병원에서 만나도 일 얘기 외에는 하지 않는 나날이 이어지던 참이었다. 파국이 오고 있다고 생각했지만 나는 아무런 대처도 하지 못했다. 말을 꺼내면 그나마 이어진 끈이 툭 하고 끊어져 버릴 것 같았다. 우리는 원래 잘 모르는 사이였던 것처럼 서로를 외면했다. 네가 나를 이용했느니 그렇지 않느니 하는 말다툼 끝에 서로를 안고 토닥였던 것이 마치 전생의 일인 것처럼. 어젯밤 조성환이 보낸 문자를 받았을 때, 나는 그동안 내가 두려워하던 것이 무엇이었는지를 확실히 알았다. 다시는 만나지 못하게 되는 것. 다시는 얼굴을 보지도, 말을 하지도, 눈빛을 나누지도 못하게 되는 것. 막상 다음 날 출근해서는 일정에 치여 그의 부재를 인식하지 못했다. 상처를 입어 너덜너덜해진 영혼을 달고 나타난 상담 상대를 혼자 상대하면서 비로소, 조성환이 더 이상 같은 장소에 있지 않다는 사실을 깨달았다. 이제 손을 내밀어도 그가 나타나지 않는다는 사실, 집에 돌아가 오늘 있었던 상담을 얘기하면서 그에게 의학적, 정서적 어드바이스를 받을 수 없다는 사실을.

이목구비를 뜯어고치면 일류 모델이 되리라고 굳건하게 믿고 있는 남자를 에스코트해 로비로 내려왔을 때, 재희의 얼굴을 발견했다. 엘리베이터 문이 열리자마자 재희의 얼굴이 눈에 들어왔다. 창가에 앉아 무심한 듯 잡지를 넘기고 있는 관옥 같은 얼굴의 남자. 도자기로 빚어 놓은 듯한 살결에 크고 반짝이는 눈이 박힌, 선한 눈빛의 미남자. 풍성하게 컬링된 단발머리에 시크한 옷차림을 한 재희는 누구라도 뒤돌아 쳐다볼 수밖에 없는, 많은 사람의 관심과 사랑을 받을 운명을 타고 태어난, 그렇기 때문에 평범한 사람은 맞닥뜨리지 않을 굴곡에 빠질 수밖에 없는, 눈부신 육체의 소유자였다. 나는 그를 못 본 척 로비로 다가가 이십 대 모델 남자의 다음 일정을 예약해 주었다. 당장 뛰어가 재희를 안아 주고 싶은 마음을 억누르고 남자를 엘리베이터까지 에스코트해 주었다. 엘리베이터 문이 닫히는 걸 보고 로비를 가로질러 재희에게 다가가는데, 콧등이 시큰하게 저려 왔다. 살아 있었구나, 강재희. 멀쩡히 생존해 있었구나. 사건이 난 것이 1월이었으니, 재희와는 거의 4개월 만에 만나는 셈이었다.

"얼굴 하러 왔어?"

태연하게 농담을 던지는 것으로 그동안의 공백을 건너뛰었다. 그동안 너를 걱정했다고, 네가 이상한 마음을 품지 않을까 걱정했다고 말해 주고 싶은 걸 꾹 참고, 내가 가장 잘하는 사교술을 휘둘렀다.

재희는 그런 나를 보고 계속 얼빠진 얼굴을 했다. 나를 유현정의 삼성동 집에 데려다주면서도 안절부절못하고 말을 더듬었다. 나는 재희가 돈 얘기를 하러 왔다는 걸 처음부터 알았다. 팔천만 원. 이억 오천만 원. 대형 스타의 자리에서 내려온 재희로서는 슬슬 아쉬워질 만한 만한 금액이었다. 나한테 이용당한 것 같아 분한 마음과 돈을 되찾아야겠다는 실질적인 의도를 품고 여기까지 찾아왔겠지. 아무런 활동도 못하고 있지만 그의 가족과 친지와 친구들은 여전히 재희가 꿰차고 있는 돈주머니를 털어 가지 못해 혈안이 되어 있을 것이다. 마지막 한 푼까지 집요하게 뜯어내겠다는 굳은 다짐으로 뭉쳤을 사람들! 그런 사람들에게 둘러싸인 가운데, 이제 연락이 되지 않는 나라는 인간, 피가 섞인 것도 아니고 정식 애인도 아닌데 삼억이 넘는 돈을 뜯어 간 이서경이라는 인간은 생각할수록 괘씸하게 느껴졌으리라. 그럴까? 그런 마음뿐이었을까? 혹시…… 내가 보고 싶은 마음도 조금 섞여 있지 않았을까?

유현정네 집에 데려다주면서 재희는 돈 얘기를 꺼내려고 용을 썼다. 물론 눈치 빠른 똑똑이인 나는 재희가 이야기를 꺼낼 기색만 보여도 얼른 딴청을 부려 입을 막아 버렸다. 착해 빠진 강재희, 상대방의 의도에 빛의 속도로 휘말리게끔 코딩된 강재희는 내 전략에 번번히 당했고, 나를 삼성동에 내려 줄 때까지 돈 얘기를 공통의 화제로 굳히는 데 실패했다. 유현정의 집에 도착해 내리기 직전, 나는 팔을 벌려 재희를 안아 주었다. 마음 깊은 곳에서 우러나온 포옹이었다. 재희야. 돈은 얼마든지 돌려줄 수 있단다. 한 푼도 안 쓰고 고스란히 갖고 있거든. 이렇게 말해 주고 싶었지만 그러면 너무 재미가 없을 것 같아 그냥 토닥여 주기만 했다. 그동안 걱정했다는 말을 해 주지 못한 게 아쉬웠지만, 한 번의 포옹이 말보다 많은 말을 할 것이었다.

그런데 지금, 수술한 곳이 아프다고 성화를 부리는 유현정을 무마하고 나온 지금, 재희의 차가 그 자리에 그대로 있다. 운전석에 재희가 앉아 있다. 나를 기다리고 있었던 것이다! 아, 붉은색 벤츠를 인식하고 내가 얼마나 기뻐했던가. 그것은 만족감으로 숨이 막힐 것 같은, 가슴이 뻐근하게 아파 올 정도로 강렬한 감정이었다. 한 손에는 백을, 다른 쪽 손엔 유현정이 준 쇼핑백을 들고 그의 차로 다가가면서, 나는 알았다. 내가 재희를. 많이 좋아하고 있다는 것을. 껍데기만 번지르르한 쓰레기라고, 우리 관계는 섹스 파트너일 뿐 아무것도 아니라고 되뇌어 왔지만, 실은 그와 나 사이에 다른 이들은 흉내 내지 못할 깊은 유대가 형성돼 있다는 것을. 몸과 몸이 부딪힐 때마다 영혼과 영혼도 부딪혀 흔적을 남겼다는 것을. 세상에 몸만 있는 관계나 영혼만 있는 관계는 없다는 것을. 그리고 이 모든 생각, 뭐든지 백 퍼센트로 끊어 단정할 수 없다는 생각의 출처가 조성환이라는 것을. 생각이 조성환에 이르자 마음 한편이 싸하게 저려 왔다. 양손에 짐을 들고 재희의 차로 걸어가는 지금. 그래, 네가 그립구나 조성환. 너의 말이 내 안으로 들어와 나와 재희의 관계를 격상시켰구나. 네 말대로 세상에 무 자르듯 끊어 정리할 수 있는 관계는 없구나. 아, 조성환. 네가 보고 싶구나. 영리한 네가. 세상 이치를 모두 알고 있는 듯한 잘난 네가. 네게 다른 애인이 있다는 사실이 밝혀졌음에도 나는 너를 무 자르듯 끊을 수가 없구나.

"안 갔네?"

재희의 차 문을 열면서 경쾌하게 말했다.

"할 얘기가 있어서……."

미등을 끄며 재희가 수줍게 웃었다. 재희는 그동안 얼굴 살이 빠져 눈이 더 커 보였고, 커 보이는 눈가에 주름이 잡혀 애처로워 보이는 인상이 극단적으로 강화돼 있었다. 순하고 물기 어린 눈은 재희가 가진 수많은 매력 중 으뜸가는 매력이다. 사슴처럼 반짝이는, 뭔가를 호소하는 듯한 저 눈빛을 보면서 여자들은 보살펴 주고 싶다는, 아무도 몰라주는 그의 상처받은 마음을 치유해 주고 싶다는 환상에 빠져든다. 그리고 나는, 그런 환상에 가장 깊게 빠져든 여자 중 한 명이었다. 오늘에야 알겠다. 내가 강재희의 얼굴을 얼마나 좋아하는지. 안에 든 것은 오직 유치하기 짝이 없는 자아, 비틀린 채 고정돼 버린 유치한 인성뿐이라는 걸 알면서도, 나는 이 잘생긴 얼굴의 마력에 볼 때마다 항복하게 되는 것이다. 이럴 때면 성형수술을 하겠다고 불나방처럼 우리 병원에 모여드는 사람들의 마음을 통렬하게 이해하게 된다. 그들 모두 재희처럼 되고 싶은 것 아니겠는가. 외모를 개선해 사랑받고 싶은 마음. 어떠한 경우에도 끊어지지 않는 굳건한 사랑을 획득하고 싶은 마음이리라. 아름다운 외모를 가짐으로써 결코 버림받지 않고, 이유 없고 계산 없는 사랑을 받으며 평생을 살고 싶은 것이리라. 재희가 내게서 당연한 듯 취해 가는 그런 사랑을 받으며.

나는 올린 머리를 풀고 의자에 기대앉았다.

"서경아, 다른 얘기는 안 할게. 우리 계산은 확실하게……."

"너, 나랑 자고 싶니?"

그가 말을 맺기 전에 얼른 끊고 말했다. 돈이야 언제든 돌려줄 수 있지만, 가능한 한 돌려주는 시기를 늦추고 싶다. 돈은 사람과 사람을 연결해 주는 마지막 끈 같은 것, 결국 재희가 병원으로 나를 찾아온 것도 돈 때문이 아니겠는가. 나는 재희를 잃고 싶지 않다. 조성환이 없어지고 병원에 혼자 남게 되었다. 당장 나가라고 하지는 않겠지만 조성환 백으로 들어온 내가 이 병원에 얼마나 오래 근무할 수 있겠는가. 이 불안한 상황. 경제적으로 정서적으로 아무것도 보장된 게 없는 이 상황에서 재희가 나타났다. 구세주처럼. 그나마 사람 인기척이 나기 시작한 내 일상을 돈을 돌려주는 어리석은 행위를 함으로써 박살 내고 싶지 않다. 그는 몸을 내 쪽으로 틀어 앉았다. 자연스럽게 컬링된 단발머리가 불빛을 받아 화려한 오렌지 빛을 냈다. 그는 원망하는 듯한 눈길로 나를 쳐다보다가, 전방으로 몸을 틀고 자세를 고쳐 앉았다. 얼굴엔 당황한 빛이 역력했다.

"아, 아니…… 그게 아니고……."

머리를 긁적이며 뒤늦게 대답을 시도하는 재희. 나와 자고 싶은 마음을 감춰 보려 용을 쓰는 저 어린아이. 나는 한쪽 손을 내밀었다. 이 인간은 얼마나 귀여운가. 속에 든 생각을 어쩌면 저렇게 명징하게 드러내는가. 재희는 내 손과 얼굴을 번갈아 쳐다보다가, 결심한 듯 비장하게 내 손을 잡았다. 축축하고 뜨거운 손. 나는 그의 손을 꽉 움켜쥐었다. 네가 좋다, 강재희. 아무런 계산 없이 욕망을 드러내는 너의 순수한 모습이, 예측할 수 있고 반응할 수 있는 너라는 인간이 나는 좋다.

"머리 좀 쓰다듬어 줄래? 너무 피곤하다."

머리를 운전석 쪽으로 들이밀며 말했다. 재희가 잡았던 손을 놓고 내 머리에 손을 얹었다. 따뜻하고 묵직한 손길. 오랫동안 잊고 있었던 손의 질감이 내 머리 위를 고르게 지나갔다. 강재희. 오늘 너와 몸을 섞을 것이다. 너를 만지고, 너에게 기쁨을 주고, 내가 할 수 있는 모든 몸짓을 할 것이다. 너라는 사람이 갖는 의미가 조성환이 없는 자리를 대체한다든가 하는 쓸데없는 생각은 하지 않을 것이다. 나는 내 앞에 있는 너를, 물질성을 갖고 내 앞에 존재하는 너를, 망설임 없이 사랑할 것이다.

"좋아?"

그가 머리를 쓰다듬으며 확인하듯 말했다.

"아이 좋아, 아이 좋아."

나는 아이 같은 음성을 내보내며 그의 다리에 머리를 기댔다. 그는 한순간 멈칫하더니, 다시 착실한 손놀림에 들어갔다.

눈을 감고 그의 손길을, 그에게서 나오는 헤어 제품 향기를 만끽하고 있는데, 그가 나를 일으켜 앉혔다. 이글거리는 눈빛으로 나를 쳐다보더니 내 몸을 와락 당겨 안았다. 그리고 입맞춤. 욕망이 그대로 전해져 오는 서툴고 직설적인 입맞춤이 가격해 왔다. 나는 반사적으로 그를 밀어냈다. 형편없는 키스는 여전하구나. 사랑으로 충만해 있던 마음이 한순간 싸늘하게 변했다. 멋없는 자식. 재희는 성적인 기교가 서투르다. 잘나게 타고 태어난 것은 오직 껍데기뿐임을 증명이라도 하듯, 키스는 투박하고 섹스는 일방적이다. 가끔 상대를 배려하는 듯한 동작을 할 때도 있지만 그건 어디선가 보고 들은 걸 어설프게 흉내 낸 것에 불과하다. 이런 내 마음을 알 리가 없는 단순 청순형의 그가 팔로 내 허리를 우악스럽게 옥죄어 왔다. 씩씩거리는 숨소리, 옷을 들추고 안으로 밀고 들어오는 손길.

"가자."

엉겨붙는 그를 단호하게 밀어내며 말했다.

"어딜?"

그가 떨떠름한 얼굴로 나를 보았다.

"G 호텔."

G 호텔은 재작년에 G 그룹 오너의 딸이 사장으로 취임하면서 대대적으로 리모델링해 화제에 올랐던 호텔이다. 대본에 배경으로 쓰기 위해 한번 가 보고 싶다고 생각했는데, 오늘 가면 딱일 것 같다.

나는 의자를 뒤로 젖혔다. 넋 나간 표정을 짓고 있던 재희가 돌아앉아 차를 움직이기 시작했다. 나는 눈을 감으며 조금 뒤에 호텔에서 있을 일을 생각했다. 재희에게 품었던 넘치는 사랑이 거짓말처럼 사라지고 닥쳐올 숨 막히는 순간들에 대한 거부감이 가슴을 가득 메우고 있었다.

"그 의사랑 진짜 결혼해?"

사이드미러로 옆 차선을 확인하며 그가 불쑥 말했다. 지난달에 나왔던 나와 조성환의 기사를 본 것이다. 지나가듯 얘기하고 있지만 얼굴엔 긴장한 기색이 역력했다. 그 얼굴을 보고 있으니 다시금, 재희에 대한 애정이 피어올랐다. 강재희. 그동안 내 소식을 찾아보고 있었구나. 내가 결혼한단 소식에 관심을 갖고 마음 끓이는 인간이 있다는 것은 상당히 위안이 되는 일이었다. 더구나 상대가 아시아 최강 매력남으로 꼽히는 강재희임에야.

"그 얘긴 재미없다."

나는 길게 기지개를 폈다. 어젯밤, 병원에 더 이상 나오지 않게 되었다는 문자를 받고 곧바로 전화를 걸었지만 조성환은 전화를 받지 않았다. 집에 들어오지 않았던 지난 보름 동안 하루에도 몇 번씩 전화를 걸었지만, 그는 묵묵부답이었다. 그런데도 지난달 말, 여성지에 버젓이 결혼 기사가 나갔다. 환하게 웃고 있는 조성환의 사진까지 담은 기사가. 기사에서 결혼 상대로 거론된 상대는 나인 것으로 보였다. 기사의 내용은 몇 개월 전에 실렸던 내용과 거의 다를 바가 없었다. 같은 잡지에, 시간을 달리하여 비슷한 기사가 두 번 실린 것이다. 미용실에서 그 기사를 봤을 때 느꼈던 분노와 당혹감, 조롱당한 듯한 느낌이 스멀스멀 되살아났다.

"나 잘 테니까 도착하면 깨워라."

눈을 감고 잠든 척했다. 그 여성지는 대화 그룹에 속한 계열사에서 내는 잡지였다. 일개 성형외과의가 결혼한다는 소식을 왜 그렇게 요란하게 보도했을까. 그것도 두 번씩이나. 패기와 자신감으로 넘쳐 나던 최강명과 그 옆에 난초처럼 앉아 파들거리던 약혼녀의 얼굴이 떠올랐다. 기사와 그 커플이 연계돼 있다는 건 알겠는데, 대체 어떻게 연결된 것인지, 조성환이 오는 5월에 걸그룹 출신 상담실장과 결혼한다는 소식이 최강명의 미래 장인이 운영하는 회사에 어떤 이득을 주는 것인지 아무리 생각해도 알 수 없었다. 한 가지, 분명 속셈이 있고 그 속셈에 의해 나라는 존재가 이용당하고 있다는 사실은 알 수 있었다. 내가 알리바이로 쓰이고 있는 것이다. 나는 입술을 꽉 깨물었다. 조성환, 이 괘씸한 자식. 용서치 않으리라. 내 너를 찾아내 주리를 틀 것이다. 번드르르한 말에 더 이상 속아 넘어가지 않을 것이다. 네 알량한 속내와 음흉한 계략을 만천하에 드러내 밝힐 것이다. 거듭 다짐하다가, 급격하게 밀려오는 나른한 기운에 휩싸여 의식을 잃었다.

"서경아, 다 왔는데."

몸을 흔드는 재희의 손길에 눈을 떴다.

"어딜?"

옆에 있는 재희의 얼굴이 낯설었다. 왜 얘가…… 내 옆에 있지?

"G 호텔. 네가 여기 가자며."

아, 그랬지. 재희랑 호텔에 가는 길이었지. 머릿속엔 방금 꾸다 만 꿈이, 손을 꼭 쥐고 조성환을 찾아다니던 순간의 안타까움이 고스란히 남아 있었다.

"잠깐만. 우리 1분만 앉아 있다 가자."

의자를 당겨 올리고 앉아 창밖을 응시했다. 늘씬한 가로등들이 호텔 진입로를 밝히며 나와 재희를, 우리가 열어 갈 본능의 시간들을 예고해 주었다.

"내리자."

꿈에서 해결하지 못한 감정을 추스르기 위해 애쓰다가, 포기하고 이렇게 말했다. 해결할 수 없을 것이다. 꿈에서 해결하지 못한 감정은 영원히 미결로 남는다. 그것은 꿈을 가장한 내 실제 감정, 해소되지 않고 질척하게 따라붙는 현실이니까.

호텔 로비는 깔끔하고 모던했다. 지저분하고 시대에 뒤떨어져 보였던 인테리어가 깔끔하게 새 단장을 하고 있었다. 재희가 먼저 올라가길 기다렸다가, 카운터에서 엘리베이터 키를 받아 쥐고 로비를 가로질렀다. 높은 천장과 한지로 마감된 색색의 등, 부드러운 미색의 카펫. 호텔 라운지에 들어오면 언제나 마음이 가라앉는다. 고급스러운 공간이 주는 위안. 나는 전통과 모던한 분위기가 적절하게 어우러진 인테리어를 둘러보며 두툼한 카펫 위를 천천히 걸었다. 바이올리니스트와 피아니스트가 이중주를 하고 있는 라운지 카페를 지나 베이커리 쪽으로 가는데, 건너편에서 걸어오던 남자가 나를 보고 눈을 치켜떴다. 큰 키에 인형 같은 얼굴을 한 여자를 옆에 끼고 의기양양하게 베이커리 쪽에서 나오던 남자는 백상수, 몇달 전 찾아와 서우형의 행방을 대라며 위협했던 내 과거의 악몽이었다. 그에게 알은척을 해야 할지 말아야 할지 몰라 손을 비비며 서 있는데, 그가 내 얼굴을 빤히 보면서 지나가 버렸다. 얼굴에 조롱기 어린 냉소가 어렸던가. 모르겠다. 중요한 것은 내가 그의 얼굴을 보는 순간 한 가지 일화를, 오랜 세월 동안 잊고 있었던 사소한 에피소드를 떠올렸다는 사실이다. 나는 그 자리에 서서 움직이지 않았다. 귓전에 울리는 내 숨소리를 들으며 방금 본 남자가 십수 년 전 했던 말을, 그가 며칠 전 나타나 그 말을 다시 사용하며 비아냥거렸다는 사실을 떠올렸다. 그 똥꼬 새끼가 하는 병원. 너 그 똥꼬랑 같이 산다며? 그가 똥꼬 새끼라는 말을 어떨 때 사용하는지를 지금 이 순간에 기억나게 한 것은 얼마나 기막힌 신의 조화인가. 나는 그 자리에 선 채 신의 조화를, 전지전능한 그의 숨결을, 번득이는 그의 장난기를 온몸으로 체험했다. 그리고 받아들었다. 조성환과 처음 만났을 때부터 내 안에 코딩돼 있던, 실은 오래전부터 무의식중에 인지하고 있었던, 나와 조성환의 관계의 전면에 포진돼 근사한 게임 스토리를 완성하고 있었던 키워드를. 축적된 분노를 담고 있던 조유환의 눈빛이나 오래전 장남과 연을 끊어 버린 조성환의 부모를 단번에 이해하게 해 줄, 신이 특별한 관심을 가지고 조성환의 유전자에 심어 놓은 비밀을. 신의 의도에 완벽하게 부응했던 내 어리석고 맹렬한 영혼을.

49

거실 바닥에 비스듬히 누워 가릉이를 보고 있다. 조가릉. 며칠 전에 소품 가게에 갔다가 충동구매한 고양이의 이름이다. 가게에 들어서자마자 몸 여기저기에 회색 털이 섞여 있는 회백색 고양이가 눈에 들어왔다. 적지 않은 금액이었지만 곧바로 구매했고, 이후 내 작고 스산한 아파트를 채우는 식구가 되었다.

"야오오오옹."

끝을 한껏 올리며 요염한 울음소리를 내는 가릉이를 가까이 끌어당겼다. 중앙으로 갈수록 색이 점점 진해지는 진초록 눈을 가진 아름다운 피조물. 가릉이를 들인 뒤 나는 아무 데서나 고양이 울음소리를 내는 습관이 생겼다. 아무리 전화를 걸어도 조성환이 받지 않을 때, 연속해서 문자를 보내도 조성환에게 반응이 없을 때, 병원에서 혼자 소외되는 느낌을 받을 때, 가릉이 흉내를 내면 팍팍했던 마음이 부드럽게 가라앉았다.

목덜미를 간질여 가릉이가 부르르 떨며 야옹거리게 만들다가, 핸드폰 벨소리에 느릿느릿 일어섰다. 조금 전에 울리는 것을 두어 번 무시했는데 또 울리는 것을 보니 급한 전화인 것 같다.

급한 전화가 아니었다. 핸드폰에는 재희의 이름이 떠 있었다. 나는 활짝 웃는 표정을 연습해 본 뒤 전화를 받았다.

"야아오오옹?"

가릉이의 음성을 그대로 흉내 냈다.

"여, 여보세요?"

당황한 재희의 음성.

"부르야아옹."

가릉이가 가장 기분 좋을 때 내는 음성을 냈다.

"여보세요?"

말귀를 잘 못 알아듣고 반응이 느리고 농담에 농담으로 받아치는 법을 눈곱만큼도 알지 못하는 재희가 심각한 음성으로 여보세요를 반복했다. 그의 눈치 없음과 무신경함이 순식간에 내 기분을 잡쳐 놓았다. 이 인간은 유머를 몰라, 유머를.

"왜 전화했어?"

퉁명스럽게 말했다. 재희가 어, 어…… 하면서 둔감함의 극치를 달리는 의성어를 내보냈다.

"서경이…… 맞지?"

"왜 전화했냐니까?"

얘는 나와 백 년 동안 만나도 내 농담을, 장난을 이해하지 못할 것이다. 이런 생각을 하자 곧바로 조성환이 떠올랐다. 농담에 썰렁하게 대응하는 게 아예 불가능한, 재치로 무장한 남자. 본능처럼 유머 코드가 장착돼 있는 세련남.

"대답 안 하려면 끊어."

몰아붙이자 재희가 어, 어, 하다가 서둘러 말을 쏟아 냈다.

"호, 혹시 저녁 때 시간 되면 볼 수 있을까 해서. 오늘은 내가 네 아파트로 갈게. 시간이 안 된다면 부, 부담 갖지 말고."

긴장한 상태에서 대사를 쏟아 내듯 말을 더듬는 재희. 나는 잠깐 생각에 잠겼다가 이내 말했다.

"그래. 몇 시쯤 올래?"

"뭐, 한 8시 반? 9시?"

"그럼 한 시간 후쯤 오는 거네?"

그때 문간방 문 열리는 소리가 나면서 조성환의 발소리가 났다.

"야, 문자로 주소 보내 줄 테니까 와. 끊어야겠다."

잽싸게 통화를 마무리하고 거실 바닥에 드러누웠다.

"누구랑 통화 중이었어?"

조성환이 내 등 뒤에 대고 말했다.

"야아오오옹?"

눈을 크게 치뜨며 고양이 소리를 냈다. 조성환은 석양이 지기 시작할 무렵 이 집에 도착한 뒤 나와 잠깐 동안 의미 없는 대화를 나누다가, 걸려온 전화를 들고 문간방으로 들어가 영겁의 시간을 보내고 나온 참이었다.

"방금 누구랑 통화하는 것 같던데?"

"부르야아오옹."

가릉이가 발을 들어 올리는 것처럼 손을 구부려 치켜들며 고개를 흔들었다. 너는 누구랑 통화했느냐, 조성환. 문간방으로 들어가 문을 닫아 걸고 누구와 그렇게 오래도록 속삭였느냐. 한 달 만에 만난 내겐 말할 시간도 제대로 주지 않고 대체 무슨 얘기를 그리 오래 나누었느냐.

"저녁은 어떻게, 같이 먹으러 나갈까?"

시간이 8시를 가리키고 있었다. 오늘 상담이 밀려 있어서 점심을 먹지 못했다. 12시간 가까이 위장이 비어 있었던 셈이다. 그런데도 배가 고프지 않다. 그보단 이 인간과 말을 하고 싶다. 할 말이, 듣고 싶은 말이, 너무나 많다. 그런데 무슨 말부터 해야 할지 모르겠다. 입을 열면 자꾸 비아냥이나 조롱의 말이 튀어나온다. 나는 입술을 깨물며 이성을 되찾으려 애썼다. 가까스로 만난 사람이다. 오늘이 마지막 만남일지도 모른다. 내 안에 쌓인 수많은 말들을, 온갖 감정들을 어떻게든 풀어내야 한다. 그런데 이런 상태에서 밥을 먹으러 나가자고? 그렇게 밥을 먹고…… 안녕이라고 말하자고?

"우리 가릉이 어때? 너무 귀엽지?"

가릉이를 들어 올려 배를 간질여 주었다. 가릉이는 가릉가릉가래 끓는 소리만 낼 뿐 울음소리를 내지 않았다.

"가릉아, 아빠 나오셨잖아. 야아오옹, 예쁘게 울어야지."

나는 가릉이를 안고 일어나 바닥에 양반다리를 하고 앉았다.

"아빠한테 갈까, 야아오오옹?"

엉덩이로 바닥을 밀면서 조성환이 앉은 테이블로 다가가 가릉이를 들어 올렸다.

"야아오오옹, 아빠 안아 주세요."

가릉이라 가릉거리기만 해서 내가 울음소리를 흉내 내 주었다.

"그만해."

조성환이 가릉이를 받아 티테이블에 올려놓았다.

"뭘 그만해, 냐아오오옹?"

나는 다시 바닥에 누웠다. 옆으로 비스듬히 누워 팔로 머리를 받치니 시야에 티테이블에 놓인 가릉이의 아름다운 회백색 털과 조성환이 사선상에 놓였다. 베란다 창밖으로 앞 동의 옥상에 둘러진 경관 조명 윗부분이 빼꼼히 보이고 그 위로 드넓은 하늘이 펼쳐졌다. 먹색 하늘, 선명한 초승달, 회백색 고양이, 그리고 조성환. 나는 눈을 크게 뜨고 눈앞에 펼쳐진 풍경화를 바라보았다. 기묘한 스산함. 파국을 앞둔 상태에서 잠깐 나타나는 평온한 풍경.

"야아오오옹?"

그때 가릉이가 울음소리를 내며 몸을 뒤로 꺾었다.

"이거야, 이거! 저 몸 좀 봐. 예술이지? 얘가 유연성이 장난이 아니야! 어떻게 몸을 저렇게 꺾지?"

나는 가슴을 바닥에 대고 엎드려 양팔을 들어 올리며 상반신을 오른쪽 뒤로 꺾어 올렸다. 그냥 젖히는 게 아니라 뒤로 몸을 돌리면서 몸통을 비트는 고난도의 꺾기.

"야아오오옹?"

몸을 활처럼 꺾으며 고양이 울음소리를 냈다.

"그만하자, 서경아. 나 금방 가 봐야 돼."

조성환은 웃지 않았다. 나는 발딱 일어나 앉았다.

"뭘 그만해?"

"알면서 왜 이래. 지금 장난감 고양이 흉내 내면서 시간을 흘려보내고 있잖아."

"지금 가릉이를 장난감이라고 하는 거야? 똑똑히 봐. 앤 진짜야. 움직이고 소리도 내잖아."

정색하고 말하는데, 마음에 얼음장 같은 냉기가 휩쓸고 지나갔다. 예전 같으면 웃으며 같이 고양이 흉내를 냈을 것이다. 가릉이를 진짜 생명체처럼 여기며 정성을 다해 보살폈을 것이다.

"서경아."

"딸한테 장난감이라니! 세상에 그런 아빠가 어딨어?"

그는 피곤한 듯 연거푸 마른세수를 했다. 그런 그를 보면서 나는 깨달았다. 내가 십육만 원이나 되는 거금을 주고 이 값비싼 장난감을 산 이유를.

"나 그냥 갈까?"

그에게 보여 주고 싶었던 것이다. 얼핏 보면 진짜 고양이라고 해도 믿을 만큼 정교하게 만들어진 이 인조 동물, 진짜 고양이의 음성과 몸짓을 기가 막히게 흉내 낸 이 걸작 로봇을. 같이 놀고 싶었다. 누워서 야옹야옹 가릉가릉 몸을 뒤틀며 세상에서 조성환과 나만 나눌 수 있는 근사한 농담을 나누고 싶었다. 밤새도록 세상을 조롱하고 싶었다.

"가려면 가든가."

나는 다시 바닥에 누웠다. 가든지 말든지. 어차피 넌 갈 사람이니까 두렵지 않아.

"병원은 다닐 만하니?"

"다닐 만하겠냐? 네가 낙하산으로 박아 놓은 정체불명의 늙다리 여인인데."

발을 까딱거리며 팔로 머리를 괴고 그를 비스듬히 올려다보았다.

"너 상담에 소질 있는 거 알지? 공부해서 그쪽으로 나가도 될 것 같아."

나를 대단히 생각해 준다는 듯, 그가 심각한 표정을 지었다.

"오, 그래? 꼭 적선이라도 하는 것 같구나?"

말은 이렇게 했지만 사실 나는 병원 생활을 잘하고 있다. 상담 실적도 좋다. 조성환이 없어도 꿀리지 않을 만큼 성과를 내고 있다. 이대로라면 당분간 병원을 다녀도 괜찮을 것이다. 가끔 양심의 가책을 느낄 때가 있긴 하지만 일이 재미있고, 무엇보다, 내겐 생활비가 필요하다. 재희에게 돈을 돌려주고 나면 이 집을 계약할 때 끌어다 쓴 빚만 남게 될 텐데, 한 달에 얼마라도 벌어야 이자를 대지 않겠는가. 근무 시간이 길어 글 쓸 시간이 안 나온다는 게 마음에 걸리지만, 지금처럼 동거인도 없는 상태에서는 병원 일이라도 하고 있어야 글을 쓸 마음 상태를 유지할 수 있을 것이다. 의식주에 대한 걱정이나 세상에 혼자 남겨졌다는 쓸쓸함에 시달리면 글을 쓸 수 없다. 심신이 어느 정도 괜찮은 상태를 유지해야 좋은 글도 나오는 법, 좋은 작품을 쓰기 위해서라도 당분간 상담실장의 직위를 유지해야 하리라.

"남 말 하지 말고 네 얘기나 해 봐. 너는 어때?"

조성환은 작은 병원에 페이닥터로 들어갔다고 들었다. 자신이 병원장으로 있던 병원을 그만둔 이유나 새로 간 병원에 어떤 인연으로 들어갔는지는 모른다. 직접 들은 게 아니라 다른 직원들이 수근대는 걸 엿들었을 뿐이니까. 조성환은 물론이고 다른 누구도, 내게 아무런 말을 해 주지 않는다. 나는 세상에 홀로 떨어진 섬이다.

"나는 좋아. 일도 할 만하고."

당연히 좋겠지. 너는 늘 좋은 상태였으니까. 나는 벌떡 일어서서 그의 잘 세팅된 머리를 헝클어뜨리고 싶어졌다. 나와 만난 이래 그는 한 번도 내게 마음을 터 준 적이 없다. 앞으로도 영원히, 마음을 터 주지 않을 것이다. 나는 눈을 부릅뜨고 조성환을 쳐다보았다. 수많은 물음들이 몰려와 아우성을 쳤다. 왜 나와 살았는가. 내 마음을 알면서 왜 단호하게 나를 쳐 내지 않았는가. 경찰서에 시체처럼 드러누워 있었던 그날, 대체 무슨 일이 있었는가. 그동안 살아오면서…… 얼마나 많은 사람들에게 배척을 당했는가. 그 순간들을 어떻게 지나갔는가. 누가 네 아픈 마음을 나누어 들어 주었는가. 내게는…… 네 아픔을 나누어 들 자격이 없는가.

"최강명이랑 사는 건 어때?"

끓어오르는 물음들을 꾸역꾸역 삼키고 이렇게 말했다. 묻고 싶은 게 너무 많아서, 하지만 섣불리 물었다가 이 만남이 단번에 종료될까 봐, 물음을 끄집어내는 순간 우리의 만남이 이제 끝났음을 인정하는 결과가 될까 봐, 물음을 퍼붓다가 결국 그에게 미친년처럼 매달리게 될까 봐, 도저히 물을 수 없었다.

"밥은 누가 하냐? 네가 할 리는 없고, 최강명이?"

무표정하게 앉아 허공을 바라보는 그를 향해, 내 비아냥의 언어들이 화사하게 분사되었다. 내 안에 들끓는 어리석은 물음들보다 훨씬 안전할, 질척거림 없이 윤기 있게 반짝이는 언어들이.

"아님 최강명의 이거가 와서 해 주고 가시나?"

새끼손가락을 흔들어 보이며 키득키득 웃었다. 대화 그룹의 고명딸이 와서 남친의 밥을 해 주고 갈까? 못생긴 다른 남자랑 같이 살고 있는 남친의 밥을?

"집에선 밥을 거의 안 먹어."

그의 얼굴이 발그레해지고 굳어졌던 얼굴 근육이 부드럽게 풀리는 것을 나는 놓치지 않았다. 최강명이란 이름이 나온 게 좋은 것이다.

"그렇게 좋냐?"

그는 대답 없이 시선을 내리깔고 가릉이의 등을 긁었다.

"야아오오옹? 야아오오옹?"

한동안 소리 내지 않던 가릉이가 연속으로 울음소리를 냈다.

"너 그거 모르지? 나, 예전에 LGBT 운동도 했던 사람이야. 너 같은 사람을 문제 있다고 생각하거나 그런 저질이 아니라고."

나는 일어나 앉아 무릎을 그러안았다. 실은 며칠 전에 LGBT 커뮤니티에 가입 신청을 해 놓고 승인을 기다리고 있는 상태였지만 살짝 과장한다고 큰 차이가 나는 것은 아닐 것이었다.

"너한테 화나는 부분은 그 문제가 아니라, 네가 나를 속였다는 거야. 처음부터 끝까지. 섬세하게. 총체적으로."

그와 연락이 되지 않는 동안 몇 번이고 되뇌었던 말을 또박또박 늘어놓았다. 눈을 보고 있으면 감정이 흐트러질 것 같아 시선은 일관되게 바닥에 두었다.

"계획했던 건 아니야. 같이 살게 될지도 몰랐고."

그가 조용히 말했다. 나를 쳐다보는 게 느껴졌지만 고개를 들지 않았다.

"그러니까 내가 덤벼들어서 그냥 얼떨결에 같이 살았다, 이거지? 그럼 결혼하자는 말은 왜 했어? 잡지 인터뷰는 뭐고? 나랑 5월에 결혼한다면서? 걸 그룹 출신에 미모를 갖춘 나랑?"

마지막 말을 하면서는 그를 보았다. 보지 않을 수 없었다.

"다 가능할 거라고 생각했어. 사람 감정이 어느 한 사람을 향해 백 퍼센트 딱 떨어지는 것도 아니고, 꼭 남녀가 만나 성욕을 느끼는 것만을 사랑이라고 단정하는 것도 일종의 폭력이라고……."

"그럼 그렇게 해. 들어와 살아. 결혼도 하고. 지난번에 네가 했던 말, 곰곰이 생각해 봤는데, 맞는 말 같아. 나도 사고를 유연하게 하기로 했어. 네 말대로 내가 그동안 너무 비약적인 사고를 했던 것 같아. 이제부터는……."

나는 일어서서 그의 맞은편에 앉았다.

"사고를 넓히고 자유롭게 살 거야. 지향점이 다른 부분이 있어도 우리처럼 잘 통하는 사이도 없잖아? 우린 좋은 친구야. 그래, 친구."

안경 너머로 보이는 그의 갈색 눈동자가 흔들리는가 싶더니 고개가 천천히 옆으로 돌아갔다.

"아니, 서경아. 나도 처음엔 그렇게 생각했는데, 그게 아닌 것 같아. 그건 다 나 편할 대로 생각했던 거고. 그렇게 합리화하면서 널 이용하려고 했던 게 맞아. 나한텐 사회적 페르소나가…… 필요했으니까."

"페르소나! 좋다, 그거! 내가 그거가 돼 줄게. 너, 사회적 명망도 있는 앤데 이성 애인이나 부인이나, 그런 게 없으면 쓰겠니? 나랑 결혼해. 내가 너의 페르소나가 되어 에브리웨어 같이 가 줄게. 의사들끼리 만나는 자리에도 가고, 연이 끊긴 네 부모에게도 가고. 응?"

손으로 그의 팔목을 움켜쥐며 말했다. 한 손으로 움켜쥐고도 내 손가락과 손가락이 여유 있게 겹쳐질 정도로 여윈 그의 팔목의 감촉이 내 손바닥을 점령했다. 나는 앞으로 상체를 숙여 킁킁거리며 냄새를 맡았다. 아까부터 의식적으로 몇 번 맡아 보았는데, 아무리 맡아도 평소 그의 몸을 오라처럼 감싸고 돌던 냄새가 나지 않았다. 그의 정체성과도 같은, 조성환 하면 대뜸 떠오르는, 진절머리 나게 풍기던 위스키 냄새가. 나는 그의 팔목에 코를 갖다 대고 깊게 숨을 들이마셨다. 코코넛으로 추정되는 열대 과일향과 드레스 셔츠에 서린 세제 냄새가 폐부로 넘어왔다. 그는 가만히 앉아 내가 하는 모양을 쳐다보고 있었다. 한동안 냄새를 맡은 뒤, 팔목에서 손을 떼고 그의 손등을 쓰다듬었다. 까맣고 투박한 손. 작고 쭈글쭈글한 그의 손은 얼굴보다 더 못생긴 흉물이었다. 그래도 나는 그 손이 좋았다. 많은 사람들의 얼굴을 만들어 낸 손, 많은 이들의 마음을 어루만져 준 착한 손이었으니까.

"섹스하자고도 안 할게. 약속해."

새끼손가락을 그의 눈앞에 대고 흔들었다. 그가 손을 빼내며 말했다.

"넌 영리한 사람이야. 보기 드물게 총명하고, 따뜻하고."

"집어치워."

내 눈이 표독스럽게 치켜 올라갔다.

"부르야아옹."

탁자 위에 놓여 있던 가릉이가 몸을 비틀며 가르릉거렸다. 나는 그 시끄러운 장난감을 뒤집어 배에 달린 전원을 꺼 버렸다. 가르릉거리던 기계음이 사라지면서 몸이 젖혀진 상태로 장난감의 형상이 고정되었다.

"너의 영혼에선 경쾌한 소리가 나지. 흔들면 찰랑찰랑 소리가 날 것 같은. 넌 그런 드문 영혼을 갖고 있는……."

"개수작 부리지 마."

장난감을 탁자에 내려놓으며 결연하게 말했다.

"분명히 말하지만 앞으론 절대 섹스하자고 하지 않을 거야. 섹스가 뭐야? 키스도 안 해. 네가 하자고 백날 덤벼 봐, 내가 하나. 안지도 않을 거야. 손끝 하나 안 스칠 거야. 네가 술 처먹고 데리러 오라고 하면 쏜살같이 갈게. 아침밥도 차려 주고. 원한다면 아이를 입양해서 키울 수도 있어. 남들 앞에선 미치도록 사랑하는 합법 부인 역할도 똑 부러지게……."

"안 될 것 같아."

짧지만 단호한 말이 내 말을 가로막았다. 어조로 확실히 의사를 전달하는 묵직한 말이.

"결국 너를 괴롭게 할 거야."

"나를 괴롭히는 건 네가 없어지는 거야. 네가 내 눈 앞에 안 보이는 거."

주먹으로 테이블을 쾅쾅 내리쳤다. 당사자가 안 괴롭다는데! 괜찮다는데! 철제 위에 얹힌 유리 테이블이 덜그럭덜그럭 소리를 내며 몸을 떨었다.

그는 창밖으로 시선을 돌린 뒤 한동안 침묵했다. 나는 그의 시선을 따라 하늘을 올려다보았다. 선명한 먹색의 한가운데를 밝힌 눈썹 모양의 달. 그 한가운데를 지나가는 물결 모양의 잿빛 구름.

"봄밤의 풍경이 참 으스스하구나."

내가 입을 열었다.

"봄이 오면 비바람이 잦고 꽃이 지나니. 인간 세상은 잦은 죽음으로 봄밤의 귀기에 화답하리."

어디서 들어본 글귀에 멋대로 말을 갖다 붙였다. 조성환은 한쪽 다리를 꼬고 팔짱을 끼며 나를 쳐다보았다.

"조성환."

눈을 가늘게 뜨고 쉰 목소리를 냈다.

"왜?"

그의 얼굴에 웃음기가 돌았다. 그동안 내가 이런 목소리를 내면 늘 근사한 농담의 향연이 시작되곤 했다.

"내가 죽으면 묘비명에 이렇게 새겨 줘."

말해 보라는 듯 그가 턱을 치켜올렸다.

"못생긴 호모 새끼를 존나 짝사랑하다 뒤진 미친년 잠들다."

그의 얼굴이 무섭게 일그러졌다.

"호모 새끼가 싫다는데 더럽게 매달리다 차여서 투신한 37세 여성, 죽어서도 눈감지 못하다."

"그만하자."

그가 자리에서 일어섰다. 철제 의자가 바닥에 끌리며 찍 소리를 냈다. 표정을 보이지 않으려고 고개를 돌렸지만, 나는 그가 분노로 떨고 있다는 것을 알았다.

"평생 버림받은 걸로도 모자라 호모 새끼한테까지 버림받고 빡친……."

"나 샤워 좀 하고 올게."

그가 도망치듯 욕실로 들어가 버렸다.

"빡친 나머지 심장마비로 죽은 걸로 할까? 아니면 투신자살? 아니면 호모 새끼한테 맞아 죽은 걸로?"

욕실 앞까지 따라가 큰 소리로 말했지만 욕실을 채운 물소리 때문에 그가 들었는지 알 수가 없었다. 샤워기와 세면대, 변기를 동시에 작동시킨 듯 욕실에서 물소리가 이중 삼중으로 들렸다. 그제야 그가 온종일 수술하다 왔다는 사실, 들어올 때부터 피곤에 전 모습이었다는 사실을 인식했다. 최강명네 집에 더부살이한다는 점도 마음에 걸렸다. 사랑하는 사이라고는 하지만 그래도 얹혀살면 눈칫밥을 먹지 않을까? 가만, 이것들이 최강명의 약혼녀에게는 뭐라고 둘러댔을까? 김희연은 눈에서 하트가 뿅뿅 나올 정도로 좋아 죽는 자기 애인의 성적 정체성이 뭔지 알고 있을까? 최강명의 성적 정체성은 뭘까? 동성애자? 양성애자?

욕실에서 들려오는 물소리 외에는 잠잠하던 집 안에 갑자기 낮익은 기계음이 울려 퍼졌다. 벽에 걸린 도어 시스템 화면을 쳐다보니 내방객이 있음을 알리는 붉은 불빛이 깜빡거리고, 화면에 지하 주차장에 서 있는 재희의 모습이 잡혀 있었다. 모자와 선글라스와 마스크로 무장한 연예인의 모습이. 나는 목욕탕을 한번 흘끔 본 뒤 도어 시스템으로 가서 문 열림 버튼을 눌렀다. 조성환한테 얼른 옷을 입혀 밖으로 내보낼까? 잠깐 동안 궁리했지만, 그냥 내버려 두기로 했다. 어차피 세상에 무 자르듯 단정할 수 있는 관계는 없지 않겠는가. 종류가 다르긴 하지만 애정에 기반한 관계를 맺고 있는 내 두 남자를 한자리에 모아 놓고 감상하는 것도 나름 유희가 될 수 있으리라.

재희는 현관에 엉거주춤 선 채 집 안을 둘러보다가 조심스럽게 들어왔다. 흘끔흘끔 내 얼굴을 쳐다보며 내 맞은편에 앉았다. 나는 철제 의자에 기대앉아 앞에 앉은 한물간 연예인의 얼굴을 물끄러미 보았다. 그새 머리를 자른 듯 흰색 야구 모자 밑으로 시원하게 귀가 드러나 있었다. 잘생겼다는 생각을 하지 않고는 쳐다볼 수 없는 그 말끔한 피조물을 보고 있으니 눈에서 눈물이 흘러나왔다. 강재희, 정말이지 너는 잘생겼구나. 너무나 잘생겼구나. 보기 좋은 걸 보고 왜 울고 있는가. 이유를 알지 못한 채 나는 울었다. 처음엔 이유 없이, 나중엔 뜨거운 액체가 볼을 타고 흘러내리는 느낌이 너무 좋아서, 울고 또 울었다.

"기분이 안 좋아?"

재희가 물었지만 대답하지 않았다. 허공에 시선을 고정한 채 꼼짝도 하지 않았다. 그렇게 하면 오랫동안 울 수 있다는 것을 나는 다년간의 경험을 통해 알고 있었다.

"왜 그래?"

재희가 탁자에 놓인 내 손 위에 손을 얹었다. 그러자 천천히 흐르던 빗물이 세찬 장대비로 바뀌었다. 낌새가 심상치 않다고 느낀 재희가 자리에서 일어섰다.

"서, 서경아. 왜 그래?"

그때 욕실 문이 열리면서 조성환이 나왔다.

"엄마!"

재희가 외마디를 내지르며 의자에 주저앉았다. 유령이나 귀신을 본 것처럼 겁에 질린 표정이었다.

"안녕하세요, 조성환입니다."

샤워 가운을 입은 조성환이 재희에게 다가와 손을 내밀었다. 머리에서 물기가 뚝뚝 떨어지는데도 조성환의 몸짓은 자연스럽고 당당했다. 재희가 반사적으로 뒤로 물러앉는 바람에 철제 의자가 바닥에 끌리며 기분 나쁜 소리를 냈다.

"놀라셨죠? 죄송합니다. 실은 저도 놀랐습니다."

조성환이 멋쩍은 듯 내밀었던 손을 허공에 휘휘 저어 보이더니 방 쪽으로 걸어갔다.

"옷 입고 나오겠습니다. 그사이에 가 버리시면 안 됩니다!"

조성환이 방문을 열고 들어가는 동안 재희는 입을 벌린 채 갑자기 나타난 생명체의 움직임을 쳐다보았다. 나는 곁눈으로 재희의 기색을 살피면서도 허공에 고정시킨 시선을 풀지 않았다.

"저, 저 사람 누구야?"

재희가 나를 쳐다보는 게 느껴졌지만 대답하지 않았다. 눈물을 멈추게 할 그 어떤 동작도 하고 싶지 않았다. 재희는 한동안 앉아서 씩씩거리다가, 자리에서 벌떡 일어섰다. 성큼성큼 현관으로 걸어가 신발을 신었다. 나는 공기의 흐름과 인기척으로 재희의 움직임을 짐작할 뿐 시선을 돌리지 않았다.

"계좌 번호 카톡으로 날릴게 돈 보내라."

재희의 입에서 나왔다고 보기엔 상당히 단호하고 멋있는 말이 날아왔다. 나는 식물인간이 된 것처럼 꼼짝 않고 앉아 내 눈물 분출이 멈추지 않도록 심혈을 기울였다.

"잠깐만요!"

재희가 문을 열고 나가려는데 조성환이 방문을 열고 나왔다.

"제 얘기 좀 듣고 가세요."

조성환이 맨발로 현관으로 날아가 재희를 붙잡았다. 하늘색 드레스 셔츠에 양복 바지 차림. 셔츠 단추를 꿰다 달려나온 듯 위의 두 개만 단추가 잠겨 있어 우스꽝스러운 자태를 연출했다.

"놀라게 해 드려서 죄송합니다. 하지만 선생님이 생각하시는 것처럼 저와 서경이, 그런 사이 아닙니다."

빠르게 말하면서 조성환이 재희를 집 안으로 잡아끌었다. 재희는 엉거주춤 서 있다가 못 이기는 척 집 안으로 들어섰다.

"그, 그럼 오늘 여기에 왜 계시는 겁니까?"

재희가 말했다. 어른스러워 보이기 위해 용을 쓰는 어린아이 같은 말투에 하마터면 내 입에서 웃음이 터져 나올 뻔했다. 조성환은 거실 벽에 기대 쭈그리고 앉아 재희에게 오라고 손짓했다. 조성환의 옆에 재희가 간격을 두고 앉음으로써, 티테이블에 벽처럼 앉아 끝없이 솟아오르는 액체가 자신의 얼굴을 타고 흘러내리도록 내버려두고 있는 여인을 올려다보는 두 남자의 구도가 완성되었다.

"이럴까 봐 제가 소파 하나 사서 두라고 했는데 말을 안 들어요."

조성환이 웃음 띤 얼굴로 말했다. 허공을 보고 있었기 때문에 조성환이 말할 때 시선을 내게 두었는지 아닌지 알 수가 없었다. 재희는 어이없다는 듯 실소를 터뜨렸다.

"가."

한참 동안 거실을 무겁게 짓누르던 침묵에 내 입에서 나온 한 음절이 균열을 냈다. 나는 눈물의 행렬이 끝났음을 알고 철제 의자에 머리를 기댔다. 눈을 감고 고여 있던 눈물이 마지막으로 행진하는 것을 음미했다.

잠깐 동안의 침묵. 그리고 움직임. 몸을 움직여 일어선 건 재희였다. 조성환이 손을 내밀어 재희의 손을 잡았다.

"저보고 한 소립니다."

조성환이 재희의 손을 지렛대 삼아 끙 소리를 내며 일어섰다.

"제가 허리가 안 좋아서 앉았다 일어섰다를 잘 못합니다."

일어서서 재희의 어깨를 붙잡은 조성환이 헤헤, 하면서 웃음 지었다. 어깨를 붙잡힌 재희가 엉거주춤 선 채 조성환을 내려다보았다. 이 장면에서 나는 또 한 번 웃음을 터뜨릴 뻔했다. 훤칠한 키의 재희가 조성환을 내려다보고 있는 모습이 어른과 아이처럼 보여 그렇게 웃겨 보일 수가 없었다. 정반대인 그들의 내면을 생각하면 이런 아이러니가 있을 수 없었다.

"언제 결혼하시나요?"

재희의 입에서 불쑥, 이런 말이 튀어나왔다. 순간 내 가슴이 콩닥거렸다. 조성환이…… 뭐라고 대답할까.

"결혼 안 합니다."

조성환이 말했다. 조금도 뜸 들이지 않고 바로 답변하는 조성환의 모습. 나는 양손으로 볼을 꾹 눌렀다. 온몸의 피가 얼굴로 몰린 듯 얼굴이 홧홧거렸다.

"가라니까!"

내 입에서 신경질적인 외마디가 흘러 나갔다.

"확실히 말씀드리지요. 저랑 서경이는 결혼하지 않을 거고요, 사귀거나 그런 적도 없습니다. 제 말을 믿으세요. 재희 씨가 서경이를 잘 감싸 주어야 합니다. 보시다시피…… 지금 상태가 좋지 않아요."

딸의 앞날을 부탁하는 아빠라도 되는 것처럼 조성환이 재희의 어깨를 토닥거리더니, 현관으로 성큼성큼 걸어갔다.

"그럼 기, 기사는 뭡니까?"

재희가 조성환을 쫓아갔다.

"에이, 다 아시면서 뭘 물어보십니까. 그런 거 말입니다. 판촉용, 홍보용, 인지도용. 다 알면서 그냥 물어보시는 거죠?"

조성환이 재희를 향해 한쪽 눈을 깜빡해 보이더니 또 뵙겠습니다, 하고 나가 버렸다. 재희는 멍한 얼굴로 현관을 쳐다보았다. 닫힌 문의 자물쇠가 돌아가면서 '문이 닫혔습니다.' 하는 기계음이 흘러나왔다.

"야, 집에 사람이 있으면 있다고 말을 해 줘야지, 이게 뭐야!"

재희가 테이블에 앉으며 내 발을 차서 흔들었다. 분위기를 전환하기 위해 일부러 밝은 목소리를 내는 것 같았다.

"재희야, 우리 술 마실까?"

거실 벽에 걸린 그림을 쳐다보며 말했다. 열린 창으로 주홍색 노을과 시퍼런 바다가 보이는 쓸쓸한 그림. 원래는 조성환의 빌라 서재에 걸렸던 그림이었다.

"술?"

재희가 머리를 긁적이더니 애매한 표정을 지었다. 재희는 술을 마시지 않는다. 몸매 유지에 해가 되는 것은 어떤 것도 하지 않는다. 나약한 성격이지만 외모를 지키는 데는 엄청난 자제심과 결단력을 보이는 내추럴 본 연예인 되시겠다.

"그, 그래. 뭐 한 잔 정도는 나도 마실 수 있으니까."

결심한 듯 재희가 큰 소리로 말했다.

"그래?"

술을 마시겠다고? 놀랐지만, 무표정한 상태를 유지했다. 주방으로 가서 와인과 와인 잔을 들고 돌아오는데 재희가 풋, 하고 웃음을 터뜨렸다.

"서경아, 너 오늘 무슨…… 귀신 같아. 왜 그래? 아까 그 남자랑 싸웠어?"

나는 바닥에 쭈그려 책장에 기대앉았다. 와인 따개를 코르크에 박아 넣고 양손에 힘주어 손잡이를 돌렸다.

"내가 따 줄까?"

재희가 물었지만 거절하고 따개 날개가 완전히 솟아오를 때까지 손잡이를 돌린 뒤, 반쯤 일어선 자세로 힘껏 내리눌렀다.

"마셔."

힘겹게 딴 와인을 재희 앞에 놓인 잔에 가득 부어 주고 와인 병을 내려놓았다. 병과 부딪힌 진동으로 유리 테이블이 들들들 소리를 내면서 흔들렸다.

"건배!"

내 잔의 끝까지 와인을 부은 뒤 재희의 눈앞으로 들어 올렸다. 재희는 조심조심 와인 잔을 들어 올렸다. 사람 얼굴이 들어가고도 남을 만큼 볼이 큰 와인 잔은 이 집으로 이사 온 뒤 조성환과 백화점에 가서 함께 고른 것이었다. 조성환이 하루 걸러 하루 집으로 돌아오던 때, 우리 사이에 장래성이 아주 없어 보이지는 않던 시절이었다. 그리고 나와 함께 잔을 고르던 때, 근사한 그 남자는 이성애자였다. 여자를 좋아하고 여자에게 성욕을 품고 여자와 장래를 그리는. 언젠가는 내게도 성욕을 품을 가능성이 있어 보이는. 이제 와 그의 성적 정체성을 알았다 해도, 그때 그 장소에 있던 여자에게 그 남자가 이성애자였다는 건 되돌릴 수 없는 사실이다.

나는 재희와 잔을 부딪혀 쨍 소리를 낸 뒤 벌컥벌컥 와인을 들이켰다.

"너 지금 맥주 마시냐?"

재희가 슬그머니 잔을 내려놓으며 말했다. 나름 농담이라고 한 것 같아 억지로 한번 씩 웃어 주었다.

"너도 마셔."

와인 잔을 부딪혀 쨍 소리를 다시 내며 음주를 종용했다.

"그, 그래."

재희는 중요한 시합에 출전하는 선수처럼 크게 심호흡을 한 뒤 와인 잔을 입으로 가져갔다. 꿀꺽 소리가 나면서 목울대가 오르내렸다. 재희는 눈을 질끈 감고 다음 모금을 들이켰다. 사약을 마시듯 두 번 연속 마시더니 결심한 듯 크게 한 모금을 마시고 잔을 내려놓았다. 나는 끼고 있던 팔짱을 풀고 와인병을 들었다. 마시자, 강재희. 너는 이 술을 나누어 마심으로써 나를 기억하라.

50

그 후 이어진 대화는 최악이었다. 나는 작심한 듯 재희에게 막말을 퍼부었고, 재희도 자신이 할 수 있는 모든 말을 동원해 나를 깎아내렸다. 물론 승리는 나의 것이었다. 대화가 진행될수록 그는 목청을 높이고 눈물을 글썽이며 자신의 감정을, 못남을 드러냈다. 논리적인 말하기가 전혀 되지 않는 그를 대하고 있으니 짜증이 치밀어 더욱 독설을 퍼붓게 됐다. 망가져 버린 자신의 커리어에 집착하며 언젠간 다시 빛나는 날이 올 거라고 믿고 있는 우매함도 참아 주기 힘들었다.

"병신아, 다 집어치우고 장사나 해. 어차피 너 공중파 복귀한다고 해 봤자 재벌 2세 역할 한두 번 더 하는 거 아니야? 너, 좀 있으면 마흔인데 그때도 계속 재벌 2세 시켜 줄 것 같아? 가뜩이나 연기도 안 되는 애한테? 아마 조연 역할도 안 줄걸? 넌 그 사건 안 났어도 어차피 그만뒀어야 해."

케이블 드라마 출연을 두고 이렇게 비아냥거리자 재희의 눈에서 불꽃이 튀었다.

"어, 어떻게 나한테 네가…… 그런 식으로 말할 수가 있어."

주먹을 불끈 쥐고 말하는 재희. 글썽이는 눈물을 가득 담은 눈이 금방이라도 튀어나올 것처럼 이글거렸다. 그 눈을 보고 있으니 어떤 시나리오 하나가 번개처럼 뇌리에 날아와 꽂혔다. 분노로 이성을 잃은 남자. 그 남자에게 목이 졸리는 여자.

재희가 잔을 비우기를 기다려 2차 공격을 퍼부었다.

"야. 나니까 너한테 이런 말 해 주지, 누가 너한테 이런 말 해 주겠냐? 너보고 케이블 드라마 나가라고 등 떠민 거, 네 누나지? 안 봐도 뻔해. 이제 중국에서도 못 해 먹을 것 같고, 아직 약발이 남아 있을 때 최대한 빵이 돌려 먹겠다는 거 아니야! 너희 가족이 한다는 고깃집, 그것도 다 네 돈으로 한 거지? 넌 아직도 네 가족이 너를 사랑한다고 생각하니? 고깃집도 네 앞날을 생각해서 열어 준 것 같아? 이 호구야, 정신 차려! 가족들한테 너는 사람이 아니야. 그냥 돈이라고, 돈! 퍼 올려도 퍼 올려도 마르지 않는……."

"그만해!"

그가 벌떡 일어서서 내 멱살을 움켜쥐었다. 날래고 거친 손길, 강렬한 폭력의 기운. 나는 눈을 감았다. 황홀하고 저릿한 기운이 척추를 타고 흘러내렸다.

"와우, 강재희 멋있는데? 이런 것도 할 줄 알아?"

그가 나를 확 잡아당겼다. 내 티셔츠가 끌려 올라가면서 맨살의 배가 훌렁 드러났다.

"마, 말이면 단 줄 알아? 이 계집애가……."

"그럼 말이면 다지, 말 말고 뭐가 더 있겠어? 몸?"

질질 끌려 일어서면서 열심히 입을 놀렸다. 고조되어 가는 폭력의 기운. 드리워져 가는 비극의 그림자. 아아, 이 기조를 깨뜨리고 싶지 않다.

"오우, 강재희, 터프한데? 너 만나는 동안 처음으로 네가 섹시하단 생각이 든다, 야."

갑자기 재희가 손을 놓아 버리는 바람에 나는 의자에 철퍼덕 주저앉혀졌다. 재희는 바닥에 웅크리고 앉아 머리를 감싸 쥐었다. 두통이 몰려오는 듯, 소리를 내며 몸을 비틀었다. 나는 재희가 마신 양을 가늠해 보았다. 큰 잔으로 네 잔. 술에 익숙하지 않은 인간이니 영향력이 더 크게 느껴지리라.

"사람 취급받고 싶으면 그 바닥에서 나와. 거기 몸담고 있으면 넌 그냥 계속 인간 지갑 노릇하는 거야. 에브리바디 공유하는."

티테이블 옆에 놓인 책장에 기대앉아 와인 잔을 홀짝이다가, 다시 포문을 열었다.

"써도 써도 괜찮아. 누구든지 흔쾌히, 계속 뽑아 쓰세요오오, 강재희 지갑."

새우깡의 예전 로고송을 개사해 부르며 손가락 두 개로 조잡한 율동을 만들어 냈다. 하다 보니 흥이 붙어 어깨가 들썩여졌다.

"그만 안 해?"

재희가 철제 의자를 붙잡고 일어서려다가 배를 붙들고 주저앉았다. 몇 번 일어나려다 고꾸라지는 걸로 보아 속이 많이 안 좋은 것 같았다.

"써도 써도 괜찮아. 누구든지 흔쾌히, 계속 뽑아 쓰세요, 강재희 지갑."

내가 큰소리로 후렴구를 반복하는 동안, 재희는 엉금엉금 기어서 욕실로 갔다. 주르륵주르륵, 타인의 뱃속의 내용물이 쏟아져 내리는 소리와 변기 물 내리는 소리를 들으며 멍하니 앉아 있는데, 새로운 버전의 시나리오가 떠올랐다. 폭력을 쓰다가 복통 때문에 화장실로 들어간 남자, 그 틈을 타 거실 베란다로 나간 여자, 베란다 창을 열고 밖을 내다보는 여자, 여자의 눈앞을 스쳐 가는 생의 순간들, 그리고…… 창밖으로 몸을 내던지는 여자.

나는 자리에서 일어섰다. 거실 창을 열고 베란다로 내려섰다. 베란다 창을 방충망까지 활짝 열어젖히고 심호흡을 했다. 봄밤의 훈훈한 바람이 폐를 채우고, 빼곡히 불 밝힌 도시의 밤이 두 팔을 벌렸다. 몸을 창에 기대고 고개를 내밀었다. 까마득한 24층의 층고 아래로, 환하게 불 밝힌 가로등, 장난감처럼 보이는 차들과 주차 구획선들이 흐릿하게 보였다. 뛰어내리는 모습을 상상해 보았다. 전신에 소름이 돋았다.

한동안 아래를 내려다보다가 거실로 돌아갔다. 창가에 놓인 티테이블과 베란다 창을 번갈아 쳐다보다가, 티테이블을 베란다 쪽으로 끌고 갔다. 치이이이익, 철제 다리가 바닥에 끌리는 소리가 이어지다가 잠잠해졌다. 집 안을 둘러보다가, 곳곳을 다니며 조명을 껐다. 온 집이 어둠에 잠긴 것을 확인한 뒤 베란다 티테이블에 올라가 앉았다. 테이블 높이만큼 높아진 시야가 조금 전과는 완전히 달라진 조망을 선사했다. 베란다 창의 턱은 테이블보다 한 뼘 정도 높았다. 마음먹고 뛰어내리지 않으면 떨어질 염려가 없었다. 또한 마음을 먹으면 쉽게 떨어질 수도 있었다. 뛰어내리고 싶다는 생각과 절대 그러지 못할 거라는 생각 사이에서 왔다 갔다 하고 있을 때, 재희가 욕실에서 나왔다.

한 손으로 지끈거리는 머리를 받치고 천천히 거실로 오던 재희가 나를 보고 눈을 크게 떴다. 청결한 바람이 들어와 내 몸을 훑고 지나갔다. 나는 바람의 냄새를 맡으며 도곡동의 야경을 내려다보았다. 즐비한 아파트, 주상 복합 건물의 경관등, 성실하게 자리를 채우고 있는 붉은 십자가들. 매일 보던 전경이 마치 처음 보는 것처럼 신비롭게 빛나고 있었다. 재희가 다가와 열린 거실 창에 등을 기댔다.

"내려와. 떨어지면 어쩌려고."

한쪽 손으로 머리를 누르며 그가 얼굴을 찡그렸다.

"왜? 내가 죽을까 봐?"

무릎을 세우고 옆으로 돌려 앉았다. 방향을 틀자 야경이 모습을 달리했다. 한 사람의 몸만 겨우 수용할 수 있을 유리 테이블에 앉아 몸을 말고 있으니 신경이 차분히 가라앉았다. 야경에서 고개를 돌리면 완전히 어둠에 가라앉을 수 있다는 것도 마음에 들었다.

"내려와."

그가 한쪽 손으로 열린 발코니 창을 잡고, 한쪽 손으로 내 손목을 잡았다.

"놔!"

그의 손을 확 뿌리치는 바람에 테이블 위에 놓인 몸이 휘청하고 움직였다. 재희가 얼른 내 몸을 부둥켜안았다. 갑작스러운 움직임의 반동으로 티테이블의 철제 받침대가 베란다 바닥에 부딪히며 쩔그렁쩔그렁 소리를 냈다.

"아우, 징그러!"

질겁하며 그를 밀어냈다. 그는 뒤로 물러서면서 내 움직임을 주시했다. 고개를 세차게 젓더니 물기가 남은 손으로 양쪽 뺨을 압박했다.

"서경아, 너 그러다가 진짜로 떨어져."

한쪽 손을 뺨에 댄 채 그가 손을 내밀어 내 팔을 잡았다. 그 순간 내 안에 고여 있던 말들이 무서운 속도로 솟아올랐다. 오랜 세월 쌓였던 말, 출구를 찾지 못해 꾸역꾸역 쌓이며 괴기스럽게 변해 가던 감정의 덩어리들이.

"손 놔, 이 새끼야. 이제부터 내 몸에 손끝 하나 대지 마. 그동안 네 몸을 참느라 내가 얼마나 힘들었는지 알아? 너랑 한번 하고 나면 진짜 내가 과장 안 하고 밤새 토했어, 이 새끼야. 샤워를 몇 번씩 해도 네 몸 냄새가 안 지워지는 것 같아서 내가 진짜, 얼마나 몸서리쳤는지 알아? 이 더러운 변태 새끼야!"

"뭐?"

붙잡고 있던 재희의 팔이 떨어져 나갔다. 나는 그를 똑바로 쳐다보았다.

"넌 내가 좋아서 너랑 잔 줄 알아? 설마 지금도 그렇게 생각하고 있는 건 아니지? 아무리 머리에 든 게 없어도……."

탕. 내 머리에 그의 주먹이 날아왔다. 뒤통수로 전해져 오는 세찬 물리적 압박이 세상을 뒤흔들었다. 시야가 흔들리고, 강렬한 통증이 몸을 점령했다. 충격적이고 얼얼한 매혹의 순간.

"너 지금 뭐라 그랬어? 다시 말해 봐!"

그가 주먹으로 내리쳐 나를 테이블 아래로 고꾸라뜨렸다.

"아악."

날카로운 비명이 어둠에 잠긴 실내를 갈랐다. 바닥에 머리를 부딪힐 때의 통증 때문에 눈물과 비명이 한꺼번에 터져 나왔다.

"변태라 그랬다, 이 변태 새끼야!"

상체를 일으키며 말하다가, 바닥에 나동그라졌다. 그의 발이, 검은색 알파벳이 새겨진 두터운 회색 양말이 거침없이 내려와 내 몸을 가격했다.

"다시 말해 봐, 다시!"

발길이 연속으로 날아왔다. 허리를 찍어 몸을 웅크리면 드러난 어깨를 찍고, 어깨를 붙잡으면 돌출되는 엉덩이를 찍었다. 그래도 나는 굴하지 않았다.

"변태, 변태, 변태! 얼마든지 말해 주지! 넌 오늘도 나랑 한번 자 볼까 하고 달려왔지? 당연하지. 머리에 든 게 그것밖에 없으니까. 지금도 넌 내가 조금 있다 너랑 할 거라고……."

나는 말을 잇지 못했다. 그의 발이 내 코와 입을 비벼 대는 바람에 숨을 쉴 수 없었다.

"너 오늘 죽었어."

재희의 발이 내 앙다문 입을 꾸역꾸역 밀고 들어왔다. 그의 몸에서 가래 끓는 소리가 났다.

"너 오늘 죽었어. 내가 너 오늘 죽일 거야, 이 새끼야."

하나의 암호처럼 끊임없이 흘러나오는 죽여 버리겠다는 말, 그리고 쏟아지는 발길질. 머리를 감싸 안고 비명을 지르면서 나는 알았다. 시나리오가 결말을 향해 가고 있음을. 처음부터 이러한 대단원을 위해 모든 만남과 기쁨과 고통이 코딩되어 있었던 것임을. 재희는 내 등과 머리를 감싼 손을 번갈아 내리찍다가, 동작을 멈추고 주저앉았다.

"하긴, 너처럼 몸으로 먹고사는 애는 그래야 할지도 모르지. 머리에 든 게 성욕밖에 없어야 그렇게 몸 만드는 데 올인할 수 있지 않겠어? 그런 면에서 넌 정말 순수한 애야. 그걸 뭐라고 해야 할까? 순수한 저질미? 아님 저질스러운 순수미?"

발길질이 멈춘 틈을 타 말한 뒤 깔깔깔 소리 내어 웃었다. 재희가 맡은 역할을 훌륭하게 해내는 것만큼 나도 소임을 성실히 해내야 하리라. 온몸이 불에 덴 것처럼 화끈거리고, 입술에서 피 맛이 났다. 대단원의 결말은 알겠는데 그에 이르는 세세한 과정들이 아직 보이지 않았다. 여주인공은 맞아 죽는가, 투신하는가? 재희가 바닥을 짚고 힘겹게 자리에서 일어서는 것이 보였다. 나는 재빨리 유리 테이블로 올라갔다.

"그러지 말고 그냥 나를 죽여. 여기에서 밀면 바로 골로 가거든?"

활짝 열린 창밖으로 상체를 기울여 보이며 그에게 턱짓했다. 재희는 거실과 발코니 사이에 열려 있는 창에 머리를 기대고 짝다리를 한 채 숨을 골랐다.

"자, 용기를 내시고, 미세요! 순간의 용기가 영생과 불사를!"

재희가 후, 하고 숨을 내쉰 뒤 세차게 고개를 흔들었다. 시야가 흐릿한지 자꾸 눈을 감았다 떴다.

"다, 다른 얘기 안 할 테니까, 이것만 얘기하자. 너, 내 돈 언제 갚을 거야?"

그가 숨을 고르며 말했다. 이성을 찾기 위해 안간힘을 쓰는 것 같아 나는 위기감을 느꼈다.

"돈? 내가 언제 너한테 돈 꿔 갔니?"

한쪽 손으로 턱을 괸 채 생각에 잠긴 시늉을 했다.

"장난하지 마. 너 팔천 하고 이억 오천. 사, 삼억 삼천 나한테 빌려 갔잖아."

허, 나는 한심하다든 듯 실소를 터뜨렸다.

"빌려 가긴 누가 빌려 가, 이 등신아. 말은 바로 하자. 내가 언제 너한테 돈 빌려 달라고 했어?"

양반다리를 하고 허리를 죽 펴며 말했다.

"저번에 원스 어폰 어 드림에서……."

"난 빌려 달라고 말한 적 없어. '달라'고 했지."

나는 그를 똑바로 쳐다보았다. 그제야 대단원의 경로가 보이는 것 같았다. 여자는 스스로 생을 마감할 의지와 능력이 없는 인물이었다. 어느 것 하나 잘난 것 없는 주제에 제 생을 마감할 용기마저 없는 여자는 누군가 도움을 주어야만 이승을 떠날 수 있는 미물이었다. 그리고 여자의 앞에서 분노를 극복하기 위해 애쓰는 저 남자는, 신이 여자를 위해 특별히 보내 준 조력자였다. 이 질긴 세상에서 여자를 탈출하게 해 줄 담대한 조력자. 조금 뒤에 여자를 위해 어마어마한 행위를 단행해 줄 운명의 조력자.

"뭐?"

그가 입술을 깨물었다. 그의 눈에서 낯설고 광폭한 눈빛이 번뜩였다. 살의라고 명명될 수 있는 엄청난 힘의 덩어리가.

"병신아, 내가 너랑 잔 적이 몇 번이냐? 내가 네 냄새 나는 몸을 견딘 게 못해도 백번은 될걸? 근데 넌 나한테 뭘 해 줬어? 아무 것도 안 해 줬잖아! 삼억이면 싸게 해 준 거지, 이 새끼야. 변태 주제에 양심도 없어. 사람들이 예쁘다 예쁘다 해 주니까 모든 게 다 공짜인 줄 아나 본데…….”

퍽, 소리와 함께 내 말이 멈췄다. 내 멱살이 들려 올라가고 핏발 선 재희의 눈이 코앞으로 다가왔다.

“너 오늘 죽었어. 내가 너 오늘 죽일 거야, 이 새끼야.”

낯선 목소리. 한 인간의 밑바닥에서 올라오는 묵직한 저음.

“죽여. 죽이라니까?”

얼굴을 들이밀고 이죽거렸다. 밀어! 얼른 안 밀고 뭐 해! 그의 몸이 경직되면서 눈가의 근육이 파들거렸다. 어깨가 들려 올라가면서 그의 눈이 금방이라도 뚫고 나올 것처럼 이글거렸다.

“그래, 내가 너 오늘 죽일 거야, 이 새끼야.”

그리고 왔다. 그의 손길이. 엄청난 완력에 밀려 몸이 휘청하는 순간, 죽고 싶지 않다는, 살 수만 있다면 뭐든지 하겠다는 의지가 강렬하게 전신을 휘감아 왔다. 나는 팔을 휘저으며 재희의 팔에 매달렸다. 살려 줘, 재희야, 살려 줘. 광기 어린 재희의 눈동자가 크게 확장되는가 싶더니 내 몸이 붕 공중에 떠올랐다. 그에게서 떨어져나가기 직전에 맡았던 진한 향수 냄새와 술 냄새, 꽃 내음 분분한 봄바람을 향해 온몸의 감각이 열렸고, 이게 아닌데, 생각하는 순간 의식이 내 몸을 떠났다.

작가의 말

성형외과에 대한 의학적 지식은 주로 박성우 선생님의 저작을 참고했습니다. 197쪽 3~7행은 동 저자의 『인턴 노트』에서 빌려온 것입니다. 일반인들이 쉽게 성형외과적 지식에 접근할 수 있도록 경험을 책으로 공유해 주신 박성우 선생님께 감사드립니다. 가슴 성형수술 장면은 노엘 샤틀레의 『맞춤육체』와 여러 성형외과에서 올린 홍보 영상, 취재에 응해 주신 선생님들의 진술을 참고했습니다. 이밖에도 관련 산업에 종사하시는 분들께 크고 작은 도움을 많이 받았습니다. 귀한 시간을 내 인터뷰에 응해 주셨던 여러 관계자분들께 고개 숙여 감사드립니다.

부족한 글을 다듬고 윤기 있게 만들어 주신 민음사의 서효인 선생님, 남선영 선생님, 책에 멋진 외피를 입혀 주신 박혜림 선생님, 최정은 선생님 감사합니다. 그리고 이 책을 선택하고 읽어 주신 독자분들께, 감사드립니다. 제가 쓴 글을 읽어 주는 사람이 있다는 사실은 아무리 시간이 지나도 믿기지 않는, 언제나 꿈같은 선물입니다. 진심으로 감사드립니다. 열심히 쓰겠습니다.

2017년 7월

정아은

맨 얼굴의 사랑

1판 1쇄 찍음 2017년 7월 6일
1판 1쇄 펴냄 2017년 7월 14일

지은이 정아은
발행인 박근섭, 박상준
펴낸곳 (주)민음사

출판등록 1966. 5. 19. 제16-490호
주소 서울시 강남구 도산대로1길 62(신사동)
강남출판문화센터 5층(06027)
대표전화 515-2000/팩시밀리 515-2007
www.minumsa.com

ISBN 978-89-374-3439-6 (03810)